代
作
家
论

王小波论

中国当代作家论

谢有顺 主编

房 伟/著

王小波论

作家出版社

房伟

■ 1976年出生于山东滨州。文学博士，教授。于《文学评论》等刊发表论文及评论百余篇，于《收获》《当代》《十月》等刊发表小说数十篇。获紫金山文学奖等，小说入选2016年中国小说排行榜。著有《王小波传》《英雄时代》等，现供职于苏州大学文学院。

主编说明

自从到大学工作以后，就不时会有出版社约我写文学史。很多文学教授，都把写一部好的文学史当作毕生志业。我至今没有写，以后是否会写，也难说。不久前就有一份高等教育出版社的文学史合同在我案头，我犹豫了几天，最终还是没有签。曾有写文学史的学者说，他们对具体作家作品的研究，是以一个时代的文学批评成果为基础的，如果不参考这些成果，文学史就没办法写。

何以如此？因为很多学问做得好的学者，未必有艺术感觉，未必懂得鉴赏小说和诗歌。学问和审美不是一回事。举大家熟悉的胡适来说，他写了不少权威的考证《红楼梦》的文章，但对《红楼梦》的文学价值几乎没有感觉。胡适甚至认为，《红楼梦》的文学价值不如《儒林外史》，也不如《海上花列传》。胡适对知识的兴趣远大于他对审美的兴趣。

《文学理论》的作者韦勒克也认为，文学研究接近科学，更多是概念上的认识。但我觉得，审美的体验、"一个灵魂唤醒另一个灵魂"的精神创造同等重要。巴塔耶说，文学写作"意味着把人的思想、语言、幻想、情欲、探险、追求快乐、探索奥秘等等，推到极限"，这种灵魂的赤裸呈现，若没有审美理解，没有深层次的精神对话，你根本无法真正把握它。

可现在很多文学研究，其实缺少对作家的整体性把握。仅评一个作家的一部作品，或者是某一个阶段的作品，都不足以看出这个作家的重要特点。比如，很多人都做贾平凹小说的评论，但是很少涉及他的散文，这对于一个作家的理解就是不完整的。贾平凹的散文和他的小说一样重要。不久前阿来出了一本诗集，如果研究阿来的人不读他的诗，可能就不能有效理解他小说里面一些特殊的表达方式。于坚也是一个典型的例子。很多人只关注他的诗，其实他的散文、文论也独树一帜。许多批评家会写诗，他写批评文章的方式就会与人不同，因为他是一个诗人，诗歌与评论必然相互影响。

如果没有整体性理解一个作家的能力，就不可能把文学研究真正做好。

基于这一点，我觉得应该重识作家论的意义。无论是文学史书写，还是批评与创作之间的对话，重新强调作家论的意义都是有必要的。事实上，作家论始终是中国现代文学的一个宝贵传统，在1920—1930年代，作家论就已经卓有成就了。比如茅盾写的作家论，影响广泛。沈从文写的作家论，主要收在《沫沫集》里面，也非常好，甚至被认为是一种实验。中国现代文学研究界的许多著名学者都以作家论写作闻名。当代文学史上很多影响巨大的批评文章，也是作家论。只是，近年来在重知识过于重审美、重史论过于重个论的风习影响下，有越来越忽略作家论意义的趋势。

一个好作家就是一个广阔的世界，甚至他本身就构成一部简易的文学小史。当代文学作为一种正在发生的语言事实，要想真正理解它，必须建基于坚实的个案研究之上；离开了这个逻辑起点，任何的定论都是可疑的。

认真、细致的个案研究极富价值。

为此，作家出版社邀请我主编了这套规模宏大的作家论丛书。经过多次专家讨论，并广泛征求意见，选取了五十位左右最具代表性的作家作为研究对象，又分别邀约了五十位左右对这些作家素有研究的批评家作为丛书作者，分辑陆续推出。这些作者普遍年轻、锐利，常有新见，他们是以个案研究的方式介入当代文学现场，以作家论的形式为当代文学写史、立传。

我相信，以作家为主体的文学研究永远是有生命力的。

谢有顺

2018 年 4 月 3 日，广州

目录

前　言

　　王小波是二十世纪末中国文坛最重要的作家之一。如果说谁能在消费文化日益失控的当代中国，引发持续而强烈的纯文学激情，那么王小波的作用不容忽视。无论是那些追求个性的网络愤青、大学校园内为事业与爱情忧心忡忡的莘莘学子，还是广义的当代文化人（诸如传媒、出版、电影、艺术等领域）、态度严谨的学院派学者，都无法完全回避王小波给我们当代文化生活所带来的巨大影响。很难形容2007年10月的某个下午，当我在网络上看到有关方面"纪念王小波去世十周年"而推出王小波裸体塑像的感想。那片小小的屏幕上，当"一堆黄泥"以一个"手捂裆部"的姿态蹲坐在台上，我很怀疑这个形象就是王小波。至少，他不是我心目中王小波。我不由想起了二十年前，我第一次遭遇王小波作品时候的感受。1997年，我大学刚毕业，在一个小书店发现了花城出版社出版的《白银时代》。书店灯光昏暗，那本书却一下子吸引了我的目光。买下这本书出于两个目的。一是相对而言，它比较便宜，另一个方面，它的封面吸引了我。一个中国作家的小说，配上一个希腊酒神宴饮式的浮雕，这究竟意味着什么？现在想来，不得不佩服花城出版社编辑独特的眼光。因为这正道出了王小波小说所表现的文化特质。但是，当我拿到这本书后，却看不下去，因为它对我的阅读经验来说非常陌生。精神贵族式的英美知识分子思维方式，类似自然主义的华丽铺陈，处处可见的逻辑证伪式的理性趣味，尖锐大胆的思考，惊世骇俗又干净坦然的性描写，这完全和我之前得到的有关小说的阅读经验不同。

1990年代初期，我读大学时，正赶上新潮小说的余绪和新写实小说流行。但是，王小波却是超越时代的。他的小说形式、小说语言、作品所蕴涵的深刻思考，以及这种形式所代表的文化意味，都超越了那个时代公认的审美范式。他作品中所拥有的大无畏的人性力量，产生于1990年代，但并不符合1990年代文学话语平庸而商业化的标准，例如，窥视意味的隐秘欲望、无处不在的空虚和无聊、伪愤青式的狂欢、自恋式的精神洁癖，还有淹没在琐碎现实之中的审美感觉等等。他的心胸和气度，沟通了民主和自由的精神，直接继承了1980年代有关启蒙的思考。在他身上，我感受到了鲁迅的批判力量、胡适的宽容精神、有关现代小说的审美品位，而且真正培养了我有关科学和理性的感性认识。

不久，我有幸成为了一名国有大型企业的职工，接受人民群众的再锻炼，并在那里度过了几年难忘岁月。在那个灯光昏黄、狭小潮湿的宿舍，我靠读书打发剩余时间。高强度的体力工作，夏夜的蚊虫、老鼠和蝙蝠，冬天冰冷的像坟墓一般的房间，都让我的读书心情变得十分古怪。在那段令人难忘的岁月里，原始积累残酷而愚蠢的生产方式，野蛮粗鄙的生存与无奈的抗争，以及知识分子在公众空间中可怜又可笑的文化身份，都深深刺激了我的神经，激发了我重新审视自我和时代的愿望。于是，我重新拿起了王小波，并将《黄金时代》《革命时期的爱情》诸篇读了许多遍，我发现，原来我懵懵懂懂的想法并不孤单，那就是人如何找寻自由的问题，而王小波在属于他的那个时代对此早有深刻的揭示与批判，且更为坚定、热情与无所畏惧。

那么，王小波是谁呢？中国人民大学逻辑学教授王方名的儿子？留学美国的计算机和统计学大学讲师？一个落魄的自由撰稿人？一个智慧的顽童？一个准色情作家？一个保守自由主义学者？

还是一个在堕落年代坚持理想的"小鲁迅"？一个反对"人往高处走，水向低处流"的不合时宜的文人？这个酷似"粗壮民工"的精英化作家，这个不修边幅、羞涩而沉稳，眼神慵懒却不时透出几分倔强的中年"巨人"（他的身材十分高大），到底带给中国什么？王小波就像一团"迷雾"，吸引着我们，却拒绝所有简单的阐释。他在中国出走于红色教堂而飞奔欲望前景的现代化旅程上，不过是窗外一棵高大而古怪的树木，孤独地站立在一片树林中。他的高大与突兀，也许会让身为观光客的我们"大吃一惊"，成为那段躁动的旅途上"恰到好处"的谈资，却绝不会让我们停下来做深刻的思考——也许，这也可以看作王小波接受史在中国当代文化语境下的一个寓言吧。然而，所有预先承诺的"欲望诱惑"，最终却变成了一个个没有终点的"站台"，一个个风尘中迷失的"镜城"，而每一次自以为是的"抵达的欢呼"，都会成为一次"更远的疏离"与"更为焦虑的追索"，并让我们"隐隐地"回忆起那个大个子作家。这也是本书试图阐释王小波的出发点和文学史动力之一。

小说中王小波写道："革命时期好像是过去了，又仿佛还没开始，爱情仿佛结束了，又好像还没有到来。我仿佛中过了头彩，又好像还没到开彩的日子。这一切好像是结束了，又仿佛是刚刚开始。"[①]这可以看作时代的真实写照。它在提醒我们，文化悖论始终存在，且还在不断深化。世代积累而沉淀成的行为方式、思维方式、价值观念，先于我们存在，它们从没有离开中国这块土地。我们告诉自己，现代化的日子就要到来，我们可以一起跨入美好的新时代。我们沉醉于高楼林立的大都市，在饭店、酒吧以及行为艺术、摇滚中忘记了自己。但是，在这个多元并置的时代，一个鼓励遗忘现实、沉醉于消费的悖论时代，倘若不是出于瞒和骗的自欺欺人和自我遗忘，我们就无法在中国的现实语境中回避自由问题。而我们的文化，从来就是一个"高调"的文化，缺少明晰的理性和科

---

① 　王小波：《革命时期的爱情》，《黄金时代》，湖南文艺出版社，2016年版，336页。

学的考证。这也就不难理解中国 1990 年代以后出现的——意识形态救世论、经济救世论，甚至是东方救世论、国学救世论、文学救世论、气功救世论等光怪陆离的社会思潮了。我一直在思考中国怪异的文化现象的产生源头。我觉得，这种乱成形于悖论所导致的价值杂糅，从而形成了我们这个特殊的欲望消费社会。只有理解了悖论化的中国文化语境，才能真正理解王小波小说所呈现的特殊艺术形态，例如，在消解宏大叙事的同时，却具有建构作用；在"创新"中的"复古"，在"欲望叙事"中的"反欲望"，在"反启蒙"之中的"启蒙姿态"，在"保守理性主义"之中的"激进"。

我们都乐见明朗的历史进步，而不愿意讨论历史可悲的循环。但历史所有非理性的爆发，总在不经意的时候刺痛我们，强制性地将我们拉入一个逝去的时空。尽管吉本等历史学家不断声称，历史毫无意义，不过是由人类的罪行、野蛮和愚蠢组成。但我们总不愿承认一个事实：那就是尽管经过了几千年进化，但人类身上的恶习却从未减少。也许，正因为有了王小波等前行者不断的努力，我们的悲观和失望才不至于到绝望的地步，我们才在批判中更加坚定地迈向自由、平等、开放的文明社会。我坚信，无论是在中国文学发展的内在逻辑上，抑或作为文学潮流和重大文学现象，还是应对中国由一个落后农业国向现代化艰难转变的历史进程，王小波作为中国文学史和中国思想史上独特的个案，他所承载的独特的文化信息将越来越多地为世人所认识，为二十一世纪中国文学提供新的希望。

第一章 文化悖论的"自由主义"：
王小波的研究路径

二十世纪是中国从贫弱的民族危局中挣扎着突围的历史时期，也是中国实现现代化转型的重要时期。在古代文学向现代文学的艰难转型中，二十世纪涌现了许多文学巨匠。他们以自己对文学的独特理解，丰富并构建着现代汉语文学的经典规范。当我们试图以全景式目光搜寻并归纳这些文学大家，我们会发现一个重要现象，就是二十世纪中国文学家存在思想型文学家和文人型文学家两种类型。文人型文学家偏重汉语文学表现功能，注重对古代文学的传承，内在品格构建上靠近传统文人心态；思想型文学家，则立足现代意识，以现代知识分子独立的精神规范要求自己，着力于考察现代性给中国和人类带来的种种遭遇，探索人类思想的命运。不可否认，文学的思想性不足，一直是困扰二十世纪中国文学的一大难题。思想型作家，对于中国现代文化建设的意义，更是不容忽视。

第一节 思想型作家：现代化语境的王小波

一

王小波是 1990 年代崛起的一位思想型作家。王小波在《我的师承》一文中①，曾将自己的艺术创作归功于中国翻译小说，例如王道乾、傅雷，以及西方的一些作家，例如迪伦马特、杜拉斯、卡尔维诺、萧伯纳、奥维尔等，已有论者对王小波的西方资源做了研究②。我认为，作为一个自由主义作家，王小波的精神世界，至少还可以在两个维度上进行阐释。一方面来自于西方和中国的古典自由主义，也有着冷战格局崩溃后，全球范围的新自由主义的影响；另一个方面，则来自二十世纪中国文学思想型创作的经典作家——鲁迅。近年来已有学者在大声疾呼："现代中国的两大自由主义者就是鲁迅与胡适。"③这种继承和发展，我认为，既是有意而为之，又是无意而得之。这是一个坚持在中国悖论式文化语境中进行思想写作的作家的必然宿命。他的理性科学精神、低调怀疑主义、对民主自由精神的信仰，在一定程度上继承了自由主义思想，修复并联接着"五四"的主题和使命。他也继承了鲁迅对"个体与群体"关系的精神关注，分执"杂文"和"小说"两种利器，把鲁迅"反抗庸俗"的思想主题和反传统姿态做了新的延展，其反"极权"、反"专制"的思路正是鲁迅"悖论"思想的生发，其对"游戏"文学理念和艺术形式的探索，更是中国文学个性解放的新亮点。对王小波的研究，目前大多停留在感性梳理和阐释，或单方面的艺术特征考察。许多理论家试图用"后知青小说""幻想小说"等现有框架去概括王小波在文学史上的地位和作用。

同时，围绕王小波的评价，争论也很大。许多学者认为王小波不过是炒作的结果，而王小波对于文坛之外，比如媒体、大学校园的影响却在不断扩大，2002 年王小波忌日，《南方周末》和《三联

① 王小波：《我的师承》，选自《沉默的大多数》，中国青年出版社，1997 年版，299 页。
② 杵从巨：《中国作家王小波的西方资源》，《文史哲》，2005 年 4 期。
③ 张梦阳：《互为镜像的鲁迅与胡适》，《粤海风》，2006 年 2 期。

生活周刊》隆重推出纪念活动①。而 2005 年，王小波逝世周年纪念在鲁迅纪念馆的召开，更暗示了王小波对中国文学和中国思想界影响的一种强大潜力②。甚至有人撰文指出，王小波是近二十年来最优秀的文人③。戴锦华、艾晓明、姚新勇、崔卫平等学者的王小波研究，也已有了相当的深度和规模，姚新勇对王小波"新理性"问题的关注，戴锦华对王小波"狂欢"化风格的考察，艾晓明对王小波"反权力"话语的解析，都独到而深刻。秦晖、汪丁丁等非文学专业的人文学者的解读，也让我们从不同角度理解了王小波。但是，将王小波作为一个二十世纪中国的"文学关节点"，并思考其与中国现代文化建设的关系，却一直没有被学术界很好认识。同时，王小波作为思想异端的作家，一个文学史"精神自由"的个案，考察其内在精神和艺术品质，从而进一步展示中国文学内部悖论逻辑的演变和内在危机，无疑具有重要学术价值。

然而，选择思想型作家王小波作为中国文学的一个"着眼点"，的确存在相当的难度。因为当代作家毕竟离历史太近，是否能真正经受文学史的淘洗和考验，还有待论证。王小波也是一个充满争议的作家。我想从三方面来探寻王小波的价值和意义。一是"现在时态的中国现代文化建设"，这是我立论的时空场域。在中国叙事学中，我们看到，由于缺乏西方语言系统对现在时、过去时、将来时的时态划分，中国古代的现在观念十分模糊。在中国传统的循环论时空观中，"现在"和"未来"都受制于"过去"。"现在"不过是"古代"的翻版，而"将来"不过是"过去"的另一次重现。不但

---

① 2002 年 4 月 11 日是王小波逝世五周年忌日，《三联生活周刊》（2002 年 4 月 15 日出版，总 188 期）、《南方周末》（2002 年 4 月 11 日）分别拿出"封面故事"和"文化专栏""追悼"王小波。《三联生活周刊》主题是"王小波和自由分子们"，《南方周末》标题则是《沉默与狂欢》。

② 2005 年 4 月，在王小波辞世八周年之后，"王小波生平展览"在鲁迅纪念馆举行。

③ 刘勇：《王小波：可能是近二十年以来最优秀的文人》，《人民日报》，2001 年 1 月 5 日。

满意现实的人要推崇"十亿神州尽尧舜",不满现实的人同样也发出"人心不古"的怨声。二十世纪中国文学的现代思想意义,首先就在于为民族和文化找到了一种关注"现在"的刚健精神。虽然,这种"现在"精神不断被遮蔽、改写为一种功利化的"权力"话语。王小波"众神狂欢"式的写作中,无论"文革"题材小说、知青题材小说、"杂文历史"小说,以及犀利的杂文,都充满着强烈关注"现在"精神。这也是王小波思想的批判性所在。

第二个立足点在于"文化悖论"。如果从二十世纪中国现代文化建设的境遇出发,我们不能不谈到"文化悖论"。就文化哲学来看,近代西方入侵是一个具有转折意义的文化事件,它打断了中国自给自足的文化时空链接,从而使二十世纪中国呈现出错位和悖论的文化特点。也就是说,中国"此在"的"果",很大程度上并不是来自中国"传统"的"因",而是来自中国对"西方"的想象与改写。同时,由于中华文明本身强大的文化维模功能,也导致了殖民过程中的文化抵抗和文化转型的复杂与艰巨。就中国文学而言,任何有深度的文学模式,都必须建立在对这种悖论特征的深刻认识上。王小波坚持从悖论角度考察中国的"此在"文化语境,并自觉运用悖论式思维发展了属于自己也属于时代的文学模式。所谓悖论式的体验与深度表达,并非指单纯文明冲撞、挤压所引发的疼痛,也不能等同于"中西合璧"的折衷主义。王小波以自由主义信念结合科学实证主义的方法论,以纯粹的美学追求碰撞经验哲学理念,将世俗理性嫁接于文学理想。特别是在处理现代与传统、中国与西方等许多问题上,王小波都形成了比较特别的悖论超越性思维。

第三个立足点就是"群体与个体的关系"。这是一个老话题,无疑也是个新话题。然而,我们却发现,当我们讨论启蒙重要性的时候,常常被情感所左右,倾向于夸大个体自由,或群体的道德主义。一个没有个体独立自觉意识的群体,只不是一群整齐划一的"工蚁",被看不见的细线穿成"木偶",而没有"公共空间"秩序的个体,只不是一群自私而孤立的个人。非常不幸的是,处于转型期的悖论中国,这两种现象同时存在,且荒诞地共存着,而"个人主义",依然是当今中国民主与自由建设要面对的首要问题之一。对于王小波来说,他坚持从个体角度思考群体,而非简单从改良角度出发思考问题;坚持从"弱势群体"和"沉默的大多数"的个体自由谈群体的发展,而非权威话语的态度;坚持在文化悖论中发展地考察个体与群体的问题,而非简单地用道德加以区分和判断。在1990年代的氛围中,在经济飞速发展、知识分子大溃败的现实下,特别是多元并置的"悖论"式碎片化文化景观中,王小波高举知识分子精神重建旗帜,执着于发掘意识形态对精神独立个体的隐性控制,批判这种控制与传统文化、消费文化的结合,更是对"毫不妥协"的主体性精神的继承和发展。

二

1990年代之后,随着国内市场经济的兴起,保守主义对"五四"启蒙运动的反思,就成了1990年代中国的一种风潮。李泽厚、余英时等学者纷纷在"告别革命"的旗帜下,展开对中国情境下的启蒙思想运动的反思,并进而发展成为对以"启蒙文化、人类进化论、民主自由的政治诉求"为代表的现代性的怀疑。表现在文学创作上,张炜、贾平凹等对中国传统文化的不同角度的回归,是一种思路。张承志、北村、韩少功等则坚持理想主义的大旗,在宗教或者民间资源中,寻找心灵安慰,王蒙、王朔,以及新生代作家等众多作家则掀起了一种"解构"的"后现代主义"狂潮,对"五四"以来的启蒙文学所设定的主题,例如"人的文学""人道主义",以及相关的"革命""进步""自由""民主""理想主义"等进行了价值颠覆。这种解构思潮,很快就从对启蒙文学的解构,发展成为一种毫无节制的怀疑主义与虚无主义，怀疑一切人类正面的价值情感。中国传统文化的纵欲享乐、软弱虚无等价值缺陷，也在"反现代性""后现代性"的旗帜下纷纷出现。

恰在这时，王小波的出现，为1990年代中国文化语境对现代性的反思，提供了一种新的思路。那便是建立在自由主义思想之上的，对启蒙主题的延续，即性爱主题、智慧主题、"反乌托邦"的思维方式。"乌托邦"是人类建立至善大同世界的一种理想，它代表着人类以理性主义为标志的进化论思路，是一种人类的宏大叙事。在近代西方，反乌托邦思潮，是以罗素、洛克、托克维尔、哈耶克等大师为思想支持的，在创作中，则体现为赫胥黎、奥维尔等文学家的作品。王小波的"反乌托邦"的反思，延伸到了对中国历史上一切宏大化的历史思维的反思，进而思考中国知识分子的"文化内伤"。同时，王小波也毫不留情地指出了知识分子"继续革命"的空疏，"人文精神"对话语权的痴迷，知识分子的"中古心态"，并在现实的语境中找到了"文化乌托邦"的巨大遗害。王小波的"反乌托邦"思维，表现在主题上，恰是通过对"性爱""智慧""自由"的张扬，宣扬他反对专制，反对平庸的人生哲学，从而在中国当代文学史上树立起了新的思想坐标。在《黄金时代》《革命时期的爱情》等小说中，他反思了虚妄的宏大历史思维导致的荒诞扭曲的人性悲剧，这里，还有王小波以"性"为题材的书写，抨击了思想专制的不人道；小说《万寿寺》《红拂夜奔》中，他表达了对这种中国式乌托邦的历史根源的探究；在《我看国学》《中古时代的知识分子》等大量杂文中，王小波展现了对乌托邦遗毒的反思；在《白银时代》等著作中，他也表达了对未来"人类自由"的担忧。

然而，这种"反乌托邦"式的思维方式，应该被视为"现代性"文化建设本身的一种反思，而非"反现代性"。对于现代性的这种反思性，吉登斯在《现代性的后果》中指出："人们常说，现

6

代性以对新事物的欲求为标志，但这种说法并不完全准确，现代性的特征并不是为新事物而接受新事物，而是对整个反思性的认定，这当然也包括对反思性本身的反思……当理性的欲求替代了传统的欲求，它们似乎提供了某种比先前的教条更具有确定性的知识，但是，只有我们无视现代性的反思性实际上破坏着获取某种确定性知识的理性，上述观点才显得具有说服力，现代性，是在人们反思性运用知识的过程中被建构起来的，而所谓必然性知识实际上只不过是一种误解罢了。"①在此，吉登斯雄辩地指出了所谓"后现代性"，只不过是现代性的反思的一种延续罢了。而这种现代性反思，就是现代性思维发展的一种产物。

同时，在我们考察 1990 年代中国"反现代性思潮"的时候，我们还会发现，中国作为后发现代性国家，在"反现代性思潮"之中的尴尬。按照现代性经典标准，所谓现代性，即是指发达市场经济、以启蒙为主的进步理性观、多元化民主政治三个层面。而在中国，由于后发现代的历史境遇，现代性的这三个目标，在中国还是"未完成"的事业。这种情境下，中国所遭遇的"后现代主义风潮"，增加了中国文化语境的混乱与阐释难度。

于是，王小波"反乌托邦"的文化思路，对于中国当代悖论化的文化情境，有很大启示。这里，所谓"反乌托邦"，从表面上看，是对以"进步"为标志的理性主义的反讽，但它更是一种"现代性"的反思。是对以理性的名义"伤害理性"的情况的反思。它不是对"非理性主义"的推崇，也不是回到"乡村"和"田园"，而是站在自由主义的立场上，对理性主义导致的非理性状态的反思和批判。它的目的，还是建立一个以"宽容理性"为标志的更为人性化与人道的社会。中国悖论化的历史和现实的文化语境中，这种反乌托邦文学，又与纠缠其中的反封建、反专制的思路结合，更具相当的实践性与合理性。在实践中，王小波"反乌托邦"情结，建

<hr>

① 安东尼·吉登斯：《现代性的后果》，译林出版社，2000 年 7 月 1 版，34 页。

立在对二十世纪中国现代文化建设的悖论性情境的深刻认识基础之上。

三

文化悖论，是一种自我加之于自我的价值矛盾性，是一个文化哲学的命题[①]，对于后发现代性的中国而言，这既是一个被动而无奈的选择，又是发达的本民族文化所至。1905 年，梁启超曾欣然写下这样的文字："西方之生理学之公例，凡两异性结合者，其所得必加良，吾欲我同胞张灯置酒，迓轮俟门，三揖三让，以行亲迎之大典，彼西方之美人，必能为我家育宁馨儿，以亢我宗。"[②]这段话代表二十世纪初大多数知识分子"睁眼看世界"时的"中西方和谐"的幻想。但是，文化逻辑的"因果"关系，竟然如此错综复杂，甚至形成了目的、手段和结果的文化悖论。西方来的未必都是"美人"，就是"美人"，嫁到中国，也未必就有"宁馨儿"诞生。当我们考察二十世纪以来林林总总的文化实践和文化事件，无不证明，世纪初开始的文化冲撞、融合、变异，生成了一个世纪中国文化的悖论情境，也是这个文化悖论情境不断生成的产物。也就是说，这个悖论性过程一直延续到 1990 年代乃至今天。悖论性文化语境，多的是不断生成的奇观化、碎片化、杂糅化的文化事件、文化

---

① 悖论，是形式逻辑的重要概念范畴。虽然它也涉及真伪和意义问题，但其主要功用还在于利用逻辑来解决一般性人类思维中存在的悖谬问题。我们现在所说的"悖论"，主要是指形式逻辑悖论所身处的大的文化语境中的悖论，即文化逻辑的悖论。与形式逻辑的悖论不同，文化逻辑的悖论范畴，更为注重研究对象在文化功能和价值学上的悖论。司马云杰在《文化悖论》（山东人民出版社 1990 年 4 月 1 版）中，将文化悖论定义为：文化、价值上的自我相关的矛盾性和不合理性；价值和功能之间的自我相悖的运动法则；文化世界的人的建构的价值思维方式的悖谬。

② 梁启超：《论中国学术思想变迁之大势》（1902），《饮冰室合集·文集》之七，中华书局，1989 年影印版，第 4 页。

现象，而少规律性、总结性的清晰发展脉络。

世纪初文化精英所面临的世界，文化悖论由三个层面组成。一是对各种外来文化价值和功能的自我相悖的感受，比如多种文化在中国并行，"仿佛浓缩了几个世纪"，各种文化功能优势并没有产生杂交优势，反而"龙种产下了跳蚤"。这就产生了如何从辩证思维出发，悖论式地把握各种文化的问题，这也就是鲁迅著名的"拿来主义"的文化逻辑出发点，也蕴涵了鲁迅超越传统／现代、中国／西方二元论思路，即所谓"外之既不后于世界之思潮，内之仍弗失固有之血脉，取今复古，别立新宗"[①]。而胡适等自由主义强调"研究问题、输入学理、整理国故、再造文明"的宗旨[②]，也有类似的文化诉求，不过鲁迅重视西方个性主义，特别是尼采等非理性主义的影响，而胡适更强调西方实验主义等理性主义方法论使中国文化重生，鲁迅之"复古"指复"汉唐气魄"的积极奋发之精神，胡适的"整理国故"则专指清以前的"国学"。鲁迅对"立新宗"的结果充满怀疑，胡适则认为"实验主义"具有普适性，无论东方还是西方，都能取得最后胜利，建立的必然是一个融汇中西文明之长的新文明，而绝非穿西装戴瓜皮帽，或者人民装佩上方宝剑的古怪制度[③]。二是个体启蒙者面对本土文化、价值上的自我相关的矛盾性，即在文化变革中，启蒙者如何处理个体面对一个先于自身的传统文化语境的继承和改造问题，这是个体的鲁迅要实现以个体拯救群体首先要面对的伦理困境和逻辑困境。由此，产生了鲁迅"自我否定"式辩证法，自由主义则再次试图在传统和个人之间取得艰苦平衡，相对于鲁迅的悲观，自由主义者对传统的"可改造性"，对理性的未来，一直抱有乐观态度。例如，胡适在《读梁漱溟先生的东西方文化及其哲学》中说："真正的支配性因素就是环境本身，而

---

① 鲁迅：《文化偏至论》，载《河南》月刊第 7 号，1908 年 8 月。

② 胡适：《新思潮的意义》，《新青年》，第 7 卷第 4 号，1919 年 12 月 1 日。

③ 胡适：《胡适口述自传》，唐德刚翻译，华东师范大学出版社，1993 年版，34 页。

不是人类对它的态度，在某些自然的限制中，各个民族的环境条件是不同的，但是人的基本本质是，不断地寻求创造理性的方法以解决在他与环境的关系中所出现的任何问题。正因为如此，文化是生成的，而文明是造成的。中国和印度的确落在西方的后面，但这并不是因为这两个民族受到了一种'持中和向后的根本的毛病'，相反，这是因为他们从未面临过'逼迫的向后'的环境问题。"①在胡适看来，梁漱溟以向前、持中、向后三类态度，归纳西方、中国和印度三种文明，有着文化先决论的思维，忽视了人类追求民主自由和物质幸福的普世价值性。三是外在文化世界与人的建构的悖论，即作为批判的个体和作为群体中的个体的关系问题。在鲁迅个体与群体关系思考上，即优秀个体为庸众牺牲，庸众以众凌独的悲剧，是个体"反抗绝望"的抗争，而在胡适看来，自由是现代性的先决条件。为了使他自己与他所理解的历史目的结为一体，胡适反对一切阻碍思想自由的东西。然而，在具体文化事件决断上，胡适又是摇摆的，无法做到彻底，总幻想用个人对宏大叙事的牺牲换取自由主义主张的实行。这三个层面上，前两个悖论是最后一个悖论的基础，而最后一个悖论是前两个悖论思考的哲学提升。前两个悖论是鲁迅面对"启蒙与救亡"首先解决的问题，最后一种悖论更具个体性和个人感性色彩，反过来加深了鲁迅对前两种文化悖论深刻而绝望的感受。对于胡适而言，对文化悖论命运的感受，恰是以"个人牺牲"为代价的"能指"。在"高调"自由主义原则不断向后退却的过程中，胡适以自我牺牲，取得了"当代圣人"完美光环。对于胡适这种牺牲自我，试图在传统与现代，东方与西方之间调和的企图，蒋介石曾做了一个悖论式概括："新文化中旧道德的楷模，旧伦理中新思想的师表。"这也恰是胡适派中国自由知识分子的悲哀之所在。

相比较于世纪初的文化精英，王小波从出生到死亡的四十多

---

① 　胡适：《读梁漱溟先生的东西方文化及其哲学》，《读书杂志》，1923 年 8 期。

年间，中国经历了神圣话语圈从顶峰到逐渐崩溃的过程。这也是二十世纪上半叶悖论文化逻辑发展的必然产物。在王小波的思想发展中，存在几个阶段，即童年和少年的思维原发期，青年时期的思想发展期，中年的思想成熟期。这几个阶段的划分，不仅是一个生理性划分，更是寻找王小波在 1950 年代以来，权威红色话语在逐渐耗散、隐蔽、转移和实现新结盟的过程中，自我身份认同、自我形象塑造和自我话语形成的轨迹。王小波思想，是一个"反话语"的"向下位移"的过程，这也是他"低调进入思想"，"高调进入文学"的重要表现。从青年时期对革命的浪漫想象，到对革命话语的怀疑和沉默，从对革命权威话语的不信任，到对一切具有话语霸权性质的思维方式（如儒学救世、东方复兴、知识分子拯救者）的批判，从对高调革命道德的质疑，到对一切以道德名义伤害人性行为的批判。他将这种"向下位移"的思想底线定位在常识启蒙，低调理性和消极自由，不是试图建立话语权威体系，而是在对现有的话语权威体系的解构之中，完成话语自上而下"减熵"的过程。在这种"不断向下"的思想轨迹之中，恰因为理性限度，而使文学减少了狂热的话语权力幻觉，又清醒地区别于失去价值感的"玩文学"，从而具有了坚挺饱满的思想内核与别具一格的文体意识。

1990 年代后，随着文化语境变迁，由于"启蒙与救亡"双重主题退隐，"后现代与全球化"成了新时代主题，王小波所面临的文化悖论语境显然也发生了改变。一方面，个体批判传统时的压抑性焦虑，虽依旧存在，但已更隐蔽和多样化，对传统的批判具有了很大程度的合法性，但同时由于这种表面合法性，知识分子的"社会精英代言人"身份，正在不断被边缘化。从这个意义而言，王小波无疑反潮流而动，他对于二十世纪现代文化建设的意义也正在于此。从思想资源来看，无论胡适式的经验主义"匍匐前进"，还是鲁迅式"个人主义突围"，都是一个被"文坛进化论"在"表面所超越"的对象。我们当代的知识分子，可以准确地指出胡适"匍匐前进"的"狼狈"和"笨拙",却很少能尊重胡适的坚忍和牺牲;可以犀利地批判鲁迅哲学的"激进主义流毒",却不能体味鲁迅对个人自由和民族解放近乎偏执的信守。按照文学进化论观点,王小波的外国思想资源,也不应该是罗素、波普尔、萧伯纳、奥维德等人,而应是利奥塔、布迪厄、德里达、赛义德、詹姆逊、福柯、巴赫金等(尽管存在这种解读可能性)。王小波推崇的"个人主义""人的自由""道德批判"甚至"性写作",在中国当代文坛而言,早不是什么"新鲜"主题。这也是许多学者和作家,对王小波不以为然的重要心理因素。他们不能理解,为什么一个靠"重读"几十年前"人文和科学常识"的"低调主义作家",能在中国引发这么巨大而持久的影响力。这种对"常识"的坚守,一方面,说明二十世纪以来中国文化悖论所造成的"话语扭曲"对中国文化健康发展的伤害,另一方面,也说明了启蒙思想建设在当代中国的艰巨性、复杂性和必要性。

和鲁迅与胡适相比,王小波的地位卑微而边缘,他至死也不过是一个"文坛外高手"而已。然而王小波的思想优势正在于,他的立论出发点,正是由这种"边缘化"生发的,且王小波自觉地认可并固守着这种边缘性,对一切可能导致专制的宏大叙事,都表现出很大的警惕性。这也表现在1990年代初王小波许多反对国学、批判传统的杂文中。另一方面,文化价值和功能的自我相悖,相对"五四"时代,由于消费主义对专制体制的瓦解和妥协的两面性,变得更为破碎化与复杂化,这也表现在王小波对新的时代病批判的杂文中。1990年代中国日益变强大的过程中,"别立新宗"或"再造文明"的"宏大叙事",一开始就不在王小波的思想视野之内,他关注的是更纯粹的个人在中国文化的命运,这无疑把鲁迅和胡适关于自由主义的叙事前提,向前进了一步。最后,也是最重要的一点,王小波强化了对文化世界与人的建构价值的探讨,即文化发展以群体发展为个体谋福利,而文明的结果却常以群体名义实行对个体的额外压制和扼杀。这特别表现在王小波对中国传统文化中道德意识与权力意识结盟的思考。这一方面反映在王小波反思"文革"和激进主义的作品,如《黄金时代》《革命时期的爱情》等。另一方面,也表现在他对中国历史文化重估与对未来社会忧虑而凝结成的《红拂夜奔》《白银时代》等。这也形成了他反群体主义、反专制的文化思路,形成了更纯粹的个人主义的叙事主体性。由于自觉的边缘化身份的认同,纯粹的个人自由主义的视角,使王小波摆脱"强者突围"的绝望心态和"强者内省"的被动心态,从一个超脱的地位上实现自由主义主张和文化批判实践。

四

1969 年,十六岁的王小波作为北京知青,来到了云南省德宏州陇川农场原云南兵团农场十四队。这一段生活的经历对王小波的影响十分重大,并在《黄金时代》等作品中有所体现。王小波曾经在一篇散文中,回忆了那段压抑的岁月对个性的压制。也就是在这一时期,王小波开始严肃地思考生活,并开始尝试写作。写作,已经成了他超越苦难人生的一种方式:"16 岁时,他在云南,常常在夜里爬起来,借着月光用蓝墨水笔在一面镜子上写呀写,写了涂,涂了写,直到整面镜子变蓝色。"[①] 1970 年代末,王小波参加高考,进入中国人民大学,并继续写作,其早期小说《战福》《歌仙》《绿毛水怪》都体现出强烈的个性主义、浪漫色彩和反专制思想。此后,王小波留学美国匹兹堡大学,后回中国人民大学和北京大学执教,开阔了视野,也坚定了自由主义信念。这期间,著名学者许倬云使王小波对信仰的宽容有了更深认识,由早期单纯反对各种权威话语,发展成在个人主义条件下低调理性的宽容理解,即将一切立论

① 李银河:《浪漫骑士-行吟诗人-自由思想家——悼小波》,选自艾晓明、李银河编选《浪漫骑士——记忆王小波》,中国青年出版社,1997 年 7 月版。

基础放在"个人"之上，都是"个人"的选择，可以自我坚守，但绝不可强加于人。1992年，王小波辞去中国人民大学会计系的公职，专心做自由撰稿人，是王小波人生的一个重大转折。此前，他的小说《黄金时代》获第十三届《联合报》文学奖中篇小说大奖，这也更为坚定了他作为一个自由作家的信心，此后，一直到1997年逝世，王小波创作了大量杂文和小说，并在社会上引起了广泛影响。1990年代，王小波真正作为一个文化符号和文学事件走入我们视野。可以说，王小波既是一个世纪悖论性语境的产物，更是1990年代文化现实所产出的最后一个文化英雄，尽管这个英雄恰以反英雄的面孔出现。

这里必须谈谈1990年代的文化语境问题。1993年，著名学者王晓明等人发起"人文精神大讨论"。这是研究1990年代中国文化现实的一个经典性个案。王晓明不无苦涩地说："我过去认为，文学在我们的生活中占有非常重要的地位，现在明白了，这是一个错觉，即使在文学最有轰动效应的那些时候，公众真正关注的也并非文学，而是裹在文学外衣里面的那些非文学的东西。"①实际上，那一代知识分子的认知方式基本上没有离开鲁迅式的思想和情感思维模式。然而，他们却发现，他们熟悉的概念、理想、法则面对全民狂欢的商业大潮，处于失语的表达焦虑之中。在知识分子启蒙主体地位的盲目乐观被终结之后，经济冲击和文化精英的失落，共同构成了1990年代极微妙的准个体写作语境："90年代是一个价值多元、文化失范的年代……个人性正是在碎片化的缝隙中逐渐确立……新旧杂陈的状态并非毫无秩序，这是一种层积格局，新观念漂浮于旧观念之上。"②然而，世纪初的问题不但没解决，反而出现了新特点，即"碎片化的多元文化时空并置"。一方面大量落后文化景观顽固地残存，另一方面却是新的文化形态衍生；一方面是清醒的抵

---

① 王晓明等：《旷野中的废墟》，原载于《上海文学》1993年7期。
② 黄发有：《准个体时代的写作》，三联出版社（上海），2002年11月版，9页。

抗,另一方面却是彻底的虚无和物质迷失;一方面,权力控制的松动使自由主义的表述成为可能,另一个方面,消费主义与权力的合谋,使文化现象虽然破碎混乱,却受到了更为严密而隐秘的控制。这种价值体系的崩溃很难让人找出超越的途径,每当我们试图摆脱这种越来越强的悖论荒谬感,得到的却是愈来愈深的悖论荒谬感。一方面,我们出于民族尊严感,要求在文化上维护我们的民族性,强调现代化进程中的民族差异性,另一方面,我们又难以设想具有民族性的现代化究竟是一种怎样的情形,如何描述出它的合理性[①]。

　　然而,我们同样看到,自由主义,这个曾经被中国知识分子冷落和抛弃了近半个世纪的概念,也因为激进主义退潮,后现代式的新自由主义的兴起,又一次在中国思想界展示出和1980年代激进自由主义不同的理论魅力。朱学勤、徐友渔、萧功秦等激进传统意义的"右翼学者",也开始活跃在思想界。"反思"和"重新前进"对于"躲避崇高""吃饭哲学""零度写作"或继续"清洁的精神""以笔为旗"而言,无疑是一个难度系数更高的文化体操动作。而王小波的出现,也给自由主义的兴起,从文学创作上以有力的呼应作用。面对知识分子或退回书斋,或投身商海政界,或以传统而自居,或坚持曲高和寡的清高,王小波式的自由主义提出了对新"悖论"式语境深刻的理解和超越。他试图在理性与感性、自由与秩序、现实与审美、传统与现代中找到一种悖论式观察问题的视角和方法论,也就是现在批评家常提到的王小波的"底线精神"和"韧性战斗"。那就是对现实既不退让,也不回避,既不随意妥协,也不贸然激进,既尊重世俗理性的合理性,又高扬智慧和自由的力量,展现出一种鲁迅"韧性"的战斗风格,又有胡适"匍匐前进"的勇气。他敢于"逆潮流而动",又坚守必要的精神底线;既避免了虚无主义和犬儒主义的干扰,又有坚定的自由主义信仰;既拒绝

---

① 孟繁华:《众神狂欢》,今日中国出版社,1997年9月1版,213页。

"人文精神""儒学复兴"之类宏大叙事的说教和引诱，又坚持实证主义和科学主义的态度，用强大的事实逻辑立论，从一点一滴处唤醒人们的自尊、理性和自由感。

就个体与群体的关系而言，王小波的立论基础是个人化的。他站在自由主义的立场上，不遗余力地反对儒学复兴和道德激进主义对人性的伤害。如果说鲁迅的立场在于"立人"—"立国"的努力，则王小波一开始就是"立人"，且接近于胡适所谓"理性的人"。而与胡适不同之处在于，王小波心中的"理性的人"，从来不是一个预设的基础，而是一个最高目标，是一个在现实中不断被考验和阻断的目标。就王小波而言，并不存在外部救亡图存的文化背景，因而他的思考，一开始就是从纯粹的个人主义角度出发，相对于鲁迅和胡适对个人的超越性、完美的道德性的追求，王小波的立场更多是一种世俗理性。他张扬个性，关注人的个体精神自由、人的欲望解放，包括性欲和破坏欲、人的游戏精神。他备受罗素、伏尔泰、薄迦丘、洛克、拉伯雷、布罗代尔等大师的影响，是不言而喻的。因此，在王小波汪洋恣肆的小说中，却洋溢着一种保守的批判理性思维做基础，所有的"欲望叙事"都是以一个"欲望压制"的非理性的对立物而存在的。他清醒地认识到，在我们这个所谓多元代替专制，对话代替对立的众生喧哗的时代，依然有着一种稳定的"群体主义"文化逻辑，在以各种各样的面貌和方式，遮蔽着个体的主体性实现，扼杀着丰富美好的人性，甚至规范着我们"表述欲望"的方式。所以，在王小波群体和个体的关系中，个人的、个体的自由和尊严，是优于群体而出现的。然而，这种个体精神的张扬又不是无原则、彻底反集体的，个体自由精神的张目，只是为摆脱权力控制，实现对"沉默的大多数"的个性解放。

这种王小波式的韧性战斗中，他不需要鲁迅式的英雄崇高感和胡适式"吾辈不出，苍生若何"使命感，因为他的童年和青年时期，整个社会都在以革命"崇高"和"神圣"作为唯一的合法话语，成年以后这个话语圈依然有一种隐性强大势力。它严重制约着人们的思想。1990年代，"个体和群体"的关系已泛化，绝不仅是庸众"以众凌独"的问题。在"救亡"退隐后，个体自由和独立问题，才越发尖锐起来。王小波的首要任务不是考虑个体如何反抗群体，进而拯救群体，而是认识什么是真正独立的个体意识、自由意识。正如他自己所说："自我辈成人以来，所见到的一切全是颠倒的。在一个喧嚣的话语圈下面，始终有个沉默的大多数，——但我辈现在开始说话——千里之行始于足下，中国要有自由派，就从我辈开始。"①他看到了太多以"崇高"名义的虚伪、自私和怯懦。他拒绝道德化的文化身份，为我们展示一个生机勃勃的创造世界；他拒绝"反抗绝望"姿态，却选择了"游戏"态度。因为他很少体验真正"反抗"的崇高感和成就感，相反，这个社会给他展示的却是自我崇高化的过程中的荒谬和非理性（如红卫兵造反运动）。王小波笔下的人物，不等同于余华、苏童笔下受侮辱和损害的无辜者的"受难形象"，而是一个否定性的、生机勃勃的精灵，存在于历史和未来的想象之中，现实的"沉默者"形象，则反证出想象的可贵。游戏的态度，更可以使其在意识形态的边缘游走，寻找一种文明本源的强悍生命力。从另一个角度说，他拒绝了"超我"的文化心理人格对现实语境的禁忌，因这种无限提升的"超我"已成为人性桎梏，成了文明压抑之外的"额外的压抑"（马尔库塞语）。他关注"自我"和"本我"被"超我"的意念压制、摧残的情况，他的文化思维更多呈现出追求世俗理性、鼓吹人性解放的色彩，既迎合了1990年代以来社会思想的民间呼声，又体现出卓尔不群的人文意识。

同时，王小波也穿透了文化悖论给中国带来的自由主义的缺失。他之所以将"文革"批判作为着力点，不仅因为那是自己熟悉

① 刘晓阳：《地久天长》，选自《浪漫的骑士》，中国青年出版社，1997年10月1版，122页。

的生活经验和文化语境，更是因为我们所谓 1980 年代"新时期文学"，并不是真正"文艺复兴"，而是一次被"悬置记忆"的有限人道主义回归。当这种回归被断裂之后，批判现实主义便在主旋律文学和先锋小说的双重挤压下失去了话语阵地，特别是 1990 年代以"经济决定一切"逻辑出现后，整个社会氛围异常浮躁。一方面，随着经济发展，文化虚荣心的膨胀将"儒学复兴"和"说不"带给了中国；另一方面，整个文学导向较 1980 年代而言，更为混乱。1990 年代以后出现的"新现实小说""新写实小说"，都不同程度继续着对现实的遮蔽，而将"现实主义"沦为自然主义的琐碎细节和小市民的悲欢离合。可以说，王小波的小说使命，是接续了 1980 年代未尽主题，而将之发扬光大了。他对"文革"的批判，恰戳痛了二十世纪以来中国文化境遇的"根部"——传统道德性与现代性在话语霸权上的结合。二者的结合必然会导致不伦不类的新的专制。这种专制也恰以牺牲个人自由为代价。王小波在这种文化错位的文化语境中，便表现出一种"整合"态势，从而穿越光怪陆离的时代表象，将二十世纪中国文学自由主义的现代化使命进行到底。

第二节 "群体否定"与"宽容理性"
——自由主义文化逻辑

一

虽然王小波不是逻辑学专业出身，但父亲的逻辑学造诣，大哥王小平的逻辑学研究，都对王小波有所影响。而王小波对逻辑学的热爱，其实更是一种文化逻辑，是对科学的热爱，对智慧的热爱，对自由的热爱。同时，权力话语力量，不一定首先表现在政治、经济和军事上，而会表现为逻辑上的权威强制性。而王小波以"逻辑"为其批判切入点，无疑有"釜底抽薪"的震撼力。无论王小波的小说，还是杂文，都表现出良好的逻辑学修养、浓厚的逻辑趣味，并以此成为知识分子叙事表征，和实现批判理想的有力武器。

我们看到，在胡适的文化逻辑中，普遍理性的肯定思维方式仍是主要的，他首先第一位的是肯定，而不是否定，即先假设理性个体的存在，理性是可以为人们，特别是中国的人们所学习并具备的，由此推出人们应该运用学习西方的实验理性，来解决中国的实际问题，例如所谓的"中国五害"，进而在实践中检验解决的结果，达到民族文化的整体复兴。而对于"自我"而言，肯定也是第一位的。一个理性的"自我"，始终是不容怀疑的，而且是他人学习的榜样。沈卫威曾指出："政治信念的理想化和乐观态度，在胡适身上表现的是向目的伦理和责任伦理的双重企及，并时常外露出高调的民主政治观和个人自由主张。"[①] 在《多研究些问题，少谈些主义》中，胡适尖锐地看到了主义泛滥，导致的空疏不学，夸夸其谈的不好风气。这恰恰是从具体的人，个体的人的进步出发的，主张将主义"工具化"，而反对一种以"主义的宏大叙事"为能称的道德化、崇高化，甚至是"万能化"。他似乎是预见了"主义"泛滥在中国所造成的悲剧："主义"的大危险，就是能使人心满意足，自以为寻着包医百病的"根本解决"，从此用不着费心力去研究这个那个具体问题的解决法了。[②] 而在一个风云激荡的时代，在一个各种主义大冲撞的年代，在各种问题纠合成乱麻的年代，又怎容他一个个问题去理性解决？

与胡适的这种肯定的哲学逻辑相比，我认为，王小波的文化逻辑思维，类似鲁迅，都是从"否定"出发的，所不同的是，鲁迅以"自我否定"的哲学上升为"强者突围"的心理模式，而王小波却从对"群体"价值和功能的否定入手，其结论却是"胡适的前

① 沈卫威：《自由守望：胡适派文人引论》，上海文艺出版社，126页。
② 胡适：《多研究些问题，少谈些主义》，《每周评论》第31号，1919年7月20日。

提"——个体自由主义。这也与王小波对文化语境的认识有关。从看似荒诞的前提出发，得出一个意想不到的结论，目的是戳穿荒谬，是证伪，而不是证明。当然，王小波的"群体否定"，并不是反对一切群体性的道德，而是那些以群体的名义压制个人幸福和自由的"群体话语霸权"。同时，王小波在小说中所揭示的，也正是一种胡适式的普遍理性在中国群体主义集权制下的悲哀遭遇。而理性的悲哀，恰恰在于，它是一个"呆头呆脑"的东西，只会按照科学的逻辑进行，不懂得根据环境而"识时务"，不会"装傻""装蛮"，更不会"唱赞歌""打棍子"。当理性泛滥时，它有可能成为人压抑人的工具，比如西方后现代主义所批判的，但同样可怕的，是用一种道德逻辑（例如平均主义、革命）将理性置于可笑可怜的境地，而这种情况现在仍然屡见不鲜。从这一点上说，王小波所揭示的中国文化语境无疑又是前现代的。同时，王小波的深刻之处在于，他不仅批判了革命逻辑和道德逻辑对理性的伤害，他批判的，同样是普遍理性本身。依靠普遍理性而获得普遍真理，这是知识论的伟大梦想。可是，不合道理的是，理性其实并不能保证找到真理，至少是不可能找到足够多的真理——事实上真正可靠的真理只不过是理性的自我表达（逻辑和数学的形式真理），而不是对事物的表达。普遍理性达不到普遍真理，这一荒谬事实如此不合道理，却又如此真实。尽管康德、胡塞尔等哲学家在发现理性潜力上做出了很大努力，但理性的有限性决定了不存在一个能够超越"意见世界"的"真理世界"。

否定主义哲学，首先是一个哲学命题。它表明了一种价值追问和精神超越的追求状态。我们看到，它既导致价值的终极追问，也导致非理性的虚无主义，既产生发展的力量，也产生毁灭一切的力量。它是思想和文化革命的源头，也是社会动荡的重大因素。但是，假如失去了否定性，片面追求历史偶然性和不确定性，追求历史的和谐性，同样也会导致平庸主义盛行，平面化无深度的文本阐释，虚假的颂歌文学，或温情脉脉的消费文学①。汪晖指出，鲁迅的思维方式存在着矛盾和对立，但是矛盾的双方又各自包含真理性，比如对民主和科学的向往和对其的反思，对社会进步的坚信和对历史循环论的展示，对社会愤怒的批判和虚无的消解。鲁迅式"否定哲学"，从"现在进行时态"的群体中的"自我否定"出发，达到"群体否定"的目的，这是一种"不断生成"的"否定辩证法"。"自我否定"使鲁迅取得了"群体否定性批判"的立足点，"现在进行时态"的"不断生成"，保证了否定哲学不流于偏狭。

王小波的思路，却有所不同。王小波在《救世情结与白日梦》中提道："现在有一种'中华文明将拯救世界'的说法正在一些文化人中悄然兴起，这使我想起了我们年轻时的豪言壮语：我们要解放全天下三分之二受苦的人，进而解放全人类……最后得出的结论是：不能去。理由是：我不认识这些受苦的人，不知道他们在受何种苦，所以就不知道他们是否需要我的解放。尤其重要的是，人家并没有要求我们去解放，这样贸然过去，未免自作多情。"②在这篇杂文中，王小波将 1960 年代革命激进主义和 1990 年代文化保守主义联系起来，敏锐地看到了二者在"媚俗"和"媚雅"背后相似的

① 学者吴炫提出"本体性否定"，并提出了三大假设。"平衡性否定""创造性否定""批判—建构"的否定。（《中国当代文化批判》，吴炫，学林出版社（上海）2001年8月1版），他主张批判和创造的统一，而创造则被定位于否定者是否有自己对世界的"个体性理解"上。对于二十世纪初以来的文学思潮，吴炫指出，二十世纪中国知识分子以西学反传统，可以说是"肯定的否定"（肯定西方），也包含着中国学者的个性化阐释而导致的一般质变，但因为缺乏哲学上原创性的"个体化理解"，所以我们不是追逐西方，就是在思想上产生当代性的空虚。他认为，作为完整的哲学体系，它存在许多问题。吴炫本意是从对黑格尔和阿多尔诺的反思中，获得一种"中国特色"的否定哲学观。可在文化实践上，文明之间的"平行、对等"，完全反"二元对立"的建构，都很难加以实践。但将这种创造性否定的思路，运用在对中国文学和思想史发展的梳理和探索上，运用在对百年中国文化语境的悖论逻辑的分析上，却是有用的创造。

② 王小波：《救世情结与白日梦》，选自《沉默的大多数》，中国青年出版社，1997年版，117页。

文化逻辑，那就是不讲科学理性，不讲严格的"区分"（例如一厢情愿的"解放"和被解放者心中的"解放"之间的区别），更不讲辩证法，靠煽动一种情绪（政治激进、民族主义等）直接跨过过程，以目的论代替方法论。

这里，就有了鲁迅否定辩证法成立的几个前提：1. 科学的区分。2. 个体的主体性。3. 辩证的态度。但是，激进的极左逻辑对鲁迅的利用，恰是从对鲁迅的"减法"处理入手。他们剥离"现在"概念中的个体意味，代之以集体之名的道德价值判断，以人民的名义压制人民，以领导者的个人意志越位为群体的代言人，公益与私利不分。没有了科学的区分，个体的主体性和辩证的态度，鲁迅的否定的辩证法，就成了一根随意打人的"铁棒"。

这种缺陷，到了王小波才有了实质性纠正。王小波将强者的戾气转化为顽童轻松的游戏，在王小波的笔下，"群体否定"的宽容理性和仪式化的刑罚狂欢代替了偏激的理性内敛，更多地表现为智慧的反讽和幽默的调侃，以及宽容的理解（比如对农民和军代表）。他突出智慧、美丽、尊严、勇敢等游戏精神，以此保持二元对立的实践性，又避免了鲁迅式二元对立造成的消极后果。诚然，王小波也有着宏大叙事的内在冲动和边缘身份的矛盾，比如他既声称代表"沉默的大多数"，又在作品中张扬一种个人主义对大众的否定。但是在这里，个体的主体性并不是被削弱了，而是获得了更强大的理性和从容心态。1990 年代后，中国的文学界和思想界都面对一个重大问题：如何在现代理性的基础上重建精神价值超越，向更深和更广的视野走去，脱离中国旧文人的心理惯性、奴性的权力依附传统，以及自我封闭、自我辩证的心理空间，真正形成独立于政治和社会层面，又强烈关注社会批判性实践的"有机知识分子"。从某种程度而言，王小波超越了鲁迅模式的束缚，也超越了当代的西方论者、保守自由主义论者等潮流之处，正在于他坚持了悖论地观察分析中国具体文化事件的心理能力，坚持了对"此在"的理性关注和理论实践性，同时又发展了鲁迅"自我否定"来突围悖论困境的逻辑前提，成为一种虽然有着自嘲、自虐，却充满了不屈的创造欢欣的乐观精神，用"快乐"与"有趣"的世俗理性和经验理性的价值向度，用科学的理性批判主义思想，为中国精神价值重建提供了新可能。如果说，鲁迅的"自我否定"是用"否定性"体现鲁迅用否定"属于此在历史"的"自我"的"负值"，来建立对"新"的"自我"和"群体"的合理性与合法性的"正值"想象，那么，王小波一开始就否定"属于此在历史"的"群体"的"负值"，来建立对于"新"的、"将来"的"自我"的合理性与合法性的"正值"想象。从表面上看，王小波从群体对个体的压制入手推导问题，"自我"充满了"自嘲""自虐"的精神。但这个"自我"不同于鲁迅的那个"自我否定"。因为，在鲁迅笔下，"自我否定"是推理前提，而在王小波而言，一个自虐、自嘲的"自我"，正是精神个体面对群体伤害，最大力量的反抗之所在。但从另一个方面讲，这个问题的复杂在于，鲁迅式的"自我否定"又不是单纯的"牺牲自我"成全"群体"，而是用"否定自我"寻找逻辑立足点，攻击旧秩序。这种"自我否定"激愤的情绪，如果缺乏强大精神支持，又易导致精神溃败。王小波的思想优势在于，他一开始就站在对群体主义批判的基础上，对阴阳两界区分：

> 有一件事大多数人都知道，我们可以在沉默和话语两种文化中选择——然后我猛省到自己也属于古往今来最大的一个弱势群体，就是沉默的大多数，这些人保持沉默原因很多，有些人没能力，或没机会说话，还有些人有隐情不便说话；还有些人，因种种原因，对话语世界充满了厌恶之情。①

----

① 王小波：《沉默的大多数》，选自《沉默的大多数》，中国青年出版社，1997年10月1版，6页。

二

在王小波看来，世界可以划分为阳（话语）和阴（沉默）两个世界，话语世界掌握着世界的正值和权力，它是伟大、光荣、牺牲、崇高等宏大叙事的世界，这里虽有真正高尚，但更多是权力的争夺欲望，充满着装傻的表演，非理性的狂想，和被强迫征收的话语的税金（比如在会上的无聊表态），而沉默的世界，则是由被遮蔽的许多个体组成，是世界的负值，他们被迫丧失了表达自我的机会，特别是对于那些看透了权力话语的把戏，因厌恶而保持沉默的知识分子，这种个体意志的压制，无疑是对自由、智慧和生命活力的最大摧残。从这个立场出发，他就抓住了中国许多问题的要害，也将鲁迅"庸众以优异个体为牺牲"的群体和个体关系的思考前进了一大步，即将庸众的力量有条件地区别于权力控制，指出庸众的许多人，之所以存在"以众凌独"现象，这种愚昧首先由于权力话语控制所导致的贫乏。对于权力话语而言，庸众中的许多人，如军代表或老雇农，也是话语的受害者。这就转移了鲁迅的逻辑立足点（我也是吃人之人），从一个更宽容的视野将批判火力集中于权力如何通过话语控制生命个体的秘密。同时，伴随着"否定群体"的过程，是对"作为个体的人"的思想独立、精神自由、创造力的逻辑推导，既然"阳"的群体世界是建立在对个体集合的弱势的"阴"的世界的遮蔽上的，那么，即便这些个体是不完整的，也需要解放这些个体。从"个体的人"到"群体的人"，在王小波看来，是一个建立在"理性、快乐、宽容和智慧"基础上的"个体的集合体"。如果权力对个体造成"额外的压抑性"（马尔库塞语），就是不合人性的。

那么，王小波的"群体否定"逻辑，又如何在悖论式的文化语境中取得逻辑上的立足点呢？我认为，一是利用证伪主义的方法论，推进反"群体主义"的"反乌托邦"的哲学思想。二是超凡拔俗的游戏境界的描绘。而这种境界的描绘，却是在一种自嘲、自虐的精神下出现的，一方面展现了现实对个体的压制事实，另一方面，也通过一种对立展示一个个体主义者无所不在精神创造的欢欣和精神反抗的力度。三是宽容理性的低调基础，即在民主、科学的基础上，继承鲁迅式的悖论式观察方法，提倡多元文化的共生。对于文化语境先于自身而存在，而否定传统和历史，必然要面对自我也是历史和传统的一部分的问题，那就是"宽容"，"共处"与"对话"的经验理性姿态，即这种"反传统""反历史"只是从低调而常识性的生活做起，从一点一滴的实证做起，从"自我"的改变做起。也就是说，一方面，从一个新的现实语境出发（一个多元并置、初步繁荣的半工业国家），在淡化了"民族生存危机"引发的文化功利色彩之后，拒绝用"整体观"的文化功能思维代替分析性的对传统和历史的接受，拒绝用一种群体思维代替另一种群体思维（比如说全盘西化从"现实落后"的"果"推出"彻底否定历史"的"因"），另一方面，也并不因为拒绝群体神话而放弃个人努力，完全否定民族和文化的合理性，从而试图通过个人的不懈努力达到对"作为个体大众"的理性启蒙。在杂文《京片子与民族自信心》中，他对国人文化对港台的一味追风表示了嘲讽，而在《东西方快乐观之我见》中，他客观地分析了西方文明中"物质自激"和东方文化的"人际自激"，指出了各自的优劣，并对目前转型期悖论化的碎片化的人文景观中，许多国人不但没有取两种文明之长，反而取两种文明之短的"多元并置"的悖论表示了批判："搞不好，还能把两种毛病都一齐染上：出了门，非奔驰车不坐，非毒蛇王八不吃；回了家，却又满口仁义道德，整个一个封建家长，指挥上演着草菅人命的丑剧，比如说大邱庄的那样，要不就走另一个极端，对物质和人际都失去了兴趣——假如我不算太孤陋寡闻，这两样人物，我在当代中国都已经看到了。"[1]我们看到，这并不是一种西方长于

---

[1] 王小波：《东西方快乐观之我见》，《沉默的大多数》，中国青年出版社，1997年10月版，147页。

物质，而东方长于精神的文化保守主义论调，而恰恰是以批判的目光，看到了两种文明的不足，和在中国 1990 年代文化语境中的悖论生成。这也是鲁迅在考察世纪初文化现象时，对"洋服青年""西崽""革命小贩"等一系列文明怪胎批判时的一个立足点。这些思考和批判，对于我们民族新理性的重建，无疑具有重大价值。

由这一点出发，王小波将反对中国传统"瞒"和"骗"的斗争更加深入了一层，那就是反对以"群"的权威和势力，进行反智主义的"装傻"与"装蛮"。由此，进而彻底颠覆以"人民"的立论逻辑在我们国家所造成的巨大的悲剧的逻辑根源。"人民"这个大得让人喘不过气来的宏大叙事话语，不仅是意识形态的工具，同样也是群众的工具。一旦公共话语秩序被破坏，每个人都不能在尊重自我的权利和责任的基础上尊重他人，意图伦理和责任伦理一样，便都成了一个私德的世界，一个欲望没有缰绳的世界。这便是我们生存的部分真相。如果说，"瞒"和"骗"还是统治者用来维持统治的方式，"装傻"与"装蛮"却是集体心理学的取胜之道。鲁迅也曾多次讽刺这种群体现象："你说甲生疮。甲是中国人，你就是说中国人生疮了。既然中国人生疮，你是中国人，就是你也生疮了。你既然也生疮，你就和甲一样。而你只说甲生疮，则竟无自知之明，你的话还有什么价值？倘你没有生疮，是说诳也。卖国贼是说诳的，所以你是卖国贼。我骂卖国贼，所以我是爱国者。爱国者的话是最有价值的，所以我的话是不错的，我的话既然不错，你就是卖国贼无疑了！"[1]"装傻"与"装蛮"，大都不是对待外来的压迫，而是对其他社会个体的利益争夺之中产生的。"会哭的孩子有奶喝"，在一个"私德"成为利益潜规则的国度，"装傻"和"装蛮"，便成了个人在人际疏通之外的另一种有效的获利方式，对此，王小波批判道："在我们这个国家里，傻有时能成为一种威慑，假如乡下一位农妇养了五个傻儿子，既不会讲理，又不懂王法，就会

① 鲁迅：《论辩的魂灵》，选自《鲁迅全集》，2 卷，人民文学出版社，1980 年版，45 页。

和人打架，这家人就能得点便宜。聪明人也能看到这种便宜，而且装傻谁不会呢——所以装傻就成为一种风气。"[1]于是，无论知识分子的"表态"、作家的"文坛谩骂"，还是农村分家产时的暴力事件，"装傻"与"装蛮"，时间长了，就会变成了真傻和真蛮，忘记了人类理性的可能。

三

具体到文学操作层面，王小波的这种"群体否定"的文化逻辑，也充分表现在小说的逻辑化情节设计中。王小波关注的，是独立个体在权威的群体权力逻辑下处于的"无法辩诬"的状态，及如何解脱的问题。文学本是形象系统，但王小波却另辟蹊径，用逻辑学的推演，强化了作品的思想力量，并以此推动故事发展，并和整体叙事浑然一体，不能不说是王小波对汉语文学注重表现，缺乏理性抽象的问题的一种修正。

王小波逻辑化细节设计中，有一种"因果关系"逻辑。例如《似水流年》"龟头血肿"事件，我们可看到王小波逻辑学式细节的幽默和力量。李先生的逻辑是，他遭到司机班李师傅的袭击，龟头血肿，所以应该得到大家的同情和支持，并惩办凶手。但他的不幸在于，他的受伤部分非常隐私，联接着"性"的意味。而"性"恰恰是一个不能进入道德秩序的事物。所以，李先生受到了大家的嘲笑。而李先生进一步论证，龟头血肿——疼——申诉，这是一种人道主义的理性思路，但这种思路只会暴露更多个人隐私，从而将自己沦入更尴尬境地。但在这时，关于"龟头血肿"的讨论，还只限于"民间"的范围内，但由于李先生的"龟头血肿"事件已经在不断讨论中，成为了一个"公共事件"，从而威胁到"革命逻辑"的确立。于是，革命主义对此的道德逻辑定义和推理便是：革命是大

---

[1] 王小波：《我的精神家园》，文化艺术出版社，1997年版，3页。

道理——龟头血肿是小道理——"大"比"小"重要——所以，龟头血肿不值一提。对此，李先生便陷入了一个困境：如果继续讨论，则是反对革命，如果不再讨论，则是反对理性。然而，在一个道德化语境中，在理性／反革命之间，李先生只有保持沉默。

同时，利用事物之间的逻辑悖论关系，揭示权力话语的虚伪和专制，是王小波小说逻辑化细节的另一特点，在这样的细节中，"描述"的功能已不重要，而对细节中人物和事物逻辑关系的分析，却成了细节的重点和力量所在，例如小说《黄金时代》的倒数第二段：

> 陈清扬说，承认了这个，就等于承认了一切罪孽。在人保组里，人家把各种交代材料拿给她看，就是想让她明白，谁也不这么写交代。但是她偏要这么写。她说，她之所以要把这事最后写出来，是因为它比她干过的一切事都坏。以前她承认过分开双腿，现在又加上，她做这些事是因为她喜欢。做过这事和喜欢这事大不一样。前者该当出斗争差，后者就该五马分尸千刀万剐。但是谁也没权力把我们五马分尸，所以只好把我们放了。[①]

再次，"证伪"也是王小波擅长的另一种逻辑化细节设计。在《黄金时代》中，有一个"母狗事件"，生产队长怀疑王二打瞎了他家母狗的左眼。王小波为证明"王二"清白，特别列举了三条"必然存在"的常识判断，即只要队长家有一只母狗，母狗有左眼，而王二也有手，那王二在队长眼中就一定是凶手。也就是说，一旦社会的权威力量，或者说，这种力量的代表，例如生产队长、军代表，认定王二"有罪"，王二便会陷入一种卡夫卡在《审判》中所描述的绝望处境。那就是，充分条件变成了必要条件，常识判断在

---

① 王小波：《黄金时代》，花城出版社，1997年版，61页。

缺乏必要论证和程序的情况下，变成了判决有罪的完全理由。这种罪便成为一种"原罪"，即前提不可讨论与辩护之罪。引发这种原罪指认的，恰恰是个体的自由精神对革命话语的冒犯。而在理性主义和自由主义看来，根本不存在什么"原罪"，一切不过是意识形态预设的道德法庭，借以控制个人的心智和肉体。而和"母狗事件"一样，在"破鞋事件"中，陈清扬也陷入了一种为"无罪"辩护的境地，而她的罪却是"性"。陈清扬想证明自己不是"破鞋"，可以从形式逻辑的因果推论中得出结果："如果陈清扬是破鞋，即陈清扬偷汉，则起码有一个某人为其所偷。如今不能指出某人，所以陈清扬偷汉不能成立。"但是，陈清扬冒犯了群体主义逻辑，同样也陷入了无法辩护的境地：所谓破鞋者，乃是一个指称，至于大家为什么要说你是破鞋，照我看是这样：大家都认为，结了婚的女人不偷汉，就该面色黝黑，乳房下垂。而你脸不黑而且白，乳房不下垂而且高耸，所以你是破鞋[①]。其一是，群体主义的话语权威力量，即大家都说你是破鞋，你就是破鞋，没什么道理可讲。大家说你偷了汉，你就是偷了汉，这也没什么道理可讲；其二是，陈清扬作为一个已婚的"漂亮女子"，"冒犯"了普通公众有关女人的一般性看法，而这种冒犯的表现，便会不证自明地被"想象"成"乱搞"的结果。如何才能摆脱这种群体主义逻辑对个体的压制呢？王小波的方法论就是从"群体否定"的前提出发，得出一个"个人主义"的结论。这是一个证伪式的逻辑思路，即要证明一件事物是正确的，如果不能从正面证明它的正确，就要从另一面证明否定它的不正确。例如对于"母狗事件"，既然群体的权力秩序凭借"想当然"就可以认定王二是打狗凶手，那么，这个"结论"在王二而言，就是不具有合理性与合法性的。而王二的解决办法，并不是按照权力秩序设计的"辩诬"程序，而是否定掉整个事件的前提——"母狗"，打瞎其另一只眼，令其走失，从而让生产队长失去了所

---

① 王小波：《黄金时代》，花城出版社，1997 年版，45 页。

有装腔作势的借口。同理，在"破鞋事件"中，因为"乱搞男女关系"是个人的事情，群体无权干涉，所以，陈清扬根本不需要证明自己"清白"。甚至进一步而言，所谓"清白"，本身就是可以质疑的东西。所以，陈清扬和王二解决有关"搞破鞋"的非难的最好办法，就是变成真正的"破鞋"，并通过无所畏惧地将"破鞋"进行到底，从而揭破所有群体秩序权力者的偷窥欲和迫害欲。

第二章　王小波的家庭环境与童年成长

第一节　王小波的家庭环境

一

考察作家独特的精神世界和气质风格，必须对作家的家庭和成长环境有充分的了解。现代文学视野中的作家论，往往在这方面做得比较好，比如，鲁迅的"绍兴往事"对他的影响。甚至有日本学者对目连戏等地方戏剧、民俗风情和鲁迅的关系，都有非常深入精到的研究。相比之下，当代作家论就少有这种更为深入的成长环境和作家之间联系的细致考辨。

丹纳在《艺术哲学》中说："有一种'精神的气候'，也就是风俗习惯和时代精神，和自然界的气候起着同样的作用。"但他并没有忽视作家的主体作用，"严格说来，精神气候并不产生艺术家。我们先有天才和高手，像先有植物的种子一样。"在丹纳看来，艺术家的成长，最终是个人的独特才华和时代的某种"遇合"。而环境的选择机制也非常重要，"精神气候仿佛在各种才干之中作着'选择'，只允许某几类才干得以发展，而多多少少地排斥别的。"① 从文学空间地理的角度考察，王小波的成长离不开几个地理坐标：北

① 丹纳：《艺术哲学》，傅雷译，人民文学出版社，1963年版，16页。

京、山东、云南，更进一步，还要加上泛文化意义上的美国。从时间意义来考察，王小波对中华人民共和国建国后的"革命氛围"和"后革命氛围"的考察与体验，具有着非常典型的特征：既是悖论时代影响的产物，也是王小波独特的艺术个性使然。

但如果把王小波的成长背景和与时代的关系放置在整个当代文学的发展中看，考察那些同样北京出生，和王小波年龄相仿的作家，又感觉颇有意味。1951 年出生的北京作家史铁生，毕业于清华附中。他去陕西插队，经历了身体疾病，病退回北京后，文学成了这个"残疾的北京青年"的存在理由。1950 年出生的作家李锐，同样是四川老乡，也是长在红旗下的北京青年。"文革"开始，李锐在北京杨闸中学毕业，亲历家破人亡惨剧。他背负沉重精神负担，随着上山下乡大潮，来到贫瘠的山西吕梁山邸家河村插队。文学成为"拯救"这个北京青年脱离苦海的唯一出路。同样出身于进京干部家庭，1949 年出生的陈建功，1950 年代跟随父母，从广西北海来到北京。读高中时，陈建功目睹了名字被写入狗崽子栏目的屈辱，被治安保卫员毒打。他在京西煤矿挖了十年煤，在指挥矿车时，脊椎受伤，差点瘫痪，四个月后才有知觉①。同样是文学，才让他最终考上北京大学中文系，并一举成名。再考察年龄大一点的，比如，毕业于清华附中的，1947 年出生的郑义；毕业于北京四中的，1948 年出生的张承志和礼平，我们会发现，王小波的成长环境，既和这些同代作家有很多交集和相似之处，又有着很多差异性。王小波的父母是进京的外地干部，也是延安时期参加革命的老干部，但都不属于军队和政府领导层，而属于教育部和人民大学这类"革命知识分子"。"文革"期间，王小波的家庭受到冲击，但并没有太大的家庭悲剧，基本保持较稳定的生活。王小波虽参加过红卫兵，但大致是"逍遥派"，并未对红卫兵运动和武斗等政治行为有很深介

---

① 梁丽芳：《从红卫兵到作家》，台北万象图书股份有限公司，1993 年版，210 页。

入。同样是上山下乡当知青，王小波也未遭受作家老鬼被打成反革命的惨痛经历，身体也没有残疾。同时，最重要的一点在于，王小波和同代作家相比，文学和他的关系，并非是一种"功利性"的目的。这样说，并非是说"文学的功利性"完全不好（有时正是在压力的刺激下，才能产生强大的反制力和反思性），而是说由于处境和心态，王小波从未将文学作为"脱离苦海"的工具。文学在王小波前二十多年的生涯中，也没有起到"至关重要"的作用。他调回北京，考上大学，毕业分配，从事的都是和文学关系不大的事。这样的经历和态度，使王小波没有那个时代作家通常有的情绪，也能和主流意识形态的宏大叙事保持相对疏离的距离，保有相对冷静反讽的观察视角和理性化批判。可以说，王小波独特的文学气质，和他的生活环境和经历，有着密不可分的关联性。

二

王小波的父亲王方名，来自四川渠县，出身富裕地主家庭。他自幼倔强聪明，在川北嘉陵读高中时期，发表同情苏区和中共的言论，被学校开除。王方名去了当时革命气息浓厚的川东师范。抗战爆发后，王方名辗转来到延安，后在抗大、延安公学等单位工作。王小波的哥哥王小平，在《艺术的内丹》中，曾追忆过其父系家族的传奇历史。王小平称其父王方名为"没有城府、不修边幅的率性之人……正像许多早年投身革命的读书人一样，有一种性格躁动、不安于室的倾向"，"有一种川人的刚烈之性"。

王方名在川东师范是"活跃分子"，曾参与学校的青年社团"众志学会"，组织"众志球队"，暗中推动革命工作。读书期间，王方名因抗婚，被断绝了家庭经济支持。他在同学帮助下，坚持到毕业。抗战爆发，他和李新等人寻机会去延安，到了陕北公学。毕业后，他被分配到旬邑县陕北公学分校。1939 年，他随大部队去晋东南和山东建立抗大分校，先是在晋东南的抗大一分校担任指导员，后任胶东抗大（时为抗大一分校的支校）政教组长、胶东公学副校长等职。在胶东抗大，王方名认识了来自山东牟平解放老区的原青虎山村的妇救会长宋华。两人喜结连理。后来，王方名还曾短暂担任山东教育督导员。高教部将王方名调入北京，担任政治教育专员。随后不久，宋华也从山东行政学院入京，先在人民大学学习统计学，后被分配至高教部统计司工作。这时，夫妻两人已有了三个孩子，长子王小平、长女王小芹、次女王征。一场飞来横祸正在等待着这个"革命家庭"，王小波恰在此时出生了。

1952 年，"三反运动"（反贪污、反浪费、反官僚主义）爆发。王方名在基层调研，听到很多基层教师对高教部的看法。他觉得教师们说得有道理，就帮着他们给领导提意见。王方名引起了高教部党组书记钱俊瑞等领导的不满。恰在此时，四川渠县土地改革如火如荼。王方名的父亲写信给王方名，说农民群众不讲政策，连工商业财产也一律没收，问王方名可否向上级告状。王方名不了解抗战期间父亲已买进许多土地成为地主，还认为他只是烟商，回信说：政府保护工商业，如果群众不讲政策，可据理依法力争。这封信被查抄。当地农会领导认为王方名不劝其父交出土地。他们给高教部的领导写信，反映王方名包庇地主，破坏土地改革。高教部领导将王方名定为"阶级异己分子"，开除党籍。王方名被下放到人民大学附属的工农速成中学，成了一名普通教员。这件事对王方名打击极大。1953 年夏，在人大附中"斯大林《社会主义经济学讨论问题》"研讨会后，他见到李新，谈起受到的折磨，竟全然不顾其他在场的人，委屈得大哭。这也影响到宋华和王方名的夫妻关系。无尽的夫妻争吵，同事们的冷眼，都让宋华终日以泪洗面。王方名决心放弃仕途，发奋读书，三十多岁的王方名，以半路出家的"老八路"身份，努力钻研学术，期待成为一名学者。

1952 年 5 月 13 日凌晨，北京复兴门成方街附近的一家医院，王小波呱呱落地。他是王方名和宋华的次子。"小波"这个名字，是宋华取的，主要意思有三：一是记录王方名和全家含冤受屈的事件；二是寄托信心与希望，希望能够在将来，还给王家一个清白；三是励志，鼓励自己和全家都要坚强，希望能够在大风大浪中前进，将之化解为小波折。中华人民共和国成立后，成方街的几处大四合院，成为高教部进京人口安置地。王方名和宋华，带着王小平、王小波、王小芹、王征，还有王小波的姥姥、大舅和小姨，都住在西房两间大屋里，倒是非常热闹。童年的王小波长得不好看。王小波的小说中，容貌俊美性感的女孩与邋遢但个性张扬的丑男之间惊世骇俗的爱情，总是经常出现的意象，如《黄金时代》中的王二与陈清扬，《革命时期的爱情》中的小个子王二与×海鹰，《我的阴阳两界》中的小神经与小孙护士，《三十而立》中王二与线条等。在王小波两极化的艺术世界，想象的古代世界，男主人公英俊潇洒，现实的男主人公则困顿猥琐，如《万寿寺》中的薛嵩与现实中失去记忆的王二研究员，《红拂夜奔》中的李靖与现实中的王二。这个在苦难里出生的孩子，一出生先天性缺钙，因此造成身体佝偻和"桶状胸"。他还有扁平足，远行之后容易疲劳。如果太劳累了，嘴唇就会发紫。王小波小时候体弱多病，时常发烧呕吐。王家的五个孩子，其他几个都较结实，唯有王小波身体弱，后来虽然吃了很多钙片，长成了一米八四的大汉，但一直不是特别健壮。他在家里的外号叫"傻波子"。1955年，王小波三岁，小弟王晨光出生。王方名一家人迁居人民大学的家属宿舍——铁狮子胡同一号。铁狮子胡同已改为"张自忠路"，正中央是一座带钟楼的主办公楼，附带两个欧式建筑风格的副楼。这组建筑群后面，则是以"灰"和"红"命名的居民楼，如"灰一""红二"等。王小波一家，当年就住在红楼。这组建筑群的奇特之处，不仅在于它的造型华美，还在于它内在结构的复杂。主楼和副楼相通，门窗和出入口很多，办公楼下还有很多地下室，这些地下室，四通八达，"曲径通幽"。

儿童时代的王小波，在玩闹和嬉戏中，感受到了历史和文化的神秘气息。整个1950年代前期的北京生活，基本是乐观、朝气蓬勃的，充满了生活的理想与诗意。革命的火与血的狞厉，都化为了胜利之初的喜悦和憧憬。周末，在铁一号的大院子里，经常举办各种舞会、茶话会和联欢会、京戏专场等活动，儿童王小波尽情嬉闹，在铁一号的环境中，培养着对世界的最初感受力。他也热衷于在哥哥和其他大孩子的带领下，去那些古老而神秘的楼群中去探索未知的秘密。在兄弟姐妹中，王小波和哥哥王小平在童年时候交往最多。他们出动的时候往往形影不离。他喜欢听哥哥讲各种神秘的故事，跟随着哥哥的脚步，去探索未知的世界。这群在"新北京"长大的革命者后代，小心翼翼地穿行在回廊，感受钟楼的恐怖；在高高的房顶，享受鸟儿般的自由；在落日的余晖里，寻找传说中的地下室水牢；在磨损而破败的木质地板上奔跑，在某个幽暗的角落捉迷藏。铁狮子一号的影子，存在于王小波的一些小说里，最显而易见的，首推《三十而立》。小说里，大学教师王二，因为打扫厕所时加了一些幽默标语，受到了校长批评。他感到了世界的无趣和假正经。他徜徉在校园中，感受到了一股神秘的气息，并产生了古怪的想象：

> 我忽然觉得恶心，到校园里走走。我们的校舍是旧教堂改成。校园里有杂草丛生的花坛，铸铁的栏杆。教学楼有高高的铁皮房顶。我记不清楼里有多少黑暗的走廊，全靠屋顶一块明瓦照亮；有多少阁楼，从窗户直通房顶。古旧的房子老是引发我的遐想，走着走着身边空无一人。这是一个故事，一个谜，要慢慢参透。
>
> 首先，房顶上不是生锈的铁皮，是灰色厚重的铅。有几个阉人，脸色苍白，身披黑袍，从角落里钻出来。校长长着长长的鹰钩鼻子，到处窥探，要保持人们心灵的纯洁。铸铁的栏杆是土耳其刑桩，还有血腥的气味，与此同

时，有人在房顶上做爱。我见过的那只猫，皮毛如月光一样皎洁，在房顶上走过。①

这个段落里，我们能看到"铁一号"对王小波创作思维的影响，它为我们提供了"谜一样"的神秘化空间，这个空间还连接着古怪的想象。这种想象很明显和文艺作品的中世纪修道院或神学院有共同之处。阉人、土耳其刑桩、鹰钩鼻的校长，和房顶上做爱的人，还有神秘的猫，共同构成了狂欢化神秘想象空间，并与现实时空中高校教师王二的平庸生活，形成了鲜明对比。其实，王小波的小说一方面有飞扬灵动的想象；另一方面，又非常写实，很多作品有自叙传的影子。这些神秘的空间映像，正是他寻找艺术灵感的触媒，在接下来的一段，更能明显地感受到这一点：

你能告诉我这只猫的意义吗？还有那墙头上的花饰？从一团杂乱中，一个轮廓慢慢走出来。然后我要找出一些响亮的句子，像月光一样干净……②

"月光"是王小波的小说中常出现的意象，也是他创作初期重要的艺术灵感触媒。它既是浪漫的，神秘的，也是童年化的，纯洁的。"月光"和王小波笔下那些成人化的性行为画面，共同构成了极端化的艺术探索。月光下的神秘旧房子，成为批评现实世界无趣和虚伪的有力手段。"铁一号"形象，还出现在他的早期小说《立新街甲一号与昆仑奴》。这篇"古今并置"的小说中的立新街甲一号，明显有"铁一号"的影子。它们都是历史曾经的辉煌之地，现在却都破败下来，成为某种神秘历史的见证。

随着"反右"运动临近，社会空气越来越紧张，铁狮子一号里

---

① 《王小波文集》卷一，中国青年出版社，1999年版，98页。

② 同上。

也搭起很多席棚，花花绿绿的大字报开始出现。儿童王小波和他的兄弟姐妹们，却对此并没有在意，他们只是将之当作了一个游戏。1956年春，王方名在李新等好友的帮助下，调入了中国人民大学逻辑学教研室工作。当时李新曾参与组建中国人民大学，并担任党委副书记一职，分管人大附属工农速成中学。他对王方名非常同情，但王方名已没有了党籍，平反还不到时候，逻辑学相对理科化一些，因此就将他调入逻辑学教研室。

三

1957年夏，王小波一家搬往人民大学校园内的"林园楼"。人民大学作为有革命传统的院校，当时非常受重视。建校之初，甚至有段时间，只收推荐的基层干部，不收应届高考生。说起来，王方名一家和人民大学的渊源很深。人大的前身，是1937年在中国共产党领导下，于抗日烽火中成立的陕北公学。1950年10月，在原华北大学基础上，中国人民大学正式成立。王方名出身于陕北公学，回到人大恰犹如回到母校。这一年，王方名引起了毛泽东的注意。这让王方名一家避开了"文革"期间残酷血腥的肉体迫害，也使少年王小波能以更超然的角度，观察"革命"年代的荒谬，反思"革命"对人性的压抑。王小波"反思""文革"的小说，丝毫不带有浓重的伤感气息，也不同于王朔式"阳光灿烂的日子"那样带一定商业色彩的青春叙事，而是在一个智慧、爱、有趣的范畴内，探讨革命与人性的关系。

1957年1月至5月间，王方名在人民大学学报《教学与研究》上，连续发表了三篇有关形式逻辑的研究文章；6月，他又写成了《有关形式逻辑质疑的初步探讨》，发表在《教学与研究》的6月号上，引起了广泛反响。这几篇文章分别对形式逻辑研究的几个流行观点提出了质疑，而其焦点则在于形式逻辑和辩证法之间以谁为主、形式逻辑有无阶级性等敏感问题。王方名的这一组文章，引起了一些学者的强烈反驳。这些文章不久就引起毛泽东的注意。是时，正值学界以周谷城为代表的一批学者，反思苏联的逻辑学观点，大的社会背景，却是中国和苏联的关系已现裂缝，及"双百方针"出现。[①]1957年4月11日，毛泽东在中南海颐年堂邀集一批学者讨论逻辑和哲学问题，同时赴会的还有周谷城、金岳霖、冯友兰、郑昕、贺麟、费孝通等人。这次谈话，除论及各人的专业经历、研究成果和一些逻辑问题之外，毛泽东还以自己的革命实践为话题，说到领导革命必须实事求是、独立思考。毛泽东这番话，对周谷城、王方名等当时的"少数派"来说，无疑是巨大鼓舞。[②]这次谈话内容很多，时间也较长，中间毛主席请在座的各位专家吃饭。多年后，王方名的回忆文章，对这段荣耀，还记忆犹新，充满自豪。王方名受到毛泽东主席接见的事，传遍人民大学校园，王方名因此得到副校长胡锡奎的重视，一度担任中国人民大学逻辑教研室主任。王方名根据论文，整理出版了一本七万字小册子《论形式逻辑问题》（中国人民大学出版社1957年版）。他在书的前言，自信又有几分神秘地说："本年4月，中央一位领导同志接见我们并希望我把当时已经发表的短文印个小册子。""文革"中，王方名虽没受到重用，却因此得以保全。

王方名悲剧性的学术历程，"革命化"的学术立场，是王小波思考中国知识分子命运的一个原点。王方名的学术探讨本身，对想象的逻辑性的考察，也对王小波产生了影响。王方名既擅长逻辑思辨和抽象分析，又有很好的文学功底。王小波的哥哥王小平，后来考入中国社会科学院，攻读逻辑学专业，也是受到了父亲的影响。

---

① 陈晋、王均伟：《毛泽东提出"百花齐放，百家争鸣"前后》，《北京青年报》，2003年12月22日。

② 张树德：《"此学问之事，庸何伤"——毛泽东支持章士钊重版〈逻辑指要〉的前前后后》，《知情者说第2辑（2）·历史留给后人的事件真相》，中国青年出版社1999年版，233页。

在小说和杂文中，王小波常以诡谲瑰丽的想象和批判的理性主义相结合，即闪烁着乃父的智慧。[①]王小波对三段论式逻辑归谬法的运用，则成为融合细节形象性和理性批判于一体的独特情节装置，无论"破鞋的讨论"，还是"母狗的辩诬"，那种形象性与逻辑性融为一体的做法，都有王方名的影响。而这种逻辑学的熏陶，更是让童年的王小波比较早地从更理性的态度，思索时代的荒诞和悖论。

第二节 "坏孩子"的养成史

一

人民大学草创阶段，气氛比较宽松。刚成立的人大，地处北京郊区，在空间上也较轻松自由。郊区的野外使得孩子们比之铁一号，获得了更大的自由活动空间，并能大量接触大自然。各种各样奇妙的昆虫、蝴蝶与不知名的草木，共同构成了王小波自由心灵的荒野狂想曲。在空气清新的郊外，兄弟姐妹几个，外加他们的小姨，捉蝴蝶，捕昆虫，自制弹弓打鸟，抓可怜的小刺猬。王小波还和兄弟们，偷偷地用火烤刺猬吃，身上长了很多疹子。他们还用泥土堆砌出各种堡垒、城墙、战争工事，体验着那个时代孩子们特有的战争模拟的乐趣。

搬入林园楼后，王方名的身份危机有所缓解，但毛泽东的接见，却并未能使得王方名彻底翻身，取得政治上的信任。他虽在吴玉章、李新的关怀下，从附中调入人大本部，并一度担任逻辑教研室主任，但对他的学术观点，很多同行并不赞同，被开除党籍这件事，也成了他很大的心病。尽管人民大学校党委几次复查王方名的情况，上书中监部，要求恢复王方名的党籍，但都被退回，不予处

---

① 李大兴：《回忆早年的王小波》，《北京青年报》，2006年4月11日。

理。这对看重党人身份的王方名来说，自然是郁郁不能开怀。

"大跃进"运动的到来，让中国人陷入了前所未有的亢奋与狂想之中。迈斯纳曾谈道："如果说中国缺乏马克思主义为共产主义社会所规定的物质前提，那么正是在努力实现共产主义最高目标的进程中人们能够创造出这些客观的物质条件，而这一进程在此时此地要求实行不断革命的理论。毛泽东发动'大跃进'和提出'大跃进'的社会的经济目标时，寄希望于历史的'主观'因素，即他所说的人民群众的'无限创造力'和'极大的社会主义热情'。"①"大跃进"运动，是后发现代的中国，进入社会主义之后的一次荒诞又悲壮的试验。它再次验证了东西方文化碰撞冲击的过程中，主体间性生产的难度，也验证着超越文化悖论的内在文化诉求是多么珍贵。儿童王小波，既是这个革命大时代的一个普通的男孩，也懵懂地感受到了荒诞的现实对情感的冲击。儿童的狂想与时代的荒谬，形成了某种怪异契合，但儿童王小波兴奋地拥抱了这一切。魔幻与现实的距离已模糊，无论大人还是孩子，都陷入了狂热状态。全民大赛诗、各种违反自然规律的发明、劣质小高炉、深耕密植的高产神话、各地频繁出现的"生产卫星"、道德鼓舞下的频繁加班与体力透支，这都是中国从未有过的"历史奇观"：它以道德激情与民粹主义理想结合，创造了二十世纪工业时代后发现代国家"自我超越"的工业革命模式。它要求无限忠诚，要求所有人在战斗的亢奋中走入同一个集体旗帜下。这种模式，实行半军事化集中管理，以最大限度地对人的体力的压榨，及对科学技术的巫术式借用，让所有人感到瞠目结舌。

"大跃进"时代，又是诗歌的时代与大发明的年代，充满"革命魔幻主义"。郭沫若和周扬合编了红极一时的"大跃进"诗歌集《红旗谣》，那些诗句诸如"敢问河西英雄汉，小麦何时上五千""一

---

① 莫里斯·迈斯纳：《毛泽东的中国及后毛泽东的中国》，杜蒲、李玉玲译，四川人民出版社1990年2版，269页。

个萝卜有多重，十个后生抬不动，用刀砍回一半来，足够全村吃三顿"等，今天读来，犹如进入了一个魔幻王国。儿童王小波对"革命"与"诗歌"相遇的啼笑皆非的体验，首先来自哥哥王小平的诗歌作品。当时人民大学的任务是，每月作诗三万首。作为一名三年级的小学生，王小平对火红的时代也颇有感触，写了几首"大跃进"诗歌，其中有一首："共产主义，来之不易，要想早来，大家努力。"王小波毫不犹豫地用哥哥冥思苦想的诗歌做了擦屁股的手纸。王小波的文章，对这件趣事做了认真记录，可王小平在回忆录里，却否认了这种说法。他自认为不错的诗歌，是四首十六字令，有"革命烽火赤"的字样，结果被老师冤枉是抄袭。他半带戏谑地说："这使我有一点愤愤不平的感觉，因为我的诗再不好，也没差到那个程度。再说当时朝野的诗人满坑满谷，无非也就是我的水平，凭什么他们的诗就可以登在报纸上，从收音机里放出来，而我的诗就只能填进茅坑？"[1] "大跃进"诗歌在艺术上很粗糙，更重要的是，这种浮夸的浪漫，也破坏了文学的真实性，它们有很强的现实政治所指，且不容置疑。革命的浪漫主义与现实主义的结合，其结果是浪漫主义变成"瞎浪漫"，现实主义变成了"虚伪的现实颂歌"。

除了全民大作诗歌外，"大发明"也让人感觉到当时中国天天都在过"愚人节"。王小波多次提到"超声波发热"：

> 当时的成年人都在忙着做一种叫做"超声波"的东西。比我年长的人一定记得更清楚：用一根铁管砸出个扁口来，再在扁口的尖上装上刀片。据说冷水从扁口里冲出来，射在刀片上，就能产生振荡，发出超声波来，而超声波不仅能蒸馒头，更能使冷水变热……那时公共澡堂的浴池里到处埋伏着这种东西，去洗澡时可要小心，一不留神就会把

① 王小平：《我的兄弟王小波》，江苏文艺出版社，2012年版，45页。

屁股割破，水会因此变红，但也没因此变热……①(《写给新的一年（1997年）》)

中国科学理性的薄弱，常让人们将巫术与科学等同，不断发明各种古怪的"玩意儿"，一阵风后，又将这些东西遗忘，接着发明更无聊的东西做替代。这种"遗忘"的精神恶习，恰是缺乏科林伍德所说的"历史反思精神"所致。如果一个民族处于这样恶劣的遗忘循环，则民族精神的健全殊为堪忧。王小波认为，那些所谓"发明"，其实不过是一些凭空臆想的"诀窍"，诀窍和知识的区别在于，知识不仅要知其然，还要知其所以然，不仅要知道事情如何做，还要知道为了什么目的而做。能使人变聪明的诀窍是没有的。这样的感慨其实早在鲁迅那里就有阐释。鲁迅曾多次喟叹，中国缺乏埋头苦干的人，而多有投机取巧之辈。在《聪明人和傻子和奴才》一文中，他还讽刺了所谓颇懂人情世故的"聪明人"。令人沉思的是，从鲁迅的时代到王小波的时代，一直到今天，对所谓"聪明人"的概念，中国人还大多从人际关系的角度去理解，而并非智力，更非人生大智慧。

"大跃进"的破坏性还在于，人们失去了对科学和实事求是精神的尊重，变成了吃语的"梦游者"。王小波在杂文中记载了有关亩产数十万斤的神话。朴实的姥姥，听到一亩地的产量达到了二十万斤时候，忍不住跺着小脚说："打死俺也不信！"王小波的姥姥，已从山东牟平来到北京，并负责全家人的伙食。她对"大跃进"的亩产神话表示怀疑。家人都反对姥姥在"大跃进"中的保守态度，难道报纸上宣传的事情会是假的？小脚老太太的见识比领导们都强？但姥姥的预言却成了真实。"大跃进"的神话破灭了。王小波的童年经验，是中国"大跃进"运动，直至"三年自然灾害"历史的缩影。王小波对一切宏大空洞的口号，激动人心但缺乏理性

---

① 《王小波文集》卷四，中国青年出版社，1999年版，533页。

的荒诞事物表示怀疑。"坏孩子"的起点，就开始于"大跃进"运动带来的心灵创伤。对王小波而言，"大跃进"运动成为其树立文学内涵和美学原则的一个出发点。正是"大跃进"运动，让王小波看到了理性缺失的荒诞。有趣的是，尽管王小波在杂文中，不厌其烦地以"大跃进"为例，讲解科学理性对中国人思维的重要性，但小说中有关"大跃进"的印象，却成了一些更为悖论化的美学形象，那些荒诞景观，都以"儿童狂想"的美学形式出现。狂想之中，儿童对生命的好奇和对奇观场景的探究，都在历史的荒诞之中，显现出了宿命般的美学魅力。一方面，历史的荒诞成为理性缺失的反证，革命因违背常识付出沉重代价；另一方面，荒诞的历史，又成为某种独特的现代美学景观，并被儿童视角赋予了"奇幻"的生命激情。

小说《革命时期的爱情》，王小波写到了"大炼钢铁"给儿童心灵带来的震撼，这正来自他真实的童年感受。1958 年的人民大学的操场，昼夜不息地工作着无数个小高炉和炼钢炉。整个北京也陷入了"大炼钢铁"的狂欢。这样的天空，在儿童王小波的眼中，变成了"紫色的天空"。童年的王小波，曾热衷于"除四害"的闹剧，疯狂地驱赶麻雀，捕捉苍蝇，在老师的表扬中，找到小小的虚荣心。但他最喜欢的，还是跟着王小平，去别人的家里收铁锅，丢下一毛钱，就将别人吃饭的家伙抄走，然后集中在操场上，如痴如醉地看着操场上到处上演的、仿佛童话寓言故事中才会有的"奇观"：

> 我顺着那些砖墙，走到了学校的东操场，这里有好多巨人来来去去，头上戴着盔帽，手里拿着长枪。我还记得天是紫色的，有一个声音老从天上下来，要把耳膜撕裂，所以我时时站下来，捂住耳朵，把声音堵在外面。我还记得好几次有人对我说，小孩子回家去，这儿危险。一般来说，我的胆子很小，听说危险，就会躲起来，但是也有例外，那就是在梦里。没有一回做梦我不杀几个人的。当时

我就认定了眼前是个有趣的梦境，所以我欢笑着前进，走进那个奇妙的世界。[1]

头盔，长枪，巨人，这是典型的童话式意象，也有着堂吉诃德式的夸张与滑稽，而紫色的天空，则成了梦境的代表。今天，我们已很难知道，儿童王小波第一次看到大炼钢铁的具体时间。但据王小波在杂文中的记载，应是 1958 年 8 月中旬的某一天。[2] 这一天，成了王小波生命中的重要日子。

一九五八年我走到了操场上，走到一些奇怪的建筑之间，那些建筑顶上有好多奇形怪状的黄烟筒，冒出紫色的烟雾。那些烟雾升入天空，就和天空的紫色混为一体。这给了我一个超现实主义的想法，就是天空是从烟筒里冒出来的。但我不是达利，不能把烟筒里冒出的天空画在画布上。除此之外，周围还有一种神秘的嗡嗡声，仿佛我置身于成千上万飞翔的屎壳郎中间。后来我再到这个广场上去，这些怪诞的景象就不见了，只剩下平坦的广场，这种现象叫我欣喜若狂，觉得这是我的梦境，唯我独有，因此除了我，谁也没有听见过那种从天上下来撕裂耳膜的声音。随着那个声音一声怪叫，我和好多人一起涌到一个怪房子前面，别人用长枪在墙上扎了一个窟窿，从里面挑出一团通红的怪东西来，那东西的模样有几分像萨其马，又有几分像牛粪，离它老远，就觉得脸上发烫，所有的人围着它欣喜若狂——这情景很像一种原始的祭典。现在我知道，那是大炼钢铁炼出的钢，是生铁锅的碎片组成的。[3]

---

[1] 《革命时期的爱情》，《黄金时代》，湖南文艺出版社，2016 年版，186 页。
[2] 据 2012 年 12 月 5 日对胡贝的采访。
[3] 《革命时期的爱情》，《黄金时代》，湖南文艺出版社，2016 年版，186—187 页。

萨其马、屎壳郎与牛粪，在两极化表述中，儿童对于粗鄙事物的好奇和对食物的向往被表露无遗。弗雷泽的著作《金枝》中，有关于巫术庆典的记载。该书指出，巫术的特质在于，利用非理性的联系，如接触律，建立神秘启示，进而将之落实为物质现实。一群筋疲力尽的革命者，围着违背科学原理的土高炉狂欢呐喊，在儿童王小波的眼中，无异于紫色天空下的神秘祭典。二十世纪中国人的革命狂欢，与原始人的巫术愿望，形成了对比式的反讽。

　　接着，王小波又写道：

　　　　我小的时候从家里跑出去，看到了一片紫红色的天空和种种奇怪的情景。后来有一阵子这些景象都不见了，——不知它是飞上天了，还是沉到地下去了。没有了这些景象，就感到很悲伤。

　　这是一种非常巧妙的处理方式，它有效避免了生硬的说教和概念植入，将理性精神与美学超越结合一体，也避免了新时期以来形成的文学规范在意识形态和美学特征上的制囿。这个独特的意象，也可以用另一个关键词——"广场"——加以说明。"广场"是革命狂欢意象的代表性空间，也可以看作是儿童王小波从个体化时空进入集体化时空的"成人仪式"，它来得如此突然，如此奇幻如美妙"梦境"。经历了成方街的懵懂、铁狮子胡同一号的神秘启蒙，儿童王小波终于以林园楼为根据点，在人民大学广场上，找到了他生命中第一次狂欢高潮。广场巫术意象，开启了儿童幻想的高潮，也终结了这种幻想。这种终结是因为"创伤经验"的出现。正如马斯洛所说："我们只是在心理的创伤中，被迫进入了成熟。"王小波在小说中这样描述"儿童狂欢"后的失败感：

五八年我独自从家里跑出去，在"钢"堆边摔了一跤，把手臂割破了。等我爬了起来，正好看到自己的前臂裂了一个大口子，里面露出一些白滑滑亮晶晶的东西来。过了好一会儿才被血淹没。作为一个六岁的孩子，当然不可能明白这是些什么，所以后来我一直以为自己体内长满白滑滑黏糊糊像湿棉絮似的东西……①

　　儿童出游以受到伤害告终。"钢"对"我"的伤害，是身体性的，更是精神性的。它以恐惧的记忆，成为历史幽暗角落里的"原罪"。"大跃进"结束后，那些废弃的高炉、炉渣、金属构件，都被遗弃在了人大附中南墙的角落。这里也成了王小波兄弟最喜欢光顾的地方。铁狮子一号阴森恐怖的地牢已潜伏到了记忆深处，废弃的高炉遗址，成为王小波有关成长记忆的隐秘圣地。这里有童年的幻想，也有隐秘的伤害，这里有紫色的天空、巨人、长枪、钢铁。而这些东西，像流星一般出现在历史，又很快被遗弃与遗忘，成为历史的幽灵。

　　"大跃进意象"对中国当代文学史来说，也有非同寻常的意义。新时期以来的伤痕和反思文学，其实是一个被规定的、没有完成的文学类型。在政党推动的自上而下的改革策略下，伤痕和反思文学以"对文革的断裂"作为新时期发轫的标志。"文化大革命"被想象为"封建性遗毒"②，进步历史拒绝承认循环论，隔绝了对"文革"与中国革命史之间的联系，"大跃进"历史，也被作为"左倾狂热错误"悬置起来了。一直到 1990 年代，中国知识分子才开始慢慢梳理并清算激进主义。但是，1990 年代文学表述中，对革命历史的反思，一直以历史虚无主义的态度出现，并和后现代主义纠缠在一起，在解构历史的同时，陷入了历史的空洞化。王小波的表述是聪

① 《革命时期的爱情》，《黄金时代》，湖南文艺出版社，2016 年版，191 页。
② 汪晖：《当代中国的思想状况与现代性问题》，《天涯》，1997 年 5 期。

明的，也非常有冲击力。他从儿童的视角出发，以个体的尊严、爱与自由，形成了对革命叙事的颠覆性反讽。但同时，这种颠覆性，并不能等同于后现代虚无主义，而是充满了浪漫气息和个人化的反抗。

二

饥荒毫不留情地袭击了北京市民。饥饿，成了王小波对时代怀疑的另一个记忆理由。学校为节省学生的体力，连体育课也给免了。饥饿也让知识分子阶层斯文扫地，大家不再顾忌什么脸面，没事就向郊外跑，捡麦穗、挖野菜、剥树皮、刨红薯须子。王小波已是一个小学生，但饥饿让他上课常走神，并迷恋上吃铅笔。王小波不无苦涩地说："饥饿可以把小孩子变成白蚁。"[①]报纸上也天天介绍顶饱的办法，"小球藻"的开发，据说只要有足够充足的日照时间，水里的那些藻类植物就能疯狂生长，并缓解粮食不足。王方名和宋华也在家里养了一些小球藻，甚至用小晨光的尿催促生长，当餐桌上摆上带着童子尿的"营养品"，小波和小平多拒绝食用。为了让孩子们吃饱饭，宋华和王小波的姥姥，千方百计，从自己的粮食里节省。不久，姥姥就得了严重的浮肿病。为了开源节流，大家还发动智慧，在人大校园搞起了自留地。为了让孩子们的碗里见一点荤腥，全家人还齐心协力在家里饲养家畜家禽。饿慌了的王氏兄弟组成"小偷两人组"，专门在月黑风高、夜深人静的时候，算计校园的枣树，偷取他人自留地里的萝卜。

从学生时代起，王小波就不算是符合老师和家长要求的"好孩子"。王小波从小就对"官方""正统"的东西，有天然的抵触情绪。1960年秋，王小波进入人大附属幼儿园，没过多久，又转入人民大学附属小学。1962年，三年灾害基本结束，王小波又转至二龙路中学附属的大木仓小学。那时的王小波，是一个标准顽童。根据

---

① 王小波：《王小波文集》卷四，中国青年出版社，1999年，8页。

王小波的小学和中学同学回忆，王小波的特点是"喜欢讲故事"和"搞恶作剧"。乍一看"挺忠厚"的，但实际他坐没有坐相，站没有站相，还喜欢捉弄老师，给班主任慈老师起了"瓷尿盆"外号，并经常把女老师气得直哭。他还恶作剧，打死过邻居家的鸡。小学时候的王小波，"作文好"，出手快，思路清晰，且下笔就能成章，文字老练，语言丰富。小学五年级，王小波的班主任换成了一位李姓老师。这位女老师很喜欢小波的作文。有一次，王小波写了一篇关于刺猬的小作文，语言生动活泼，幽默风趣，被学校的广播站当作范文播了出来。别看他平常不喜欢说话，但讲起故事来，滔滔不绝，绘声绘色，颇能吸引人注意。小波是"故事筐"，五花八门的故事，书上看来的，从别处听来的，天文地理，历史故事，无所不包，他都能凭着记忆讲出来。

小学时代的王小波，按照世俗标准，根本不是"优秀学生"，更算不上"天才少年"。中国的教育体制，从来都是鼓励培养听话的好孩子，而不注重孩子们个性和创造力的培育。刘心武在短篇小说《班主任》中为我们塑造了"好孩子"谢惠敏的形象。她学习优秀，品德高尚，但缺乏善恶辨别能力，也缺乏审美的感悟力。王小波不是一个听话的孩子，从未当过班干部。对他看不上眼的老师，他干脆不予理会。这对于当时的教育环境来说，可以说有点惊世骇俗。他在杂文中自嘲说，自己很早就不是好孩子了。仅是因为揪了女孩子的小辫，就被老师当作"坏孩子"。后来，他喜欢上了马克·吐温的"好孩子和坏孩子"的故事，"好孩子"雅各布的蠢人悲剧，与"坏孩子"吉姆的传奇经历，都让儿童王小波开心大笑不已。但发呆并不代表王小波的智力有问题。有一次，全校数学竞赛，王小波不声不响地拿了一个一等奖，让父母和老师们大吃一惊。王小波生性沉静，但性格叛逆，不喜欢乱哄哄的场合。他的作文好是大家公认的，但很少参加作文竞赛。他不太在意分数。多年后，在小说《绿毛水怪》中，他还对教育制度大加讽刺。小说写了两个坏孩子"妖妖"和"陈辉"联手捉弄虚伪的刘老师和教务处刘主任。

"坏孩子"还喜欢广泛阅读，独立思考。学校教育既然令人失望，王小波就另辟蹊径——自学和广泛地阅读。他从小就是"杂家"。王家藏书很多，但王方名却不让孩子们看，王小波喜欢偷偷溜到父亲书房，和王小平分享读书的喜悦。《我的精神家园》，他曾描述过和哥哥"偷书读"、虽"挨揍而不悔"的乐趣：

> 那时候政治气氛紧张，他把所有不宜摆在外面的书都锁了起来，在那个柜子里，有奥维德的《变形记》，朱生豪译的莎翁戏剧，甚至还有《十日谈》。柜子是锁着的，但我哥哥有捅开它的方法。他还有说服我去火中取栗的办法：你小，身体也单薄，我看爸爸不好意思揍你。但实际上，在揍我这个问题上，我爸爸显得不够绅士派，我的手脚也不太灵活，总给他这种机会。总而言之，偷出书来两人看，挨揍则是我一人挨，就这样看了一些书。虽然很吃亏，但我也不后悔。①

王小波也特别喜欢马克·吐温的小说。长大后，他保持了对幽默作家的喜爱，后来又喜欢上萧伯纳。他特别喜欢那种"佛头着粪"式的讽刺与狂欢。这种"杂家"教育，培养了王小波独特的文学口味。他终生保持了对《十日谈》《变形记》《巨人传》等书的喜爱，经常在杂文和小说中提到。王小波的阅读喜好，不仅疏离于革命主流文艺，且和同辈作家的文学积淀也有很大差别。王小波同辈作家，大多偏重哲理性和历史感的西方名著，诸如杰克·伦敦、雨果、巴尔扎克等作家的作品。俄罗斯文学对1950年代出生的作家的影响也非常显著。托尔斯泰、陀思妥耶夫斯基、屠格涅夫等人的创

---

① 《王小波文集》卷四，中国青年出版社，1999年版，310页。

作，深刻影响了梁晓声、张承志、张炜等一大批中国优秀的1950年代作家。王小波接受的苏联文学有限，他喜欢的大多是属于西方经典文学"支流"甚至有"思想异端"叛逆色彩的作家作品，从奥维德、拉伯雷、博马舍到近现代的萧伯纳、马克·吐温、杜拉斯、奥威尔、卡尔维诺等。

第三节　"革命"时代的狂欢与失落

一

1966年7月，北京各校红卫兵组织在海淀区举行联合成立大会。8月5日，毛泽东的《炮打司令部——我的一张大字报》发表，公开支持北京高校和中学的红卫兵，并反对刘少奇向各大高校派驻工作组，揭开了"文化大革命"的序幕。"文革"的第一道风景线是批量出现的"大字报"，各种稀奇古怪的言论，各级领导"真真假假"的隐私和花边新闻，都被暴露在了公众面前。少年王小波放学之后，最喜欢的一件事，就是和同学们一起挤到大字报的前面。当时人民大学校园内的大字报铺天盖地，不管教师，还是学生，都陷入到了一种革命节日狂欢氛围。很快，"文革"就进入了"大串联"的高潮。毛泽东在短短半年间，先后八次接见了一千一百万人次红卫兵。最著名的是所谓"八一八"，即8月18日的接见。彼时的天安门广场，红旗翻卷，军装涌动，语录歌此起彼伏，锣鼓声和人们高呼"万岁"的呼喊声，惊天彻地。"大串联"搅动九州风云，浪费大量国家资财，制造了无数拥堵，也催生了疯狂的"破四旧"（旧思想、旧文化、旧风俗和旧习惯）和"清除四类分子"的活动（后扩大到五类，即地主、富农、反革命、坏分子和右派）。"坏孩子"王小波没有积极投身于这场改天换地的"大革命"，一则他年龄尚小，二则是他这个"坏孩子"，更多地表现为思想和行为上与主流的差异性，对宏大话语的怀疑精神。在现实生活中，这个"坏孩子"还有着忠厚善良的本性。当他遇到"文化大革命"的血腥暴力和严重的等级制，本能地与之保持了距离。"文革"初期，王小波首先遭遇的就是校园歧视和"打老师"的悲剧。二龙路中学，作为当时的教育部子弟学校，也是打老师较厉害的北京学校之一。王友琴曾采访过王小波，询问当年打死老师的情形。据她转述，她主要询问了1966年"红八月"，被打成重伤、后含冤自杀的教师张放的情况：

　　　　第一次听到张放的名字，是在和已故作家王小波之前通电话的时候。那是1996年，"文革"发动三十周年的时候。我当时还没有读过王小波的什么作品，打电话原来也是为了找他的妻子而不是为了找他。多年以来，为了记载"文革"历史，我和很多"文革"的经历者和见证者谈话，我注重了解的是"文革"事实，是"文革"受难者的名字和他们被迫害的遭遇。不巧，那天王小波的妻子不在家，他接了电话。我简单说明来意之后，他立即就理解了我在做什么或者我要什么。他说，你调查过二龙路中学吗？二龙路中学有个老师叫张放，在"文革"中自杀了……王小波说，张放是个女老师，是物理老师（误记）。1966年夏天，"红八月"的时候，和邻近的中学一样，二龙路中学的红卫兵打人打得很厉害。学校领导人和一批老师都被抄家并遭到毒打。教导主任的父亲母亲，据说是"资本家"，被毒打后，上吊自杀了。张放也被打了，被严重打伤了。但是她在1966年没有死，在1968年"清理阶级队伍运动"中她再次被整，她自杀了。[①]

----

① 王友琴：《文革受难者》，香港《开放》杂志出版社，2004年版。

散文《拒绝恭维》中，王小波也谈到了发生在二龙路中学的一次"间接致死"事件："在我们学校里，小将们不光打了老师，把老师的爹妈都打了。这对老夫妇不胜羞辱，就上吊自杀。打老师的事与我无关，但我以为这是极可耻的事。干过这些事的同学后来也同意我的看法，但就是搞不明白，自己当时为什么像吃了蜜蜂屎一样，一味地轻狂。"和二龙路中学只有一街之隔的，是北京师范大学附属女子中学。1966 年 8 月 5 日，副校长卞仲耘被学生当场活活打死，开启了"文革"打死人的先河。教育部门是当时红卫兵冲击的重点之一，北京中古友谊小学的小学生们，竟然在该校女校长的头上钉满了图钉，血流如注，惨不忍睹。[①]革命的北京，仿佛沸腾的熔炉，在血与火的喧闹中，熔化一切不属于革命的杂质。

　　王小波是个外表木讷内向、内心却顽皮搞怪的孩子。少年王小波，常为自己无法像别人一样，"极限地"表达对主流秩序的情感而感到羞愧。在政治统治一切的年代，孩子们天然地受到濡染，很多孩子，年龄很小，就热爱革命口号、革命故事和政治辩论。但王小波从小就是一个对"宏大话语"有距离的孩子。他只是觉得这个世界越来越不可思议。他曾目睹人民大学的学生，因为大辩论，一口咬掉了对方的半个耳朵。1968 年国庆，大家都涌向金水桥接受毛主席的接见，很多小伙伴都热泪盈眶，但王小波怎么也哭不出来。整个"文革"时期，他都是一个"逍遥派"。王小波的家庭在"文革"中受到的冲击并不大，王方名仅被批斗了一次，且是陪斗，罪名是"反动学术权威"。少年王小波直接目睹了"父亲被批斗"的一幕。当时，年少的他，还无法理解置身其中的父亲的委屈和惶恐，他只是凭着顽童的本能发现了那些游街批斗的奇观场景背后的荒谬。后来，他反复在散文和小说中提到这一幕：

---

①　文聿：《中国"左"祸》，朝华出版社，1993 年版。

一九六六年的盛夏时节，当时"文化革命"刚闹起来。我在校园里遛弯时，看到我爸爸被一伙大学生押着游街。他大概算个反动学术权威吧。他身上穿了一件旧中山服，头上戴了一顶纸糊的高帽子——那帽子一眼就能看出是以小号字纸篓为胎糊的；手里拿着根棍子，敲着一个铁簸箕；当时游街的是一队人，他既不是走在第一个，也不是走在最后一个；时间大概是下午三点钟；天气是薄云遮日。总而言之，我见到他以后，就朝他笑了笑。回家以后他就把我狠揍了一顿，练拳击的打沙袋也没那么狠。[①]

王小波和哥哥还亲眼目睹了父亲烧书的一幕。他们发现父亲把自己多年来研究的逻辑学专题笔记，一页一页放进燃烧的炉火中。那一摞摞厚厚的纸张，是父亲十几年的心血所在。火光熊熊，照亮了父亲绝望而沉重的脸庞。学校里，王小波也受到了"狗崽子"式的盘问，这一幕也深深烙在他的心里。按理说，王家属于革命干部，是"红五类"，但是，王方名曾被定为"阶级异己分子"，并被开除党籍，属于犯过错误的人。那些"红二代"鄙夷的眼神，趾高气扬的气焰，和那些"狗崽子"悲伤、绝望的眼神，都深深刺痛了少年王小波的心灵。一夜之间，为什么亲密的同学就变成了彼此仇恨的对立面？多年之后，经过痛苦的理性思索，王小波再次强化了一个信念，即对强制性的"权威话语"，要抱有怀疑和警惕——沉默的大多数，才是无法表达的真实："话语教给我们很多，但善恶还是可以自明。话语想要教给我们，人与人生来就不平等。在人间，尊卑有序是永恒的真理，但你也可以不听。"[②]（《沉默的大多数》）而多年以后，中山大学的艾晓明教授请王小波为她的小说《血统》写序言，王小波还专门提到那些终身难忘的少年经历。

---

① 王小波：《革命时期的爱情》，《黄金时代》，湖南文艺出版社，2016 年，234 页。
② 王小波：《王小波文集》卷四，中国青年出版社，1999 年版，9—10 页。

二

"文革"继续升级。1967 年 1 月 5 日，上海"一月风暴"发动，以王洪文为首的造反派组织篡夺了上海党政大权。自此，在全国各地、各单位内部，以夺权造反为目标的派系武斗开始了。人民大学的红卫兵组织——"人大三红"与"新人大公社"之间的武斗，也非常激烈。1966 年"停课闹革命"后，王小波从学校回到人大的林园楼。在人民大学，他亲眼看到大学生们披甲上阵，手持自制钢矛，或简易燃烧瓶、生石灰瓶，像"中世纪武士"一般生死相搏。"文化大革命"的大武斗发动时，王小波才十四岁，没资格参加大学生们真刀真枪的斗争。但对十三四岁的少年来说，那些想象的森林里小兔子、小松鼠和大灰狼、大狗熊之间的"童话战争"，却终于在现实中出现了。小说《革命时期的爱情》中，王小波虚构了红卫兵组织叫"拿起笔来做刀枪"。很多年之后，当他留学匹兹堡，在课堂上向老师和同学讲述当时的场景，大家都以为他在开"愚人节"玩笑。

1968 年 5 月 10 日，"新人大公社"占领了王小波一家居住的林园楼，先是驱赶"人大三红"的教工，后来，他们又把居民从宿舍楼赶到车棚。红一楼等建筑也陷入了两派的争夺。武斗双方拉起电网，筑好堡垒，将居民楼变成坚固的战地工事。变成工事的还有原人大图书馆楼，由"新人大公社"的支持者占领。那些工事被称为"战略村"。两帮造反派也各自组织了专业队伍，如专门武斗的"敢死队"，负责抓捕和审讯的"刑讯队"，还有负责宣传的"文宣队"。"人大三红"为提高战斗力，专门组织了五十余人的武斗队。每个人全副武装，头戴柳条帽，手执特制钢管矛，帽檐下面全用铁丝网罩住，可以防止弓箭。他们还做出了前文所提到过的所谓"书甲"。1966 年到 1969 年初，人民大学陆续发生了十多起武斗，有三次规模较大的，直接导致死亡。据胡贝说，小说《革命时期的爱情》

里，有一段非常写实地描述他们曾亲眼目睹的、发生在图书馆的大武斗，那个身体中矛的人物的原型，很有可能来自于此：

> 别人经过时，只是问一声：小孩，那边的人在哪里？我就手搭凉棚到处看看，然后说：图书馆那边好像藏了一疙瘩……当时打仗的人都穿着蓝色的工作服，头上戴了藤帽，还像摩托车驾驶员一样戴着风镜——这是因为投掷石灰包是一种常用战术……大家都穿标准铠甲：刺杀护具包铁皮，手持锋利长枪。乒乒乓乓响了一阵后，就听一声怪叫，有人被扎穿了。一丈长的矛枪有四五尺扎进了身子，起码有四尺多从身后冒了出来。这说明捅枪的人使了不小劲，也说明甲太不结实。没被扎穿的人怪叫一声，逃到一箭之地以外去了。
>
> 只剩下那个倒霉蛋扔下枪在地上旋转，还有我被困在树上。他就那么一圈圈地转着，嘴里"呃呃"地叫唤，大夏天的，我觉得冷起来了，心里爱莫能助地想着：瞧着吧，已经只会发元音，不会发辅音了。

大武斗后，人民大学的宿舍楼一片断壁残垣，王小波一家只好住进了二龙路大木仓胡同的教育部宿舍。少年王小波并不喜欢那里的氛围。人民大学虽然武斗厉害，但总有些书卷气，就是疯疯傻傻也有股"青春热血"，可教育部充斥着机关作风和小市民气息。干部们很庸俗，不关心国家大事，也不读书思考，一天到晚都是混日子，忙自己的私事。由于老是有政治运动，大家彼此之间也很戒备，见了面，也就打声招呼，干巴巴地寒暄一下，就各自缩到小天地。王小波管这些干部叫"烫面饺子干部"，言下之意庸俗不堪。回到教育部，王小波和一些原二龙路中学的教育部子弟，如胡贝、艾建平、赵和平等，成立了一个十几人的小红卫兵组织——

"八一八战斗队"。这个"八一八"是逍遥派，不参加教育部派系斗争，不欺负人，但也不怕事。这群小伙伴整日嬉闹，也和别的孩子打群架。有的时候，他们也帮着大人们贴大字报，扯扯条幅，跑跑腿，日子倒也过得惬意。教育部有一座灰色办公楼，当时常有巨型条幅从上面垂下来，传达各种运动信息。王小波就趴在办公楼前的一棵大槐树下，态度超然地看着这一幕。在家里晃荡了两年多的王小波，早已厌倦了乱哄哄的生活，想要回学校去。可虽然北京市发布了复课闹革命的通知，上课却迟迟不能恢复。

一天，小波发现教育部食堂的木板上，贴着一张大字报。一位教育部的年轻干部，正站在一群人中间指指点点地说着些什么。小波挤进去，只见那人一手拿红宝书，一手捂着裆部，模样古怪之极。原来，那位青年干部下身被踢伤了，向上级逐级反映，声称被人打伤致"龟头血肿"。他还向围观的群众出示了医院的诊断证明。打人的据说是教育部司机班的造反派，大家都很严肃地听着那个干部在慷慨激昂地演讲，但王小波却总觉得气氛有些暧昧。"龟头血肿"乃个人隐私，堂而皇之地暴露于公众，且以"革命"的名义，这岂非荒唐滑稽？

柳湜之死，是少年王小波在"文革"经历的最惨痛事件。柳湜是教育部副部长，资历很老的老党员。王小波当时住在大木仓胡同一栋叫"小红楼"的职工家属楼。宿舍区还有红星楼、红顶楼、灰楼等办公楼和宿舍单元楼。红星楼和灰楼之间，有一条窄窄的过道。1968年4月22日上午，柳湜从三层高楼顶一跃而下，摔在这条过道里，脑浆迸裂而死，情形极为惨烈（也有一种说法，柳湜是被人推下来摔死的）。柳湜的罪名是"叛徒"。少年王小波和他的朋友胡贝目睹了这惊人的一幕。由于求死意志太旺盛，柳湜几乎是头朝下扑了下来，他的腰折成两段，再摔到地上，脑浆迸裂。不一会儿，当地派出所的公安民警来到现场，进行实地勘察。死者的头已被挤压到了胸腔里。柳湜对王小波一家"有恩"。王方名在教育部犯了错误，当时有的领导想把他发配新疆，还是柳湜说了好话，王方名才留了下来。王小波在小说《似水流年》写到了这一幕，基本按事实描述的，柳湜是"贺先生"的原型：

> 贺先生从楼上跳下时，许由正好从楼下经过。贺先生还和许由说了几句话。所以他不是一下子就跳下来的。后来我盘问了许由不下十次，问贺先生说了什么，怎么说的等等。许由这笨蛋只记得贺先生说了："小孩，走开！"
>
> "然后呢？"
>
> "然后就是砰的一下，好像摔了个西瓜！"
>
> ……
>
> 贺先生死后好久，他坠楼的地方还留下了一摊摊的污迹。原来人脑中有大量的油脂。贺先生是个算无遗策的人（我和他下过棋，对此深有体会），他一定料到了死后会出这样的事。一个人宁可叫自己思想的器官混入别人鞋底的微尘，这种气魄实出我想象之外。[①]

王小波对"柳湜之死"的感触是，一个有思想的高级红色知识分子，竟能如此决绝地"将脑浆散入别人鞋底的微尘"，其间的痛苦与绝望，令人动容。过了很久，家属才赶过来。一家人围着柳湜的尸体痛哭起来。公安开始验尸，洒消毒水，又将柳湜洒在地上的脑浆，用白石灰画了圈。晚上的时候，尸体被拉走了。王小波在小说中是这样描述的：

> 只见地上星星点点，点了几十支蜡烛。蜡烛光摇摇晃晃，照着几十个粉笔圈，粉笔圈里是那些脑子，也摇摇

[①] 王小波：《似水流年》，选自《黄金时代》，湖南文艺出版社，2016 年版，118—119 页。

晃晃的，好像要跑出来。在烛光一侧，蹲有一个巨大的身影，这整个场面好像是有人在行巫术，要把贺先生救活，后来别人说王二胆子大，都是二三十岁以后的事。十七岁时胆力未坚，遭这一吓，差点转身就跑。

我之所以没有跑掉，是因为听见有人说：小同学，你要过路吗？过来吧。小心一点，别踩了。我仔细一看，蜡烛光摇晃，是风吹的；对面的人影大，是烛光从底下照的。粉笔圈是白天警察照相时画的。贺先生的脑子一点也没动。

王小波与新时期文学有某种承继关系。对"文革"的批判，是伤痕和反思文学的重要主题。然而，这种反思并没有进入更深层次，而仅停留在对"文革"进行"政治的断裂"。1980年代后期，《古船》等一批力作将这种批判引入了更广阔历史层面。进入1990年代，在后现代思潮影响下，强制性断裂再次出现，规避了1980年代启蒙主题，虽反思激进主义弊端，但理性与自由的精神、个体的人的尊严的表述，其实一直都是未完成的任务。王小波恰继承了1980年代启蒙主题。柳湜之死，在王小波笔下，既是悲剧化的，又是喜剧化的。他以儿童目光去观察"文革"死亡狂欢，又以肆意性意味，解构了悲苦和沉重。

第三章　王小波的知青时代

第一节　热风瘴雨的"黄金时代"

一

　　1968 年，中共中央发出"复课闹革命"的通知，北京各学校相继复课，红卫兵运动渐渐平息，但这几年停课造成大量青年滞留城市，无法正常就业升学。北京的街头治安也因此恶化。为了缓解就业压力，也为了让更多的城市知识青年深入到农村和生活实践，中央开始酝酿知识青年上山下乡运动，很多激进的红卫兵，主动要求到艰苦边疆。教育部红卫兵赴云南的行动稍晚，大约在 1968 年底到 1969 年初。二龙路中学的很多孩子都要求去云南，王小波也是态度坚决的一位。王小平认为，小波天生有英雄主义浪漫情结："对于小波的浪漫情绪，我觉得很能理解，这好像是一种纯粹精神的追求，一种灵魂深处的奇妙涌动。这各种浪漫激情包含着极其美丽的幻想成分，为一代青年人所共享。它首先表现为一种道德上的洁癖……其次是一种视前人为粪土的高傲态度和对于未来的万丈雄心……"[①]

　　1969 年 5 月 15 日，王小波和同学们，一起踏上去云南的火车。

---

① 王小平：《我的兄弟王小波》，146 页。

经历十一天长途跋涉，二十二名北京知青最后到达弄巴农场景罕十四队，也就是后来的云南建设兵团三师十团三营二连。全连一百二十多人，管着附近一千多亩水田。北京、四川、上海等地的知青来到后，农场变得热闹。王小波到达弄巴农场时，正赶上农场插秧。每个知青每天的工作量是三分地左右。王小波不仅插秧不行，割稻也做得不太好，个子太高，动作不协调。但他打谷子做得好。农场职工们叫王小波"野牛"。王小波在初中时期就有这个外号，当时叫"大野牛"，王晨光则被称为"小野牛"。王小波很少主动挑战别人，也不欺负人。但他为人义气，只要看到有人受欺负，特别是北京知青，总是义无反顾地冲上去。弄巴农场接近缅甸，基本属于南亚热带季风气候，雨量充沛，没有常见的芭蕉和橡胶树林，却有很多水田。一年除了旱季就是雨季，雨季高温潮湿，旱季干燥偏冷，没有四季之分。知青们到了农场，很多人都因水土不服生病，有的被蚊子叮咬得了疟疾，有的则莫名其妙地得了烂腿病。农场的伙食也很"枯燥"。肉则很难见到，平均一个月也杀不上一头猪。最好的伙食，属红糖包子，但要走几十里路，到公社开的食堂去买。王小波和同伴们厌倦了插秧。对于一个大个子来说，在田里弯腰干上八个小时农活儿实在吃不消。小波先后送过秧苗，养过猪，后来，因为生病，还被队上委派协助做饭。他在杂文中记录了协助司务长做"忆苦饭"的经历：

　　说实在的，把饭弄好吃的本领他没有，弄难吃的本领却是有的，再教教就更坏了。就说芭蕉树心吧，本该剥出中间白色细细一段，但他叫我砍了一棵芭蕉树来，斩碎了整个煮进了锅里。那锅水马上变得黄里透绿，冒起泡来，像锅肥皂水，散发着令人恶心的苦味……①（《体验生活》）

---

① 王小波：《王小波文集》卷四，中国青年出版社，1999年版，169页。

虽然王小波不是好厨师，却是一个好饲养员，对牲畜颇有同情心。他曾喂过一只猪，后来被记入散文《一只特立独行的猪》。那是一只精瘦的肉猪，聪明强悍，会模仿各种声音，从不安于圈中，它最后在人们的围追堵截中跑掉，成了一只"自由派"野猪。根据很多知青回忆，王小波的确养过一只猪，但没有那么夸张。知青们开始思念家乡，想办法怠工。王小波也经常泡病号。平时他喜欢给大家讲故事。无论《三国演义》，还是《水浒传》，他都讲得绘声绘色。王小波最擅长讲《一千零一夜》和《十日谈》。插秧、犁地、放牛、养猪都是工作主要内容。下棋、看电影、抽烟、打扑克、打篮球、游泳，则是知青的业余活动。王小波曾在杂文《思维的乐趣》半开玩笑地说，他一生一大半的棋都是在知青时代下的，但他却从一个不错的业余选手成了"臭棋篓子"。阿城的小说《棋王》也写知青下棋，但他笔下的下棋既是传统老庄文化的寄托，也是知青生活的"精神转喻"。

　　王小波最喜欢的还是看书。王小波不仅吃饭的时候看书，睡觉前看书，下工回来，脚也不洗往床上一坐，拿被子往身上一披，就开始看书。赵和平兄弟俩来云南的时候，带了几本古希腊的历史书，小波曾反复研读。而他自己带的四卷本《毛泽东选集》、奥维德的《变形记》，他看了无数遍。《变形记》先是被看成了海带形状，后来生生地被"看没了"。有时连《赤脚医生手册》都被翻得稀烂。1970年代初的弄巴农场，不仅闭塞，且缺少书籍，对于知识的渴望，让王小波非常苦恼。军代表连知青看书都管着："假如我们看书被他们看到了，就是一场灾难，甚至'著迅鲁'的书也不成。"（《思维的乐趣》）

　　偷鸡和打架，也是知青们生活的主要内容。知青主要和农场老职工这个群体有矛盾，和少数民族群众，却大多处得不错。老职工们偷知青养的鸡，王小波他们偷了队长家的狗。有关这只狗，小说《黄金时代》中也有记载。它印证着王小波的"辩诬逻辑"：队长的狗的左眼被人打瞎了，队长怀疑是王二，原因有三：一是王二有手，能拿气枪；二是王二有把气枪；三是王二和队长有隙，还曾拿气枪打东西。因此，队长就给王二小鞋穿。而王二的办法是，打瞎狗的右眼，让它彻底走失。队长认定王二有罪，是从王二可能是罪犯的前提出发的，王二必须证明自己无罪，才能摆脱嫌疑。而王二的做法是直接取消逻辑前提，即不启动辩诬程序，而是让逻辑辩诬的整个形式不成立。这只狗颠覆了新时期伤痕文学的潜在逻辑，即"辩诬"。例如，从维熙的《大墙下的红玉兰》、鲁彦周的《天云山传奇》、古华的《芙蓉镇》等，这些"文革"反思小说，都存在着"忠奸对立"的文化逻辑，即"四人帮"是奸臣，老干部是忠臣，老干部虽受尽冤屈，却痴心不悔。《黄金时代》中的这条狗，包括陈清扬的"破鞋"辩诬方式（即拒绝权力窥视程序，干脆做一个真正的破鞋），彻底颠覆并嘲弄了"文革"逻辑，彰显出一种强悍的个人主义气质。

一次，王小波因为和当地青年职工打架，受到了农场领导的严惩。没过多久，一个北京知青慰问团来云南，王小波打架的事情，不知怎的，慰问团也知道了。营指导员很生气，非要批斗王小波。此人让王小波接连被批斗三天。王小波在杂文《我为什么要写作》中写道："插队的时候，我遇上一个很坏的家伙（他还是我们的领导，属于在我们这个社会里少数坏干部之列），我就编了一个故事，描写他从尾骨开始一寸寸变成了一头驴，并且把它写了出来，以泄心头之愤。"挨批斗的心理感受，王小波在《黄金时代》中写得非常逼真：

> 我在人保组，罗小四来看我，趴窗户一看，我被捆得像粽子一样。他以为案情严重，我会被枪毙掉，把一盒烟从窗里扔进来，说道：二哥，哥们儿一点意思。然后哭了。罗小四感情丰富，很容易哭。我让他点着了烟从窗口

递进来，他照办了，差点肩关节脱臼才递到我嘴上。然后他问我还有什么事要办，我说没有。我还说，你别招一大群人来看我。他也照办了。他走后，又有一帮孩子爬上窗台看，正看见我被烟熏得睁一眼闭一眼，样子非常难看。打头的一个不禁说道：要流氓。我说，你爸你妈才要流氓，他们不流氓能有你？那孩子抓了些泥巴扔我。等把我放开，我就去找他爸，说道：今天我在人保组，被人像捆猪一样捆上。令郎人小志大，趁那时朝我扔泥巴。那人一听，揪住他儿子就揍。我在一边看完了才走。陈清扬听说这事，就有这种评价：王二，你是个混蛋。[①]

其实王小波受群众批判，并没有被捆。和王小波他们同时受批判的，还有"破鞋"和其他"坏分子"。赵和平、杨树龙和王小波，是作为打架斗殴、破坏知青和当地职工关系，好吃懒做的典型被揪了出来的。当时虽没对他们吊打，但滋味肯定不好受。后来，赵和平被发配到场院晒粮食，杨树龙被罚打扫厕所，而王小波却被勒令到打谷场上扛两百斤重的大麻袋。队里把所有坏事都加到他们头上：偷鸡摸狗、蒙蔽老乡、偷工偷懒、打架斗殴，他们成了名副其实的"坏分子"。王小波想到了外逃缅甸。可计划了半天，又觉得每条路线的守卫都很森严，想要逃走还真不容易。陇川江水流十分湍急，江上的大桥有解放军把守，有的知青实在想家，想泅渡过去，却淹死在江里。当时大量逃缅中国知青，都是抱着纯洁的心去参加革命的。然而，缅甸的环境更恶劣，缅共对知青军人也很提防。王小波蹲在屋子外面，抽了两包烟，理智最终战胜了革命狂想。

---

① 王小波：《黄金时代》，湖南文艺出版社，2016 年，34 页。

二

"经历了云南的知青生涯，我失去了天真和善良。"王小波后来曾这样感叹。批斗事件过去了，但王小波却性格大变，他开始感受现实社会的残酷，并逐渐思考造成这些问题的根源。他在《黄金时代》中写道："那一天我二十一岁，在我一生的黄金时代。我有好多奢望。我想爱，想吃，还想在一瞬间变成天上半明半暗的云。后来我才知道，生活就是个缓慢受锤的过程，人一天天老下去，奢望也一天天消失，最后变得像挨了锤的牛一样。"仿佛神启一般，王小波开始了真正意义的文学实验，他不止一次在文章中提到那种神秘体验：

> 开始时候像初恋一样神秘，我想避开别人来试试我自己。午夜时分，我从床上溜下来，听着别人的鼻息，悄悄地走到窗前去，在皎洁的月光下坐着想。似乎有一些感受、一些模糊不清的字句，不知写下来是什么样的。在月光下，我用自来水笔在一面镜子上写。写出的字句幼稚得可怕。我涂了又写，写了又涂，直到把镜子涂成暗蓝色，把手指和手掌全涂成蓝色才罢手。回到床上，我哭了。这好像是一个更可怕的噩梦。[1]（《我在荒岛上迎接黎明》）

今天，我们已无法看到这些"镜子写作"的内容了，但他要表达的，不仅是青春的感伤、隐秘的欢乐和激情，更是一个青年真诚的反思和质疑，是对人生痛苦和无奈的反抗。如果说，王小波具有一种与生俱来的浪漫气质，那么，这种气质在云南的暗夜之下，在那面被涂成蓝色的镜子里，也许就已显现了。每个作家其实都有一个灵魂主题，这个主题决定着他的创作境界、格局和气度。海明威

---

[1]　王小波：《王小波文集》卷三，中国青年出版社，1999 年版，104—105 页。

的主题是男人的尊严，托尔斯泰思考的是人性的救赎，狄更斯侧重观察社会与人心，马克·吐温关心的是金钱和权势对人性的伤害，莫言则追寻着野性的自由与不羁的想象，而王小波的主题是激情反抗庸俗，真诚反抗虚伪。这种反抗，联系着一种坦诚的、却也是夸张的想象。蓝色、镜子、噩梦，都是我们理解它的重要元素。

知青们的思乡情绪越来越严重。有的北京知青，甚至冒着生命危险，偷渡陇川江。他们开始想办法探亲回家。1970年底，王小波因病回京探亲。假期满了，他准时回队。后来，王小波得了胃病，但很快，知青队友赵红旗发现王小波眼白发黄，吃不进饭。大家意识到病情严重，连夜找来担架，抬着他赶到八里地外的农场医院。王小波在文章里还专门写了赵和平送他去医院的事情。而进医院之后的情景，则颇具喜剧色彩，王小波调侃说："我年轻时，有一回得了病，住进了医院……我入院第一天，大夫来查房，看过我的化验单，又拿听诊器把我上下听了一遍，最后还是开口来问：你得了什么病？原来那张化验单他没看懂。其实不用化验单也能看出我的病来：我浑身上下像隔夜的茶水一样的颜色，正在闹黄疸。我告诉他，据我自己的估计，大概是得了肝炎。"（《肚子里的战争》）王小波患的是黄疸型肝炎，属于烈性传染病，医生不让陪床照顾，王小波一个人在医院住了半个多月，"出院的时候人瘦了一大圈，一脱衣服全是清晰可见的肋骨。"当时治疗肝炎没什么办法，医生就让多吃糖。出院后，王小波被分到糖厂待了几天，"搬起砖头大的糖块就啃"。王小波向农场请假回家探亲，前段时间农场刚因肝炎死了一个北京知青，领导很谨慎，于是顺利准了假。1971年这次回京，王小波实在难以忍受云南的知青生活，就滞留在了北京，再未回去。

"理性就像贞操，失去了就不会再有。"1970年前后，"林彪事件"让"文化大革命"的神话骤然破灭。政治运动还是一波接一波，从"批林批孔"到"批邓、反击右倾翻案风"，然而，从噩梦中醒来的人们，对革命神话已开始产生怀疑。云南知青生活虽很短暂，却是王小波一生的转折点。正是经历了云南的苦难磨砺，王小波才从一个精灵古怪的少年，褪去理想的浪漫情调，认真思考生活，并对革命宏大叙事产生了深深怀疑。王小波说："假如要我举出一生最善良的时刻，那我就要举出刚当知青时，当时我一心想要解放全人类，丝毫也没有想到自己。同时我也要承认，当时我愚蠢得很，所以不仅没干成什么事情，反而染上了一身病，丢盔弃甲地逃回城里。现在我认为，愚蠢是一种极大的痛苦；降低人类的智能，乃是一种最大的罪孽。"（《思维的乐趣》）正是在这种反思基础上，他坚定了要做"智慧精英"，而不是"政治精英"的信念。多年之后，王小波谈到知青生活，已没有了情绪性，反而多了一份"平常心"。他否认"无悔青春"的说法：不能因为年轻的时候，在云南吃过苦，就说吃这样的苦是应该的，是美好的。他说："上山下乡是件大坏事，对我们全体老三届来说，它还是一场飞来的横祸……坏事就是坏事，好事就是好事……至于坏事可不可以变成好事，已经是另一个问题了。"同时，老三届的痛苦经历，并不是因此变得特殊起来了，特殊地好，或特殊地坏，而应以"平常心"看待上山下乡，并以平常人的心态来看待上山下乡的经历："'老三届'的遭遇是特别，但我看他们也是些寻常人。对黑人、少数民族、女人，都该做如是观。罗素先生曾说，真正的伦理原则把人人同等看待。我以为这个原则是说，当语及他人时，首先该把他当个寻常人，然后再论他的善恶是非。这不是尊重他，而是尊重'那人'……"（《我看"老三届"》）他还说："不幸的是，任何一种负面的生活都能产生很多乱七八糟的细节，使它变得蛮有趣的；人就在这种趣味中沉沦下去，从根本上忘记了这种生活需要改进。"在王小波看来，沉溺于过去的痛苦生活，进而把它特殊化，甚至是美化，进而达到美化自身的目的，是懦夫行为，也是"理性的逃避"。正是这样的平常心，让王小波保持冷静的距离以观照生活。

三

提到王小波的云南知青生涯，不得不提到王小波的处女作《地久天长》。大致创作于 1980 年前后，不是他最早的习作，却是他最早发表的作品。在这篇作品中，王小波已开始确立他云南知青叙事的基本元素和调子。当然，在这篇作品中，浪漫主义还未与反抗强权的现实所指进行很好结合。因此，这篇小说还表现出一些时代共有的伤感气息。

该小说发表于 1982 年第 7 期《丑小鸭》杂志。该年度被称为"知青文学年"，很多重要知青作家，都在这一年发表了代表作，如梁晓声的《这是一片神奇的土地》(《北方文学》1982 年 8 期)，孔捷生的《南方的岸》(北京出版社 1982 年版)，王安忆也发表了成名作《本次列车终点》，并获得 1982 年全国优秀短篇小说奖。这一年也是"知青大返城"接近高潮的时候，这些知青小说正是对那个时代青年共同心声的表达。1982 年的知青小说有其显著特点：一方面，它规避了很多"敏感点"，例如，"文化大革命"与革命传统之间的隐秘联系；另一方面，叙事方面又以青春理想激情、战天斗地的英雄主义情怀，显现了十七年文学中理想主义元素的影响。尽管革命作为社会符号，已丧失了权威地位，但是，知青英雄在"无悔青春"的边疆开垦中，在征服大自然的"野蛮与文明的碰撞"中，怪异地呼应了新时期小说的启蒙色彩。同时，城市与乡村的对立，也开始出现在知青文学中，艰苦的乡村磨砺，被赋予了俄罗斯民粹主义般的热情，城市成为知青在现实中无所适从的"隐喻"。这在《本次列车终点》与《南方的岸》中都有描述。回城知青陈信，在上海繁华的马路上，无法找到心灵归宿；易杰和暮珍毅然放弃城市繁华生活，重新投身于瘴疠迷漫的海南孤岛。

相比而言，在王小波的这部稚嫩的小说中，英雄、历史、国家现代化等"宏大语汇"，很少出现，而小说凸显的品质，明显地集中于两点：一是反抗权力压迫，二是爱情。1980 年代初的小说，对权力关系的反思是不够的，直到 1987 年老鬼的小说《血色黄昏》出版，那些非人性的压迫，才真正浮出遮遮掩掩的文字水面，不再依托于"反四人帮"之类的托词，拥有了批判的锋芒和力度。此外，爱情描写，在 1980 年代初的知青文学中，也多表现为崇高战友情、纯真初恋情结，而较少具性意味的突破。

《地久天长》并不复杂。下乡知青大许、小王和邢红三个人，在下乡过程中，产生了深厚友谊。而指导员是个蛮横、愚昧的权力狂，他多次利用耕牛事件、割领袖像事件整治三人。然而，三人同甘苦、共患难，最终让指导员无计可施。最后，邢红生病住院，含情而逝。这个故事中，指导员褪去了政治的魅力光环，呈现出极强的权力控制欲，既不懂耕田事务，还强迫大许服从他。对于这个人物形象，王小波的写作姿态是，一开始就没有将他看作左倾流毒影响者，而是用戏谑的口吻，进行讽刺与解构。除了指导员，小说中最令我们关注的，是邢红这个人物形象。从她身上，已可看出王小波以后很多小说中女性形象的一些基本特征（如《黄金时代》中的陈清扬、《似水流年》中的线条）。邢红没有当时知青小说中女性牺牲的符号象征意义（如《这是一片神奇的土地》中的张指导员，《南方的岸》中的暮珍），也没有女性压抑的痕迹（如王安忆后来的"三恋"系列小说中的女主人公），或是对女性的乡土品质的赞美（如史铁生的《我的遥远的清平湾》），而是一个热情奔放的女性形象。她身体健美，容貌秀丽，性格热情豪爽，非常有智慧，令人难忘。但邢红给我们印象最深的，则是她对爱情和权力的态度。对于革命的意识形态，邢红并不放在心上，甚至以戏谑的态度对待它，充满了自信和智慧，有时更能直接看穿权力控制背后的阴暗心理，这一点，倒是颇为类似于《绿毛水怪》中的妖妖：

她吃惊地挑起眉毛来："怎么啦？教导员有什么了不

起，我看他不能把咱们怎么样。当然了，也不能和他顶僵了，这个检查还是要写。可我还真不会写这玩意儿呢，你写的检查让我参考参考好不好？"

听了这种话，我感到沉重。不管怎么说，我们在向组织隐瞒一个重大问题，这是不可宽恕的。可是邢红说："你多笨哪！明摆着教导员要整你，你还要自己送上门去。"①

在对待爱情上，邢红的态度也惊世骇俗。她同时喜欢大许和小王。1980 年代初期的知青小说，对于女性爱情，很少做这样极端浪漫化的处理。即使小说中女性处于两难选择之间，作者一般也要凸显女主人公的道德负罪感和在情感、理性与现实之间的挣扎。对邢红而言，这样的选择根本没有道德羁绊，她和大许、小王，沉溺于类似童话般的情感世界：

她笑了。她在草地上笑好看极了。她说："你们两个好像互相牵制呢。不管谁和我好都要回头看看另一个跟上来没有。是不是怕我会跟谁特别好，疏远另一个呢？"

我辩白："没有。"其实是有这么回事的。

她一本正经地说："你们别这样了。我不会喜欢这一个就忘了另一个的。你们两个我都喜欢。你们都来爱我吧，我要人爱。"

我也很高兴。她又说："将来咱们都不结婚，永远生活在一起。"

我也像应声虫一样地说："不结婚，永远在一起。"②

---

① 王小波：《王小波文集》卷三，中国青年出版社，1999 年版，115、118 页。
② 王小波：《王小波文集》卷三，中国青年出版社，1999 年版，128—129 页。

透过这些抒情的文字，我们看到的邢红形象，与当时流行的知青女性形象有很大差异。当然，那一时期王小波的小说，还比较稚嫩，这也体现在对人物的把握上。结尾，邢红之死，又回到了感伤的路上，显得有些俗套。值得注意的是，这期刊物还配有一篇评论：《心灵向美敞开》。作者是陈静。严格意义上讲，这是第一篇关于王小波的研究文章。该评论开篇就说："作者匠心独运地把笔触细腻地伸向青年人的心灵，描写了在那个特殊的岁月中，珍贵的友情给知青的生活带来无穷无尽的欢乐和美的享受。小说情节简单，格调明丽，犹如一条清澈的小溪。"评论的重点放在了对王小波描写的云南风情和友谊之上。这无疑是忽视该小说的反抗性因素，特别是情爱叙事之中包含的反抗性。评论这样写道：

> 在边疆山寨的小平原上，青白色的天空下，光秃秃的田野里，翠绿的竹林间，他们共享着劳动和生活的欢乐和忧患，无论是他们顶着炎热的太阳到清澈的小河里去游泳，躺在河滩上仰望着天空遐想；还是贪婪地阅读着小红珍藏在箱子里的书籍，高兴地吃着小红亲手做的饭菜……从这些洋溢着无穷尽的生活和劳动的情致中，都会使你感到天地多么广阔、生活多么美好。

很明显，这篇小说并非是歌颂劳动和少数民族的地域景观。王小波小说的浪漫性，对权力的反抗性，在这篇小说之中，都有明显的反映。评论将《地久天长》定位于描写知青"珍贵的友情"。指导员的形象，则被评论为"心术不正、思想僵化"。而知青生活也被划分为"浪漫却艰苦"的与"受迫害"的两种。通过这样的二分法，评论者将王小波暗含的越轨笔致加以悬置，忽视了这篇小说的内在价值。在这样的评述中，评论者显然忽视了王小波描述这些美好图景的前提，即这些乌托邦的想象，都是对知青生活的反抗和逃避。评论结尾，评论者又认为，这篇小说，描写的是知青普通生活和平凡的事件，结构也不严谨，技巧也说不上成熟，但越是这样却越是能让人感受到一种纯真的感情在流淌，感受到一种真实的艺术力量和魅力。显然，处女作和纯真的青春叙事，成了一种对等的联系。可惜的是，王小波当时笔力还较稚嫩，小说有浓浓的感伤气息。特别是最后，邢红生癌症去世的情节，还有着流行小说的影子，比较落俗套。但对于一个刚出道的青年而言，这篇小说也是不错的开端。

第二节　青虎山的苦闷青春

一

1971 年秋，回到北京后的王小波，精神上非常苦闷。王小波从云南回到北京后，户口关系却落不到北京。按照当时北京规定，虽然小波以病退原因从云南回京，但这种情况均须病好后"二次插队"，或安置在北京以外地区，北京市原则上不接收回京知青档案关系。本来，宋华在安徽干校和军代表说好了，将小波的关系落在干校，但档案拿过来，军代表又拒绝了。宋华进退两难，只好让小波暂时滞留北京，成了一个"黑户"。

1970 年代初，一个人如果没有档案关系，意味着你寸步难行。没有档案关系，就不能领到按人发放的布票、粮票、油票等生活必需票证，就是早上吃早点，买一根油条，也需要粮票，有钱也买不到。虽受到了家庭很多照顾，但王小波的屈辱和郁闷心情，却更加严重了。他待在家里，不愿外出，也不愿见人，只是沉浸在书籍里。有时他靠做数学题打发时间，一本《几何学大辞典》几乎让他翻烂了。也是从那时候起，王小波开始构思小说。他常在笔记本上写下一些凌乱的想法。好在很多教育部和人民大学时的同学，也陆续回京，大家聚在一起，也能聊解愁闷。胡贝从延安回来了，赵东江、赵和平、赵红旗、那佳等人，也通过各种途径回到了北京。王小波常去找朋友们聊天，互相借书看。赵东江还曾和王小波进行过一次"煮酒论混蛋"的神侃，两人一边喝酒，一边数算本姓家族历史上的混蛋人物。最后，赵东江败下阵来，因为王小波搬出了王家历史上的头号混蛋——秦桧的老婆"王氏"。[①]

　　赶上末班车、考入清华大学精密仪器专业的大姐王小芹，毕业之后留校。哥哥王小平在京西木城涧煤矿当矿工。小弟王晨光因年幼且是家中最小的孩子，先是上学，几年后在北京一家烟厂就业。这在当时已是很不错的安排了。而王小波却显得有些迷惘。但这期间他进行的"自救"尝试：读书、写作、学英语等，为他以后的道路做了铺垫。王小波希望通过学习来改变命运。他读书简直如痴如狂。王小波滞留北京期间，王方名为让他学个一技之长，就安排王小波跟随黄仕奇老先生学英语。黄老先生外号叫"黄小辫儿"，还有外号叫"八国联军"。黄老先生原在二机部任俄语翻译，是哈尔滨外国语学院毕业的高材生。他在语言方面的天赋非常高，精通数国语言，特别是对古西夏文和古突厥文，有很高造诣。中华人民共和国成立初期稿费很高，黄先生的润笔费丰厚，又不愿受约束，就辞了职，成了自由职业者。"文化大革命"闹起来，稿费制度取消了，屋漏偏逢连夜雨，黄太太不幸又得了癌症，一家人全靠一个月二十几元劳保金，生活陷入困顿。人民大学图书馆馆长张昭，听说了黄先生的事情，特意请他做编外翻译，也给不了多少钱，有时也用烟叶和茶叶顶。"文化大革命"越闹越凶，张昭自身难保，也就难以庇护他了。王小波那时正闲居在家，无所事事，黄老先生整日也是孤芳自赏，难得有人要学习他的学问，就欣然应允了王方名的请求。师徒两人的性格也非常投契。黄先生本是俄语科班出身，英语属自学成才，读写很棒，但听说就不行了。他教王小波也不是正

---

① 　王鸿谅、魏一平：《王小波在大院的日子》，《三联生活周刊》，2007 年 14 期。

常的路子，而是从背英语词典开始。结果，王小波把一本《英语大词典》翻得破烂不堪，不会拼读，就一遍遍地抄单词，以非凡的毅力和恒心，不断提高英语能力。结果，读写能力上去了，可听说还是不行，虽然能通顺流畅地阅读英文原典，但属于"瘸腿英语"。小波上了大学，和黄老先生之间的走动变得少了，小说《我的阴阳两界》中，王小波写了一个酷爱西夏文的学者李先生，显然是以黄仕奇为原型。

二

按照知青政策，他可以选择再次集体下乡，去新疆、内蒙古等地的建设兵团，也可选择回原籍，以"回乡知青"的方式接受贫下中农再教育。王小波也正是在这样的背景下，二次插队去了山东。王小波在牟平生活和工作期间，既是他对过去云南插队生活经验的总结、沉淀、提升和概括的时期，也直接孕育了《战福》《这辈子》《这是真的》《绿毛水怪》《我在荒岛上迎接黎明》等早期小说作品。更重要的是，牟平的插队生活，使他对于中国农村、中国农民，进而对中国当代政治文化环境，具有了第一手鲜活经验，并进而产生了深刻反思。后来，王小波的很多著名杂文，如《荷兰牧场与父老乡亲》《对中国文化的布罗代尔式考证》等，都是从这些早年生活经验中生发的智慧火花。

山东牟平是有名的"作家之乡"。中华人民共和国成立后，牟平相继走出冯德英、邓刚、李延国、尤凤伟等知名作家。牟平水道镇青虎山村，坐落在昆嵛山支脉、金牛山山脉，因村前有一片山，颇像"青色卧虎"得名。1970年代，青虎山村大约有一百多户人家，均生活艰苦。据王小波回忆，1950年代青虎山，只有几十户人家，家家户户养驴。"文革"中，人口翻了一倍多，驴等畜力却利用得越来越少，驴大多被杀了，于是人力代替了畜力。这里一年四季以白薯干为主食，很难见到白面馒头，但胶东气候良好，村民朴实善良，亲属和朋友对王小波也都很照顾。水道完小虽然不大，但历史久远，后来，在水道完小基础上又加入初中部三个年级组，成立联中，大概有四百多名学生。该校后转移校址，1986年更名为水道镇第一初级中学。当年教书时，王小波主要负责数学和物理。

1972年秋，牟平县水道公社青虎山村前书记张同良，收到王小波的母亲宋华的一封来信，信中透露出想把小波落户青虎山的想法。老书记年事已高，已不担任青虎山村书记。他来到自己的大儿子、时任水道公社党委委员兼青虎山村党支部书记的张玉敏家中。张玉敏听了父亲的诉说，立刻拍板同意。老书记张同良在当地很有名气。他是小波一家的"恩人"。他介绍宋华入党，并将她送入八路军。在老书记安排下，王小波来到牟平水道公社青虎山村插队。从水道镇到青虎山村，约半个小时车程，几十里地，走路约需要一个多小时。在水道完小教书时，逢周六或周日，王小波就告别学校，独自踏上回村的道路。王小波当年的房东、张玉敏的二弟张玉滴说，当年他常开拖拉机接送王小波。王小波经常一个人走着回来。1974年秋天的某天，王小波独自从镇上回青虎山村，竟然迷了路，在沟里整整走了一夜，才摸到村里。王小波虽是天生平足，却酷爱行走。步行的妙处在于，可以以一种不疾不徐的自由方式在万物中穿行，或者说，以一种任意控制、行止随心的方式扫描这个世界。[1]王小波将儿童、少年时期的这些有关"旷野奔走"的生命体验，外化为喷薄而出的反抗性意象。这种旷野的奔走，就被赋予了强烈的生命探索意味和童话气质，充满了华丽的狂想、奔放的生命自由意志。如《黄金时代》中，王小波对陈清扬在云南荒山中奔走的描述："树林里飞舞着金蝇。风从所有的方向吹来，穿过衣襟，爬到身上。我待的那个地方可算是空山无人。炎热的阳光好像细碎的云母片，从天顶落下来。"又如，《红拂夜奔》中对李靖和红拂出

---

[1]　王小平：《我的兄弟王小波》，139—140页。

逃、《万寿寺》中对唐代节度使薛嵩赤身裸体在湘西红土地奔走的描写，都充满了神奇想象力。

1970年代的胶东农村，住房卫生条件差，张玉敏把王小波安置到住房条件稍好、结婚刚一年的二弟张玉漓的家里。地里的劳作很繁重，每天推车送粪上山，让王小波的一双新布鞋，很快就变得惨不忍睹，裂开了很多口子。张玉敏看王小波吃不消，就将他调到果园技术队。王小波在果园的工作较轻松，多是做些剪枝和浇灌工作。1974年初，张玉敏找到时任水道公社书记的周佩奇、教育助理姜玉山，介绍了王小波的情况，极力推荐王小波担任水道联中代课教师。经过公社同意，张玉敏又找到水道联中的罗福喜校长，经过一番努力，王小波终于吃上了教师这碗饭。在牟平生活期间，王小波依然是"逍遥派"和"边缘人"。对于王小波常在灯下看书写作的事情，村支书张玉敏、学校的领导和老师们都知道，但王小波从没有宣扬过他的文学才能，更没有用这些才能去改变自己的处境。照王小波一家和牟平当地的渊源，如果王小波"积极"一点，搞到一个推荐上大学的名额，也不是不可能的事情。然而，王小波以自己的"消极"，展现出他对尊严的维护和对政治的厌恶。他对很多歌颂农村苦难生活的作品嗤之以鼻。王小波待人谦和，态度低调，不爱与人争执，极少对人发表意见，很少参与公众事务，对当时的乡镇政治也保持着相当距离。他也很少参与知青群体活动，更多的时间耗在读书、思考上。

三

牟平时期的生活，对王小波的创作影响是多方面的。第一，农村艰苦的生活，引发了王小波对物质和精神的关系、中国文化中对物质的消极态度等问题的思考，并进而成为他反对1990年代泛滥的伪科学思潮的重要基点。王小波强烈地反对知青文学以来，美化

76

插队、赞美土地人民以追求新的宏大叙事合法性的行为。在这一点上，王小波很类似于李锐。山西作家李锐，也写过不少知青文学，但大多是冷峻的批判，既有对左倾思想伤害农民的批判，又有对农村野蛮愚昧的批判，还有着对中国传统文化强烈的反思。比如，《厚土》系列作品，李锐笔下的乡土生活，没有高高在上的怜悯，没有悲壮的理想风采，或对乡土社会的美化，而是呈现出冷峻凝练的笔调。野蛮愚昧与仁厚宽容，同时存在于李锐的乡土书写。和张承志、张炜、路遥、贾平凹等作家相比，李锐一开始就缺少热度。他1980年代的创作，我们很难看到"大写的人"。无论农民、知青，李锐都将之放在严酷自然环境，拷问人性的复杂变化。李锐亲眼目睹了贫瘠山区农民封闭落后状况。山民们延续古老乡俗和生活方式，而革命与现代化，不但没使他们走向幸福，反而造成了新的心灵压迫。他对农民抱以真诚同情，又不失知识分子独立思考：当一个人一年四季地辛苦劳作，成年累月地"汗滴禾下土"的时候，他才会理解什么叫劳动，什么叫世世代代的劳动人民。他才能明白，把人世世代代地绑在土地上像畜生一样的劳动，是一件最残忍、最不人道的事情。他才能明白，那些在书本上、画面上、乐曲里歌颂劳动的人，大都是些不用劳动的城里人。[1]李锐在《厚土》后记中描述："中国是什么？是一个成熟了太久的秋天，冰冷、苍老、疲惫、尘垢满身。"[2]李锐在1990年代终于将"革命的伤痕"，而不是"'文革'的伤痕"暴露出来。李锐从没像张贤亮、张承志、梁晓声，想象过集体性，宏大的"人民"。人民是一个个苦难个体，而非某种被权力关系所指代的群体符号。《厚土》表面看是乡土小说，但并不具备1980年代乡土题材"歌颂改革开放""田园抒情"等政治化主题，而是承接"五四"乡土小说的启蒙批判，试图在苦难中树立乡土"自足逻辑"，以抗衡现代化、革命等外在因素。这

---

① 李锐：《我是怎样开始写作的》，《北方文学》，2008年1期。

② 李锐：《厚土》，上海文艺出版社，2012年8月版。

些小说不写浪漫理想主义。他展现了贫瘠与愚昧，情欲与权力欲的纠葛。"人尖儿"队长无休止地占有村里的女人（《锄禾》）；《青石涧》父亲占有亲生女儿，并让女儿带着孩子嫁与小羊倌；《二龙戏珠》福儿目睹祖父与母亲、哥哥与姐姐惊人的乱伦关系，内心充满惊惧；《送葬》老鳏夫拐叔自杀身亡，成全了男人们吃羊肉的渴望。

和李锐对农村生活的愚昧野蛮的批判不同，王小波更强调物质生活对改善人类精神状态的必要性与合法性。一方面，王小波同情苦难者，对受苦的人们有深深的怜悯；另一方面，王小波对以贫穷为美的反智行为，或借贫穷之名、行个人私利的虚伪行径，则更为警惕。面对苦难，敏感甚至有几分尖刻的王小波，绝不会照史铁生的《我的遥远的清平湾》那样去歌颂乡土道德，也不会像张承志的《黑骏马》，赋予苦难雄浑浪漫的气息，更不会像梁晓声《这是一片神奇的土地》般青春无悔。他甚至采取了尖锐讽刺的"玩世不恭"的态度。这恐怕要让希望在他的小说中寻找"乡土眷恋"的人士失望了。

《马但丁》发表在1998年第6期的《北京文学》，责任编辑是李静。这篇小说是现在我们所知的王小波最早的习作。该小说创作于1974年左右，比《绿毛水怪》还要早。在这篇带有自传色彩的幼稚习作中，我们能看到王小波对当时环境的极度不满。而这种不满，既有物质匮乏，也有精神压抑。在这篇小说中，我们还能看到少年王小波跳脱顽皮的心性，和生活对他的折磨扭曲。小说中，尽管乡亲们对马但丁不错，但马但丁却对村民们勤劳憨厚的生活态度不以为然。他故意整治说他坏话的李长友，他喜欢懒散的生活。"其实但丁装成这个样子百分之八十是为了好玩：他有满满的一肚子的坏水。有谁去注意别人的功架呢。就是懒散一点也没有什么。但丁自己也常常在人前不很在意露出懒散的样子来，也没有人说他什么。所以他装出这个样子也就含有百分之八十的不善良的讽刺。"而恶劣的生活条件，更让他难以忍受。小说中，陈老太太、他的太姥姥，叫他去家里吃饭。请客的羊肉，是病死的瘟羊，喝的酒是六十五度的地瓜烧。马但丁吃完饭，走到村口，就吐了出来。小说结尾，王小波写道："马但丁找了个借口溜出大门，直跑到一个没人的地方，张开大嘴准备大笑一通，可是根本笑不出来，反而想哭。像这种恶毒的酸辣汤是消不掉心中的苦味的！"[1]

这种态度和价值选择，还表现在他的一些杂文中。例如，《对中国文化的布罗代尔式考证》就对艰苦生活进行了回忆与反思："在所有的任务里，最繁重的是要往地里送粪——其实那种粪里土的成分很大——一车粪大概有三百多斤到四百斤的样子，而地往往在比村子高出二三百米的地方。这就是说，要把二百公斤左右的东西送到八十层楼上，而且早上天刚亮到吃早饭之间就要往返十趟。说实在话，我对这任务的艰巨性估计不足。我以为自己长得人高马大，在此之前又插过三年队，别人能干的事，我也该能干，结果才推了几趟，我就满嘴是胆汁的味道。推了两天，我从城里带来的两双布鞋的后跟都豁开了，而且小腿上的肌肉总在一刻不停的震颤之中。"[2] 王小波以他的统计学和数学才能，将人和畜类在运粪土上山这件事上的投入和产出比进行比较，并得出结论，用驴来拉粪远比人来运送节省得多，而且人总吃薯干，容易得胃溃疡。在另一篇杂文《荷兰牧场与父老乡亲》中，王小波谈到了在欧洲参观荷兰的感受：为什么荷兰的能工巧匠，能利用风能、水能建设洼地，将艰难之地变成了易于生存的美丽家园，而我们的农民，在有利的自然条件下，却将日子过得苦不堪言？究其原因，还是缺乏知识的介入。在大量的诗词歌赋和官场心计中，知识分子浪费了才华和青春，而在对科学和人类的幸福贡献上，却令人怀疑。这些思想和观点，直接导致了王小波对1990年代后国学热的怀疑态度，及他对中国传统文化，特别是儒家文化的批判。

小说《这辈子》，也展现了对当时农村艰苦生活、特别是"推

---

[1] 王小波：《马但丁》，《北京文学》，1998年第6期。

[2] 王小波：《王小波文集》卷四，中国青年出版社，1999年，128—129页。

粪"的感受。无聊的小马，梦中看到了自己的上辈子，是一名叫"陈得魁"的胶东农民，有一个"鬼"一样憔悴的婆娘，还有一个瘦胳膊瘦腿、却有大肚子的小女儿——小芳。陈得魁"身上穿着一件带着臭气的褂子，破烂的裤子挽到膝盖。小腿又短又细，腿肚盘满了弯弯曲曲的筋络。他像第一次看清自己的身躯：肚子又小又鼓，好像脖子在不自然地朝前伸着，'脊梁被压弯了。'……"小说中，小马的视角和陈得魁的视角，不断形成"互文"，小马在畜牧书中看到的有关养猪的知识，不断和苦难生活相对比，趣味盎然，又充满苦涩和同情。这篇小说写于王小波回北京后，算是对他艰苦农民生活的体验和总结。小说开头有发牢骚的议论。结尾，作家更借老陈的口说："我们活着是为了谁？为了儿孙吗？要是过得和我一样，要他干什么？为了自己吗，是为了吃还是为了穿？只是为了将来还有希望。可是希望在哪儿呢？都把我们忘了。从农村出去的人也把我们忘了。我们要吃饱，我们想不要干这么使人的活。我们希望我们的老婆不要弄得像鬼一样。我们也要住在有卫生间的房子里头，我们也要一天有几个小时能听听音乐，看看小说。"[1] 小说寄托着王小波对农村和城市巨大差距的思考。从中华人民共和国成立到"文革"结束期间的革命清教徒式的教育，人们很少希望通过科技改善和智慧探索解决生存问题，而是盲目夸大精神力量，进而以自虐式精神优越感，掩盖贫穷无知的愚昧，放弃正常的改造自然、造福自身的能力。王小波认为，这是一种"古怪"的竞争——和风力、水力比赛推动磨盘，和牲口比赛运输——且是比赛"负面"能力，比赛谁更不知劳苦。这种盲目夸大精神力量的想法，是整个东亚百年来现代化过程的通病：从念着咒语、涂满经血、杀向洋人的义和团，到绑着白布条、嘴里念叨"天皇万岁，神道永存"的日本神风自杀队员，再到打着革命名义，以精神狂热制造幻觉的"大跃进"和"文化大革命"，无不显现着后发现代的东亚国家，在现代化进程

---

① 　王小波：《王小波文集》卷三，中国青年出版社，1999 年版，85 页。

中焦躁失衡的悖论心态，及缺乏现代理性精神和科学精神的病灶。

四

第二方面，艰苦的生活，也引发了王小波对弱者的同情，及对生命创伤和童真丧失的思考。这种对弱者命运的思考，并没有变成一种道德的赞美和批判，而是转化为了一种天地不仁的生命反思、浪漫的反抗命运的个人主义气质，及拉伯雷式的大无畏讽刺精神。《猫》是一篇寓言性很强的小说。主人公常在阳台上看到一只被挖去双眼的猫，这种对生命的戕害，让主人公寝食难安。然而，大家对此都十分冷漠，都认为是孩子胡闹，但主人公绝不承认孩子会干出这样残忍变态的事情，而认定这是来自大人的丑行，然而，他得到的回应只是冷漠："我也曾经是个孩子，可我从来也没起过这种念头。在单位里我把这件事对大家说，他们听了以后也那么说。只有我觉得这件事分外的可怕。于是我就经常和别人说起这件事，他们渐渐地听腻了。有人对我说：'你这个人真没味儿。'"生命的残酷受损与消逝，在时间的磋磨中，甚至丧失了成为庸人谈资的资格。鲜血过后，是人们更残忍的遗忘。

《战福》也是小波以牟平插队为背景写的一篇小说。这篇小说的主题是冷漠对人的伤害。这篇小说，有很多牟平的痕迹，如小说中对于山峦和大海的描述，符合牟平的地理特征。又如，主人公战福姓"初"，初姓是水道镇的大姓。而那三十几米长的供销社房屋据说仍竖立在水道街头。文章中的"石沟"村也并非虚构，它就坐落在水道镇通往牟平的路上。而小说开头的赶集场景，正是水道镇一周一次的"水道大集"的真实写照：

> 在绿荫遮蔽下的石沟，有一条大路伸过村子，一头从
> 村南的山岗上直泻下来，另一端从村北一座大石桥上爬过

去，直指向远方。如果是逢集的日子，这条路上就挤得水泄不通。手推小车的人们嘴里怪叫着，让人们让开，有人手挎着篮子，走走停停地看着路旁的小摊，结果就被小车撞在屁股上。人来人往，都从道中的小车两旁挤过，就像海中的大浪躲避礁石，结果踏碎了放在地上的烟叶或者鸡蛋，摆摊的人就绝望地伸手去抓犯罪的脚，然后爆出一阵歇斯底里的尖叫。[1]

傻子战福，因嫂嫂虐待，一直过着人不人、鬼不鬼的生活："他穿着一件对襟红绒衣，脏得就像在柏油里泡过一样。扣子全掉光了，他就用一块破布拦腰系住。再加上一只袖子全烂光了，露着乌黑的膀子，使他活像一个西藏农奴。"供销社的售货员小苏拿战福开玩笑，战福却信以为真。王小波无情地讽刺了售货员小苏的虚荣浅薄、恶毒无知。周围的人，无论公社副书记，还是普通人，都将战福和小苏的事，当成了无聊生活的笑料：

> "哈哈哈！"公社副书记乐不可支地拍打自己的大肚子。"嘻嘻嘻"，文教助理员从牙缝里奸笑着。"哈哈，哈哈，哈哈"，学校的孙老师抬头看着天花板，嘴发出单调的傻笑，好像一头笨驴；其他人也在怪笑，都要在这稍纵即逝的一瞬间里，得到前所未有的欢乐。这个笑话对他们多宝贵呀！他们对遇到的一切人讲，然后又可以在笑声里大大地快乐。"哈哈，哈哈哈！嘻嘻嘻！"[2]

他打石头、盖新屋，准备迎接新生活。但小苏的恶骂，让他的梦破灭了。最终，战福孤独地死去了。小说将小苏美丽的容貌和她

---

[1] 王小波：《王小波文集》卷三，中国青年出版社，1999 年版，40—41 页。

[2] 王小波：《王小波文集》卷三，中国青年出版社，1999 年版，49 页。

的恶毒行径进行了触目惊心的对比：

> 小苏呲牙咧嘴，脸色铁青，面上的肌肉狰狞地扭成可怕的一团，毛发倒竖，眉毛倒立着，好像一个鬼一样立在那里。
>
> 战福的心头不再幸福地发痒了。可是脑子还是木着。
>
> 小苏发出可怕的声音："战福子，我问你，你在外面胡说了一些什么？你胡呲乱冒！
>
> "啊！你不要脸！你说什么！你妈个×的，你盖你的房，把我扯进去干吗？你说呀！"
>
> 苏小姐看战福呆着，拿出一根针，一下子在他脸上扎进多半截。
>
> "战福子，你哑巴了！喂！我告诉你（一针扎在胸膛上），不准你再去乱说，听见没有……"[1]

上帝造人，有俊有丑，有贤有愚，然而，人们总是以貌取人，为"美丽"赋予了太多的道德想象。容貌对很多女人来说，不过是一个获取较高社会地位和金钱物质的途径罢了。但人类总无法面对这些残酷真相，于是编造出了很多浪漫的文艺作品。金庸的小说《倚天屠龙记》中，借助张无忌之母殷素素的嘴说出："越是美的女人，越是会骗人。"王小波无情地揭示出"天地不仁"的真相，也无情地嘲弄了人们的虚荣心和自私自利的本性。早期王小波的小说，有很强童话气质，更有着明显创伤性情感体验。他的小说丝毫不带有当时流行宏大话语的特征，如《波动》《第二次握手》的民族国家忧患意识。《战福》的故事，王小波的关注点是作为个体的人的战福的悲惨遭遇，也注重批判讽刺大众对个体的欺凌与压迫。"群体否定"的个人主义文化逻辑，已初见端倪。

---

[1] 王小波：《王小波文集》卷三，中国青年出版社，1999年版，52页。

这种反映对不公正命运反抗的小说，还有短篇小说《歌仙》。该小说能看出云南异域风情的影响，也能看到胶东的美丽山水对王小波心灵的熏陶。但小说的基调，是在幽默之中透着辛酸，在浪漫之中隐含着对"天地不仁"的反抗。小说开头，有大段抒情性描写，语言干净透亮，简约幽默，并用第二人称"你"拉近读者和作者的距离，在轻松的介绍之中，引出刘三姐和阿牛的生活幻境。这段开头的环境描写，奠定了小说整体的抒情笔调，也以"歌声"暗喻着人类对于自由与幸福的永恒向往：

　　有一个地方，那里的天总是蓝澄澄，和暖的太阳总是在上面微笑着看着下面。

　　有一条江，江水永远是那么蓝，那么清澄，透明得好像清晨的空气。江岸的山就像路边的挺拔的白杨树，不高，但是秀丽，上面没有高大的森林，但永远是郁郁葱葱；山并不是绵延一串，而是一座座、独立的、陡峭的，立在那里，用幽暗的阴影俯视着江水，好像是和这条江结下了不解之缘的亲密伴侣。

　　你若是有幸坐在江边的沙滩上，你就会看见：江水怎样从陡峭的石峰后面涌出来，浩浩荡荡地朝你奔过来。你会看见，远处的山峰怎样在波浪上向你微笑。它的微笑在水面留下了很多黑白交映的笑纹。你会看见，不知名的白鸟在山后阴凉的江面上，静静地翱翔，美妙的倒影在江上掠过，让你羡慕不止，后悔没有生而为一只这样的白鸟。你在江边上静静地坐久了，习惯了江水拍击的沙沙声，你又会听见，山水之间，听得见隐隐的歌声：如丝如缕、若有若无、奇妙异常的歌声。这不像人的歌喉发出的，也听不出歌词，但好像是有歌词，又好像是有人唱。[①]

---

① 王小波：《王小波文集》卷三，中国青年出版社，1999 年版，65 页。

《刘三姐》的故事，是流传非常广泛的民间传说。美丽的刘三姐和勤劳的小伙子阿牛，最终有情人终成眷属。但王小波的改写，将小说叙事的重点，放在了"爱而不得"的悲剧上。阿牛迷恋三姐的歌声，但三姐却有着丑陋的长相：

　　　　刘三姐长得可怕万分，远远看去，她的身形粗笨得像个乌龟立了起来，等你一走近，就发现她的脸皮黑里透紫，眼角朝下搭拉着，露着血红的结膜。脸很圆，头很大，脸皮打着皱，像个干了一半的大西瓜。嘴很大，嘴唇很厚。最后，我就是铁石心肠，也不忍在这一幅肖像上再添上这么一笔：不过添不添也无所谓了，她的额头正中，因为溃烂凹下去一大块，大小和形状都像一只立着的眼睛。尽管三姐爱干净，一天要用冷开水洗上十来次，那里总是有残留的黄脓。[1]

　　三姐虽然长得丑，但热情、善良、勤劳，且有着无与伦比的美妙歌喉。但她遭到了家人的排斥，甚至她从小照顾的四弟，长大后也疏远了她。她被迫搬到一个地方独居。在寂寞之中，她绝望地唱了一夜，感动了所有的世人，成就了她音乐的传奇：

　　　　先是有几个挑柴的站住走不动了，然后又是一帮赶骡子的，到了那里，骡子也停住脚，鞭子也赶不动。后来，路上足足聚了四百多人，顺着声音摸去，把刘三姐的土楼围了个水泄不通。谁也不敢咳嗽一声，连驴都竖着耳朵听着。刘三姐直唱到天明，露水把听众的头发都湿透了。那

---

① 王小波：《王小波文集》卷三，中国青年出版社，1999年版，66页。

一夜，刘三姐觉得自己从来也没有唱得那么好。她越唱越高，听的人只觉得耳朵里有根银丝在抖动，好像把一切都忘了。直到她兴尽之后，人们才开始回味歌词，都觉得楼上住的一定是仙女无疑，于是又鸦雀无声地等着一睹为快。[1]

然而，当人们看到刘三姐，却大叫着逃走了，只有一个无赖酒鬼说要娶她。精粹深沉的艺术，往往总是牺牲世俗的标准为代价的。文采灿灿的大文豪却生活潦倒；笔下生花的大画家，偏偏失去了光明；有着天仙般歌声的三姐，却有着无比丑陋的面貌。大自然对人的捉弄，都化作了人类悲剧命运的一部分。小说的叙事技巧在于，王小波总是一次次用绝美的歌声，和刘三姐不断被残忍拒绝的事实，形成了递进式的，情绪的悖论式高潮。小说之中，总共五次写到了刘三姐的歌声。小说高潮，是阿牛和三姐的相遇。俩人惺惺相惜，感情越来越浓烈。然而，无论阿牛如何苦苦哀求，三姐就是不敢出来相见。阿牛也下了决心，不管三姐的相貌，也要将她娶到家：

> 他沉思之后，毅然地抬起头来说："我不怕！我阿牛不比他们，漫说你还不是妖怪，就是真妖怪，我也要把你接到家里来！现在你站出来吧！"

小说细致地写出了阿牛的内心活动。他一会儿觉得人们以讹传讹，丑化三姐，一会儿觉得即使丑，也不会太吓人。人们总是善于将美妙的品质集合于一人之上，无法接受残酷的现实。阿牛想象中的三姐，"脸一定比较的黑，嘴也许相当大。但是一定充满生气、清秀，但是不会妖艳。当然也许不算漂亮，但是绝对不可能那么恶

---

[1]　王小波：《王小波文集》卷三，中国青年出版社，1999 年版，70 页。

心人。"然而，当三姐"茄子"式的烂脸出现在他的眼前，"八只鱼鹰全都跳下水去了。阿牛瞠目结舌，一屁股坐在竹排上，被江水带向下游。中午时分，阿牛在白沙附近被人找到了。他坐在竹排上，眼睛直勾勾的，不住地摇头，已不会说话了。在他身边站着八只鱼鹰，也在不住地摇头。以后，他的摇头疯再也没有好。"深爱的人，竟然被自己吓疯，刘三姐会怎样呢？结尾，小说给我们留下了一个美丽的绝唱和不朽的悲怆传奇。

> 人们再也没看见刘三姐。最初，人们在江面上能听见令人绝倒的悲泣，久后声音渐渐小了，变得隐约可闻，也不再像悲泣，只像游丝一缕的歌声，一直响了三百年！其间也有好事之徒，想要去寻找那失去踪迹的歌仙。他们爬上江两岸的山顶，只看见群山如林，漓江像一条白色的长缨从无际云边来，又到无际云边去。顶上蓝天如海，四下白云如壁。①

　　该小说对刘三姐故事的改写很成功。王小波不但将故事原型悲剧化，而且塑造了新的主题。小说为我们留下巨大空白，也让我们寄寓了太多同情的泪水。三姐的悲剧，有着王小波自怜身世的酸楚，也表现出他超凡拔俗的艺术气质。《歌仙》和《战福》还表现了王小波类似西方古典美学的悲剧观。这两篇小说之中，悲剧并没有充盈着道德伦理的批判，而更关注"命运性"的悲剧。在大自然和造化的恐怖之力前面，丑陋但歌声纯美的三姐，善良愚钝但相信爱情的战福，都遭受到命运的无情折磨。小说之中，对阿牛、小苏这类人物，作者的态度是讽刺的，但并不特别关注其间的道德意味及伦理的拯救。

　　批判讽刺性在小说《这是真的》最明显。这部受到奥维德《变

---

① 　王小波：《王小波文集》卷三，中国青年出版社，1999 年版，77 页。

形记》影响的小说，表现了王小波的幽默气质和想象力，及对现实的批判。我们从《变形记》中，喀迈拉冷漠残忍的乡民被女神变成青蛙等小故事之中，能看到这类"身体变形"的讽刺故事的趣味。小说开头写到校园傍晚的静谧景致，显然就是水道联中操场的真实还原，而民办教师可怜的处境，也反映了那个时代共同的问题。王小波虽然只是牟平当地的一个小小的过客，然而，他敏感地感受到了这个小地方的权力结构，并以此形成对"文革"后期中国语境的讽刺。小说中，水道公社管教育的赵助理，平时欺男霸女，还经常索要贿赂。一次醉酒之后，赵助理居然变成了驴子。小说的精妙之处在于，逼真地描述了赵助理变成驴子后的一系列举动和内心活动。例如，小说写到赵助理变成驴后对奔跑的感受："赵助理员在野外胡撞了好几天，到底是几天就不清楚了。因为他被人踢了一脚朝村外狂奔的时候，开始感到很奇怪：自己居然那么善于奔驰，跑得两肋生风，风儿在耳朵里呼啸，当时居然感到一种莫名其妙的自豪。后来突然领悟到自己现状的可悲，不由得急火攻心，胡冲乱撞，乱尥蹶子，弄得尘土飞扬，好像一阵旋风。然后就陷入狂乱状态，失去了时间的概念。"

讽刺不正之风，在"文革"后期，及至新时期的文学作品中屡见不鲜。但是，王小波的这篇小说，最大的特点，不在于他讽刺了农村教育的不良习气，而在于他的讽刺是彻底的，即这种讽刺，并没有停留在批判不正之风、进而引出对正确路线的拥护上，而是在彻底狂欢之中，超越意识形态，直指人性深处的丑陋。小说充满了拉伯雷式狂野甚至粗鄙的笑声，也有奥维德式的机智幽默。更有意思的是，小说出现了具"性意味"的描写，展现"文革"地下文学（该小说创作于1974年到1980年之间）的另一面风采。比如，小说中变成了驴的赵助理，依然对民办教师小于色心不死，结果被骗掉了，小说煞有介事地写道：

后来，老赵总是心情恍惚，脑子好像是死了一部分。他发现，原来他的脑子有下面四个部分，管吹拍的，管作威作福的，管图吃喝的，管图那个的。现在脑子空了四分之三，剩下的四分之一也不管事了。①

五

第三个方面，胶东半岛特殊的海洋文化，特别是齐文化，对王小波的创作，产生了重要影响。王小波插队的牟平县，离大海很近，而其间他也常去烟台的二姐家做客，更多地接触到了大海。可以说，"大海"的意象，使王小波的早期小说有了重要的想象性空间。它所起到的空间化塑形作用，可与云南的"热带雨林"相提并论。王小波对大海的赞美和喜爱，既来自天性中对浪漫和自由的向往，更是他对早期情感经历的纪念。而由此引发的苦难和浪漫，是贯穿王小波创作的主题性风格。在《绿毛水怪》中，王小波写道："我所爱的只是那个大海。我在海边一个公社当广播员兼电工。生活空虚透了，真像艾略特的小说！唯一的安慰是在海边上！海是一个永远不讨厌的朋友！你懂吗？也许是气势磅礴地朝岸边涌，好像要把整个陆地吞下去！也许不尽不止朝沙滩发出白浪，也许是死一样的静，连一丝波纹也兴不起来。但是浩瀚无际……我甚至微微有一点高兴，妖妖倒是找到了一个不错的葬身之所！"

这里的大海体验，很明显来自烟台地区的黄海海域，王小波在小说中所虚构的"山东海阳县葫芦公社地瓜蛋子大队"，更有区域性痕迹。山东海阳县是海滨城市，即今天的山东烟台海阳市，地处青岛、烟台和威海之间，靠近胶东半岛南部，和牟平的距离不远。王小波很有可能闲暇的时候，去过该地。而"葫芦公社"和"地瓜蛋子大队"则是对水道公社和青虎山大队的"戏仿"，因为"地

---

① 王小波：《王小波文集》卷三，中国青年出版社，1999年版，63页。

瓜蛋子"是青虎山的主食的缘故。而小说中那些神奇的海洋国绿种人，神秘的环形湖和珊瑚礁，既带有北欧童话的浪漫色彩，又有来自齐鲁海洋文化的璀璨夺目的神奇想象力。更神奇的是王小波对绿种人生活状态的描述，那是一个欢乐自由的乌托邦：既有丰富的物产、美丽的自然景观，也有众多学者、诗人和艺术家，人与人之间都相互关爱，又彼此尊重。这是强者的国度，又是文明的国度。1970年代，王小波的这种惊世骇俗的文学想象，已脱离了当时的文学规范。

《我在荒岛上迎接黎明》，也是一篇明显带有海洋意象的半自传体短篇小说。小说虚构了两位在山东海边插队的城市知青。他们相亲相爱，互相扶持走出难关。小说男主人公先在云南插队、后来山东插队的经历，与王小波自身颇为相似。而男主人公课余带学生到沙滩挖牡蛎，以补贴学校收入，大概是当时水道联中劳动教育课的内容之一。女主人公从海军炮校的游泳场搞到救生艇，到荒岛营救男主人公的情节，也与烟台的地理、建筑有紧密关联。烟台海军航空学院（前身为清末冰心之父谢葆璋建立的海军学校），其游泳场正是现在烟台第一海水浴场，1970年代初，还未对一般平民开放。烟台港东炮台一带沿海处，也有非常多的无人岛礁，符合王小波对无人小岛的想象。

王小波的早期小说中，爱情往往带有浪漫和理想化成分，也有感伤色彩。王小波的不凡之处在于，他能以雄健有力的个性化话语，摆脱当时主流意识形态的控制，展现出一种个人化风格。被困荒岛的男主人公，就像屹立于天地之间的巨人，一个在大自然前显示征服勇气和浪漫意志的"东方鲁滨逊"。当死里逃生的男主人公，终于登上荒岛，他充满了英雄豪情："我感到自豪，因为我取得了第一个胜利，我毫不怀疑胜利是会接踵而至的。我能够战胜命运，把自己随心所欲地改变，所以我是英雄。"主人公的内心宣言，同样也可以看作王小波在逆境中坚持自我、力图塑造"文化英雄"

的初步尝试。这种尝试，最终在《黄金时代》中走向了成熟，而在《白银时代》《黑铁时代》中，王小波则写了这类英雄的衰老和挫败。

在这篇小说中，海洋的伟力，使一直想做诗人的男主人公，第一次写下了满意的诗句，并将之刻在石头上。男主人公被困海岛的虚构情节，具有强烈象征意义。它象征着主人公精神的困境和救赎的奇怪纠结。小说开篇，就以一种极为恢宏而华丽的笔触，描述了太阳飞升的黎明前夕，壮丽的海洋奇观：

> 我在荒岛上迎接黎明。太阳初升时，忽然有十万支金喇叭齐鸣。阳光穿过透明的空气，在暗蓝色的天空飞过。在黑暗尚未退去的海面上燃烧着十万支蜡烛。我听见天地之间钟声响了，然后十万支金喇叭又一次齐鸣。我忽然泪下如雨……①

这里的喇叭，既可以说是中国民间的一种管乐器——唢呐，音域很高，也可以想象为西洋铜管乐器中的小喇叭，西洋喇叭常负责旋律部分或高亢节奏的演奏。而对太阳和海洋的崇拜，也与胶东一带的东夷文化有关。与海相生相伴的生活和浩渺大海的神秘莫测，使得东夷人形成了朦胧而独具特色的海神崇拜。在胶东先民传说中，海神是黄帝的后代，人面鸟身。《山海经·大荒东经》记载："东海之渚中，有神，人面鸟身，珥两黄蛇，践两黄蛇，名曰禺猇。"海上日出的胜景也使太阳成为东夷人的偶像。②这种对大海和太阳的向往，也在潜移默化之中，感染和熏陶了王小波的小说品相。

大海还与王小波小说"特立独行"的女性形象谱系相联系。比

---

① 王小波：《王小波文集》卷三，中国青年出版社，1999 年版，103 页。
② 王孟子：《论先秦时期胶东文化的海洋特质》，《神州民俗》，2008 年 5 期。

如,《绿毛水怪》中的妖妖——杨素瑶。妖妖是一个精灵般的女性形象,王小波逝世后,该小说被《花城》(1998年第1期)刊发出来,著名批评家何向阳在长文《12个:1998年的孩子》中,深情地写道:"至此,王小波写的已经不是一个有关孩子的故事了。但是这故事的主人公妖妖——这个敏感深情的女孩子却永远将自己定型为孩子,在那个自由无忧的海底世界游弋着,没有人再能伤害得了她。'还不如永远不长大呢',妖妖实现了自己的意愿,在深邃浩淼的太平洋海底。"[①]妖妖最后离开了尘世,回到海洋之国,将无限的美丽和遐想留给了世界。类似的早期王小波小说中的女性形象,还有《地久天长》中的邢红,和《我在荒岛上迎接黎明》中的"她"。这些女性形象,都有一些共同特点,比如都有过知青经历,且又都是大城市出来的女孩子,她们都聪明活泼,善良浪漫,个性强悍,蔑视权力和专制,有着反叛体制的激情。

1974年年底,知青返城政策有所松动,小波终于等到了回城的转机时刻。于是,王小波办理了病退手续,回到了北京。

第三节 《绿毛水怪》:浪漫主义的另类宣言

一

《绿毛水怪》大致创作于1970年代中期,主要以王小波在童年和少年插队牟平时期的生活体验作为背景。该小说构思更早至王小波在牟平青虎山村插队时期。该小说虽不是王小波的处女作,但却是他最早表现出文学才华,受到关注的作品。该短篇小说是王小波和李银河的"定情信物",也再次证明了中国文学史形态的复杂性:在伤痕文学、反思文学、改革文学、寻根文学的依次演进的文学史

---

① 何向阳:《12个:1998年的孩子》,《青年文学》,2000年5期。

进化程序内，其实存在着"异质性"的作品。这些作品，在新时期文学已有了比较广泛的影响，如叶文福的诗歌《将军，你不能这么做！》，白桦的剧本《苦恋》，小说《飞天》《离离原上草》《公开的情书》《一个冬天的童话》等等。但它们可能并不符合主流文坛和主流意识形态的审美规定性，甚至是溢出了政治束缚，展现出了有别于社会主义文化转型体验的，别样的审美风采和文学路径。它们在新时期文学史上遭到贬斥和压制。《绿毛水怪》写成后，曾在王小波的伙伴和同学们中传诵，颇受好评。李银河因为这篇小说，喜欢上了王小波。该小说也曾得到时任人民文学出版社社长严文井的喜爱。但严文井很遗憾，在当时的社会氛围内，不能发表这部小说。更苛刻一点而言，这篇小说也不兼容于整个新时期文学，乃至1990年代流行的文学审美趣味。但对于王小波而言，恰是1990年代初期混乱多元的历史契机，伴随着市场经济的发育，他的这种个人主义的文学气质才得以取得"历史性的间隙"。

《绿毛水怪》表现的文学气象，在"文革"时期是惊世骇俗的，然而又并非无迹可寻。这与王小波偏爱西方文化有关系，也与王小波的自由主义气质相关。但和大多数1950年代的作家相比，王小波的小说，没有通常的历史悲情叙事。伤痕的展现，也没有宏大的说教，而是将之化作了超凡拔俗的反抗气质，对美和自由的热烈向往。更为难得的是，这篇作品，也奠定了王小波立足于中国现实文化悖论，又超越其上的主体气质。这一点对中国现当代文学来说，更是"了不得"的大事。中国现代文学自从起源以来，一直有一种奇怪的情感和逻辑上的悖论。因为其"后发现代"的特质，中国现代文学总表现出詹姆逊所说的"民族国家寓言"的特定模式，甚至是那些力比多的文本，也难逃这种宏大叙事的束缚。这也使得中国文学呈现出诸多的被动性、情感压抑性、自卑情绪，并且充满了通过道德性的塑造，超越西方他者的内在焦虑。从沈从文的湘西牧歌到柳青"创业史"式的农民史诗，都可以看到这种逻辑的不同痕迹。即使是鲁迅、张爱玲这样的优秀作家，在抵抗这种后发特质的时候，也表现出不可遏止的虚无绝望的色调，及文化上的客体化倾向。徐志摩、路翎等浪漫主义作家的作品，在张扬主体性的同时，对中国的历史和文化的处理，有时又失之简单，未能在群体与个体、道德与自由、现实与想象之间，获得更大的格局与境界。尽管，海外汉学界，以列文森为代表的一批学者，认为可以"在中心发现中国"，反对所谓"冲击—反映论"，强调中国面对现代化的自主选择和自我生成性。竹内好甚至将鲁迅的文学概括为独特的东亚式的"回心"哲学。但这些非中国本土的重新认定，如果细究起来，无疑都有着二战后，西方文化"再造他者"的焦虑，及日本式的"自我反省"的心理轨迹，并非完全契合中国文学的真实生存状态。比如，陈晓明教授就不无悲观地认为，中国现代文学与西方文学的历史化进程不一样，西方是由个人力比多推演出了伟大历史，我们由于民族国家和道德的理念过于强大，则由集体性观念推导出大历史。即便我们拆解历史惯性，但大历史逻辑却制约着我们时刻身处历史幽灵之中。而将历史简化为极端状态的处理方式，无疑也要面对这种困境。[①] 这种"从集体推演出历史"的逻辑方式，还是落实在后发现代的自卑心态，及中国强大的史官传统之中。或者说，中国的现代发育，尚不足以孕育出更具主体心态的优秀作品。

这种主体心态，很有可能是更男性化的小说特征，即康德在《论优美感和崇高感》之中，对男性主体的美学特点的描述。王小波的《绿毛水怪》，虽然为我们树立了妖妖这样风姿卓绝、惊世骇俗的女性形象，但其实可以在西方从美狄亚到卡门、美杜莎等"强悍女性"的形象谱系中看到影子。该小说内在的男性主体性格，并不等同于将女性贞洁化与淫妇化的中国传统男性偏见，而是一种建立在现代品格之上的，男性崇高感的映射。他对另一个男主人公陈

---

① 陈晓明：《历史化与去历史化——新世纪长篇小说的多文本叙事策略》，《杭州师范大学学报》，2011年2期。

辉的软弱性格的描述，并非是对女性的崇拜（如莫言笔下"丰乳肥臀"式的地母女性），而是借此契机建立一种个体崇高感的人格形象，并曲折地反映对此的男性自我心理期待。妖妖的形象，与王小波的处女作《地久天长》中的邢红也有异曲同工之妙。而王小波写于同时期的浪漫主义小说《我在荒岛上等待黎明》的男主人公，也能说明王小波这种明写女性，实写"男性"，以写女性，实为塑造健全现代人格的主题诉求。因此，《绿毛水怪》实成为一种新路径可能性的探索的开始。可以说，《绿毛水怪》奠定了王小波小说的基本美学风格和主题，如浪漫化、美和智慧、个性叛逆、对现实的反抗等，也表现出了对悖论语境的超越性。当然，并不是说《绿毛水怪》就是一部完美无瑕的、具有经典意义的伟大作品，而是它表现出了一个一流作家应有的、对时代的洞察力和超越精神。

同时，和王小波成熟期的作品相比，该小说更少人情世故、对世相的洞察，而更多的是飞扬的青春基调、瑰丽的浪漫想象、单纯的童话色彩，与奇趣可爱的想象力。它塑造的妖妖的女性形象，可以说完全脱离了新时期以来女性塑造的形象谱系。她天真浪漫，又对一切假大空的道德说教和官方意识形态，报以彻底的嘲弄和反抗。他描写的爱情，充满了童话般的纯真和欢乐的想象力，这也是非常有意思的话题。因为，《绿毛水怪》从特征上讲，并不是一个类似十七年文学时期流行的《宝葫芦的秘密》这类，专门针对低幼人群的"儿童的童话"，而是实打实的"成人的童话"。

二

从主题、语言、结构和叙事、时空感等角度，对《绿毛水怪》的细读，是非常有必要的。《绿毛水怪》的故事叙事结构很有意思。小说以第三人称旁知视角，"嵌套着"第一人称来展开故事。这种写作方式，小仲马的《茶花女》，茨威格的《马来狂人》都运用过。

其特点在于，第三人称的旁知视角，制造审美的距离感，易于表现小说"冷静"的客观真实性。而第一人称视角，则制造内视感，易于表达情感的共鸣与"主观"的真实性。二者结合，制造一个封闭循环的文本结构，有利于小说表现强烈的情感与冷峻的现实感结合的特点。应该说，就这一小说形式而言，《绿毛水怪》还是较稚嫩的。这也能看到王小波在阅读西方文学作品，特别是浪漫主义文学时受到的影响。小说开端写道：

> "我与那个杨素瑶的相识还要上溯到十二年以前，"老陈从嘴上取下烟斗，在一团朦胧的烟雾里看着我。这时候我们正一同坐在公园的长椅上："我可以把这段经历完全告诉你，因为你是我唯一的朋友，除了那个现在在太平洋海底的她。我敢凭良心保证，这是真的；当然了，信不信还是由你。"老陈在我的脸上发现了一个怀疑的微笑，就这样添上一句说。①

小说发端的时空点，放在了十二年后，一个公园的长椅上。这为我们制造了一种沧桑的又诡异的氛围。故事的时空跨度非常大，但又存在闭合性，即公园长椅（十二年后）——北京的学校（十二年前我和妖妖的小学时代）——胶东海边陈辉插队的地方（五六年前）——公园长椅（十二年后）。其间，现实的公园空间，又不断插入叙事，介绍并评价故事的发展。这种故事时空的循环感，又颇为类似《红楼梦》的青梗峰到红尘的"顽石历劫"的故事时空设置，有了一种苍茫但神秘的神话寓言气质。这个小说开头的时空魅力还在于，小说泄露了一点发展后的秘密（唯一的朋友，在太平洋海底），引发了当下时空和"太平洋海底"的对峙感，进而制造了相当强的悬念性。

---

① 《王小波文集》卷三，中国青年出版社，1999年版，3页。

"我"这个配角式的人物，也颇能显出王小波的匠心和对小说文体的感悟能力。"我"与"老陈"的对话之中，"我"是功能性的，起到了"叙事间离"的反思与反讽作用，类似于西方戏剧之中，舞台布景的前台那个冒充作者，评价故事，参与故事氛围，但不影响故事进程的"小丑"。类似的旁知的，串场式的结构功能性人物，我们还能找到鲁迅的《孔乙己》中的"小伙计"的角色。而且，这个功能性的"我"，也始终不相信陈辉的故事。他对陈辉的怀疑、嘲讽，一方面，强化了陈辉与杨素瑶故事的神秘性；另一方面，也象征着超凡拔俗的人生境界，不为大众所理解的孤独与悲哀。对"陈辉"的这个"老陈"的称呼也很有意思。老陈并不老，小说中他十二年前还是一个小学五年级的孩子。这样推算下来，老陈在充当故事讲述人时也只二十岁出头。故事中的"我"却戏谑地将之称为"老陈"，则凸显了陈辉心理上的沧桑感，及他历经沧海，饱受相思折磨的外貌。"老陈"这个称呼，也与下面的故事里，那个十二年前精灵古怪，敢于反抗的少年，形成了鲜明的对比，暗喻世俗生活对青春和爱情的摧残。另外，陈辉对故事"赌咒发誓"的肯定，与"我"对故事的否定，也形成某种结构性张力，从而引导读者进行深入的理性思考。进而言之，这种旁支性功能角色，有效地缓解了《绿毛水怪》奇幻色彩带来的不真实性、虚构性，进而制造了一种"真假掩映""真真假假"的艺术效果。接下来，小说又写道：

> 十二年前，我是一个五年级的小学生。我可以毫不吹牛地说，我在当初是被认为是超人的聪明，因为可以毫不费力看出同班同学都在想什么，哪怕是心底最细微的思想。因此，我经常惹得那班孩子笑。我经常把老师最宠爱的学生心里那些不好见人的小小的虚荣、嫉妒统统揭发出来，弄得他们求死不得，因此老师们很恨我。就是老师们的念

头也常常被我发现，可是我蠢得很，从不给他们留面子，都告诉了别人，可是别人就把我出卖了，所以老师都说我"复杂"，这真是一个可怕的形容词！在一般同学之中，我也不得人心。你看看我这副尊容，当年在小学生中间这张脸也很个别，所以我在同学中有一外号叫"怪物"。①

这又是一种"叙事间离"效果。从主题和人物上说，小说似乎开头就为我们塑造一个特立独行的、精灵般的男孩形象——他能洞察别人的心思，尤其是阴暗的心思，又能毫不遮掩地将之讲出来。陈辉这个怪物男孩，类似《皇帝的新装》中那个揭示成人世界的虚伪的小孩子，又很像君特格拉斯的《铁皮鼓》中的，能洞察人们心思、又拒绝长大的小奥斯卡。这样的人物设置，不仅形成了主题学上反抗庸俗、反抗成人，赞美童真世界的作用，而且也起到了"非常有魅力"的叙事特效性功能。

然而，《绿毛水怪》的第一主人公并非陈辉，而是杨素瑶，一个被称为"妖妖"的怪女孩。陈辉和妖妖，相映生辉，共同构成了反抗庸俗和专制的主题。小说按照时空结构，可以大致分为两个部分。陈和杨的小学生活，是小说的上半部分。小说用一种模仿儿童的口吻和眼光，来表现童年的陈辉和杨素瑶眼中的虚伪成人世界。这个主题，无疑是对新时期文学的"教育主题"的一大颠覆。众所周知，新时期文学的发端，被认为是刘心武的《班主任》。该小说的一大特点在于，以"教育"问题置换并隐喻"启蒙"问题，并将工农兵视角的革命叙事视角，悄悄地转化为知识分子的主体性视角。尽管，这部小说，还有着十七年文学通过教育主题模式，来展开民族国家叙事和革命叙事的影响，但无疑是实现了一个巨大的文学转换。但恰是这篇小说，也存在着知识分子借助教育模式，实现与主流意识形态权力共谋的隐含逻辑，即教育的主导权在知识分

---

① 王小波：《王小波文集》卷三，中国青年出版社，1999 年版，3—4 页。

子——教师。但定义"异端"和"正常"的权力，却是知识分子在现代民族国家叙事的框架内，对启蒙的一次再定义。小说也讲述了一个"坏孩子"和两个"好孩子"的故事。坏孩子宋宝琦打架斗殴，愚昧顽劣，是个可怜可悲的小流氓形象。好孩子则是谢惠敏和石红。俩人都是班干部，所不同的是，一个出身平民，盲目信任"四人帮"宣传的"左倾"思想，一个出身知识分子家庭，有良好的教养和更健全的知识。小说的深刻之处在于，揭示了好孩子谢惠敏心灵上的伤痕，并提出"救救孩子"的呼唤。在将革命与"四人帮"进行意识形态切割的同时，小说也陷入了逻辑悖论。小说揭示的启蒙精神，依然有道德和意识形态的影响，张老师的形象，依然有革命导师形象的影响，是"意识形态"与"知识"的双重化身：

> 张老师却是一对厚嘴唇，冬春常被风吹得爆出干皮儿；从这对厚嘴唇里迸出的话语，总是那么热情、生动、流利，像一架永不生锈的播种机，不断在学生们的心田上播下革命思想和知识的种子，又像一把大笤帚，不停息地把学生心田上的灰尘无情地扫去……

又比如，对于宋宝琦的认定，主要还是"流氓"的道德化身份。正如小说开篇就写道："你愿意结识一个小流氓，并且每天同他相处吗？我想，你肯定不愿意，甚至会嗔怪我何以提出这么一个荒唐的问题。"谢惠敏的尴尬在于，她是一个"道德上"的好孩子，又是一个被"四人帮"愚弄的人。因此，她具有了一种被同情与怜悯的悲剧性力量。但石红就是绝对的好孩子吗？她不过是喜欢艺术，知道《牛虻》"不是一本黄书"而已。她并不构成对体制的威胁性，无论是教育体制，还是意识形态体制。相反，宋宝琦就是一个绝对的坏孩子吗？时间不过是过了短短十几年。在王朔的小说《动物凶猛》改编的电影《阳光灿烂的日子》，及电视剧《梦开始的地方》等影视作品中，那些"文革"时期打架溜冰、拍婆子的"流氓"，就成了个性叛逆的浪漫标志。这些问题无不暴露出当时社会主流意识形态切割"文化大革命"，保留社会主义经验的内在矛盾性，也暴露了教育与权力的共谋，对真正独立自由的压制。

《绿毛水怪》的前半部分，陈辉和妖妖，与孙主任和刘老师的斗法，充满了叛逆精神和童趣。孙主任强力压制学生，建立了一个"班级地狱"。刘老师表面看着文雅，实际上却冤枉孩子，虚荣又虚伪。陈辉和妖妖，因为太"复杂"，被老师关了禁闭。孙主任一边用"复杂"这样的词汇，污蔑孩子思想肮脏；另一方面，他又和刘老师趁着整学生的机会，卿卿我我，大搞恋爱。妖妖要比陈辉，更具有坚定的反抗精神。她认为"大人都很坏，可是净在小孩面前装好人。他们都板着脸，训你呀，骂你呀。你觉得小孩都比大人坏吗？""世界上就是小孩好。真的，还不如我永远不长大呢。"这种对成人世界虚伪性的批判，超越了道德的批判，表现出了对真诚、自由的向往。

小说写到一个读"坏书"细节，也可和《班主任》做对比。陈辉和妖妖喜欢读书。卡达耶夫的《雾海孤帆》和陀思妥耶夫斯基的《涅朵奇卡·涅茨瓦诺娃》对陈辉影响很大。不学无术的刘老师和孙主任，却扣留了陈辉的《在人间》，说他读黄书，是小流氓。被陈辉大大地戏弄了一番。《班主任》中也有一个类似的细节，不过方式却不一样。小流氓宋宝琦读《牛虻》，却将之看作黄书。而好孩子谢惠敏也认为，这是一本黄书。张老师对此非常心痛，并予以纠正。在对比中我们可以看到，《绿毛水怪》的批判对象正是教师阶层，是在专制之下平庸呆板，没有情趣，没有知识能力，却以欺压灌输儿童为权力的教师。《班主任》的批判对象，则是一个抽象的，导致孩子们无知的"四人帮"反革命阶层。《班主任》并不反对教育的意识形态灌输职责，有区别的只是意识形态内容的选择和教育的权力。而《绿毛水怪》则质疑革命化的教育，对自由、真诚的压制，对整个体制抱有不信任感。

第二小节，王小波写到读初中的陈辉和杨素瑶之间，从友谊向爱情转变的过程。小说细腻生动，真实可信地写出了青梅竹马的爱情，纯洁又浪漫，令人读来颇为感动。小说刻画了一个陈辉在月光下写诗的细节，表现了王小波不俗的诗意，颇有马雅可夫斯基与莱蒙托夫的诗歌抒情意味：

> 我说："妖妖，你看那水银灯的灯光像什么？大团的蒲公英浮在街道的河流口，吞吐着柔软的针一样的光。"妖妖说："好，那么我们在人行道上走呢？这昏黄的路灯呢？"
>
> 我抬头看看路灯，它把昏黄的灯光隔着蒙蒙的雾气一直投向地面。我说："我们好像在池塘的水底。从一个月亮走向另一个月亮。"①

小说的这个部分，还指名道姓地嘲讽了那些中国当代赫赫有名的诗人，符合少年叛逆的气质，将王小波的狂气和愤世嫉俗的才华，展现得淋漓尽致：

> 我叫了起来："田间、朱自清、杨朔！！！妖妖，你叫我干什么？你干脆用钢笔尖扎死我吧！我要是站在阎王爷面前，他老爷子要我在做狗和杨朔一流作家中选一样，我一定毫不犹豫地选了做狗，哪怕做一只癞皮狗！"②

接下来的发展中，陈辉和妖妖因为"大串联"分开，当陈辉

---

① 王小波：《王小波文集》卷三，中国青年出版社，1999年版，22—23页。
② 王小波：《王小波文集》卷三，中国青年出版社，1999年版，33页。

再去寻找的时候，妖妖已去了陕西插队，等陈辉找到她的家，妖妖的母亲告诉他，妖妖已经死了。然而，妖妖的朋友，又给了他一个"山东海阳县葫芦公社地瓜蛋子大队"的地址。

第三小节，王小波写到了在海边插队的经历，刻意展现胶东的海洋文化所带来的开阔瑰丽的浪漫气息：

> 海是一个永远不讨厌的朋友！你懂吗？也许是气势磅礴的朝岸边推涌，好像要把陆地吞下去；也许不尽是朝沙滩发出的浪，也许是死一样静，连一丝波纹也兴不起来。但是浩瀚无际，广大的蔚蓝色一片，直到和天空的蔚蓝联合在一起，却永远不会改！①

小说写到这里，突然出现了一个断裂，既是故事的断裂，也是时空的转型。小说一下子中断了前半部分对现实生活的描述，为我们展现了想象的绿种人的海洋生活。非常怪异地，《绿毛水怪》摆脱了《茶花女》式的叙事嵌套，在小说的下半段出现了一个海底绿种人的乌托邦想象，也使得该小说不仅仅是一部伤感的爱情小说，而表现出别样的"时空价值"境界。

三

《绿毛水怪》这种上下断裂的，"大转折"式的时空叙事，存在着叙事技巧的陌生化效果，也存在着空间主题学的隐喻。对此，何向阳分析道："我感兴趣的是小说第三部分一转而下的超现实，红尘碧海间的对话轻松写着决绝的反叛。而发表于1998年的这部作品却是写于1970年代，那时代距后来国人大规模在文学上引进拉

---

① 王小波：《王小波文集》卷三，中国青年出版社，1999年版，27—28页。

美魔幻还有十年，那么，王氏的魔幻从哪里来，而且那怪诞里有那样的大美气派？清人蒲松龄或许是一个答案，妖妖身上也确有着某些仙狐气，但也不完全。"[1] 就何向阳提出的问题，我们可以继续在空间学上加以延伸性的思考。福柯在1984年发表的《不同空间的上文和下文》中指出，二十世纪预示着一个空间时代的来临。十九世纪则是被时间的相关主题纠缠的，比如对历史的迷恋，对发展、悬置、危机、循环、过去、死亡的关注。二十世纪正在变成同时性（SIMULTANEITY）和并置性（JUXTAPOSITION）的空间时代。在列斐伏尔看来，二战之后的西方社会，一个重要的问题，是对于空间的征服与整合，成为消费主义赖以维持的手段——消费主义也开启了"全球化空间生产"的可能性，于是，对差异性的普遍压抑转变成了日常生活的社会基础。[2] 但对于后发现代的中国而言，小说叙事依然是属于时间性的，而并非空间化的并置性特征。或者说，时间性的进步观，依然是主流性的文化逻辑。不同的是，十七年文学时期小说叙事，大部分是内倾化叙事。中国时空的中国故事，讲述落后的半殖民地中国，经过革命牺牲，建设社会主义新中国的"建国神话"，成为绝大部分小说自动选择的内时空化叙事倾向。西方时空极少出现，即使有也作为"帝国主义"代言人形象。新时期的小说叙事，"阶级革命叙事"被置换为"现代化叙事"，在革命道德合法性得到肯定的基础上，物质与科学的现代化，成为新的"时间进步"启蒙象征。但对于启蒙叙事所负载的普世性价值境界与时空场域，中国新时期文学展示的是不够的，或者说，即使有所展示，也是以边缘叛逆、形式化的审美方式出现的，比如，兴起于1980年代中后期的先锋小说。

考察中国1970年代的文学作品，乃至新时期小说，"异时空"出现频率并不高，大多作为一种侧面反证，比如，张贤亮的小说

① 何向阳：《1998年的12个孩子》，《青年文学》，2000年5期。
② 包亚明主编，《现代性与空间生产·序言》，上海教育出版社，2002年版，9—10页。

《灵与肉》，海外的父亲在一家高级饭店的陈设考究的客厅，接见许灵均。父亲的咖啡、印着印第安人头像的烟斗丝，肯布里季的气派，与现实生活中的空漠的蓝天、疏落的白云、黄土高原的农场形成了鲜明的对比。"美国父亲"所代表的物质发达的西方化空间，和朴素、淳朴的黄土高原的中国化空间，形成了一种民族国家叙事的内在紧张关系，并存在很强暗示性，即现代化空间虽然物质条件好，但许灵均更热爱落后的祖国和人民。虽然现实中受尽磨难，但只要投入到现代化建设，伟大的祖国也会不断进步。这篇小说符合政治主流意识形态、鼓励人们遗忘伤痕、奔向四个现代化的宏伟叙事。这个叙事显然还是时间性的。西方的现代化时空并不构成征服关系，而是一种社会主义文化经验的外在参照体系。虽然我们不再将西方想象为水深火热、需要拯救的腐朽的世界，但也仅仅是在物质的现代化上提供了"科学性"参照。张扬的小说《第二次握手》就存在这种将现代化空间科学化的倾向，也颇能说明这种文化逻辑。但这里也存在着逻辑矛盾，即西方物质发达，而中国的特长在于伟大祖国的人民性所赋予的道德优越感。令人尴尬的是，我们要在保持淳朴道德性基础上，追求物质发达，而对物质化空间背后的文明秩序和准则加以"拿来主义"式的哲学扬弃。《灵与肉》对父子关系的设计，也暗示了西方现代化与社会主义道德准则冲突时的内在危机。小说也耐人寻味地谈到了文化异空间的压抑问题："房里的陈设和父亲的衣着使他感到莫名的压抑。他想，过去的是已经过去了，但又怎能忘记呢？"① 这种道德幻想式的文化想象，不过是另一种"中体西用"的翻版，也被证明在现实中是不可行的。张贤亮在1990年代初期的小说《习惯死亡》中所表现出的道德幻灭感和虚无主义，无疑是对他新时期写作的《灵与肉》的巨大反讽。

---

① 张贤亮：《灵与肉》，选自《灵与肉》，上海人民出版社，2012年版。

可以说，一直到 1990 年代初留学生文学兴起，异文化空间才真正介入中国当代文学的空间构成要素。然而，即便如此，在《曼哈顿的中国女人》《北京人在纽约》《乌鸦》等小说中，也洋溢着社会主义的本土性经验和西方现代化空间体验的杂糅、冲突和怪异的民族主义情绪。中国当代文学始终未能很好地处理"异时空"的问题。王小波的《绿毛水怪》巨大的时空断裂的转折，则造成了该小说价值上的超越性。现实时空中，陈辉、妖妖这样的怪物，要应对的是成人世界的虚伪和专制，而在大西洋海底的绿种人的世界，则是自由、浪漫、真诚的世界，也是智慧、美丽和爱的世界。很显然，这部小说是一部充满了"文艺复兴"色彩的中国启蒙小说。王小波对绿种人世界的乌托邦建构，暗含着一种主体性的人文精神世界想象。这种现代文明的乌托邦想象，如果从血脉和源头上找，和左翼文学传统的红色革命乌托邦有着本质差异，倒是与梁启超《新中国未来记》表现出的融合西方，再造文明的热情想象，有着几分神似。十七年文学直至新时期文学，现实主义都是绝对的文学主流，现实主义的叙事法则，也决定着异时空的乌托邦热情，这种脱离意识形态控制的"再造文明"的想象不可能被允许出现。即使出现浪漫主义，也只能是一种抒情化的革命浪漫主义，以颂歌与赞歌为主旋律基调。《绿毛水怪》并没有很强的现实意识形态专指的批判性。无论"文化大革命"的伤痕，还是上山下乡的悲愤，都没有直接出现在小说之中，而仅仅成为背景性内容。《绿毛水怪》中，绿种人的世界也不能等同于西方世界。中国／西方的紧张结构关系，并没有成为叙事核心。小说反而表现出一种超越中国／西方，现代／后发现代等文化悖论的，普世价值式的文学境界。

绿种人的形象，类似西方海怪，有希腊罗马传说的海妖的影子。王小波非常细致地描写了海怪外形：

它全身墨绿，就像深潭里的青苔，南方的水蚂蟥，可是它又非常的像一个人，宽阔的背部，发达的肌肉和人一般无异。我可以认为它是一个绿种人，但是它又比人多了一样东西，就其形状来讲，就和蝙蝠的翅膀是一样的，只是有一米多长，也是墨绿色的，完全展开了，紧紧地附在岩石上。蝙蝠的翅膀靠趾骨来支撑。

他无疑很像一个成年的男子，体形还很健美，下肢唯一与人不同的地方就是因为水下生活腿好像很柔软，且手是圆形的，好像并在一起就可以成为很好的流线体。脚上五趾的形象还在，可是上面长了一层很长很宽的蹼，长出足尖足有半尺。头顶上戴了一顶尖尖的铜盔。我是古希腊人的话，一定不感到奇怪。可我是一个现代人哪。我又发现他腰间拴了一条大皮带，皮带上带了一把大得可怕的短剑。[1]

更惊奇的是，绿种人的海底世界，是一个比人类世界更高级的文明存在，是壮丽崇高的世界，有无比辽阔的空间感："海是一个美妙的地方，一切都笼罩着一层蓝色的宝石光！我们可以像飞快的鱼雷一样穿过鱼群，像你早上穿过一群蝴蝶一样。傍晚的时候我们就乘风飞起，看看月光照临的环行湖。我们也常常深入陆地，美国的五大淡水湖我们去过，刚果河、亚马逊我们差一点游到了源头。半夜时分，我们飞到威尼斯的铅房顶上。我们看见过海底喷发的火山，地中海神秘的废墟。"绿种人不仅嘲笑了陈辉生活的世界，且嘲讽了所有地面上人类生活的不美、不可爱、缺乏智慧和真诚的丑态：

迟早我们海中人能建立一个强国，让你们望而生畏；

---

[1] 王小波：《王小波文集》卷三，中国青年出版社，1999 年版，29、30 页。

不过还得我们愿意。总的来说，我们是不愿意欺负人的，不过，现在我们不想和你们打交道，甚至你们都不知道海里有我们。可是你们要是把海也想的乌烟瘴气的话，我们满可以和你们干一仗的。[①]

小说写到这里，终于到了高潮。变成了绿种人的妖妖，和陈辉终于相见。俩人相约私奔，陈辉吃了药，也要加入绿种人的行列。但陈辉因为得了肺炎，错过了约会时间，最终和妖妖天各一方，永远不能相见。

这篇小说的成功之处在于，虽然写了爱情的美好与绝望，也写出了对平庸生活的反抗，但那种诗意的东西，在小说中始终是一种内在旋律，而没有流于情绪的宣泄与伤感。妖妖这个瘦瘦的，大眼睛，精灵古怪的女孩形象，有一定原型。据王小波的家人和朋友回忆，当时教育部的确有一个叫温彦的女孩，得脑瘤去世了，时间大致在 1974 年左右。她在二龙路中学上学时，比王小波高一级，和赵和平的姐姐是同学，是"老初二"的学生。王小波住在教育部大木仓宿舍"二公门"（指郑王府剩下的主殿内大门）东边，温彦家住在"二公门"的西边。据赵和平介绍，这个女孩性格活泼开朗，有些精灵古怪，敢于反抗不公平的事儿，也非常聪明，在学校的时候，是文艺活跃分子，学习成绩非常好。温彦曾短暂插队山西，因病回京休养。她和王小波回城的缘由相似，两人也有很多认识渠道，极有可能相识。王小波曾单恋过她，很多王小波的小说都能看到类似这个姑娘的原型。小说结尾，小说的第一人称"我"（老王）和故事的讲述人陈辉，终于回到了无奈的现实之中。在公园的长椅上，俩人为了故事是否真实可信，争执起来。第一人称叙事的"我"，是一个玩世不恭的叙事者。他语言粗鄙，内心冷漠。他对绿

① 王小波:《王小波文集》卷三，中国青年出版社，1999 年版，33 页。

毛水怪故事的嘲弄与全文洋溢的美丽激情，形成了鲜明对比，更深刻地寄寓了对庸常世界的批判。

1970 年代中期，王小波的《绿毛水怪》，是中国当代文学出现别样路径的萌芽，也是超越时代的存在。王小波去世后，1998 年的《花城》才将这篇小说发表出来。这篇少时之作，得到了很高评价："不论其思维意识的超前和预见性，仅其想象力给阅读者所提供的视觉形象和视觉场景，其叙事语言的讽刺性和俏皮的气质，就是在二十多年后的今天，那许多操持写作经年者也力所不逮。"[1] 有论者称之为"知青的乌托邦"，认为绿种人形象受到西方"美人鱼"的启发。[2] 可以说，《绿毛水怪》有别于一般的知青文学之处在于，它摆脱了感伤的道德化情绪，青春无悔式的虚假态度，及激愤的现实批判。通过想象力，该小说为我们展现出了一个充满力与美、崇高与悲壮的美丽新世界。它的成就不仅是叙事、修辞、时空、艺术形象等层面，更是给我们展现了一个自由美好的价值境界。批评家何向阳在评论中也深情地赞美着：

> 1999 年夏末一个午后，面对无边无际又波谲变幻的东太平洋时，突然想到那个永远沉入了海底的孩子。迎风站在被海水打湿的栏杆边，竟幻想着也许会遇见奇迹，那些喜爱音乐与自由的绿种人的精神，还有妖妖，让活在这个世界的人在岸上无端怀念。又怎么能找到那块刻字的礁石？难道这思想里不是对童年的某种祭奠缅念？连那地点——山东海阳县葫芦公社地瓜蛋子大队——都是伪造的么？子虚乌有？无稽可考？但是在山东省地图上我确找到了海阳一地，它东临太平洋，有万米的海滩浴场。而胶

---

① 艾真：《浪漫的海底爱情》，《小说选刊》，1998 年 4 期。

② 思蜀：《知青的乌托邦——王小波的〈绿毛水怪〉的再评价》，《阅读与写作》，1998 年 6 期。

州岛，我认定即指现实中的胶东半岛或是半岛与海水相邻的另一个人间地图查找不到的地方。但是妖妖，又到哪里去找？①

---

① 何向阳：《1998 年的 12 个孩子》，《青年文学》，2000 年 5 期。

第四章　王小波的青年求学经历

第一节　青工"王二"到老三届大学生

一

1974 年，王小波二十二岁，年底，病退回京，等待再次分配工作。1970 年代的北京，特别是林彪事件后，革命狂潮的盛大节日气息在衰减，神圣的红色革命逐渐褪去理想主义的光芒，日益显露出颓败、令人压抑的灰色氛围。一次次的政治运动依然保持着强大压力，却只能造成人心的恐怖，而不是激情了。很快，王小波开始了工人生活，在西城区电子元件厂当了一名青年工人。工厂名称，据李银河在多种王小波著作中提供的信息，是牛街仪器厂或西城区半导体厂，但据《三联生活周刊》记者的查访，似应为西城区无线电元件厂。①大体位置在今天的锦什坊街。据王小平的回忆，当时锦什坊街的那个工厂，主要生产"可控硅"，旁边还有卖"豆芽炒疙瘩"的小饭铺，应大致就是这个厂子。王小波也曾在《革命时期的爱情》中，写过×海鹰让王二买炒疙瘩的情节。

王小波的小说《革命时期的爱情》，描述过"文革"末期北京一家街道办豆腐厂里的生活。这种描述与新时期文学的"启蒙神

①　葛维樱：《被淹没的王小波工厂生涯》，《三联生活周刊》，2007 年 14 期。

话"有很大差异。新时期文学中,"文革"末期是"坚冰乍破、春潮涌动"的岁月,是改革派战胜"四人帮"和保守派获得胜利的时刻。它的"工厂文学"有着特定的意识形态所指,比如,《乔厂长上任记》《赤橙黄绿青蓝紫》等,都是以"现代化"名义,重新找到民族国家叙事合法性的作品。《革命时期的爱情》中,王小波则以复杂的心态,写到了历史的衰败与革命消褪后的灰暗:"王二年轻时在北京一家豆腐厂里当过工人。那地方是个大杂院,人家说过去是某省的会馆。这就是说,当北京城是一座灰砖围起的城池时,有一批某个省的官商人等凑了一些钱,盖了这个院子,给进京考试的举人们住……原来大概有过高高的门楼,门前有过下马石拴马桩一类的东西,后来没有了,只有一座水泥门桩的铁栅栏门,门里面有条短短的马路,供运豆腐的汽车出入。"王小波在探查这座革命的豆腐厂时,则将目光盯在了一个在传统文学看来低俗粗鄙、丝毫不具现实表征性的空间——"厕所"。《革命时期的爱情》,正是从"厕所淫画"开始,介入了革命末期,欲望对权力系统合法性的破坏的主题:"棚子的尽头有个红砖砌的小房子,不论春夏秋冬里面气味恶劣,不论黑夜白天里面点着长明灯,那里是个厕所。有一段时间有人在里面的墙上画裸体画,人家说是王二画的。"

该小说所透露出的那个特定历史时期的社会文化信息,不属于宏大的现代化的"阳世界",却属于被历史忽视甚至遗忘的"阴世界"。王小波在小说中提到了"青年学习班""帮教活动"与"强化社会治安运动"。这三项措施,都是针对转型期人心失控的举措。青年学习班和帮教活动,用于国企内部对"不良青年"的改造与驯化。强化社会治安运动,则联系着 1981 年 5 月,彭真在北京、上海等地治安座谈会上提出嗣后被中央推行的"严打"政策。这三项措施,都表现出革命专政措施的某种延续性。《赤橙黄绿青蓝紫》中,也有一个团支书解净与"后进青年"刘思佳之间的"帮教故事"。解净作为受左倾蛊惑的青年,主动要求担任运输队副队长,而"后进青年"刘思佳却是一个有才华、但桀骜不驯的小伙子。最后，小说将刘思佳对解净的爱情，转化为两人齐心协力"搞四化"，成为典型的改革叙事。然而，《革命时期的爱情》中，团支书×海鹰与后进青年王二之间的"帮教"，却从严肃的政治活动，变成了具"性虐意味"的暧昧调情。无论是革命叙事还是改革叙事，都不在王小波的叙事逻辑之内。他以不可遏制的"性本能"嘲弄了宏大叙事的庄严。小说结尾，王小波再次在自由意志与后革命北京的无聊无趣之间，进行了暗示性联系。他看到的是二者在中国当代文化语境中的延续性和并发性："我仿佛已经很老了，又好像很年轻。革命时期好像是过去了，又仿佛还没开始。爱情仿佛结束了，又好像还没有到来。我仿佛中过了头彩，又好像还没到开彩的日子。这一切好像是结束了，又仿佛是刚刚开始。"

关于工厂生活的信息，只散见于王小波的散文和与朋友的通信。从中我们可以对那个时期王小波的生活状态，有一鳞半爪的印象。王小波提到最多的，就是和他搭班的刘师傅。刘师傅以民间朴素的甚至粗鄙的自嘲和幽默，为王小波汲取底层生活智慧打开了一扇窗户。王小波最喜欢刘师傅的口头禅："子曰，完蛋操也。"一下就把庄严大义的东西给解构掉了。后来考入大学，王小波还和同学们津津乐道刘师傅的"神语"。刘师傅说话有点阴阳怪气，也喜欢偷汽水，泡病号，占公家小便宜，十足是"坏师傅"。然而，这个"坏师傅"却和"坏徒弟"颇投缘。他为人很诚恳仗义，从不说场面的官话，语言搞怪幽默。王小波这样描述他：他泡病号的时候，声称"看天是蓝色，看地是土色，蹲在厕所里任什么都不想吃"。该师傅还喜欢以自嘲的口吻编各类滑稽儿歌，令人捧腹。（《弗洛伊德和受虐狂》）

"后进青年"王小波显然不开心，解脱的方法只有读书写作。然而，仍如插队时一样，他拒绝通过写作向主流靠拢。他还是一副边缘人的冷面孔，对一切主旋律的东西，抱有深深的警惕和怀疑："前天办工业三十条学习班，我中午喝得大醉，被头当场点名，我厚着脸皮不在乎。"[1]"文革"末期，教育部有的家庭已有了电视，有一次大家凑在一起看演出，有一个节目是器乐家闵慧芬演奏二胡。闵穿着江青设计的所谓"国服"出来表演，大家都品头论足。小波个子大，站在人群后面，冷不丁地冒出一句："可惜了，可惜了这双大脚！"大家知道他在讽刺所谓"国服"，都被逗得哈哈大笑。

"文革"中期，王小波和胡贝、赵东江等朋友即已常聚在一起读书。他们的一个常用办法是跑到各个学校图书馆去"淘书"。那时候，所谓"淘书"就是"偷书"，因为书都被封存起来了。除了找书看，他们也听西方古典音乐，提高文化修养。教育部管理很严，晚上保卫处纠察队还有人专门抽查。王小波、王小平、王晨光等人，充分发挥了动手能力，从旧货市场淘来留声机，修好了后，又搞了很多唱片，其中就有著名的《天鹅湖》。为防止泄密，他们就用被子蒙住窗户，偷偷地躲在屋子里听。保卫处的人来抽查，他们就说是在学习俄语，唱片上都是外文，保卫处的人也不懂，就让他们混了过去。为收集唱片，他们可费了很多心血。回城后，王小波读书越来越多。虽还是禁书时代，但开放思想的风潮已势不可挡，大家都在找书看。王小波家喜欢读书的人多，往往一本书出来后，一家人不得不排队等着看。有一次，赵东江借到一套港台版的《基督山恩仇记》，晨光就用便宜胶卷拍下来，然后，用一台投影仪，在家中偷偷地投射在墙上看。根据胡贝回忆，小波的动手能力强，这台投影仪，就是他自己做的。每次放投影，院里的青年人都像看电影一样，挤在他家看"墙书"。大家看完《基督山恩仇记》都称赞不错，但据说另有一套书，比这本书更好看，就是金庸的系列小说。王小平先找到港版《碧血剑》，后来，才慢慢地把金庸的

---

① 王小波、李银河：《爱你就像爱生命》，上海锦绣文章出版社，2008年版，23页。

书找齐，几个兄弟，不眠不休地一气读完了。胡贝的父亲，当时有特殊证件，可以购买外文出版社出的内部资料。王小波有一阵子住在工厂宿舍，一个星期回来两三次，只要回来，就跑到胡贝那里讨书看。到了1970年代末，"文革"结束，文化进一步解禁，中国书店的旧书可凭介绍信购买，王家兄弟及小波朋友们的阅读热情，又进一步被点燃。他们没事就去逛书店，王小波学的是英文，喜欢英文原著，《莎士比亚全集》是他的最爱。他还阅读了大量西方翻译名著。他的文学趣味和欣赏口味，在那个时期，有了进一步的强化，马克·吐温、欧·亨利、左拉、大仲马、拉伯雷、萧伯纳、雨果、霍桑、惠特曼、巴尔扎克等西方大文豪的作品，王小波就是在这一时期有了广泛涉猎。

二

王小波去世后，通过《爱你就像爱生命》《浪漫骑士》等书，大众才了解了王小波和妻子李银河之间浪漫的故事。王小波回城，通过朋友认识了一位姑娘。这位姑娘温柔可爱、落落大方，模样也挺漂亮。她的父母和小波父母也都认识，姑娘曾来过王家，大家都觉得比较满意。然而，该姑娘的母亲，对王小波似乎不满意。无论工作前途，还是个人条件，王小波当时似乎很难说服姑娘的母亲。于是，只能分手。此后很长一段时间，小波的情感生活一片空白，直到李银河出现。李银河生于1952年，和王小波同岁，兄弟姐妹四人，她是老小。北师大女子附中毕业后，李银河曾短暂作为知青，下乡内蒙古，后回来在山西沁县插队。1974年，李银河作为工农兵学员，被推荐上了山西大学历史系，1977年被留在国务院政研室工作，后转至光明日报社任编辑。李银河的父母，都是出身老八路的知识分子，革命胜利后跟随部队进入北京。李银河说，自己是一个"外表平静、内心狂野"的人。她的大胆直言、率真执着的性格，与王小波有很多契合之处，但李银河显然比王小波更具"行动性"。她也曾写血书要求去内蒙古当知青。然而，知青生活，却打碎了她的革命理想。回北京后，她再次去山西插队，因一篇描写农村生活的文章，幸运地被推荐上了大学。

1977年，王小波与李银河之间，显然存在很多差异。李银河的母亲李克林与父亲林韦，都曾参与《人民日报》的创办并在报社内担任重要职务（林韦曾先后担任理论部、农村部主任，李克林也曾担任过农村部主任）。林韦虽因反映安徽农村饿死人的情况，在1959年被打成右倾机会主义分子，但在1962年的七千人大会上很快平反，并继续得以任职，后来调任国家建委政研室主任。王小波的家庭，因为王方名被开除党籍，一直有历史包袱。李银河认识王小波的时候，他也只是街道工厂的普通工人。他们的结缘，是因为文学。

1977年秋，王方名四川老朋友的儿子北辰，带着一个姑娘，来到了王家。这个姑娘就是李银河。李银河原想拜访王方名，就几个学术问题加以请教，却恰巧遇到了小波，几个人就聊了起来。闲谈之间，北辰提到，王小波正在写小说，这勾起了李银河的好奇心。那时，王方名的案子还没有平反，一家七八口人，就住在大木仓教育部宿舍的几间平房内，光线不好，拥挤不堪。王小波的邋遢很出名，在他那间黑漆漆的凌乱小屋里，李银河看到了写在一个黑皮大笔记本上的《绿毛水怪》的原稿。之前，李银河已在他们共同的朋友那里看过这篇手抄本小说，她被里面的浪漫狂想故事深深吸引，并朦胧中有一种早晚要和小说作者发生点什么事情的预感。这本书成为他们的媒人。后来，两人逐渐走动起来。一开始，两人之间的交往，还限于谈谈人生理想、交流关于文学的心得体会。直到有一次，王小波去报社找李银河，主动问她，有没有男朋友，李银河愣了一下，说，现在还没有。王小波就单刀直入地说，你看我行不行？在当时还较保守的社会氛围中，这非常大胆，也坦率真诚。王小波虽并不是李银河的初恋对象[①]，但王小波的气质，却打动了李银河，两人开始正式确立恋爱关系。李银河在很多文章中都写到，《绿毛水怪》这篇小说是他们的"姻缘书"。现在看来，这种浪漫的结合，很有1980年代启蒙理想主义的味道。

对于他俩的结合，王方名一家也有点惊讶。那时，李银河不仅工作好，且在政坛也开始显露影响。她与林春合作，在《中国青年》上发表了《要大大发扬民主与加强法制》（1978第3期）的长篇文章，呼吁中国的议员应该由公民直选，被《人民日报》转载，引起了广泛影响，而王小波却近乎一文不名。关于他们的关系，李银河家里最初也不同意。李银河的母亲李克林，是主要的反对者。她曾在回忆文章中写道："小波、银河刚谈恋爱时，我觉得这孩子傻大黑粗的，看上去挺怪，心里有点嘀咕，虽然我并不喜欢'小白脸'，可总怕这人靠不住。"[②]王小波在给李银河的信中，也郁闷地提道："你妈妈不喜欢我。""咱们不要惹你妈妈生气，所以不能常常在外面待得太晚。总之，我只好等时间来解决问题。我猜老人家心里给你选了更好的人呢。不知道他是谁，不过他一定也是好人。"[③]

王小波写给李银河的情书（主要指1978年王小波从街道工厂到大学期间），是研究王小波的重要文献。从中我们大致可看到一个浪漫至极，但性情率真、聪明叛逆的文学青年的影子。王小波曾写下这样浪漫的句子："以前骑士们在交战之前要呼喊自己的战号。我既然是愁容骑士，哪能没有战号呢。我就傻气地喊一声：'爱，爱呵！'。""当我跨过沉沦的一切／向着永恒开战的时候／你是我的军旗"。现在读来，依然令人感动。从这一时期的通信，我们也可看出，王小波虽是一个具理想主义气质的作家，但他的理想主义

---

① 李银河致王小波信，《王小波全集》（第九卷），北京理工大学出版社，2009年版，92页。

② 李克林：《我的女婿王小波》，《浪漫骑士》，113页。

③ 王小波、李银河：《爱你就像爱生命》，上海锦绣文章出版社，2008年版，28、58页。

却和他的讽刺精神以"悖论方式"结合在一起。他始终不是"好孩子"。他借助民间的破坏力和野性自由，表达对精神自由的向往和对宏大叙事的批判。他写道："我从童年继承下来的东西只有一件，就是对平庸生活的狂怒，一种不甘没落的决心。小时候我简直狂妄，看到庸俗的一切，我把它默默地记下来，化成了沸腾的愤怒。"他借萧伯纳的戏剧《匹克梅梁》中的一句话，套在自己身上："我承认我两样都有一点：除去坏蛋，就成了有一点善良的傻瓜；除去傻瓜，就成了愤世嫉俗、嘴皮子伤人的坏蛋。"他对虚伪道德的唾弃，及他对精神英雄气质的追求，都让他的内心具有了以喜剧形式呈现的悲剧性感受。因为深爱智慧和美，所以对现实的虚伪和庸俗的容忍度也随之降低。也因为爱人，所以恨人：

> 家兄告诉我，说我写的东西里，每一个人都长了一双魔鬼的眼睛。就像《肖像》里形容那一位画家给教堂画的画的评语一样的无情。我想了想，事情恐怕就是这样。我呀，坚信每一个人看到的世界都不该是眼前的世界。眼前的世界无非是些吃喝拉撒睡，难道这就够了吗？还有，我看见有人在制造一些污辱人们智慧的粗糙东西就愤怒，看见人们在鼓吹动物性的狂欢就发狂……我总以为，有过雨果的博爱，萧伯纳的智慧，罗曼·罗兰又把什么是美说得那么清楚，人无论如何也不应该再是愚昧的了。肉麻的东西无论如何也不应该被赞美了。人们没有一点深沉的智慧无论如何也不成了。你相信吗？什么样的灵魂就要什么样的养料……没有像样的精神生活就没有一代英俊的新人。[1]

这里的"新人"显然不是"社会主义新人"，而是具文艺复

---

[1]　王小波、李银河:《爱你就像爱生命》，上海锦绣文章出版社，2008 年版，8—9 页。

兴式伟大精神力的"新人"。这种人生态度显然和主流文学对"新时期"的描述有很大不同。"文革"结束后的中国历史，被认定为"春潮乍破坚冰"，左倾思想虽依然横行，但新的希望，特别是改革的希望，已让全中国处于凤凰涅槃的"新生"。这是一种新主流话语塑造的方式，与旧革命叙事有关联，但巧妙引入了"现代化"概念，以物质合法性"偷换了"革命合法性，并交杂启蒙理想主义激情。然而，这些主流的话语，在王小波那里并不存在。"文革"结束后的北京，已在革命的退却中，日益显出古都的衰败和第三世界国家恶劣的生存空间环境。那些被压抑的"阴"的世界，虽然粗鄙不堪，却生机勃勃——但是，这种"新人"理想显然也只是王小波理想主义气质的一种表征。1990年代，当他投身文坛，却发现"新人"的理想更遥远了，他只有冰冷的绝望和讽刺，及对古代中国世界的想象了。

但是，即使那些热恋期间的通信，我们也能看到"文革"结束前后，李银河与王小波之间的某种差异性。这种差异性，是两人的生活背景、性格特征造成的，也来源于两人不同的美学趣味和价值准则。认识王小波的相当长一段时间，李银河还是一个标准的新时期主流知识分子。她的社会参与意识强，喜欢争个高低，也曾自嘲"虚荣心强"，有点偏执狂[1]。结婚前，她曾想按主流知识分子的标准塑造王小波。比如，她讨厌王小波说粗话，两人因此曾闹翻过。王小波解释说："我是经常说粗话的，因为我周围的工人们都说，而且我也是一个工人。我们说的有时不堪入耳，但是心里只把它当些有趣的话哈哈大笑一场。我多半是一个粗人……我有什么道理装模作样吗？"[2] 显然，王小波并不认为，工人就低人一等，也不

---

[1] 李银河曾说，1990年代，她在内地当教授，听说同事在香港当教师，工资是她的一百倍，就特别受刺激。见《李银河：我外表平静，内心狂野》，《凤凰网自由谈》第58期，2012年4月19日。

[2] 王小波、李银河：《爱你就像爱生命》，上海锦绣文章出版社，2008年版，47页。

认可知识分子对于语言的所谓文明规范。李银河也认为，王小波有的时候，有一些喜欢"封建社会的江湖气"。①又比如，李银河希望王小波不仅要考大学，且要入党，积极参与政治活动。但显然王小波对政治不感兴趣，多次加以幽默的推托。爱情是甜蜜的，有时会掩盖差异，但爱情也并不能完全遮蔽不同趣味，也不能掩饰恋爱过程中，因"地位"不同，内心的复杂微妙情绪。

三

1977 年，高考恢复了。王小平、王晨光和王征，同时备战高考。几个人考得都不错，但只有晨光一人考上了北京钢铁学院；王征因家庭问题被挡在大学门外，王小平据说是因体检查出了高血压。第二年，也就是 1978 年，在李银河的鼓励下，王小波报考了中央戏剧学院。但小波显然对舅舅讲的革命文艺不太感兴趣。小波的同学赵宁也和他一起报考了，当时的考试较简单，就是两门课程：一门是写作，一门是文艺理论常识，大多是关于延安文艺座谈会、毛泽东文艺思想之类的题目。初试小波通过得很顺利，赵宁却被刷了下来。复试一关，主考官问小波，最喜欢的剧作家是谁。他回答说是萧伯纳。结果，全场冷场了很长时间。当时，萧伯纳属于较冷僻的作家，远不如经典剧作家知名度高，很多考官也不熟悉。同时，萧伯纳也属于较另类的作家。于是，不久之后，王小波就知道自己被淘汰了。这次高考失利，王小波转移了考试方向，听从了父母的话，改考理工科。好在 1978 年还有一次高考机会，主要针对老三届的学生。最后，他终于鲤鱼跳龙门，考上了人民大学 1978 级经贸系商品专业。虽不是热门文科生，但也是正经八百的名牌大学的学生。王小平还一鼓作气，直接考上了中国社科院哲学所的逻辑学

---

① 《王小波全集》（第九卷），27 页。

专家沈有鼎的研究生。① 王家的现实环境也发生了重大转变。1970 年代中期，王方名曾中风过，一度不良于行。1980 年春，经中组部研究，终于顺利撤销了当年"阶级异己分子"的帽子，恢复党籍。

1978 年 9 月，王小波进入人民大学贸易经济系商品学专业学习。当时，贸易经济系和经济信息系是人大仅有的两个理科专业。贸易经济系数理化和生物课都有，而经济信息系则开设了数学和计算机课程。1950 年，为配合国家建设方针，人大有针对性地设置了八大系：经济系、经济计划系、财政信用系、工厂管理系、合作系、贸易系、法律系、外交系。商品学专业的前身，可以一直追溯到合作系，为其中的一个教研组。1978 年，商品学"试招生"（一直延续到 2004 年这一专业被取消），只招理工科学生，毕业时授予管理学学士学位。就当时的教学安排而言，商品学在人文社科气息弥漫的人大，显得十分"另类"。大三之后，再细分专业，王小波选择了食品商品学专业。大学时期是王小波最平静、充实的岁月。他的爱情也终于开花结果。两个人一般周末见面，常去郊区的公园散步、聊天。坚守的爱情终于赢得了胜利和尊重。1980 年 1 月 11 日，王小波和李银河领了结婚证。谈恋爱阶段，王小波和李银河的爱情，就显现了有别于常人的状态。一般中国人的爱情是为了结婚、生子，过日常的生活，而王小波和李银河，因为相互心智和气质的吸引走到一起，他们是情侣，也是心灵和事业相互沟通、共鸣和支持的知己。两人在恋爱的时候，就下决心献身于各自的事业，过高贵的精神生活，决不为虚假的模式所束缚："愿我们的生命力永远旺盛，愿这永恒的痛苦常常来到我们心中，永远燃烧我们，刺痛我们。"② 李银河崇拜梭罗和伊壁鸠鲁，认为婚恋一是要保持身体舒适，二是要保持精神愉悦。两人婚后商议不要孩子。李银河讨厌中

① 当时，针对老三届等大龄考生，1977、1978 年的高考，如成绩优秀，可直接申请报考研究生。

② 《王小波全集》（第九卷），77 页。

国传统文化中对女性的角色定位。比起日常家务、相夫教子，她更喜欢追求个性独立和精神世界的完整。李银河说："报上的那篇文章则是说'媳妇'（我真恨透了这个词）如何爱干家务事，把一家大大小小、哥哥妹妹之类照顾得多么周到。我觉得真要命，真讨厌得要命。这真是亵渎。难道一切美好的诗一样的东西都非淹在这些粪便里面吗？"[1]

大学期间，王小波着迷于知识带给他的快乐，却依然不是传统意义的"好学生"。王小波还是不修边幅：冬天总裹着一件褪色军大衣，夏天则赤脚趿拉着拖鞋。他不太看重分数，除了上课，就喜欢聊天，看各类闲书。到了期末，才突击应付考试，却每每能有惊无险地过关。王小波不喜欢商品专业，最讨厌洗试管、烧杯，还有漏斗等瓶瓶罐罐。当时实验课管理很严，洗不干净，实验做不成，就不能及格。做毕业论文的萃取实验时，粗心大意的王小波竟"漏掉了五大瓶氯仿（麻醉剂）"，肺活量大的他浑然没事，只稍稍有点头晕，而搭档们却都受不了，就给了王小波一个"实验室人民公敌"的外号。王小波和很多大学时代好友关系密切。比如，老班长郑英良，是班上年龄最大的，他后来做了人民大学副校长，与王小波一直很亲密。加拿大的钟明、日本的李奇志，王小波去世后，也都写了悼念文章。班上年龄最小的同学阎景明，毕业后去了美国。王小波去世一年后，弟弟王晨光在底特律被黑人刺死，阎景明天天开车来帮忙治丧、慰问。说到关系最好的，还是和他一个班、一个宿舍的刘晓阳。散文《盛装舞步》中，王小波略带调侃地回忆了大学期间，他和刘晓阳的友谊。两个"高大粗壮"的北京老爷们儿，手臂挽着手臂在校园里遛弯，还学马术比赛的样子跳踢踏舞，同时高谈阔论着哲学、文学、数学和物理等学问，旁若无人，又时不时爆发出欢笑，令无数行人侧目，还差点被承受力脆弱的同学们，误解为赶时髦的"好基友"。

---

[1] 《王小波全集》（第九卷），107页。

大学期间，王小波的阅读面不断变深、变广。他像一条贪婪的大鱼，任意而强悍地邀游在知识的海洋。在学科专门化、学者专家化的今天的大学校园，很少会遇到像王小波这样"兼通文理"的杂家了，而放眼整个新时期以来文学家的知识背景，也很少有像王小波这样脱离纯粹文学背景的。正是这种杂学旁收、文理兼顾的学养，不为功利、只为兴趣的读书取向，才使得王小波的小说，既深刻反映了时代，又有一种超越于时代之上的"文艺复兴式"的大气魄。他的小说《茫茫黑夜漫游》中有一段话，可以看作对这段读书岁月的忆述："我年轻的时候，喜欢科学、艺术，甚至还有哲学，上大一时，读着微积分，看着大三的实变函数论，晚上在宿舍里和人讨论理论物理，同时还写小说。虽然哪样也谈不上精通，但我觉得研究这些问题很过瘾。我觉得每种人类的事业都是我的事业，我要为每种事业而癫狂——这种想法不能说是正常的，但也不是前无古人。古希腊的人就是这么想问题。"1978年9月入学后，王小波、刘晓阳、刘继杰，郑英良等六位同学，住在人大东风学生宿舍二号楼的二三五号房间（如今，该楼已拆除，原址建成商业会所），房间里几个大书架，满满地都放了书籍。几个人常抽烟、喝酒，彻夜讨论各种学问，过的可谓是"谈笑有鸿儒，往来无白丁"的高品位精神生活。王小波后来引以为经典的奥威尔的《1984》、赫胥黎的《奇妙的新世界》，就是大学时期，王小波从刘晓阳买的外文出版社的内部资料中第一次看到的。文学方面，王小波阅读了大量当代西方文学家的作品，如麦尔维尔的《白鲸》、海明威的《老人与海》、聚斯金德的《香水》、杜拉斯的《情人》、图尼埃尔的《少女之死》、迪伦马特的《法官与刽子手》、卡尔维诺的《分成两半的子爵》等，这些作品成为王小波日后创作的重要思想和文学资源。科学家写的书，王小波也爱看。商务出版社曾出版过一套科学家杂谈，如马克斯·波恩的《我这一代的物理学》、冯·诺依曼的《计算机和人脑》、赖辛巴哈的《科学哲学的兴起》等，印数有限，非常难收集，刘晓阳曾费了很大心力搜集一套，王小波认真读完后，认为科学家写的人文哲学的书，非常难得且可贵。他还在《丑小鸭》杂志上，发表了小说《地久天长》（1982 年 7 期），并在《读书》上发表《老人与海》的书评（1981 年 1 期），算是开始涉足文坛。1980 年代日渐开放的风气，也让李银河兴奋不已。她高兴地对王小波说："中国解放的步子终于迈起来了。你可以好好写、放开写了，再也不用去写那种像受了阉割一样的×××式的东西了，不用担心碰壁了。我们所热爱的一切美好的东西可以告诉人们了。"①

大学期间，数学老师朱光贵先生，对王小波的影响也很大。王小波在《思维的乐趣》里，特意提道："我在大学里遇到了把知识当作幸福来传播的数学教师，他使学习数学变成了一种乐趣。我遇到了启迪我智慧的人。"这种单纯的对知识的热爱，是一种对知识本源的价值意义的尊重。这位老师就是朱光贵先生。朱先生毕业于北大物理系，却在空军航校教了半辈子的高等数学。朱老师讲课，常常超出教学大纲的范畴，但他见识高远，讲解细致精妙。而他对科学的热爱，更令人感动，虽然后来从事数学的教学和研究，搞不成物理学了，但朱老师抱着热爱的态度，还在《潜科学》上发表了与"相对论"相关的论文。朱老师这种不计利害、以"知识为乐趣"的精神，让王小波非常佩服。

第二节　洋插队：走出国门看世界

一

1982 年，王小波从人民大学毕业，留在人大一分校教书。1983 年，李银河参加了两个美国教授的短期培训班后，萌生了去国外读

① 《王小波全集》（第九卷），83 页。

书的念头。很快，她得到了签证，赴美国匹兹堡大学攻读社会学博士学位。1984年，王小波也追随李银河，去了匹兹堡大学，而王小波一家，大哥王小平，姐姐王小芹、王征，弟弟王晨光也都先后去了美国。王小波的"业余写作"爱好还在坚持着，《三十而立》《似水流年》等小说都能看到那段短暂的高校教师经历的影子。大学实验室的生活、出国的努力，也都能在这些小说中看到。也正是在这一时期，王小波开始酝酿日后的成名作《黄金时代》。1984年上半年，王小波都在忙着联系出国的事。办好签证，王小波和刘晓阳又商量去买飞机票和置办服装。由于身材高大，最后他们只好到利生体育用品商店去买了运动服，充当出国行头。1984年8月中旬的一天上午，北京首都机场，王小波乘坐的飞往纽约的中国民航客机起飞了。飞机刚起飞，忽然天空打了一个炸雷，让送他的家人和刘晓阳提心吊胆了一整天。当两人都安全到达美国后，他们发现街边的书店摆满了奥威尔的《1984》。1984年真的来了，寓言和现实的距离再次模糊了。

出国留学，看似风光，但其中的酸甜苦辣，如鱼饮水，冷暖自知。在不同文化的夹缝之中，既能开阔眼界，也能受到"夹板气"。外国人对于中国人的优越感，比之于国人的落后闭塞，在外国生活的良好文化氛围，比之于国内生活的伦理化，都能让国人产生剧烈的价值观和人生观的震荡。王小波刚去美国，新鲜劲还没过，就受到了一系列挫折和打击。在匹兹堡大学，王小波先跟着学了好一阵子英语，但口语还是跟不大上，情绪自然压抑，"上课出神，连最简单的英语也听不懂，什么也不想干。"资助申请的不顺利也使他体验到一种挫败感。1985年初，王小波通过了GRE考试，成绩中等，但去匹兹堡大学询问，却被一个美国教师挖苦了半天，说他们这个系本来资金就少，教师的岗位都难保证，更没法照顾中国学生。王小波在1月30日写给刘晓阳的信中愤愤地说："不三不四的话说了有半个多小时，气得我脸发紫，有心回他几句，英文全气忘了。这几天看见老美就不舒服，觉得这伙人全不是好人。中国人我也看不上眼，只觉得想留下来的全都是贱骨头。真想负一口气回国去，可是就这么回去没法交代。"王小波还想去学数学，但对重视口语的托福考试，却很打怵。后来，王小波的大哥王小平在王小波到美国一年后，获得美国图兰大学的奖学金来美国学统计学。王小波于是想跟哥哥在图兰大学念统计学科。但图兰大学虽然名气大，却属于私立学校，学费昂贵，每年约二万美金，所以必须申请奖学金。而且，在图兰大学，只有英语专业才好找工作，也才能偿还得起凑来的学费。王小波既出不起学费，也不是英语专业出身，而英语太差，又很难申请到奖学金，最后，也只好作罢。

王小波一方面跟着李银河在匹兹堡大学选课拿学分，一面积极向美国各高校提出奖学金申请。可惜，大部分都如石沉大海，有回音的"三个不成，一个同意入学，没有财政资助"（1985 年 3 月 29 日致刘晓阳信）。当时，王小波和李银河的经济情况也不容乐观。李银河一个月的奖学金大约四百美元，每月扣除二十美元的健康保险，还剩三百八十美元，要维持两个人的生活，其拮据程度可想而知。李银河的学习也非常紧张刻苦，据李银河回忆，有一次，学习太累了，她因低血糖引发眩晕，竟晕倒在教室门口，被好心的美国人送到了医务室。为凑学费，没有办法，王小波只好咬着牙去餐馆打工。当时王小波正在上一个人类学的课程，打工也就相当于为交论文"体验生活"了。回国后，王小波在 1993 年 4、5 期的《四川文学》上，曾介绍过自己在美国打工的经历。他先在一个外号叫"周扒皮"的老板手下打工，干活儿很辛苦，还常被克扣责骂，王小波后来实在忍不住，和老板吵了一通后离开了。后来，又换了一家信佛的老板，才算好过了一点。王小波对《曼哈顿的中国女人》描述的美国梦也多有讽刺："假如你想到美国发财，首先最好是女人而不是男人，其次一定要去曼哈顿，千万别去别的地方。"（《域外杂谈·中国餐馆》）在 1985 年 3 月 29 日给刘晓阳的信中，王小波忧郁地写道："今天打了一天工，挣了二十块钱，累得不善。去的时候心情颇不佳，因为没干过 waiter，只好刷碗。干的时候心情更不佳，真他娘的累。拿钱的时候心情不错，回来一想又闷闷不乐。像这么干，一个星期干六天也挣不出学费来。"信的最后，王小波又说："累得屁滚尿流。今天老婆通过了资格考试，气焰万丈。从泔水桶边归来，益发不乐也。"

由此可见，王小波虽才兼文理，但学语言实在不擅长。王小波的母亲在鲁迅纪念馆举办的王小波逝世八周年纪念活动中，曾认真地说："小波的智力在我的五个孩子中，只是算个中等。"她的评价比较客观。当然，文学需要"别才"，并不仅是智力。古今中外的文学大师，并非每人都是高智商天才。因此，也可推测王小波在不去读博士问题上，也许并不像李银河后来所说的，是因为怕读了博士学位，就必须搞专业，妨碍了文学发挥，而是以当时王小波的外语和专业情况而言，申请博士学位的难度非常大。王小波虽然本科读商品学，但一是对本专业不感兴趣，二是英语基础不牢固。放弃博士学位，对王小波而言，是不得已之举。

<h1 style="text-align:center">二</h1>

1985 年下半年，王小波遇到了"伯乐"——台湾来的著名学者许倬云。虽然觉得文科课无味之极，但王小波最终去了匹兹堡大学东亚研究中心，并通过妻子结识了许倬云教授。李银河当时在匹兹堡大学读博士学位，她的导师是杨庆堃，来自台湾的许倬云教授在历史学系执教，但还有一个社会学系合聘的职务。因此，他也列名在李银河的学位导师小组之中。据许倬云教授回忆，一天，李银河找到他，简单介绍了王小波的情况，希望许倬云能给予指点。许倬云是著名的西周史和汉代农业的研究专家，他天生腿有残疾，但天性坚韧不屈，聪慧好学，先后在台湾大学、杜克大学、匹兹堡大学

等多所大学执教，不仅是台湾历史学界耆宿，且被称为"台湾改革开放的幕后推手"，在台湾文化界有非常大的影响。许倬云的教导，开阔了王小波的眼界，坚定了他从事文学事业的信心。许倬云的推荐，也是王小波的作品，能在台湾获奖的重要因素。许倬云说："我与《联合报》比较熟，知道每年他们都有征求小说大奖，平常都是由小说家推荐，我看了小波的《黄金时代》后就对他们说，我不是文学家，但是我觉得这个小说不错，我以读者身份推荐行不行？他们说行，就把小说拿过去了。后来，果然得了大奖。"许倬云对王小波作品的评价是："很真情，不虚伪。用他的笔写出了一代人想说却说不出的想法，反映了他这一代人共同的经历。即使批评，也是厚道的，不尖酸刻薄，不是谩骂，而是带着怜悯和同情写他所处的时代。"

许倬云曾回忆他和王小波的交往："我在办公室见到了他。样子懒懒的，英文不是很好，但是人很诚实。谈话很随意，不那么一本正经。他内心很无助，不知该怎么办。"匹大的东亚语言文学系其功能主要是训练洋孩子学华语，文学部分相当单薄，对于小波来说，这里实在没有值得他修习的课程。得到许倬云的同意后，王小波就挂在他名下注册上课。每周三的下午，两人会有一个约两小时的讨论，但两小时只是就事先约定而言，实际上并不固定，兴之所至，常常一谈就是一个下午，有时有事情，就下次再补上。许倬云对王小波很有感情："我跟王小波是缘分，我还是很想念他。他是个有血性的人，诚实、热情且相当聪明。每个星期三我跟他谈一个下午，东拉西扯，什么都谈，反正他提问题我就回答，我不是给他答案，是教他怎么思考。"[①]他们的交往称得上是君子之交。许倬云说："我知道他们经济上很紧张，偶尔听他提起打过工，但是他从来不抱怨。在美国，生活细节属于个人隐私，他不说，我不会问。

---

① 许倬云口述、李怀宇撰写，《许倬云谈话录》，广西师范大学出版社，2010 年版，98—99 页。

他不提出要求，我也不会主动去帮忙。所以，我们的交流主要是精神层面的。"两人聊起各自的经历，常说着说着就生气地拍起了桌子。王小波对插队时农民的悲惨生活、官僚的可鄙嘴脸一直耿耿于怀。许倬云很喜欢王小波讲他自己大陆的经历。那时大陆留学生在美国的并不多，许倬云本就是一个关心社会和政治的学者，王小波的经历，特别是上山下乡当知青的经历，及"文革"体验，对许倬云来说，是了解大陆情况的重要来源。他也非常欣赏王小波顽童般的"惫懒气质"：站着歪歪倒倒，坐在那里，他的脚就跷在桌子上，而许倬云先生也"童心大动"，于是也把脚跷在桌子上，两人相顾而笑。这样的讨论，给了王小波很大启发。许倬云虽研究方向是古代史和社会史，但个人兴趣广泛，读书也很杂。他师从傅斯年等学者，一直将学术研究当作科学对待。他常引用傅斯年的名言："历史学就是史料学"，"上穷碧落下黄泉，动手动脚找东西"。许倬云治史，严守学术规矩，但在严谨之上，更有开阔的视野和思维的创新，这一点尤为难得。许倬云传给王小波的，就是一种学术精神及具有方法论意义的思维方式。他对待科学与学术的观点，对王小波有很深教益。在杂文《生命科学与骗术》中，王小波转述许倬云的观点："身为一个中国人，由于有独特的历史背景，很难理解科学是什么。我在匹兹堡大学的老师许倬云教授曾说，中国人先把科学当作洪水猛兽，后把它当作呼风唤雨的巫术，直到现在，多数学习科学的人还把它看成宗教来顶礼膜拜，而他自己终于体会到，科学是个不断学习的过程。"王小波在国内对气功、生命科学的批判，对科学精神的弘扬，可以说是传承自许倬云的教诲。

许倬云对王小波的文学创作也有很大助力。王小波从少年时代开始，就喜欢读杂书，乱读书，大学又读了理工科，对许多文科知识并没有系统地阅读，文学创作也只是自己摸索的"野路子"，没有老师指点。在许倬云的指导下，王小波阅读了1930年代及抗日时期的文学作品，并理清了从南北朝志怪小说、唐代佛教故事，到宋明说唱话本之间的演变关系，引发了对历史小说创作的兴趣。许倬云说："我也讲他的文字，认为精炼不够，有些松散，这是国内很多年轻作者都存在的问题。主要原因是大多数人没有老国学的底子。我甚至给他改文章，他也很同意我的看法。"许倬云让王小波"炼字炼句"，一开始王小波"并不服气"，但等看到许先生改的文章后，才心悦诚服。[①]正是在许倬云鼓励下，王小波开始系统阅读中国古代典籍——尽管，他对《论语》等权威儒家典籍基本持批判态度。也正是这时候，王小波的文学功底逐渐加厚，并增强了从事文学创作事业的信心。这时候，他一方面继续修改《黄金时代》，一方面也开始构思创作《唐人秘传故事》。应该说，许倬云的眼光非常准，王小波最好的小说如《黄金时代》精炼无比，但后期《万寿寺》《黑铁时代》等小说，语言散漫拖沓，一直是最大缺陷。

许倬云不仅在学问和创作方面对王小波多有培养，而且在思想上，对王小波的自由主义思路的发展，也有很多影响。他们的课上讨论是散漫的，不仅有学术的，也有社会和政治方面的，也谈自由主义和民族国家前途。许倬云说，那时候王小波对很多事情并不清楚。譬如自由主义、人权、解放与放任之间的差别在哪里？资本主义要不要衰败？共产主义跟社会主义的区别在哪里？师徒两人每次总要激烈讨论。许倬云担任台湾大学历史系主任时，曾在《文星》上发表了大量争取人权和自由的言论，受到特务的监视，并被当时国民党当局冠名为"歧异分子"，受到排挤和打击。正因如此，1970年，许倬云才离开台湾，远赴美国。许倬云曾谈到知识分子应如何理性对待"民族主义"：他说他到五十岁的时候，才把爱国主义摆在一边。他认为这一点跟抗战被日本人打出来的爱国思想是不同质地的。而直接的原因是他理解到很多罪恶都是以国家之名进行的。这与王小波后来在国内对《中国可以说不》等民族主义书籍的批判，有明显的血脉相承关系。

---

① 《许倬云谈话录》，100页。

四年的美国留学生涯，不仅让王小波在学识和创作上有了很大进步，更让他对美国等西方国家的现代文明体制及其精神内核有了深入理解。自从确定许倬云做导师，确立了人生方向，王小波的精神开始愉快起来。1986年，他获得文科硕士学位，嗣后，又继续在美国学习计算机，算是可以维持生活了。王小波常去匹大图书馆，看到了很多国内看不到的书，包括他父亲的书。他还看了很多电影。在电影院看贵，他主要是租录像带回家看。王小波受美国电影影响很大。用王小平的话说，王小波的文章，有种跳动的节奏感，很像美国电影。

有些人一直认为王小波是拿美国来贬低中国人，贬低中国民族精神。其实，王小波深得"现代文明三昧"，他并不是拿美国来贬低中国，而是追慕一种"健全的理性"。他不是民族主义愤青，但更不是拿着国外时髦理论唬人的"洋务派"。他看到的是美国的精神根底，比如，他对美国人的理性务实、独立自主、自由平等的精神非常佩服，而这些东西，则属于罗素所说的现代精神常识的范畴。在《域外杂谈·农场》中，他记录了一个叫沃尔夫的美国老太太。她管理着一片农场，自己修理农具。他感慨地说："大家本本分分谋着一种生计，有人成功，有人不成功。不成功的人就想再换一种本分生计，没有去炒股票，或者编个什么故事惊世骇俗。"

除了艰苦的学习生活外，不断的出游，也扩大了王小波的眼界。虽是穷学生，但是，王小波和李银河，还是想方设法地攒钱，利用各种方式，游遍了美国大陆。在美国的旅游，让王小波和李银河开阔了眼界，也见识了形形色色的美国人。1986年8月，王小波和李银河买了欧洲的火车通票，踏上了欧洲之旅。这次欧洲旅行，让他们兴奋不已，这也是他们的爱情浪漫之旅。除了欧洲之旅，王小波还有两次和兄弟们一起出游的美好经历。1985年王小平来美之后，1987年，王晨光也来到了美国。三兄弟在美国唯一一次相聚，源于王晨光在肯塔基拿到硕士学位后，要到纽瓦克的新泽西大学读博士。王小平带着小女儿从新奥尔良开车接上王晨光去匹兹堡与小波会合,打算从那里去波士顿等地游玩。第二次出游,王小平和王小波夫妇先到了新奥尔良。之所以来这里,王小平说,"密西西比河的入海口在这里,小波小时候反复读过马克·吐温的作品,而他作品中有很多是关于密西西比河的,小波要先看看这条河。当时开车到了河边,他站在码头上静静地看了很久。"从新奥尔良出来,三人到了佛罗里达、索尔索塔、丹佛,一直往南,假装自己是汤姆·索亚,想去沼泽地公园旁边的树林探险,没走几步,发现树上毛茸茸的其实是挤满了大蚊子,吓得跑出来了。

三

　　留学欧美期间,除了学习语言、计算机,王小波也开始摸索着进行创作。他开始构思《黄金时代》,并抽空写出了他心目中的"新历史小说"《唐人秘传故事》,包括《立新街甲一号与昆仑奴》《红线盗盒》《红拂夜奔》《夜行记》《舅舅情人》。这组小说的《夜行记》后来发表在《四川文学》,《立新街甲一号与昆仑奴》发表于《收获》,而剩下的几个小说,后来都被王小波改写成了长篇小说。王小波创作这些小说的时间,应在 1980 年代后期,而整个集子结集出版,是在王小波回到大陆之后的 1989 年底,由王小波的二姐夫衣秀东联系,在山东文艺出版社出版,系自费出版,但经笔者多方调查,基本可以判断,此书为盗用书号所出的"伪书"。此时,中国大陆的"新历史主义小说"方兴未艾,莫言、格非、叶兆言、苏童、余华、刘震云,包括周梅森等作家,都在尝试着对历史做出新的解释,特别是晚清以来的中国近代史。与之不同,王小波的目光却放到了古代,特别是中国文明发展的顶峰——唐代,希望以唐人的精神气度和恢宏瑰丽的想象力,批判当下灰暗荒诞、充满悖论的文化现实。这种文化超越心理,不同于简单地对革命历史的颠覆,无厘头式的狂欢，及虚无主义的无聊恶搞，而是在解构之中蕴含强烈建构主体雄心，在虚无之中包孕强大自信与乐观，在批判现实之中放飞灵动想象力的文学野心。

"唐传奇"是中国古典小说发展的瑰宝。《汉书·艺文志》有言："小说家者流，盖出于稗官，街谈巷语，道听途说者之所造也。"[1] 小说在古典文学系统之中，地位一直不高。在唐传奇之前，小说的雏形，其虚构性和现实批判性都不强，大多停留在记录玄怪之事和当时士人的言行，如干宝的《搜神记》和刘义庆的《世说新语》，小说到了唐传奇，才算是真正成熟起来。鲁迅在《中国小说史略》中说："小说亦如诗，至唐代一变。虽尚不离于搜奇记逸，然叙事宛转，文辞华艳，然与六朝之粗陈梗概者比较，演进之迹甚明，而尤显者乃是时始有意为小说者。"[2] 也就是说，鲁迅也认为，唐传奇是中国小说成熟的标志，而标志在于叙事宛转，即有比较完整的故事性和情节性；文辞华艳，则是指小说语言浓烈想象力非常丰富。至于历史与文学的关系，则更为丰富复杂。金圣叹在评论《水浒传》时说，历史是"以文运事"，而小说则是"因文生事"，亚里士多德也在《诗学》中认为，历史是讲述已经发生过的事，而文学则是叙述可能发生的事。这些说法都是在强调文学对历史的虚构性。唐传奇大多择取荒诞不经的故事，有的有历史人物作为背景和人物，如"红线盗盒"中的节度使薛嵩，有的则是完全虚构。而王小波的《唐人秘传故事》则是在这个基础上，进行了二度加工，保留了唐传奇瑰丽的想象力和不羁丰沛的元气，并加以现代性的眼光和思考，进行具体考量，从而创造出了一个别样的唐传奇的新历史世界。

"新历史主义小说"的主体性匮乏，特别是作为后发现代中国的文化主体性，该思潮的小说充满了第三世界文化失败感，及"后

---

[1] 班固：《汉书》第六册，中华书局，1962年版，1745页。

[2] 鲁迅：《中国小说史略》，上海世纪出版社，2006年版，41页。

发现代"的发声位置想象（比如，莫言《红高粱》的血性世界，弘扬土匪杀鬼子的民间伦理情怀，却也自觉地将之归于乡土的、边缘的、"中心空缺"的想象。又比如，苏童的《米》出现了南方的堕落而糜烂的历史感，刘震云的故乡系列小说，则将历史完全解构为无意义、无道德的仇杀和欲望）。不得不说，尽管新历史主义小说，在破除历史迷信，促进历史叙事发育过程中，起到过非常积极的作用，但这种写作方式，不仅受制于现实的意识形态管束，而是受制于欧美在新时期之后，对中国的"后冷战"式的第三世界文化定位。仔细考察起来，这组《唐人秘传故事》，尽管还比较粗糙，但已经有了日后"杂文化历史小说"的影子。杂文作为一种文体，最大的特点在于，它强烈的讽刺批判性，以及灵活多变的修辞性。如果从时空介入感上看，杂文的时态多是"现在"，也就是说，杂文有很强的现实感。而历史小说却讲述的是过去的事，或想象中的过去的事。王小波将二者杂糅，其实是延续了鲁迅在《故事新编》中的思路，并进而将之发展出了现实和历史两条线索交叉的时空感。在《唐人秘传故事》中，已经有了这样一些叙事雏形。

《夜行记》改编自《太平广记》的《僧侠》。小说开头讲道："玄宗在世的最后几年，行路不太平"，将我们放置到了一个有关危途道路的故事之中。巴赫金曾将《堂吉诃德》这类冒险故事，都叫作"道路时空体"，意思是指道路时空给我们展现的广阔的空间感。这类故事应该也包括中国的《西游记》之类。故事的主角是一个书生和一个和尚。然而，书生不是好书生，而是一个好舞刀弄棒，脾气很臭的书生，和尚也不是好和尚，而是一个"娶着几个女人"的花和尚。小说就在书生与和尚的较量之中展开。在中国古典小说的语义符号系统之中，书生与和尚，都有特殊所指。书生一般与小姐形象搭配，寄托着古代读书人的爱情与人生理想，也与狐鬼花妖等灵异形象产生交叉，如《聊斋志异》，表现非凡的想象力。但书生一般也是儒生，因此常常有比较强的道德色彩。但《夜行记》中的书生却是心狠手辣，杀人完全没有道德禁忌。和尚的形象，在中国古典小说中有两类，一类是正，一类是邪。正的形象，如法海类得道高僧的形象塑造，反面的形象，则是晚清公案小说中的"凶僧恶道"的形象。《夜行记》的和尚，表面上看是淫僧，实际上和书生一样，亦正亦邪。这个故事，实际是重新阐释中国的武侠传统。小说语言整体而言，是比较平易简洁的，不像后来的王小波的历史小说，是繁复变化的。

和尚和书生的冲突，在笑谈过程中出现。和尚与书生谈论对女人与骑射的看法。有意思的是，他们的语言是铺陈描述性的，充满了神奇的想象力：

习射的人多数都以为骑烈马，挽强弓，用长箭，百步穿杨，这就是射得好啦。其实这样的射艺连品都没有。真正会射的人，把射箭当一种艺术来享受。三秋到湖沼中去射雁，拿拓木的长弓，巴蜀的长箭，乘桦木的轻舟，携善凫的黄犬，虽然是去射雁，但不是志在得雁，意在领略秋日的高天，天顶的劲风，满弓欲发时志在万里的一点情趣。隆冬到大漠上射雕，要用强劲的角弓、北地的鸣镝，乘口外的良马，携鲜卑家奴，体会怒马强弓射猛禽时一股冲天的怒意。春日到岭上射鸟雉，用白木的软弓，芦苇的轻箭，射来挥洒自如，不用一点力气，浑如吟诗作赋，体会春日远足的野趣。夏天在林间射鸟雀，用桑木的小弓小箭，带一个垂发的小童提盒相随。在林间射小鸟儿是一桩精细的工作，需要耳目并用，射时又要全神贯注，不得有丝毫的偏差，困倦时在林间小酌。这样射法才叫作射呢。

和尚说，看来相公对于射艺很有心得，可称是一位行家。不过在老僧看来，依照天时地利的不同，选择弓矢去射，不免沾上一点雕琢的痕迹。莫如就地取材信手拈来。

比如老僧在静室里参禅，飞蝇扰人，就随手取绿豆为丸弹之，百不失一，这就略得射艺的意思。夏夜蚊声可厌，信手撅下竹帘一条，绷上头发以松针射之，只听嗡嗡声一一终止，这就算稍窥射艺之奥妙。跳蚤扰人时，老僧以席篾为弓，以蚕丝为弦，用胡子楂把公跳蚤全部射杀，母跳蚤渴望爱情，就从静室里搬出去。贫僧的射法还不能说是精妙，射艺极善者以气息吹动豹尾上的秋毫，去射击阳光中飞舞的微尘，到了这一步，才能叫炉火纯青。①

艾晓明认为："书生与和尚的相互诘难，比的不是武功，而是想象力和夸张，还比谁能挑出对方想象力的破绽。"② 此处书生与和尚形成了鲜明对比。书生所言为浮华，但尚有实具，而和尚所言为虚，甚至是离奇。在两个人接下来的交谈之中，越来越离谱。和尚甚至吹嘘见过以云母和银丝为剑的刺客。书生恼怒其胡说八道，处处压自己一头，便偷偷地以银弹打和尚。不料，却弹弹落空。路上书生几次暗算和尚，却都被和尚毫不费力地化解了。小说最后，和尚与书生化解仇恨，成了好友，不再抢劫与杀人。该小说非常有趣，和尚与书生，不愿意下死手的原因是，"避免难堪"。俩人的交往，起因于算计，却因为彼此自尊心而改变。小说突出的是俩人的智慧与勇气，他们超越一般道德的潇洒豪侠之气。

《立新街甲一号与昆仑奴》，已有了双线时空的基本特点，现实中的立新街甲一号中的豆腐厂职工王二和电影厂女美工小胡的故事，与千年前唐代卖狗肉汤王二与昆仑奴故事，产生了双线时空的交错。这篇小说，开头就展现出历史知识的铺陈气质，却略显啰嗦沉闷：

① 王小波：《王小波文集》卷三，中国青年出版社，1999年版，254—255页。

② 艾晓明：《地久天长——关于王小波的中短篇小说、剧本合集》，《新东方》，1998年1期。

我住在立新街甲一号的破楼里。庚子年间，有一帮洋主子在此据守，招来了成千上万的义和团大叔，把它围了个水泄不通。他们搬来红衣炮、黑衣炮、大将军、过江龙、三眼铳、榆木喷、大抬杆儿、满天星、一声雷、一窝蜂、麻雷子、二踢脚，老头冒花一百星，铁炮铜炮烟花炮，鸟枪土枪滋水枪，装上烟花药、炮仗药、开山药、鸟枪药、耗子药、狗皮膏药，填以榴弹、霰弹、燃烧弹、葡萄弹、臭鸡蛋、犁头砂、铅子儿砂，对准它排头燃放，打了它一身窟窿，可它还是挺着不倒。直到八十多年后，它还摇摇晃晃地站着，我还得住在里面。[①]

小说的双线时空转换有些生硬，青工王二和小胡，为了分到房子，弄假成真，结成了夫妇。"文革"结束之后，这种合居的情况，在许多单位都存在。王小波就是用这种逼仄的，没有个人空间的暧昧合居，隐喻个人无法选择的痛苦现实。小说最后，昆仑奴促成了王二和歌舞姬的爱情，现实生活中，青工王二只能和粗胖的小胡在一起，度过余生。小说表现出了憧憬古代的风流蕴藉，而以此批判灰暗的后革命时空的现实生活的意图。这种双线结构的时空特点，在王小波后来的历史三部曲，《红拂夜奔》《万寿寺》《寻找无双》都被广泛地使用，并发展为一种繁复的，类似迷宫的想象美学。

《舅舅情人》是《唐人秘传故事》的五篇小说中最成熟优美的一篇。这个中篇小说中，性爱虐恋的主题，开始出现在王小波的笔下，具有了很强的游戏性、想象性和对权力的解构意味。这个集子中的《红线盗盒》与《红拂夜奔》，也写到了性爱的游戏性，但还比较单薄。这种特点在王小波后来的历史三部曲中发扬光大，成为

---

① 《王小波文集》卷三，中国青年出版社，1999年版，149页。

一种鲜明风格。而"捕快与女贼"的性爱故事，还被王小波挪用到了电影剧本《东宫·西宫》的写作之中，在警察小史与女贼阿兰的同性恋爱之中，再现了这种独特的权力解构方式。从历史想象风格上讲，该小说对历史细节的关注和哲学思考，对历史的想象复原趣味，都有着尤瑟纳尔的《东方故事集》的影子。但王小波的这篇小说，少了尤瑟纳尔晦涩的思辨性，多了故事性、寓言性和优美的文学铺陈描写的东西，这又来自中国的文学传统之中。

小说开端写道："高宗在世的时候，四海清平，正是太平盛世，普天下的货殖都流到帝都。"皇帝虽然富有四海，但却得了忧郁症，只有锡兰高僧送的骨头手链，才能缓解皇帝的忧郁。手链突然被盗，皇帝下令捕快们破案，并拘禁了他们的家属。英俊长须的捕快王安，也因此而遭殃。手链在此有象征意义，它代表着所有梦幻的，不可能出现在现实之中的事物，也代表着不可能实现的欲望。皇帝拥有天下，只有想象和幻想之物，才能激起皇帝的热情和欲望。王小波对中国皇帝和大唐盛世中国的描述，对中国专制权力的理解，以及对艺术想象力的推崇，很明显受到《东方故事集》之中《王福脱险记》等篇章的影响。但接下来故事的发展却峰回路转，原来手链被盗，只不过是一个女贼小青，由于爱着王安，而故意惹出的乱子。小青希望王安的妻子被抓走，进而与王安在一起，而她对王安的爱，不是一般的爱，而起源于对虐恋的迷恋。这里的虐恋，写尽了人类爱情之中"不可理喻"的成分，不是简单的性欲，而是找到一份融合了性欲刺激的"独一无二"的爱情感受。小女贼喊王安"舅舅"，期待着在"捕快／女贼""舅舅／甥女"的别样性爱关系之中，寻找到真正的爱情。王安指认这种爱为"绿色的爱"，小青对此是这样描述的：

> 山谷里的空气也绝不流动，像绿色的油，令人窒息，
> 在一片浓绿之中，她看到一点白色，那是一具雪白的骸骨

端坐在深草之中。那时她大受震撼，在一片静寂之中抚摸着自己的肢体，只觉得滑润而冰凉，于是，她体会到最纯粹的恐怖，就如王安的老婆被铁链锁住脖子时，然后她又感受到爱从恐惧之中生化出来，就如绿草中的骸骨一般雪白，像秋后的白桦树干，又滑又凉。[1]

虐恋联系着权力关系，也联系着死亡与爱情的关系。当爱情以死亡为终点，以幻想为依托，以受虐为过程，爱情也就在性欲之上，具有了持久的精神迷恋性。于是，这个"皇帝手链"的故事，也就变成了人类欲望的"精神性问题"的探索。这无疑是这篇小说独特的思想魅力所在。当然，对于虐恋的权力关系，这篇小说的探讨，还只是初步的。特别是它与中国专制文化的关系，只有到了历史三部曲，王小波才对此做出了更圆满的回答。

---

①　王小波：《王小波文集》卷三，中国青年出版社，1999 年版，292 页。

第五章　1990 年代：王小波的文学生涯

第一节　从海归教师到自由撰稿人

一

1988 年到 1997 年，是王小波真正专业意义的"文学创作时间"。短短九年，王小波创作了近百万字的小说、杂文、剧本，用激情燃烧的生命，为 1990 年代的中国文学留下了特立独行的背影。和传统中国大陆作家不同，王小波从一个留学归来的"海归"，成了中国最早一批脱离公职的"自由撰稿人"。

1988 年到 1992 年，还是王小波创作的摸索期，1992 年辞职至 1997 年去世，则是王小波真正的喷发期。1988 年初，王小波和李银河从美国匹兹堡回到北京，积极联系接收单位。从当时两个人的发展来看，李银河曾师从著名学者费孝通，并是海归博士，在学界已有一定影响。王小波虽出国留学，但所修专业较尴尬，本科学的是商品专业，出国后又学过计算机，也有匹兹堡大学东亚中心的文科硕士学位。他的学识很杂，而高校的专业化分工则要求教师必须是"专家型学者"。美国高校学术教育体制中，硕士学制短，一般为两年，且属过渡性质，在专业化分工严密的美国高校并不受视，只有博士学位（Ph.D.），才是公认的学术研究和教学的精英条件。王小波最终并没有在美国申请读博士学位。回国之后，他在高校任职，因此也没能找到适合的位置。1988年1月，李银河作为引进人才，进入北京大学社会学系，再次跟随费孝通先生，成为国内首批文科博士后，而王小波本想回人民大学，但没有合适接收院系，就随李银河一起，来到北京大学社会学所下属的中国研究与发展中心。在北京大学，王小波先做助教，后被确认为讲师职称，却极少有课程安排给他，他更多负责的是北大社会学所机房的调试维修，及社会学数据整理收集及统计的工作。王小波对朋友沮丧地说："我现在没去成人大，在北大帮闲，觉得很没劲。干一个月挣黑市价十个 \$，你想如何能有兴致？"他当时的生活状态，白天在社会学所修整数据，"这种讨厌的活儿干不完，也就不能开算"，有了闲暇，就溜达到海淀区租书店，弄一些武侠和"色情"小说打发日子，到了晚上，才开始"乱写些东西"（1988年12月23日致刘晓阳信）。1980年代末，纷乱的政治环境，并没有对王小波造成重大影响。他的兴趣主要还在写作。1989年，王小波在山东文艺出版社出版小说集《唐人秘传故事》，并完成《黄金时代》《三十而立》《似水流年》等小说，但这些小说都无法发表，也很难出版。《人民文学》的编辑朱伟，曾在1989年左右，收到王小波投向该刊物的小说，虽不能推出，但王小波的才华打动了朱伟。1995年，朱伟离开《人民文学》，接手《三联生活周刊》，邀王小波为其专栏撰写文章。

王小波对国内高校日趋行政化的管理方式，也感到不适应，加之个性狷介任性，在当时的学校圈并不如意。他曾想去卖计算机，搞软件设计，甚至一度想要下海去办出版社。他在单位也比较独立。比如，王小波和李银河的好友邢小群，就在文章中提到，王小波去开会，领导在上面讲话，大家都死气沉沉地没有反应，而王小波冷不丁冒出那么一两句，大家都哄堂大笑，弄得领导很尴尬。王小波还曾在杂文中，对李银河评教授考职称外语的事情，加以善意嘲讽。这段"维修工"式的大学教师生活，在他的小说《我的阴阳两界》《万寿寺》等，均有曲折反映。《我的阴阳两界》中有一个阳痿的"小神经"王二，因为阳痿成了另类，专门在医院地下室，修理各类医疗器械。而《万寿寺》的现实线索中，"我"则是一名历史研究所的研究人员，硕士毕业，却极少写论文，评不上职称，专门负责修理疏通研究所的下水道，他最不能忍受的，就是坐在粪水四溢的院子里办公。现实中的万寿寺，在人民大学附近，王小波应很熟悉，是学术单位较集中的地方，如中国社科院的一些研究机构，中国现代文学馆也曾坐落于此。王小波去世后，第一个大规模、有影响的作品研讨会，也是在万寿寺召开的。李银河从北京大学调入社科院后，也曾在此短暂办公。小说中，王小波讥讽万寿寺是一条老佛爷使用的"历史的脐带"。

1991年初，李银河从北京大学博士后出站，被评定为副教授职称，随即调入中国社科院社会学研究所。王小波在该年5月22日致刘晓阳信中说："我在北大混得没劲……打算调到人大去。"1991年底，他也经朋友引荐，调入人民大学会计系任讲师。由于家庭出身于此，王小波也是人大毕业的，老班长郑英良也在人大，后来还官至副校长，王小波的整体环境有所改善。在人民大学会计系，王小波被分配在会计电算化教研室，主要负责电算化教程和会计方向的专业英语。人民大学的会计学系当时属于工商管理学院，也是人大的老牌学科之一。王小波本科学的是商品专业，对数理统计并不陌生，加之喜欢数学，来此工作也算对路。但王小波的英语基础并不好，应对专业英语时颇感吃力，需要花大量时间去备课。这个时期的王小波，曾想在会计学方面做一些专业努力，如他曾经和同事合作，为北京煤气工程公司开发管理软件，还曾获北京市科技进步三等奖。

1991年，由许倬云推荐，王小波的中篇小说《黄金时代》获得台湾《联合报》中篇小说大奖。这对王小波是极大的鼓励。他在获奖感言《工作·使命·信心》中说："我从很年轻时就开始写作，到现在已有近二十年。虽然在大陆的刊物上发表过几篇小说，出版过一部小说集，但对自己所写的东西，从来没有真正满意过。文学虽然有各种流派，各种流派之间又有很大的区别，但就作品而言，最大的区别却在于，有些作品写得好，有些作品写得不好。写出《黄金时代》之前，我从未觉得自己写得好，而《黄金时代》一篇，自觉写得尚可。"《黄金时代》最初创作于1982年，王小波不无骄傲地说："这篇小说是我的宠儿。"《黄金时代》也许不是王小波最精致的小说，但却是最有现实震撼力的小说。它以性爱故事颠覆了革命宏大叙事。这篇小说之后，王小波才真正成熟起来。

1992年，为专事写作，王小波决定辞职。3月，他出版了《王二风流史》（香港繁荣出版社）。8月，出版《黄金时代》（台湾联经出版事业公司）。本年，他还与李银河共同出版了同性恋研究专著《他们的世界——中国男同性恋群落透视》。该书首先在香港天地图书公司以繁体字形式出版，后来，历经波折，经丁东、邢小群夫妇（邢小群是李银河的同学）介绍，找到了山西书商靳小文（此人后成为山西最大的尔雅、万象书城的老板），靳小文拿到书稿后，觉得很有分量，促成了它的出版。[1]该书11月在山西人民出版社出版。但据丁东回忆，王小波对封面上的两把椅子感到很不满，这已是后话。李银河回国后，致力于中国人的婚恋和性爱专题研究，曾出版《中国人的性爱与婚姻》等书，而《他们的世界》是一部具挑战意义的社会学著作，正如著名社会学家杨堃在该书序言中所说："近几十年来，一直没有人能对这个现象下一番系统深入的调查研究功夫。看到李银河、王小波的新作《他们的世界》，我感到很欣慰，因为它填补了我国同性恋研究方面的空白。"

王小波和李银河的同性恋研究，还引起了电影圈的注意。最先发现王小波在电影方面才华的，是当时著名的"非主流导演"张元。张元曾拍摄过《妈妈》《儿子》《北京杂种》等一系列"地下电

---

[1]　谢泳：《我最早发表了王小波的〈寻找无双〉》，见谢泳网易博客。

影"，均因题材敏感和导演风格激进而未获准在大陆上映。张元听说王小波，首先是因为同性恋研究。一个加拿大导演向张元推荐了《他们的世界》，并引荐了李银河。在和李银河聊天的时候，张元透露了想拍一部同性恋电影的想法，李银河就向张元推荐王小波做编剧。张元读了王小波的小说，"吓了一跳，原来自己是和一个大作家在打交道"（也有不同说法：张元开始并不想让王小波来写，可后来的确没有"够份儿"的作家来写同性恋这个敏感题材，张元这才同意了李银河的提议）。1992 年 12 月，张元正式向王小波发出邀请，为电影《东宫·西宫》写剧本。剧本写作过程非常艰苦。而王小波的创作理念与张元之间，也显露出诸多差异。实际上，从 1992年 12 月到 1995 年 8 月的两年多的时间，王小波不断修改剧本，付出了大量心血。为写好电影剧本，他先写了一个小说稿，又配合写了舞台剧稿。同时，由于想在先锋题材与国内认可之间取得妥协，最大限度地争取该电影能在国内面世，张元让王小波做了大量修改工作。然而，这部电影虽在 1997 年的阿根廷马塔布拉塔国际电影节上获得了最佳编剧奖，并入围戛纳电影节，但依然在国内被禁映。

1992 年王小波做了很多事情，结果却并不尽如人意。他在给朋友的信中，焦虑地说："我这一年混得不好，成绩不能和去年比。在港台出的书卖得都不太好。国内有些东西交了稿，但还没出来。现在情绪最糟糕。"（致刘晓阳，具体月日不详）被王小波寄予厚望的《他们的世界》，销路不畅，虽靳小文很努力，也没卖多少，王小波将原因归结为"没有名气"。9 月时，王小波正式辞去教职，成为自由写作者。可以说，王小波辞去公职写作，是其自由撰稿人立场确立的基本出发点，又是他深思熟虑后的选择。他心情复杂地对朋友说："人大的差事也打算辞去，以便专营此业；成败尚难逆料，心里也磨得慌。总之不复少年豪情。我老师许倬云说，哀乐中年，大概就是这个样子吧。"虽然王小波发表了一些小说，获过奖，但大家普遍认为，这些还远不足以让他谋生。而他的文学趣味和价值选择，不但有一定政治风险性，且在当时对文坛和大众来说，也非常陌生。作为妻子、爱侣和相知甚深的朋友，李银河毫不隐讳对王小波写作才华的赞扬。李银河坚信，王小波终会取得文学的巨大成功。尽管王小波的作品四处碰壁，但李银河利用一切可能的机会宣传王小波。王小波辞职后，基本待在家中靠写作为生。他和李银河最初回国时并没有房子，就住在王小平赴美后留下的一套两居室的旧房子里。当时王小波是少数利用电脑创作的作家，他往往不是交给编辑手写的文稿，而是打印稿或软盘。他还配合着小说的写作开发了一些多媒体效果。

二

　　1993 年，对王小波来说，是精神上"舒展自由"的一年，虽然作品发表依然困难。大陆文学刊物上，他仅发表《立新街甲一号与昆仑奴》(《收获》，1993 年 3 期)，但少了工作的羁绊，王小波的精神表现出轻松自如的"飞翔"状态。也是在 1993 年，王小波写的杂文随感多了起来，比如，他在《四川文学》1993 年 1 期、3 期、4 期发表了一系列"域外杂谈"，谈自己在美国的感受。他还在《读书》上发表《摆脱童稚状态》(6 期)等杂文。除此之外，王小波的精力主要放在《红拂夜奔》的写作上，追求一种"不受现实逻辑的约束……更为纯粹的文学状态"[1]，《万寿寺》《寻找无双》等传奇系列小说也在构思之中。正是在历史自由的狂想中，在李靖、红拂和虬髯客的故事里，他将《唐人秘传故事》中的历史隐喻进行了极致的狂欢化处理，这也使王小波在延续《黄金时代》的文风的同时，开辟了新的创作领域。他不想写太过沉重的东西，相反，他更想在飞扬的想象中找到灵魂的自由。

---

[1]　黄集伟：《王小波：最初的与最终的》，《浪漫骑士》，223 页。

1994 年，王小波的杂文《思维的乐趣》，发表于《读书》第 9 期，他的杂文开始为更多人熟悉。这一年他共发表了两篇小说，长中篇《革命时期的爱情》发表在《花城》（第 3 期），《我的阴阳两界》发表在《青年作家》（第 3 期）。特别是《革命时期的爱情》，让很多人开始关注他。1994 年 7 月，王小波的小说集《黄金时代》历经艰难后，也终于在华夏出版社出版了。1994 年初，赵洁平收到了李银河推荐的《王二风流史》，还有《革命时期的爱情》《寻找无双》等书稿。她读完后，觉得这些作品很有趣，思想性强，具有"奇特的创造力"，但感觉出版难度较大。王小波的小说，既有开放张扬的性描写，又有对革命叙事的颠覆性解构，这在 1990 年代中期，非常具异质性。该书不能顺利出版，虽通过了一审、二审，但社长那里始终没顺利通过，这时候，毕业于北京大学哲学系的副主编林建初，给了赵洁平非常大的支持。最后，赵洁平还是利用社长出差不在的机会，最终把这本书出版了。为此，赵洁平和林建初都承受了压力。1994 年 9 月 28 日上午九点三十分，华夏出版社二楼会议室，《黄金时代》研讨会召开，参加者不多，大约二十人。参加会议的主要是一些文学编辑，如《人民文学》的朱伟，《文艺报》的蒋原伦，《北京文学》的兴安，《东方》的朱正琳，也不乏非常新锐的批评家，如白烨、陈晓明等。白烨和陈晓明给予王小波的评价和定位，是准确的。白烨兴奋地说："王小波的小说一出来，就把别的写性的小说给'毙'了。"而陈晓明认为，王小波的小说，揭示了中国文学变动的一个方向。他敏锐地将之归于"个人化写作"的崛起，指出其力图在个人记忆和历史记忆之间寻找契合。他将这种直接进入个人体验、拷问存在的小说命名为"直接存在主义"。

1995 年至 1996 年，是王小波退职后最"热闹"的两年。1995 年，王小波的小说《未来世界》，再次获得《联合报》中篇小说奖，而他也在传统期刊发表了三篇小说，其中，《南瓜豆腐》发表在《人民文学》（1995 年第 3 期）。而王小波的杂文，也为他获得巨大了声名，各地稿约不断。原《人民文学》编辑朱伟，接手《三联生活周刊》后，邀请余华、刘震云、王朔、王小波等给其撰稿，王小波主要负责"晚生闲谈"的小栏目，发表了很多非常有影响的杂文作品。1995年，王小波的杂文以"井喷"的状态出现，其影响甚至超过了他的小说。这一年，他在《读书》上发表了广为人知的杂文《花剌子模信使问题》，1996年，在《三联生活周刊》上，他发表了《一只特立独行的猪》等许多有影响的杂文，又在《东方》《中华读书报》《博览群书》《戏剧影视报》等数十家报刊上，发表了大量杂文随感，他似乎忘却了"沉默"，对社会文化、文学、历史、哲学、海外留学、知青、国计民生等诸多问题，展开了尖锐批评。1996年4月，王小波开始为《南方周末》写专栏。"我跟他臭味相投，都是自由主义的理念，而且他的文笔很幽默，所以选了他。"当时的编辑鄢烈山说。具体约稿事宜由何保胜负责。很多人告诉何保胜王小波很木讷，但熟悉之后，他发现王小波很愿意说话，两人有时在电话里一说就是一个小时。这些杂文扩大了王小波的文名，但也在一定程度干扰了他的小说创作。文学创作之余，王小波还常和一些学者做学术方面的探讨，比如，他对高王凌"中国传统社会经济为存活经济"的观点的分析。

1997年4月11日，王小波突然心脏病发作，病逝于北京。1997年4月后，在李银河的推动下，海内外一百多家媒体报道了"王小波之死"。经过紧张准备，原本一直在花城出版社被推迟的"时代三部曲"，也得以顺利出版。5月13日，中国现代文学馆也召开了王小波作品学术研讨会，引发了王小波作品"热销"。"时代三部曲"登上各地排行榜："多年来，没有哪一部严肃小说受到这样广泛的关注，它几乎是家喻户晓了。"[1]

---

① 钟洁玲：《三见王小波》，《后王小波时代（下）：中国非主流散文精选》，杜鸿、朴素、啸傲子主编，花城出版社，2008年版，304页。

三

提到王小波的代表作，不能不提到《黄金时代》。1991 年，王小波的中篇小说《黄金时代》获得台湾《联合报》中篇小说大奖。正是《黄金时代》让王小波真正进入了文学的殿堂，有了在文学界打拼的底气和信心。

《黄金时代》这篇仅四五万字的中篇小说，足足花了王小波近二十年时间构思、打磨。他自言："从二十岁时就开始写，将近四十岁时才完篇，其间很多次重写。现在重读当年的旧稿，几乎每句话都会使我汗颜，只有最后定稿读起来感觉不同。"[①]1986 年，王小波赴美留学，师从著名西周史学专家许倬云。在导师指点下，他细读中国古代小说，开始创作以唐传奇为蓝本的唐人小说，并继续修改《黄金时代》，直至 1980 年代末，《黄金时代》才最后定稿。然而，《黄金时代》，这个王小波引以为傲的"宠儿"，可谓命途多舛。由于其中对"文革"的颠覆性叙事，对"性爱"前所未有的描写，都成了它在大陆刊发背负的障碍。这篇业已完成多年的作品，只能以手抄本形式，流传于王小波的亲朋好友间，无缘问世。《人民文学》的编辑朱伟，曾在 1989 年左右，收到王小波投向该刊物的小说，虽爱莫能助，但王小波的才华打动了朱伟。1995 年，朱伟接手《三联生活周刊》，立即邀请小波为其杂志专栏撰文，使小波的文字得以脱颖而出。嗣后，《联合报》副刊从 1991 年 10 月 14 日开始连载《黄金时代》，直至 11 月 11 日。不久，《黄金时代》便以单行本小说集的形式在台湾出版（台北联经出版事业公司）。同年 10 月 5 日，金健在《人民日报》海外版第四版报道了《黄金时代》获奖的喜讯，形容王小波为"文坛之外的高手"，此称谓一出，大家纷纷引用。《黄金时代》也终于在 1994 年经由华夏出版社努力，得以出

---

① 王小波：《沉默的大多数》，中国青年出版社，2002 版。

版。大陆文学期刊，一直未能发表该作。最后，该小说经李银河的引荐，由广东计划生育委员会主办的、号称"中国最畅销的性教育科普杂志"的《人之初》，于1995年1、2、3、4、5、6、10、11期连载。

《黄金时代》描写了知青王二与队医陈清扬，在云南插队时，因偷情被处罚，但无怨无悔的故事。从题材上讲，《黄金时代》属于"知青文学"，但从主题和思想上来讲，却完全超出了知青文学反思"文革"、青春无悔的理想主义，甚至是《棋王》式的道家逍遥主义。它表现出在反思革命逻辑的基础上，通过性爱故事，弘扬人性尊严和自由的价值境界，从而有效地实现了对中国当代文化之中悖论逻辑的体现和超越。当代文学对"文革"的反思，之所以只停留在一个比较肤浅的层面，其原因就在于道德层面的考量，一直纠缠着革命叙事。如果不能从个人主义的角度，使个体的人的欲望和尊严，获得应有的伦理合法性，就很难树立真正的个人主体叙事，也很难真正反思革命的问题。"性叙事"在新时期文学中，最早出现于张贤亮的"右派小说"。同样涉及"性"，同样是艰苦环境中人性的觉醒，张贤亮和王小波的表述却颇为不同。张贤亮的小说，隐含于叙事者和人物之间，总存在不断"合并"与"对立"的运动轨迹，作者有时对人物同情、支持、鼓励，有时却从"理性"的视角，对人物的行为进行否定。如小说《男人的一半是女人》，作者对黄香久，一方面，赞美她的美丽，以及热烈、坦荡的肉欲："她并不急于穿衣服，却撂下手中的内裤，像是畏凉一样，两臂交叉地将两手搭在两肩上，正面向着我"；然而，另一方面，张贤亮对性道德，却又有超乎寻常的敏感性，在黄香久和曹书记的奸情面前，主人公不是反抗屈辱，也不是宽容待之，而是进行了一大堆神游物外、稀奇古怪的"穿越"，让宋江、马克思、庄子等历史人物和主人公进行了长篇辩论，只在结束时，才恨恨地说："这个冲撞了伟大的亡灵的人居然是个共产党员。真是不可思议！"①这时，作者又对黄香久进行了"恶"的处理，以凸显底层女性的无知、粗鄙、短视和褊狭，突出隐含叙事者道德和知识的双重优越性。这实际体现出新时期文学知识分子在革命和启蒙之间的艰难转换。

1990 年代有很多纯文学体制内召唤出的具"后现代意义"的欲望叙事。这些性爱故事与新自由主义价值规则有关，并成为第三世界中国在全球化经济秩序之内边缘地位的隐喻。它们在边缘处游动，拒绝政治性对抗。性无处不在，却弥散得无影无踪。如朱文的《我爱美元》，父亲指责儿子没有找到理想、自由和爱，儿子声称，这些在性里都有了。②性爱包含的个体尊严和责任伦理，都被消解在欲望狂欢了。这与全球资本霸权对中国的市场想象，新政治意识形态统治策略有关。汪晖用"去政治化的政治"形容 1990 年代文化语境。被阉割掉了政治介入性，1990 年代纯文学化的欲望叙事，突出欲望合法性，忽视欲望破坏性；肯定欲望权力，遮蔽欲望的责任；肯定欲望经济性，否定欲望的政治变革诉求。然而，欲望并非天然地与个性解放结合，有时也会被政治隐形操纵，如阿尔都塞声称，所有意识形态，都是被询唤出来的，欲望也可被询唤出来，按照政治需要的样子塑造自己。③新自由主义式的解构性欲望书写，隐蔽地受制于全球化资本结构秩序，并遮蔽了中国文化重塑自我的意愿和能力："1990 年代小说解构叙事背后潜藏着的结构意识形态恰隐藏着对生命价值的冷漠。它反映出主体在一个断裂社会中的削弱、失落和分解，但它的危机却不主要表现在大写的人的解体，而在于它把人放在历史、生活、生命、语言等方面的经验领域，否定人的超历史本质同时，放大了个体自我在时代的有限性、被动性和屈

① 张贤亮：《男人的一半是女人》，载《新时期争鸣作品选 2》，中国当代文学研究会教育分会编，西北大学出版社，1988 年版，246、343 页。
② 朱文：《我爱美元》，作家出版社，1995 年版，76 页。
③ （法）路易·皮埃尔·阿尔都塞：《列宁和哲学》，杜章智译，台北远流出版事业股份有限公司，1990 年版，191 页。

从性。"①

《黄金时代》通过对革命与个体生存的悖论的揭示，从而使得"个体自我"得以确立。革命本身为个体谋求最大限度的幸福和福利，然而，革命同时以宏大的人类理想的名义，征用了个体生命的"现在"，使得个体变成了完全被集体主义思维控制的驯服工具。查尔斯·泰勒认为，现代意义的自我认同"是由承诺和自我确认所规定的，这些承诺和自我确认提供了一种视界和框架，我能够在各种情境中决定什么是善的，什么是有价值的，或应当做的，或我应支持或反对的。换言之，它是这样一种视界，我能够采取一种立场"②。1990 年代文学，很难达成"自我确认"主体建构的共识。但汪晖也认为，1990 年代中国文化语境，并非纯粹处于全球资本主义进化序列的后现代主义变体，而存在"独特现代性实践"可能性③。1990 年代初冷战格局崩溃，中国更深层次地介入世界资本分工，诸如社会主义内部民主与现代化，启蒙政治转化，在后现代语境的社会主义市场经济范畴内，都很难形成统一表述。吊诡的是，1990 年代初期混沌暧昧状态下，《废都》近乎自我撕裂的真诚解剖，《黄金时代》的新欲望伦理，却显示着"自我主体建构"对 1980 年代的另类反思性。

《黄金时代》具有更强的启蒙及颠覆意识。陈清扬所有的罪孽，就在于承认她和一个男人做爱很快乐。个体的自由和尊严，是王小波性叙事的道德基础。《黄金时代》是性爱小说，不是爱情小说，更是在"新时期文学传统"之外的小说。它超越了后者常见的叙事成规。在这篇小说中，王小波真正树立起了创作的三大原则：有趣、性爱和智慧。评论家张颐武有过如下评述："王小波对人性的

---

① 王金胜：《新时期小说的自我认同》，中国社会科学出版社，2014 年 8 月版，255 页。

② （加）查尔斯·泰勒：《自我的起源——现代认同的形成》，韩震等译，译林出版社，2001 年版，40 页。

③ 汪晖：《去政治化的政治：短 20 世纪的终结与 90 年代》，三联书店，2008 年 5 月版，47 页。

理解，不可思议地脱离了八十年代对'主体'追寻的浪漫的主潮，他揭示了任何理想和超越的尝试都难以跨出人性具体而微的限制，也许这是因为他很早就在美国留学，接触了许多新的对人性更复杂的看法。他写的是我们受到欲望的拨弄后无能为力的状态，我们虽然有许多文化上超越性的想象，但却无法闪避现实生活的坚硬和脆弱。我们一面受到环境的限制，一面又受到欲望的吸引，于是难以突破这些东西的具体存在。王小波其实让自己的小说回到了日常生活真实的、不可回避的冲突之中了……这其实真正超越了八十年代'新时期'文学的规定性。"① 小说有一个细节，当陈清扬向人保组供认自己的性爱感受，人保组的审讯者，面对着坦荡的性爱表白，感到面红耳赤，而陈清扬无畏地说，我一字不能改，这就是我生命的真相。这个细节非常厉害，一下子将个人主义的欲望逻辑对立到了革命逻辑的道德宏大性面前，因而具有了强大的逻辑魅力。

《黄金时代》语言朴素直白，却蕴含着理性反思精神、丰富的诗意和浪漫的想象。小说开篇写道："我二十一岁时，正在云南插队，陈清扬当时二十六岁，就在我插队的地方当医生。我在山下十四队，她在山上十五队。有一天她从山上下来，和我讨论她是不是破鞋的问题。"可以说，小说开篇，就以性与道德的困境，将人们引入了革命逻辑与个体生命之间的冲突。这种逻辑反讽，有着杂文写作的痕迹，也多次出现在《黄金时代》之中。比如，其后的"打瞎母狗眼睛"的辩诬，也通过推翻逻辑前提的方式，反讽了"文革"之中，以忠贞辩白为特征的"脱罪逻辑"。同时，王小波还创造出了"浩荡而阔大"的生命气息。《黄金时代》透支了王小波重要的生命体验，并将之以青春叙事的语调极限化地表达出来，高潮也就是"青春的终结"。这也是一部充满了青春边疆风情的小说："彩云之南"的刻骨铭心的回忆，荒凉的章风山、水田、白水牛，

① 张颐武：《和时代拔河：十年后再思王小波的价值》，《21世纪经济报道》，2007年4月2日。

景颇族的铜炮枪，傣族的衮衣和简裙，清平的温泉、酸琶果、剑麻，阿昌族的户撒刀，都让我们新鲜不已。这也是一部"大风力"的小说，小说描述了那些"无处不在"的风，有热风、旱风、冷风，雾气过后的掺杂着雨点的风，它们在红土、彩云和热烈的阳光下，都成为王小波小说弥漫的生命力的象征。比如："我爬起来看牛，发现它们都卧在远处的河汉里静静地嚼草。那时节万籁无声，田野上刮着白色的风。""旱季里浩浩荡荡的风刮个不停，整个草房都在晃动。陈清扬坐在椅子上听着风声，回想起以往发生的事情，对一切都起了怀疑。""我坐在小屋里，听着满山树叶哗哗响，终于到了物我两忘的境界。我听见浩浩荡荡的空气大潮从我头顶涌过，正是我灵魂里潮兴之时。正如深山里花开，龙竹笋剥剥地爆去笋壳，直翘翘地向上。""天边起了一片云，惨白惨白，翻着无数死鱼肚皮，瞪起无数死鱼眼睛。山上有一股风，无声无息地吹下去。天地间充满了悲惨的气氛。"王小波以欲望的合法性对抗革命的合法性，树立的却是生命个体的尊严和自由。

第二节　王小波杂文随笔的成就

一

王小波生前写过大约三十五万字的杂文随笔，主要分布在两个文集，一个是北岳文艺出版社的《思维的乐趣》，一个是文化艺术出版社的《我的精神家园》。这些杂文随笔，主要涉及知识分子处境、民族主义、社会道德伦理、文化论争、国学与新儒学，以及对最新的影视剧和热门小说的评述。这些杂文随笔，集中表现了他的自由主义思想，以及在 1990 年代多元化语境之下，重建自由主义式的道德伦理和社会秩序的努力。他的杂文语言幽默坦率，看似肆无忌惮，散漫粗鄙，却有着很深的学养和逻辑力量，常常能在出人意料之处看到别人无法言明的真相，给人以思想的智慧。从另一个角度讲，王小波的杂文，也可以看作1990年代市场经济语境下，自由主义在中国的主体建构的实践。

王小波的杂文随笔，很多都是谈知识分子人格建设的。最为脍炙人口的，恐怕要数《沉默的大多数》与《一只特立独行的猪》。《沉默的大多数》类似一种自由主义的宣言，它彰显了一种智者的人生态度和价值观。"沉默的大多数"这个称呼，实际源自"弱势群体"的新自由主义的多元化表述，却被王小波借以表现后革命时代如何展现真实自我的问题。在王小波看来，沉默甚至成为了道德伦理真诚与否的一个标准："假如你相信我的说法，沉默的大多数比较谦虚、比较朴直、不那么假正经，而且有较健全的人性。如果反过来，说那少数说话的人有很多毛病，那也是不对的。不过他们的确有缺少平常心的毛病。"而"沉默的大多数"，被王小波定义为一种抵抗的姿态："我又猛省到自己也属于古往今来最大的一个弱势群体，就是沉默的大多数。这些人保持沉默的原因多种多样，有些人没能力，或者没有机会说话；还有人有些隐情不便说话；还有一些人，因为种种原因，对于话语的世界有某种厌恶之情。我就属于这最后一种。"《一只特立独行的猪》更加生动形象，它通过寓言的方式，虚构出插队生活的"一只彪悍的猪"，充满智慧和勇气的猪：

> 从名分上说，它是肉猪，但长得又黑又瘦，两眼炯炯有光。这家伙像山羊一样敏捷，一米高的猪栏一跳就过；它还能跳上猪圈的房顶，这一点又像是猫——所以它总是到处游逛，根本就不在圈里待着。所有喂过猪的知青都把它当宠儿来对待，它也是我的宠儿——因为它只对知青好，容许他们走到三米之内，要是别的人，它早就跑了。它是

公的，原本该劁掉。不过你去试试看，哪怕你把劁猪刀藏在身后，它也能嗅出来，朝你瞪大眼睛，嗷嗷地吼起来。我总是用细米糠熬的粥喂它，等它吃够了以后，才把糠对到野草里喂别的猪。其他猪看了嫉妒，一起嚷起来。这时候整个猪场一片鬼哭狼嚎，但我和它都不在乎。吃饱了以后，它就跳上房顶去晒太阳，或者模仿各种声音。它会学汽车响、拖拉机响，学得都很像。

王小波写道："我已经四十岁了，除了这只猪，还没见过谁敢于如此无视对生活的设置。相反，我倒见过很多想要设置别人生活的人，还有对被设置的生活安之若素的人。因为这个原故，我一直怀念这只特立独行的猪。"从猪的生活联系到人的生活，将蔑视"生活的设置"作为个人主义的宣言，从而将自由主义理想的魅力阐释得淋漓尽致。这篇杂文细读起来，颇有小说夸张描写的笔法。它表面写的是一只猪，其实是写小知识分子的人生态度，即特立独行，成为一个"真实的自我"。

有论者认为，王小波将文学故事、寓言故事，以及生活故事，融汇于一体，通过改写、组合、分析、注解等方式进行"再叙事"，从而形成了"双重叙事"的反讽结构。王小波还会利用模仿科学家和医学家的口吻进行"伪叙事"，而将丑陋恐怖、色情的场景具体化与精确化，从而造成某种"冷叙述"的调子。而王小波用荒诞的逻辑完成戏仿和反讽，从而在个人记忆和历史集体记忆之间，找到恰当的结合点①。最后这一点，恰恰是王小波不同于王朔之处。王小波的反讽和解构，针对革命叙事，但同时具有很强的建构性色彩。他试图在1993年之后"人文精神大讨论"时知识分子精神大动荡的背景下，在知识分子向官方、市场、书斋分化的过程中，利用媒体的支持，重塑具有启蒙意义的"公共知识分子"形象。这和史

---

① 兰晓胜：《王小波杂文修辞研究》，福建师范大学硕士学位毕业论文。

铁生、张承志在 1990 年代为传统文学爱好者找到精神资源有相似的功能性作用。王小波则更多针对非传统的文学爱好者。比如，70 后、80 后大学生，非文科知识分子等。这些文章主要有《中国知识分子与中古遗风》《知识分子的不幸》《花剌子模信使问题》《道德堕落与知识分子》《理想国与哲人王》等。王小波提出了一系列自由主义风格知识分子的行为准则，例如：做知识的精英，不要做道德的精英；对于知识分子来说，理智是伦理的第一准则；知识分子最大的罪恶就是建造关押自己的思想监狱。在一系列命题式写作中，王小波将对专制的警惕和对信仰的怀疑推向了极致，彻底拒绝信仰的强制性作用。但王小波的问题在于，他对"信念"的所有否定性假设，都有一个体制的压制状态做背景，如果失去了这个前提，王小波立论的合法性就会发生动摇，因为王小波相信"人活在世上，自会形成信念"，而自由坚守的底线设置不是制度性的，而是具有不辩而明的"自发性"。这不仅有违其提倡"多元性"的初衷，也过分强调知识分子的智力优越感。没有了任何的担当和进取心，过分理性保守的价值观念，同样有可能激发"人性的逆转"。在王小波写的大部分有关文学艺术创作的杂文之中，对中国当代文学他基本都是持批评态度。但王小波也写杂文《艺术与弱智群体》，支持林白的《一个人的战争》的性爱叙事，因此遭到了很多人的误解。《我看国产片》《为什么老片新拍》《王朔的作品》等，则大多比较直率。

二

对于知识分子问题的关注，也引出了他对于社会传统伦理道德，包括儒学的道德狂想的批判。从自由知识分子的立场出发，王小波对民族主义和新儒学的问题，也非常关注。针对中国文化热的文章主要有《我看文化热》《"行货感"与文化相对主义》《文化之争》等，专门谈国学的则有《我看国学》《智慧与国学》，而《警惕狭隘民族主义的蛊惑宣传》《百姓·洋人·官》，则针对"中国可以说不"等1990年代中期的民族主义热潮提出了尖锐批评。王小波的这些杂文，犀利地指出了1990年代风行的国学热和文化热的关键问题，即将文化问题等同于道德和伦理问题，而将国学等同于儒学。在那些仿佛"爱国"的民族主义风潮背后，同样隐现着传统中国实现现代转型时的"弱者心态"：不承认科学和理智的普世性价值。1996年8月，王小波在接受意大利的独立导演安德烈访问时，有一句话很有意思。安德烈问，有一种说法认为，东方和西方的思维方式不一样，你怎么看？王小波说这种看法相当无聊，其实是掩盖着一些不体面的事情，因为人都是一样的。王小波的这种普适性的价值观，其实是继承了启蒙传统的，但与1980年代传统相比，又有差异。王小波反复指出的是，在对民族主义和国学、传统文化的刻意强调中，在西方理论的误读中，我们很难将传统进行积极的现代转化，而是借由它形成了对抗性的狭隘民族心态。他更无情地嘲弄了借助道德牵强附会的阴暗心理，比如《奸近杀》，语气戏谑，却在令人捧腹之中，揭示出了事情的真相："我既不赞成婚外恋，也不赞成卖淫嫖娼，但对这种事情的关切程度总该有个限度，不要闹得和七十年代初抓阶级斗争那样的疯狂。我们国家五千年的文明史，有一条主线，那就是反婚外恋、反通奸，还反对一切男女关系。"

引人瞩目的，还有王小波对"气功"的批评。基于理性基础之上，王小波对"气功"的否定，有积极的社会意义，是积极的科学理性的一种干预方式。在王小波看来，中国在1990年代的大背景下，出现如此大规模的气功潮，根本原因并不是信仰的缺失，而是理性的缺失。红色革命信仰退潮后，主流政治并没有给民众以现代社会的基础伦理的熏陶和培育，即理性建设的训练和制度设计。1995年7月12日，王小波发表在《中华读书报》上的杂文《迷信与邪门书》，就不点名地对柯云路的观点进行了批判："知识分子应该自尊、敬业。我们是一些堂堂君子，从事着高尚的事业。所有的知识分子都是这样看自己和自己的事业，小说家也不该例外。现在市面上有些书，使我怀疑某人是这么想的：我就是个卑鄙小人，从事着龌龊的事业。"他还戏谑地对"脑门上贴钢镚"的特异功能魔术大加讽刺。《中华读书报》的记者祝晓风曾撰文谈及那次选题策划的内幕："柯云路刚出版了一套三本的《柯云路生命科学文化》。这于是成为领导的目标。需要反方，就是向柯老师开炮的。光有司马南还不行，还得找个学者色彩的。就王小波，因为正好他刚写了《迷信与邪门书》，里面虽没有点柯老师的名字，但谁一看都知道骂的是柯。王小波又没单位，辞锋锐利，不怕得罪人。采访他最合适。我采访时，就明确问，王先生，您文章中说，'有一类书纯属垃圾'，'各种邪门书的作者应该比人渣好些，但凭良心说，我真不知道好在哪里'，这些话指的是不是柯云路和他写的那些书？小波先生说当然是了。问，我能在报道里把您的这个意思明确写出来吗？他说，无所谓，可以。1995 年 8 月 2 日，这篇报道登了出来，有一个耸人听闻、哗众取宠的标题：《新闻中的新闻》，副标题当然是'关于"柯云路生命科学文化"丛书的采访'。"

其后，王小波又发表了多篇批评气功和特异功能的文章，如《生命科学与骗术》。王小波对所谓"生命科学"嗤之以鼻，他认为科学就是要实事求是，而不是似是而非，他甚至偏激地说："我们现在见到的是一种远说不上合理的信仰在公然强奸科学——一个弱智、邪恶、半人半兽的家伙，想要奸污智慧女神。"王小波的反特异功能的激烈言论，也招致了很多反对意见，他和司马南等当时风头正劲的社会人士都有过一些文字和言论上的冲突。凤凰中文卫视 1996 年专门做节目，讨论特异功能的问题，邀请了柯云路、王小波、祝晓风和《北京青年报》的女记者做现场辩论。尔后，柯云路也曾专门给王小波写信，解释特异功能的问题，但依然不能说服王小波。1996 年 10 月 14 日，王小波给柯云路写了一封信，算是给《中华读书报》上的"特异功能之争"做一个了断。他说，对特异功能的追捧，即使是出于真诚，也是"否定理性的权威，反对知识的延续性"。他坚持认为，相信科学是相信牢靠的一方面，而相信奇迹是相信不牢靠的一方面。全体人类的生存，都是靠科学技术的保障。在信的结尾，王小波还是忍不住讽刺说："中国人里知道柯云路、知道《新星》的人多；知道爱因斯坦和相对论的人少。我认为这是一件绝顶悲惨之事。"王小波的杂文随笔总是坚定不移地鼓吹着他的自由主义理想，以至于给他自己惹出了很多麻烦。王小波去世的时候，家里人甚至一度认为是那些狂热地信仰气功的人干的。多年之后，气功神话的破产，也再次印证了王小波当年的预言。

三

实际上，王小波的杂文和小说，在阐释上出现了不同评价。甚至可以说，王小波的杂文和小说之间，出现了某种断裂和悖论性。对于杂文，我们往往强调其自由主义思想建构的一面，而对于小说，我们往往更看重他对革命叙事的解构意味。戴锦华的《智者戏谑——阅读王小波》可以说是对王小波解读的典型文本。她敏感地看到了王小波的杂文和小说的差异性，也看到了大众文化在接受王小波时的选择性：

> 王小波的随笔杂文一如他的小说，对于中国社会的主流常识系统具有显在的颠覆力与震撼，但那些在他身前身后为人们津津乐道的，却常常是另一个话语系统中的常识表述——如果它是昨日与今日的反主流话语，那么它正在成为明日的主流文化。类似的局部阅读（如果不称之为误

读的话），使人们得出了王小波作品的大众性、通俗性的
结论。[1]

很多王小波的阐释者，都强调大众对王小波的"误读"，以说
明王小波小说的价值，并未被很好地认识。其实，正是这种"误
读"，说明了王小波独特的思想和艺术价值，即这是一种产生于悖
论之上，又能超越文化悖论的艺术。王小波作品的"后现代主义"
的特质，是1990年代中国被动地卷入全球化之中的真实心理反映。
王小波的杂文和小说的自由主义与启蒙主义特质，是针对中国"后
革命"特质而言的，具有很强建构性，又是对革命叙事的某种反
思。也可以说，王小波的杂文和小说这两种文体，交错杂糅着二
者。只不过，杂文因为其公共性，更具启蒙色彩，小说因其情感性
和个人性，具有更多游戏性、想象性与后现代性。王小波对二者的
兼顾，正是其文学形态的丰富复杂所在。

对于王小波的自由知识分子的身份建构，戴锦华看得非常清
楚，但又为之赋予了1990年代特有的解构特色，即强调王小波的出
现，是在全球左翼思潮退却，新自由主义兴起的背景下出现的：

> 在旧式中国文人（"一为文人便不足观"）与当代学院
> 知识分子之间，他的选择似乎更接近于一个经典的人文知
> 识分子：一个自由人、一个通才、一个自由的写作者、思
> 想者与创造者，离群索居，特立独行。从某种意义上说，
> 这正是本世纪以来，中国精英知识分子所渴望的选择与梦
> 想。然而，这并非事实的全部。如果说王小波选择的是
> 一个经典人文知识分子的角色；那么，一个不可忽略的现
> 象，是他无疑从这一角色中剔除了真理的持有者、护卫者

---

[1] 戴锦华：《智者戏谑——阅读王小波》，《当代作家评论》，1998年2期。

与阐释者的内容，剔除了关于绝对正义的判断权；如果说他事实上保有了一个人文知识分子所必需的怀疑精神，那么他同时明确地示意退出了压迫／反抗的权力游戏格局。他所不断强调的，是智慧、创造、思维的乐趣，是游戏与公正的游戏规则，是文本自身的欣悦与颠覆，是严肃文学所必须的专业态度。——从某种意义上说，这却正是二十世纪、尤其是六十年代欧洲革命退潮之后的文化精神的精髓。

也就是说，王小波式的怀疑主义，既有罗素、洛克等经典自由主义思想家的影子，也有着欧美在激进的左派思想退潮之后，不断增长的新自由主义的影响。其实，王小波的杂文里，更多展现出古典自由主义的思想，比如，对于道德性压抑人性的警惕，对于知识分子的现代使命问题，对于人的独立、自由和尊严。或者说，中国文化现实，让王小波不自觉地在杂文中将解构的批判融合在了人民对自由民主的呼唤之中。他的小说游戏性更强，而杂文则在幽默讽刺之中，充满了正面立论的东西和主体性的诉求。从另一个角度来说，王小波在杂文随笔之中表现出的艺术观和价值观，又形成了对新自由主义和后现代主义的某种颠覆。由于杂文随笔文体的现实针对性，他在某种程度上减少了游戏的兴趣，而在嬉笑怒骂，甚至有些粗鄙的文笔中表现出了深沉的理性反思。

由此可见，王小波式的自由主义，是建立在对中国后发现代的悖论处境深刻认识的基础之上的，而并非是仅仅受到西方文艺思想或价值观的诱导。这也是王小波和朱文、韩东式的新生代小说，以及余华、苏童式的先锋小说最大的区别之处。王小波虽然也致力于解构革命宏大叙事，但并不解构启蒙，而是丰富了启蒙的维度，增强了启蒙的"中国本土性"。因此，王小波的小说，更具有中国故事的主体价值感，而并非简单的全球化新自由主义资本格局之中的一种"第三世界"式的等级秩序的表述。王小波充分认识到了全球化语境中的"中国悖论",又能超越其上,在"正—反—合"的逻辑轨迹上创造一种艺术逻辑更完整、更具主体魅力的文学文本和价值感。这也许是王小波的作品,对中国文学最大的价值所在。

比如,从王小波对张爱玲的批评也可以看出一些端倪。张爱玲是"重写文学史"格局之中,被给予极高评价的作家。特别是在夏志清、李欧梵、王德威等海外汉学家的推动之下,张爱玲的地位,似乎在1990年代一度要挑战鲁迅。但是,过分推崇张爱玲式的颓废,并以此审美的现代性来指认中国的现代性进程,是否会遮蔽中国左翼文学的不容忽视的存在?张爱玲式的颓废,除了验证着马林内斯库式的社会现代性与审美现代性的内在紧张关系,是否也有着西方文化将中国"客体化""他者化"的后殖民的阴影?王小波在杂文《关于幽闭型小说》之中,就对张爱玲进行了毫不客气的批评:

> 家庭也好,海船也罢,对个人来说,是太小的囚笼,对人类来说,是太小的噩梦。更大的噩梦是社会,更准确地说,是人文生存环境。假如一个社会长时间不进步,生活不发展,也没有什么新思想出现,对知识分子来说,就是一种噩梦。这种噩梦会在文学上表现出来。这正是中国文学的一个传统。这是因为,中国人相信天不变道亦不变,在生活中感到烦躁时,就带有最深刻的虚无感。这方面最好的例子,是明清的笔记小说,张爱玲的小说也带有这种味道:有忧伤,无愤怒;有绝望,无仇恨;看上去像个临死的人写的。我初次读张爱玲,是在美国,觉得她怪怪的。回到中国看当代中青年作家的作品,都是这么股味。

从上面这段话,可以看出王小波对张爱玲的态度。他认为张爱玲的表现领域是静态的，封闭的，狭小的，虽然深刻但也褊狭。而且，更为重要的是，王小波在张的小说之中，看到了中国传统文学的"遗毒"——再次验证了传统文学和现代主义的隐秘的联系。"有忧伤，无愤怒；有绝望，无仇恨"，归根结底，还是作品缺乏更为阔大的社会视野，也缺乏主体性的建构趋向所致。

> 所谓幽闭类型的小说，有这么个特征：那就是把囚笼和噩梦当作一切来写。或者当媳妇，被人烦；或者当婆婆，去烦人；或者自怨自艾；或者顾影自怜；总之，是在不幸之中品来品去。这种想法我很难同意。我原是学理科的，学理科的不承认有牢不可破的囚笼，更不信有摆不脱的噩梦；人生唯一的不幸就是自己的无能。举例来说，对数学家来说，只要他能证明费尔马定理，就可以获得全球数学家的崇敬，自己也可以得到极大的快感，问题在于你证不出来。物理学家发明了常温核聚变的方法，也可马上体验幸福的感觉，但你也发明不出来。由此就得出这样的结论，要努力去做事，拼命地想问题，这才是自己的救星。

这段话，更明显地表现了王小波的思想之中的建构成分。或者说，王小波希望通过科学的理性思维，建构的主体性诉求，来谋求人的自尊、幸福的宏大性思维。"把囚笼与噩梦"当成一切，不仅是张爱玲式的颓废独有的气味，在很多新生代小说也依然存在，比如，陈染所谓私人化女性小说。可以说，王小波展现了第三世界文学摆脱欧美发达文化建构后殖民等级制文化秩序的努力，也表现了他对悖论化语境的超越。

然而，在目前文学研究界，更多的则是对王小波的一种后现代解读方式，比如，戴锦华对王小波的福柯式处理：

施虐／受虐的性爱场景与权力游戏，在王小波那里甚至不是所谓"一枚硬币的正反面"，前者不过是后者诸多形态中颇为有趣的一种。在王小波笔下，历史与社会场景并非由压迫／反抗、专制／自由、理性／非理性的二项对立式间的冲突所构成；相反它们只是古老的权力游戏恒定规则；是一个特定的"性爱场景"所必需的两种角色。它们所呈现的不是正义与邪恶的殊死搏斗，而是一组 S/M（Sadist 施虐狂／Masochist 受虐狂）的和谐游戏。

可见，戴锦华对王小波的这种后现代的体认，其实存在不少误读的地方，或者至少说，她放大了王小波作品中的解构气质。

第三节　王小波同性爱题材小说研究

一

同性爱题材小说，是情爱文学的一个分支，由于这类小说常指涉人性伦理和道德禁区，所以常引起广泛争议。1990 年代后，中国社会的法制环境和人文环境相对宽松，一些同性爱小说也以各种方式隐蔽地出现了。然而，由于传统文化的强大影响，这类小说总体影响不大。王小波的同性爱题材小说《似水柔情》，却以身体哲学隐喻中国人生存的权力关系特征，既有非常强的现实指涉，也有福柯等后现代哲学家的理论熏陶，从而创造了独具"中国特色"的同性爱题材小说文本。然而，王小波对该类题材的表述，还主要是持有文化批判立场，也存在文化逻辑的内在悖论，常在"承认同性爱"与"以同性爱隐喻社会批判"中陷入顾此失彼的尴尬。

应该说，《似水柔情》既是中国当代第一部以当代生活为背景的"同性恋小说"，也是一部历经改写的中国化同性恋小说。它的存在，对当代文坛而言，至今仍是异数。这里所说的同性恋小说，是指专以同性爱为题材，以思考同性爱与社会的关系、同性爱存在状态为母题的小说。中国当代文学，对同性恋文学也有涉及，如台湾白先勇的《寂寞的十七岁》，将青春的欲望、梦想与同性之爱融为一体。大陆的周大新也写过《银饰》，描写过民国大家公子吕道景的同性爱情。女作家陈染的《私人生活》，林白的《一个人的战争》等，也涉及女性同性恋。然而，这些作品，或以历史文化和人性的纠葛为着眼点，或以先锋破题，探讨女性生存自恋。同性爱，并不是这些小说唯一探讨的主题。这些小说也常遮遮掩掩，充满了传统文化暧昧含蓄的味道。而纯以同性爱为题材，探讨当代同性爱的艰难处境，《似水柔情》是当代中国文坛当之无愧的第一部。那么，作为大陆同性恋题材小说的破冰之作，《似水柔情》又是如何展现王小波独特的思想内涵和艺术追求？

首先，立足对中国当代社会文化悖论的考察，使得王小波的同性爱小说，展现出复杂化的主题追求。我们可以通过这部小说和王小波的社会学著作《他们的世界》之间的联系，思考王小波切入同性爱题材小说的着眼点。或者说，我们可以把这部社会学著作，看作小说的互文性文本，或小说的"前文本"。当然，具体小说文本形态更复杂，这种对前文本的考察，只能作为参考，而不能作为文本的唯一事实。或者，这部小说中，王小波的主观意图和文本形态间，也存在非常微妙的悖论关系。《他们的世界·序言》中，王小波将他做同性恋研究的目的归于两个理由："科学的实事求是原则与善良原则"。实事求是原则，是将存在的事物予以客观地呈现，而不是根据意识形态的要求，"以事实和信念去迎合一个权威的教义"。而"善良的原则"，王小波认为是弗罗姆倡导的人文主义立场："我们不能保证每次研究都有直接的应用价值，但应保证他们都是出于善良的愿望。我们在做同性恋研究时，对他们也怀有同样善良的愿望，希望能对他们有所帮助，而不是心怀恶意，把他们作为敌对的一方。我们始终怀着善意，与研究对象交往。这样的立场，我们称之为科学研究的善良原则。"① 在此，王小波的动机很复杂。西方同性恋研究与后现代主义、女权主义、解构主义等思潮的关系很密切。如福柯认为，对同性爱的赞赏，在于其能够将"性"从欲望中解放出来；而西方马克思主义理论家马尔库塞也在《爱欲与文明》中，将同性爱看作是对西方虚伪的"资产阶级体制道德"的挑战。同性恋是性欲讨厌服从生殖秩序而发出的抗议，是性欲对保障生殖秩序的制度提出的抗议②。西方理论家谈及同性爱，都有一个相似背景，即西方化的发达物质文明，及基本的民主和自由保障。而王小波做《他们的世界》，在1989年—1991年间，正处于国家"新一轮"改革开放浪潮的前夜。王小波的同性恋研究，也就在西方同性恋研究背景上，又增添了科学性与对抗意识形态教条的色彩，及启蒙人文精神底色。而这两条，恰是现代性精神精髓所在，王小波的同性恋研究，也因此并不仅是对"边缘社群""弱势群体"的关注，也不仅是以同性爱反对现代性道德精神，而更是将之作为后发现代中国悖论化语境中文化命运的"隐喻"——既反对现代社会对人的道德控制，更反对前现代非科学精神和集权文化因子。按照格式塔文艺心理学原则，对文化悖论的深刻揭示，必然以一种深刻的悖论表述方式予以表达。由此，这样动机复杂的社会学研究，最终影响到王小波同性恋小说的文本形态，成为语义复杂的"中国化"同性恋小说。王小波不像其他作家一样，试图用中国传统文化，去融合这个母题（如李碧华的《霸王别姬》，程蝶衣的同性爱，被赋予了传统文化的审美准则。在"从一而终"这类文化女性道德

---

① 王小波、李银河：《他们的世界——中国男同性恋群落透视·序言》，青海出版社，1997年10月版，6页。

② 马尔库塞：《爱欲与文明》，黄勇、薛民译，1987年8月版，23页。

法则下，将"雌雄不辨""阴阳一体"等微妙畸形的传统美学原则展现得淋漓尽致），而是表现为以现代启蒙精神和后现代怀疑精神相结合，对当代中国悖论化生存语境予以深刻揭示。

现代以来，当中国文化面对本土文化价值自我相关的矛盾性时，常陷入悖论的尴尬，即在文化变革中，如何处理个体面对先于自身传统文化语境的继承和改造。深刻的表述者，往往能针对性地从悖论冲突境遇出发，同时"兼顾"多种文化感受和表述——当然，这种"兼顾"也是有选择的，如鲁迅《故事新编》，将中国传统文化的浪漫想象，和强悍生命意志，及现代理性怀疑精神结合，创作出反讽式杂文化历史小说。王小波《青铜时代》，则将汉唐传奇瑰丽奔放的浪漫自由精神，与现代性批判结合，将鲁迅杂文历史小说发扬光大。同样，对外来文化的自我相悖感受，深刻的文本表述者，往往不是简单以本土抗拒外来，或在多种外来思潮中，择一而贯之，而是"兼顾多者"，并从中传达出丰富而含混的文本意图。这也充分体现在了这部同性恋题材的小说中。王小波首先试图从人道主义立场出发，并在人性解放维度上，肯定同性爱。然而，在文本展开中，这种写作初衷，常因对文化悖论的体认，而在文本内部，展现出文本冲突和内在窘境，必须用"虐恋"的思维，进行逻辑统摄处理，进而将之归于对文化专制的隐喻之中。

二

其次，以具体文本而言，我们仅从王小波叙事风格上，来分析该小说初衷和文本形态之间的关系。小说开头即写道："这件事发生在南方一个小城市里，市中心有个小公园，公园里有个派出所。有一天早上，有一位所里的小警察来上班，走进这间很大的办公室。在他走进办公室之前，听到里面的欢声笑语，走进去之后，就遇到了针对他的寂静。在一片寂静之中，几经传递之后，一个大大的黄信封支到了他的手里。"在此，王小波开笔依然借助旁知视角。同时，这个旁观者视角，佯装不知情地对小史和阿兰之间的关系进行暗示和揣测："小史在翻过了这本书之后，感到失望。就在这时，他看到扉页上印着：'献给我的爱人'，看到了这行字，他长长地出了一口气，好像有一块石头落了地。"这也表示，王小波试图利用这样的叙事视角，以求得"科学"和"客观"地展现同性恋存在状态。然而，这种旁观视角并不贯彻始终，而仅是统领全篇，且仅针对公园警察小史，王小波试图将"小史被变成同性恋"这样一个叙事核心句（整体故事如用一个叙事核心句表达，就是"阿兰将小史变成了同性恋"）变成叙事眼光双重展开的过程。对于小史，作者将之放置于"被看"境地，小史的心理活动很少展现，如有也是通过动作表达，或是对全知视角的模仿（如虽然开头写到了小史的心理，如"一块石头落了地"，但这依然是作者的全知视角在"看"），小史更多是被作为"功能性人物"放置于小说中。整个小说叙事重心，其实就在阿兰。当叙事焦点转移到了阿兰身上，小说则在全知视角外，出现第一人称回顾性叙事。如当阿兰面对小史的拷问，小说转为第一人称回顾性视角，阿兰来追溯自己的回忆："我小的时候，一直待在一间房子里。这间房子有白色的墙壁和灰色的水泥地面，我总是坐在地下玩一副颜色灰暗、油腻腻的积木，而我母亲总在一边踩着缝纫机。除了缝纫机声音，这房子里只能听到柜子上一架旧座钟走动的声音。"经验自我和叙事自我重合一体，深刻再现了阿兰的成长经历，如童年的孤寂，少年时代的被凌辱，成年的同性恋史等。而恰是通过这个叙事角度，王小波的叙事眼光是同情的，宽容的。阿兰在充当叙事功能的核心推动力时，也具有了更多"心理性深度人物"的特征，即通过人物动机、个性、心理的阐释，来塑造能表达作者价值观的个性形象。更有意思的是，人物在叙事功能上的分量，恰是与人物在小说中的权力关系相"颠倒"的。小说中，警察小史一直充当权力拥有者，而阿兰却是被虐待、凌辱和嘲讽的对象。于是，在这样的叙事调度背后，特别是叙事视角的转变，则更体现了王小波对待同性恋的"善良"原则，即通过人道主义精神呼唤，加强社会对特殊群体的理解和同情。

然而，问题并不是这样简单。小说中，作者对阿兰故事的叙事视角，除了第一人称回顾性叙事，还以全知性视角为统摄，不过，与小史不同，这种全知的旁观视角，更多是对阿兰心理性活动的描绘和揣摩，甚至有意模仿第三人称限制性视角，以求善良原则和实事求是的科学原则在叙事伦理上的统一，例如："时隔很久以后，阿兰回味那个夜晚，觉得小史拉着他走路，就像一个大人拉着一个捣蛋孩子一样。这就是说，前者竖着走，后者横着走。不过，他更愿意把这想象成一个漂亮男孩拉着他的捣蛋女朋友，这当然是出于他自己的嗜好。"在马尔克斯式的句子中，作者试图将对阿兰的同情与客观态度（如"这当然出于他自己的嗜好"）统一起来。然而，在善良原则和实事求是原则间，其实也存在尴尬的"缝隙"，即作为隐含叙事者，作家个体究竟对同性爱这种行为持何种态度？是"我理解，但我不会去做"，还是"我欣赏，如果合适的话，我也会去做"？于是，叙事伦理的裂痕，也就导致了叙事悖论，一方面，王小波要通过叙事，赋予同性爱主体性意义，如积极的浪漫，人性的爱；另一方面，作为正常人，王小波又很难真正在情感上认同这种行为。而通过王小波的书信、文章和言行，我们发现，王小波是一个有些古典的浪漫主义者，他的大部分小说，男主人公都阳刚十足，女主人公美丽多情。男女主体都是平等的强悍主体，但两性间的关系，基本服从于启蒙个性解放的传统标准——如《十日谈》和《巨人传》。无论从生理上、心理上，还是文化信仰上，王小波都很难真正认同"同性恋"。因此，小说写完后，王小波甚至抱怨，"由于自己不是同性恋，搞完这个东西，自己都变得有些扭曲了"①。其实，悖论背后的逻辑，还是王小波试图"兼顾"现代启蒙和后现代解构精神所导致的。所谓"正常"标准，就是权力规训的产物。然而，王小波虽认同解构权力，但并不解构所有宏大概念，包括启蒙、自由、爱情——这恰是他所坚持用来解构中国本土性的权力关系的武器。

这里，可将《似水柔情》和波林·瑞芝的《O 的故事》，进行叙事学对比。《O 的故事》写了一个虐恋故事："一天，一个年轻女人 O，莫名其妙地被情人带到了一个秘密住宅。在这里，她遭受了轮奸、鞭打和性虐。然而，O 不但没有反感，反而喜欢上了这种超常态的生活，甚至疯狂爱上了其中一个施虐者——斯蒂芬。"无论隐含作者，还是叙事者，在叙述这些事件时，使用旁观全知视角和第三人称限制性视角的交叉。表面冷静客观的叙事中，故事背后的叙事者态度，则完全被抽空，并没有王小波《似水柔情》中所谓实事求是原则和善良原则。其实，在这种表面客观的零叙事态度背后，因对叙事者价值判断的架空，及限制性视角和全知视角的混用，更表现出强烈的叙事情感认同——客观，在此成了叙事认同的"伪装"。

三

再次，王小波要如何解决悖论呢？或者说，努力找到一种悖论书写形式，来保持逻辑上的统一？王小波将虐恋关系引入同性爱描写，进而将之与中国当代文化的权力批判联系起来。其实，同性受虐也是隐喻，即不正常社会压力下的"自恋"焦虑。《他们的世界》中，王小波将同性恋的产生，定义为"自恋的变异"："我们的

① 丁东：《有关〈东宫·西宫〉访导演张元》，选自艾晓明、李银河编《浪漫骑士》，中国青年出版社，1997 年 7 月版，246 页。

调查发现，认同男性的男同性恋者大多是有自恋主义（narcissism）的人。自恋主义的形成原因，既有因父母溺爱引起的自骄，又有因父母过于冷漠引起的自怜，但是所有原因中最为重要的，在我们看来是最初的性经历，即青春期（性朦胧期）的遭遇和挫折。同性恋实际上是自恋倾向。[①]意识形态的禁欲主义，会促使自恋倾向，在得不到正常超越时，为证明自身优越，以变异形式出现。而这种变异，则常有浓厚"虐恋"影子，即通过对社会权力关系的"颠倒"，来释放某种欲望，从而形成对权力关系的戏仿和解构。这也是西方虐恋思想的精髓所在。如福柯将虐恋称为"创造快感"，而不是个人或政治的屈从形式。而马库斯则反其道行之，将性虐恋扩展为社会权威性的受虐倾向，他认为，统治阶级的有效权力体系为保持其身份结构，而常制造出集体权威主义受虐倾向，又称错误意识（false consciousness），这种错误意识会使受虐者按照施虐者的训练加以反应[②]。无疑，这才是王小波这篇同性恋小说的批判意识所在，这也是他思考同性恋问题的社会批判情结所在。通过这种情结，王小波对文化悖论的理解，才能在现代性启蒙精神和对启蒙的解构中，努力寻找有针对性的"兼顾"策略。这一点，在王小波杂文中，也有明显表现，如《弗洛伊德与受虐狂》中，分析了受虐权力关系，而在《关于同性恋问题》一文，又耐人寻味地指出："没有人愿意自己的孩子长成一个同性恋者，包括同性恋本人在内，因为同性恋者在这个社会中将会遇到比我们更不利的成长环境。"[③]他指出，同性恋不仅是"反社会"的问题，更是目前意识形态氛围中"变异"的权力关系的表达。

　　整部小说中，意识形态的批判，有时会显得分外强烈，这集中

① 王小波、李银河：《他们的世界——中国男同性恋群落透视》，青海出版社，1997年10月版，5页。
② 李银河：《虐恋亚文化》，今日中国出版社，1998年1月版，258页。
③ 王小波：《关于同性恋问题》，《中国青年研究》，1994年1期。

反映在王小波对小说中对"女贼／刽子手"式的权力虐恋关系的迷恋。作者借此展现出对"准单性环境"中人格发育的变异所产生的思考，即社会的意识形态气氛越浓，禁欲主义也越重，人格自恋，就会越焦虑，就加倍地沉溺于对权力关系的性游戏式的戏仿。例如，小说不断出现阿兰对"女贼／刽子手""同性恋者／警察"的关系想象，叙述者的叙事态度和叙事眼光，甚至有和人物的价值观重合的迹象，虽然，这依然是理性全知旁观视角：

> 阿兰坐在派出所里，感到自己是一个白衣女人，被五花大绑，押上了一辆牛车，载到霏霏细雨里去。在这种绝望的处境之中，她就爱上了车上的刽子手。刽子手庄严、凝重，毫无表情（像个傻东西），所以阿兰爱上他，本不无奸邪之意。但是在这个故事里，在这一袭白衣之下，一切奸邪、淫荡，都被遗忘了，只剩下了纯洁、楚楚可怜等等。
>
> 公共汽车被逮走了，送去劳教，当时的情景他远远地看到了。她用盆套提了脸盆和其他的一堆东西，走到警察同志面前，放下那些东西，然后很仔细地逐个把手腕送给了一副手铐。这个情景看起来好像在市场上做个交易一样。这个情景让阿兰不胜羡慕——在这个平静的表面发生的一切，使阿兰感同身受，心花怒放。

在这里，阿兰对同性恋的"高峰体验"是对意识形态权威的"受虐"倾向。无论是想象"刽子手行刑"，还是现实生活"被劳教"，这都是对阿兰的"性唤起"。在同性恋关系中，阿兰因此也甘于扮演被凌辱和摧残的角色，即所谓"贱"。在对"贱"的认同中，阿兰通过游戏式解构，获得了内心平静与性欲释放：

> 公共汽车对阿兰说过，每个人的贱都是天生的，永远

不可改变。你越想掩饰自己的贱，就会更贱。唯一逃脱的办法就是承认自己贱，并且设法喜欢这一点。

后来他又抬起头来，说道：贱这个字眼，在英文里就是 easy。他就是这样的，招之即来，挥之即去。他为自己是如此的 easy 感到幸福。这使小史瞠目结舌，找不到话来批判他。

又比如，尽管第一人称回顾性叙事常打断叙事，但整个叙事结构是"倒叙"的，小说开头和小说结尾，呈现出某种环形闭合，开头即写了小史被阿兰诱惑后的尴尬境遇，小说结尾，则以黑夜的暗色调，预示同性恋中权力关系的延续，及同性爱在意识形态社会的悲惨处境："小史把阿兰的书锁进了抽屉，走了出去，走到公园门口站住了。他不知道该到哪里去。他不想回家，但是不回家也没处可去。眼前是茫茫的黑夜。曾经笼罩住阿兰的绝望，也笼罩到了他的身上。"在闭合性叙事时空中，不断出现阿兰过去的生活、阿兰和小史的纠葛，与现在时空的交织、闪回，借此制造回环复沓的伤感情绪，并以小说叙事结构的闭合性，显示小说整体隐喻性。小史面对阿兰是强者，当他的"异端"身份被确定后，他又变成了弱者，变成了社会中被凌辱、歧视和打击的对象——正如阿兰面对妻子"公共汽车"一样。阿兰是双性恋，对待男性上，他持女性身份，对待妻子，他又是男性身份。由此，小说才令人费解地写道："阿兰和他的妻子，才是真正的同性恋。"权力控制严密的社会，权力关系被呈现出"等级性复制"，社会个体大多在这种复制中完成"自我认同"想象。只有以此方式，社会个体才能遗忘痛苦、平衡权力关系的失重感和受虐感，摆脱"无法自由"的恐惧和焦虑。由此，王小波便将同性爱中的"受虐"因素凸显出来，并赋予了其社会学意义。

四

有分析认为,电影《东宫·西宫》,对小说原作有一定程度歪曲,例如,让阿兰最终以女性完成了对小史的诱惑①。我却认为这是王小波的初衷所在。小史一开始作为专制暴力机关身份——"警察"的男性权力者面貌出现。阿兰对小史的诱惑,并不能等同于女性诱惑,而恰在于"扮演女性"的诱惑,这是一种身份暧昧所导致的"色情性唤起"。更重要的是,作家以"男性/'扮演女性'的男性"这样特殊的权力关系,既讽喻了男女关系中的权力控制,也深刻隐喻了权力控制的牢不可破。《似水柔情》这样一个传统爱情的小说题目,也因此具有了转喻特征。一旦成为"性别暧昧"的同性恋,也就丧失了社会权力,沦为"贱"的行列。摆脱"贱"的耻辱感,只能以坦然沉醉的"受虐"心态,才能寻找到活下去的理由。由此,这部小说对意识形态"召唤"功能的批判也就呼之欲出了。阿尔都塞认为,意识形态是具有独特逻辑和独特规律的再现(形象、神话、观念和概念)体系,其方式是质询(INTERPELLATION),来召唤和塑造人自以为是自我的规定性意识,这也就是意识形态的生产的秘密②。列斐伏尔也说过,人们不了解他们自己的生活,他们是通过意识形态和伦理价值把自己识别和扮演出来的,尤其是他们对自己的需要和自己的基本态度不了解。当生理的同性欲望无法正常实现,阿兰就倾向于通过"扮演女性"把自己识别出来。从另一个角度而言,选择"扮演女性",成为阿兰诱惑成功的"性高潮"表征,无疑也非常深刻。这也透露出王小波在同性爱领域思想探索的局限与中国化特质。在福柯看来,性高潮是商品交换的身体货币化的隐喻物。因此,与货币承担了商品交换之必须的支付手段一

---

① 胡大平:《崇高的暧昧》,江苏人民出版社,2002 年 10 月版,89 页。

② 阿尔都塞:《保卫马克思》,商务印书馆,顾良翻译,1984 年版,第 201 页。

样，高潮只是不同的肉体之间的交换的支付手段①。然而，王小波笔下的同性恋关系，这种性高潮的追求，并不是西方意义的"男／男"关系，即对身体货币化的"稀缺性"的追求，而是"男／扮演女性的男"的权力关系确认。这也隐蔽地表明了王小波这部同性爱小说，对同性恋问题考察的文化立场及内在困境。这里的同性爱关系，既不是对资产阶级生殖秩序的挑战，也不是用性来解放欲望，而恰是以此来思考在专制文化权力下"爱"的匮乏和"爱"的无法实现——既是男性的爱，也是女性的爱。

　　由以上分析，我们可以看出，《似水柔情》较鲜明地展现了王小波小说的异质性——不仅是小说母题的异质性，更是小说思想的异质性。这部小说，后来成为张元电影《东宫·西宫》的剧本，并在国际电影节上获得最佳编剧奖。很多学者认为，《黄金时代》和《红拂夜奔》是王小波最重要的小说文本。但《似水柔情》的超前性不言而喻。它大大超越了中国当代文学的表述方式和叙事伦理尺度。直到二十一世纪的今天，依然是如此。中国是一个道德感很重的国度，这也表现在我们的文化，面对西方现代性思潮的冲击，还能对之进行很强的儒家化改造，进而在中国百年启蒙和现代性发育思潮中，通过精神追求，达到全面物质超越。这样对悖论化语境"错误的优越感"的追求，也是后发现代国家的悲哀之一。更令人深思的是，进入二十一世纪后，伴随红色宏大叙事的解体，一个新宏大叙事的"暧昧的整合"和"艰难的生成"过程正在上演。这个过程中，国家民族叙事的崛起，与对物质疯狂的执着，加之权力社会阶层对道德统治力的话语执迷，都促使我们的文化以表里相悖的荒诞方式存在着。就小说而言，欲望的解放，并不等于"性"的解放。无论下半身写作，还是语言先锋化的欲望景观，都以抽空意识形态反抗意味为代价。而就欲望解放而言，在文本形态中也是非

----

① 米歇尔·福柯：《性经验史》，佘碧平翻译，上海人民出版社，2002年10月版，212页。

常有限的，也要服从新宏大叙事的叙事尺度。而容许同性恋文艺题材，是一个社会民主化、个性化、自由化、多元化发展的标志之一。由此，王小波的《似水柔情》，可能在今后相当长时间内，继续作为"孤独"的标志性文本而存在。

第六章　王小波小说的艺术景观

第一节　复古的主体性——叙述者王二

一

读者、叙述者、作者的关系，是小说作品叙事模式的一个重要范畴，它所产生的叙述人称和视角的问题，更体现了作品独特的艺术内蕴和思想内涵。叙述强调的是"谁在讲"，而叙事视角强调的是"谁在看"。叙述主要是人称变化，视角则涉及聚焦问题，由于叙述者和聚焦者可合可分，又可归于同一媒介。叙事视角是语言的透镜，是连接作者、文本和人物的重要方式，是作者将对外部世界的"观察"转化为"讲述"功能的"转换器"和"审美传感器"。叙事视角的考察，不但能反映作家的审美趣味和思想动态，也能折射出作家所处时代微妙的情感信息和价值坐标，并在二者之间形成双向交流互动。中国古典小说迈向现代小说在艺术上的一个显著变化就是叙述者的变化。一个受制于全知视角的叙述者，只是一个呆板木偶，没有自己的思想和主张，当然也无法形成现代小说文本中的"对话"了。对此，王富仁一针见血地指出："作者对叙述者主体性的压抑，同时也是社会霸权话语对作者主体性压抑的结果，作者无法承担或者不想承担的社会环境的压力，一定会转嫁到叙述者的身上，并由叙事者的叙述直接转嫁到文本构造本身，最终则转嫁到读者的身上，因为小说作者和小说叙述者是无法截然分开的。"[①]现代小说的标志之一，也就是叙述者脱离了作者的严格控制，拥有了某种程度的主体性。人物也可以充当叙事者，叙述者有时甚至按照自己的逻辑，违背作者的写作初衷，比如托尔斯泰的小说《安娜·卡列妮娜》，福楼拜的小说《包法利夫人》，都出现了类似情况。鲁迅的小说艺术，一开始出现，就形成了汉语小说叙事艺术的一个高峰。他形成前台聚焦和后台隐藏策略，人物行动被赋予了主体性，叙事者隐退，与人物、隐含作者形成了多重反讽，这也强化了强者的责任感和道德意识、个体的分裂与彷徨。无论双重第一人称的独白（如《在酒楼上》），还是第一人称非独白叙事（如《孔乙己》），或第三人称叙事（如《药》），都是鲁迅独特的悖论性世界观和艺术观的产物，都凝结着他对个体与群体的关系、新与旧的关系、传统与现代的关系的深入思考。如在《在酒楼上》，第一人称"我"是一个知识分子形象，似乎是一种外在于家乡的批判性力量，但是，他并没有评价一切、判断一切的能力。这个主人公似乎能认识到人生和社会悲剧，却无力去改变。吕纬甫则表面上作为第一人称叙述人的对立面而存在，是被主人公批判的对象。但是，在吕纬甫的叙述中，他却拥有很强主体性，他并没有被第一人称叙述者说服，而且还与之发生了强烈争执。

鲁迅之后，中国的小说，走入民族化和大众化的道路，传统小说全知全能的视角，再次以意识形态权威的面孔活跃于小说之中。这种情况一直延续到1980年代后期，随着先锋小说的兴起，叙事视角的转变势在必行。而先锋小说之后的新写实小说、新历史小说等小说流派，都表现出颠覆全知全能叙事的倾向。对于1990年代小说主流的叙事视角的转变，黄发有曾在《准个体时代写作》中，将

---

① 王富仁：《突破盲点：世纪末思潮和鲁迅》，中国文联出版社，2001年10月版，123页。

之归纳为旁知视角和隐知视角两种。他认为，旁知视角是一种非人格叙事，以作者的隐退和掩藏来追求结构全知全能的宏大叙事，并追求叙述的中立性、公正性和冷漠性。旁知视角又分为戏剧性叙述和限制叙事两种。叙事聚焦或在全知叙事外壳下限制于讲述人物活动，而不进入其内心，或聚焦于故事人物，或由故事中的非人格化位置来完成。隐知视角则使视点人物通过隐性在场进行现场化"窥视"叙事，从而记录目击现场，揭示人物隐私或事件真相。无论旁知视角还是隐知视角，对于颠覆全知全能视角虚假的真实性，对于揭示世界的复杂性，对于摆脱二元对立思维，对于打破封闭的叙事格局，无疑都有巨大的消解意义和重构意义。但是，这种试图摆脱宏大叙事的尝试，并没有为汉语小说建立一个真正的、个性化叙事主体，而是在消解宏大叙事的同时，消解了主体建立的可能性，将个人化叙事沦为无处不在的欲望骚动、血淋淋的屠杀景观和符号化消费能指。可以说，这种表面颠覆全知全能视角的"另类叙事"，其实是宏大叙事的另外一种"阴影"，并没有真正摆脱宏大叙事的叙事逻辑和叙事心理。事实证明，1990 年代中后期之后，先锋小说的一支向传统"写故事"小说回归，另一支则在隐私化、欲望的表达中日益陷入商业化陷阱，正证明了这种"阴影写作"必然失败的命运。正如黄发有不无忧虑地指出："旁知和隐知视角给人们的联想留下的有意味的空白，并没有被作家利用为表现世界的新感觉、新层面、新深度的有效形式。本来它们可以成为扩展个人话语空间的一种正当途径，成为个人性得以茁壮成长的沃土，结果，却被一种媚俗趣味导向世俗歧途。当一个作家以旁知的冷漠去渲染血淋淋的凶杀和赤裸裸的淫乱场面，他的旁观就成为对恶俗的审美趣味的掩饰。隐知视角似乎更多地被滥用于表现阴暗、暧昧、变态的旨趣。因此，旁知和隐知视角绝妙地折射出 1990 年代向世俗献媚的精神状态，官能化、商业化潮流是它们得以根深叶茂的最好生长激素。"①

二

　　王小波的小说，在某种程度上，成为了1990年代小说的一个"异数"。这种"异常性"，不仅表现在他的小说的思想、主题，也在于他独特的小说叙事艺术。就叙事视角而言，他的小说不但没有显现出旁知视角和隐知视角，反而出现了一种"复古"的倾向，一种新的"主体性视角"。也就是在其绝大部分小说中都曾出现的叙事者——"王二"。叙事者"王二"的出现，意义非常重大。在先锋小说，乃至新生代小说家的笔下，也曾经有一些具有连续性的叙事者和人物形象，例如朱文笔下的"小丁"系列小说（《我爱美元》《什么是垃圾什么是爱》），但这个"小丁"已成为城市中沉沦着的灵魂的代言人。他有烦恼，有幻想，有牢骚，但始终甘于平庸，困守在生活的围城之中，沉浸在欲望对个性的麻醉之中。小丁所要批判和解构的，恰恰是生活的无聊感，是个体迷失在社会秩序中的虚无感②。而王小波笔下的"王二"与其说是一个叙事者、一个人物形象，是王小波多部小说中的主人公、叙述者，是隐含作者的心灵自画像，不如说是一种理性精神在小说文本中的内化的语言符号，是一种涉及汉语小说叙述学和主题学双重意义的叙事视角。这个"王二"，有时以幼年或少年的年龄出现（《似水流年》《绿毛水怪》），有时以青年的年龄出现（《革命时期的爱情》），有时以中年的面目出现（《我的阴阳两界》）。就其叙事人称而言，有时是第一人称，有时是第三人称。可以说，叙事者"王二"，并不一定就以"王二"为姓名，他可以是老陈（《绿毛水怪》）、王二的舅舅（《未

①　黄发有：《准个体时代的写作》，上海三联出版社，2002年11月版，372页。

②　王晓明：《在"无聊"的逼视下——从朱文笔下的小丁说起》，《视界》第1辑，河北教育出版社，2000年5月版。

来世界》），也可以是薛嵩（《万寿寺》）、李靖（《红拂夜奔》）等古代历史人物。但这些叙事者都有着共性，首先，都是男性，其次，都有着一些共同的思维和性格特征，也就是说，这些"王二"都是"特立独行的"，热爱智慧，痛恨愚蠢，以个人主义的奇思怪想和黑色幽默的反讽对抗整个权威话语世界的压抑。叙事者"王二"的出现，无疑在王小波的小说中出现了一种雄性美，而这在我们阴柔的文坛上，无疑是非常少见的（除了张承志等少数作家）。这些"王二"有着强烈的爱恨情绪，推崇自由、性、美等人生元素，痛恨权力话语的持有者，痛恨丑陋和反智的人性压抑，并不刻意在小说中保持叙事的"客观性"，更谈不上"冷漠"，相反，小说却呈现出强烈的主观性、游戏性和浪漫性。叙事者"王二"甚至可以穿越历史时空，在古今未来的对比之中，思考人性中自由与专制的命题。而叙事者"王二"的出现，也拒绝一种单纯的旁观叙事和隐知叙事，而是不断以王二的视角，统摄全局，并不断插入理性的逻辑推理和大断的抒情议论。无疑，这个"王二"有着"全知全能"的嫌疑。当先锋小说家们早已在高叫："真实已经死亡"的时候，王小波追求的，却恰是一种正面意义的、积极的"生活的真实"。且在"王二"的叙事视角下，二元对立（智慧／愚蠢、个性／权威，自由／专制）似乎又重新"复活"在了文本之中。叙事者"王二""解构"了权威话语的逻辑裂缝、欺骗和恐吓的本质，立意却在"建构"一种个性的、自由主义的人生观，"建构"一个洋溢着创造精神和自由精神的"巨人世界"。但是，奇怪的是，当我们阅读王小波的小说文本，在叙事者"王二"的引导下，与主人公一同体验人生的悲欢离合，却丝毫没有感到虚假和做作，没有过时或陈旧之感，感受到的却是一种持久的想象力的愉悦感和真实的震撼力。为什么会出现这种情况呢？为什么一个早已应该被颠覆的启蒙意义上的"大写的人"——"王二"，会引起我们如此强烈的阅读体验呢？

三

　　王小波的这种叙事视角的"复古"，正是王小波对中国悖论化的文化语境考察的结果。虽然，自"五四"以来，中国文学一直在呼唤"大写的人"的主题。然而，后发现代性国家的历史境遇，使中国文学在表述这一主题的时候，一直是以对"非人"的批判来完成的，例如鲁迅的《狂人日记》，而其后，随着整个社会风潮转向激进，启蒙的主题未得到很好深入，便被"救亡"的民族主义狂潮所淹没，而这种"启蒙的被迫中断"，又一次以相似的面貌出现在了 1980 年代末，而不同的是，"启蒙"主题这一次却是被文学自身的技术演变和经济大潮所遮蔽。这里，我所说的启蒙，不但是理性的启蒙，更是人的启蒙，是人的自由、欲望的合法性的建立。而我们1980 年代文学启蒙的一个最大缺陷就在于，离开了"文化大革命"式的激进主义，却又和另一类政治激进连接在了一起，致使我们中国的二十世纪文学史中始终没有出现拉伯雷《巨人传》、薄伽丘的《十日谈》这样歌颂个人自由的伟大作品，我甚至可以大胆地说，纵观二十世纪中国文学，难见真正"大写的人"！1990 年代之后，先锋小说开启了新的"弑父之旅"，一旦激进的反叛过去之后，失去价值依托的"先锋小说家"，拜倒在传统和市场的面前，就是丝毫不奇怪的事情了。王小波的小说，叙事视角的独特价值，就在于他为我们提供了一个真正"大写的巨人"，一个精灵般的自由视角。王小波无疑看到了，在目前中国的悖论式的文化语境之中，无论我们以如何的方式演说"后现代性"，我们都无法改变两个事实，那就是我们后发现代性国家的历史境遇和前现代性的民族思想现状。而这两个事实，也决定了"王二"式叙事视角的文学史意义。同时，由于"王二"身处的时代，已不同于"庞大固埃"的时代，放在世界文学的视野中，王小波小说对自由主义和理性主义的坚守，无疑也可以看作是一个世界性的人类自由主义理想境遇的"中国个案"。

我们还看到，要想弄清叙事者"王二"的秘密，也必须联系着隐含叙事者这个特定的角度来考虑。王小波的"王二"系列小说，与先锋小说、新生代小说、新写实小说的不同之处在于，隐含叙事者并没有完全退隐让位给人物，也没有游走的边缘视角，更不存在一种分裂的叙事主体，而是将悖论的环境化为超凡拔俗的价值境界的对立体，强化了自由视角的超越性和批判性，在小说中和叙事者形成了一种理性的"互审"作用。具体而言，王小波的小说中存在着几种不同的人称：1. 第一人称叙述。比如《黄金时代》《革命时期的爱情》《我的阴阳两界》《三十而立》等，这些第一人称的叙事者，大抵相当于故事人物"王二"，但也和隐含叙事者形成了叙事张力。2. 第三人称叙述者，比如《地久天长》《歌仙》。而在这些小说中，"王二"的视角，或出现在故事中，或作为隐含叙事者出现。3.《绿毛水怪》。这是第一人称和第三人称交错的用法，但却使用了第一人称的限制叙事。这里，"王二"视角相当于故事中的人物——陈辉。4.《红拂夜奔》《万寿寺》《寻找无双》等历史小说。由于这些小说中，历史与现实的双线索结构，王小波便使叙事者具有自由穿插的功能，"我"既可以等同于现实线索中的"王二"，也可以等同于历史人物"李靖""薛嵩"，也可以等同于隐含叙事者，甚至可作为强调虚构性的"元小说"中的叙述者存在，体现了作者强烈的主体性价值追求和深刻的悖论思维。以下，我将以《黄金时代》《革命时期的爱情》《万寿寺》《绿毛水怪》四部作品来讲解王小波小说的叙事视角不同形态。

第一，在《黄金时代》这部小说中，存在着两个"王二"，一个是过去知青时代的"青年王二"，一个是现在时态的"中年王二"。整个小说以"倒叙"的语气的第一人称开始："我二十一岁时，正在云南插队。陈清扬当时二十六岁，就在我插队的地方当医生。我在山下十四队，她在山上十五队。有一天她从山上下来，和我讨论她是不是破鞋的问题。"叙事者"王二"的视角始终是统一的，非限制的，并和隐含作者结合在一起，毫不费力地转换在两个时代，不但记录了"王二"的言行，而且深入王二的思想和体验。特别是叙事视角聚焦在有关"性"的细节的时候，那个将叙事者和隐含作者双重身份统一起来的人物——"王二"，其直率无比的"性描写"，就表现出惊人的心理真实和生活真实，显现出强大的个人主体意识：

> 亚热带旱季的阳光把我晒得浑身赤红，痛痒难当，我的小和尚直翘翘地指向天空，尺寸空前。这就是我过生日时的情形。
>
> 正巧这时陈清扬来到草屋门口，她看见我赤条条坐在竹板床上，阳具就如剥了皮的兔子，红通通亮晶晶足有一尺长，直立在那里，登时惊慌失措，叫了起来。

有时候，"王二"的叙事视角，还利用"转述"方式，深入其他人物内心，用一种旁观者（不是冷漠中性的旁观者，而是一个充满了激情的旁观者），展示一种"性"对人生命中的神秘美好的体验，甚至可以说，在这里，其他人物的视角和王二的视角，是"双重聚焦"的，例如：

> 陈清扬说，炎热的阳光好像细碎的云母片，从天顶落下来。在一件薄薄的白大褂下，她已经脱得精光。那时她心里也有很多奢望。不管怎么说，那也是她的黄金时代，虽然那时她被人叫作破鞋。
>
> 有时她正过头来，看见一些陌生的脸，她就朝那人笑笑。这时她想，这真是个陌生的世界！这里发生了什么，她一点不了解。陈清扬所了解的是，现在她是破鞋。绳子捆在她身上，好像一件紧身衣。这时她浑身的曲线毕露。

她看到在场的男人裤裆里都凸起来。她知道是因为她，但为什么这样，她一点不理解。

对于权力话语的代表，例如生产队长、军代表，"王二"的"看"的聚焦，则充满着批判和嘲讽意味，特别是他们以道德立论的虚伪和内心的苟且和虚弱：

> 军代表在一边喋喋不休，说我如何之坏。他还让我去告诉我的臭婊子陈清扬，她是如何之坏。忽然间我暴怒起来，抡起长勺，照着梁上挂的盛南瓜子的葫芦劈去，把它劈成两半。军代表吓得一步跳出房去。
>
> 在车站上陈清扬说，这篇材料交上去，团长拿起来就看。看完了面红耳赤，就像你的小和尚。后来见过她这篇交待材料的人，一个个都面红耳赤，好像小和尚。后来人保组的人找了她好几回，让她拿回去重写，但是她说，这是真实情况，一个字都不能改。人家只好把这个东西放进了我们的档案袋。

第二，在小说《绿毛水怪》中，"王二"的叙事聚焦作用，体现在"陈辉"与"我"的对立上。小说的第一人称叙述者"我"是陈辉和妖妖的爱情的倾听者。该故事这样开头：

> "我与那个杨素瑶的相识还要上溯到十二年以前，"老陈从嘴上取下烟斗，在一团朦胧的烟雾里看着我。这时候，我们正一同坐在公园的长椅上："我可以把这段经历完全告诉你，因为你是我唯一的朋友，除了那个现在在太平洋海底的她。我敢凭良心保证，这是真的；当然了，信不信还是由你。"老陈在我的脸上发现了一个怀疑的微笑，

就这样添上一句说。

从叙事功能看，"我"是小说中的一个引介功能人物（类似《茶花女》的旁观者"我"），起着引起故事、推动故事的作用。其次，从叙事权力分析，"我"又是一个权力受到限制的叙述者，"我"的认知能力和理解能力受到很大限制，对陈辉故事的认识，是从好奇到冷漠、耻笑：

> 老陈猛一下停了下来，双手抱住头。停一会儿抬起头的时候，我看见他眼里噙满了泪。他大概看见我满脸奸笑，霍地一下坐直了："老王，我真是对牛弹琴了！"我说："怎么，你以为我会信以为真么？"

再次，叙述者"我"的存在，是一个和陈辉的讲述相悖的存在，某种程度代表了社会的大多数庸众的意见，"我"不过是一个庸俗群体象征，"我"的冷漠使陈辉和妖妖的浪漫故事，无形之中增加了反讽意味，使我们在童话世界和世俗生活的对比中，感慨世界的冷漠和隔阂，慨叹人世间的沉闷和世俗，从而使妖妖"海洋绿种人"的传奇故事，消褪了不真实色彩，突出了神奇的想象和超凡脱俗的价值境界，具有了强烈的现实讽刺意味。同时，这个表面的叙述者"我"，只不过是一个"伪装叙述者"，叙述者将叙述的功能不但分给了第一人称叙述者"我"，更分给了陈辉。整个故事的开展都是作为"我"耳朵中陈辉的"讲述"而来，是以"间接引语"的形式出现的，而陈辉的故事讲得如泣如诉，作为一个小说人物，他具有很强的自我主体性和正价值。这样，"我""陈辉"的双重视角在"隐含叙事者"的控制之下，便形成了多重反讽的小说意味。

四

第三，《革命时期的爱情》，在小说出现三个不同叙事层面，叙事视角运用更巧妙。小说开头写道："王二年轻的时候在北京一家豆腐厂里当过工人。"这里存在着一个第三人称叙事。这里，叙事的起点是"过去时"，王二、×海鹰、毡巴、老鲁等人组成了这个以"豆腐厂"为核心的世界。隐含作者和叙事者"青年王二"基本是重合的，隐含叙事者从一个旁观的角度审视着主人公王二，及王二生存的那个灰蒙蒙的环境。王二的言行，老鲁性压抑的举动，×海鹰的意图，都是通过叙事者的回忆来实现的。这期间，不存在像鲁迅《白光》中的对人物心理的内视角。隐含叙事者关注的是，"青年王二"作为独立个体，如何在压抑性的群体主义文化语境中展示自己的特立独行的。在这个叙事层面上，隐含叙事者、作为人物的青年王二、叙事者三者基本上合一，还包含着怜悯、同情、嘲讽等多种意味。在这篇小说中，还存在着第二个叙事层面，那就是以第一人称"我"（小王二）对童年和少年时代的回忆。叙事的起点是"过去的过去"。在这个叙事空间里，我、颜色、爸爸、"拿起笔作刀枪"的成员等人构成一个疯狂而神秘的童年记忆世界。"我"作为那个世界的"顽童"，被叙事者赋予了一定"叙事"功能。但是，这个"小王二"是限制性的。于是，大炼钢铁、武斗等重大的历史事件，就被完全消解了意识形态的意味，以一个"顽童的我"和"叙事者"的双重视角来展示了这其中的疯狂和荒谬。"小王二"的叙事功能是受到孩子的认知和理解能力的严格限制和奇观化处理的。于是，武斗的人们变成了古罗马角斗勇士，大炼钢铁的工人在"我"的眼中，变成了手执钢枪的"巨人"。正是在这一个顽童视角中，隐含叙事者与人物叙事者"小王二"的不同视角之间构成了一种反讽关系，显现了一种在悖论不同层面观察和反省事物的理性思考精神。第三个叙事层面，就是以"现在"的"我"，也就是"中年王二"的经历为主的生活。我、老婆、教授、颜色、毡巴、×海鹰又构成了这个现在时态的描述。在这里,隐含叙事者和第一人称的"中年王二"是重合的,讲述的是长大后的王二,如何读研究生、出国、回国任教,以及和毡巴、颜色、×海鹰之间的后续交往。这里的叙述,是一种平淡的叙述方式,展示着现实生活的无趣和沉闷。然而,这三个叙事层面又不是完全不相干的。首先,这些小说中并不存在一个"分裂"的第一人称叙事,比如《孤独者》中的"我"和魏连殳的关系,它并没有一个自我分裂、自我怀疑、对话的灵魂对立,无论是"小王二""青年王二"还是"中年王二",其追求自由和幸福的思想内核是不变的,尽管这种追求是发生在不同悖论语境中的。其次,王小波小说中的隐含叙事者更是一个自由的精灵,它可以自由地穿梭于三个叙事的层面,它可以是隐含在故事后面的隐含叙事者,也可以不时打断前两个过去时态叙事的进度和节奏,并插叙现在的故事,夹杂入自己的议论和评价。

第四,在小说《万寿寺》中,叙事视角的问题也很有意思。小说分为两个叙事时空,在现实世界,存在着一个第一人称叙事者"王二",是一个失去记忆的历史研究人员。小说以他"找寻记忆"作为开头:

> 阿迪阿诺在《暗店街》里写道:"我的过去一片朦胧……"这本书就放在窗台上,是本小册子,黑黄两色的封面,纸很糙,清晨微红色的阳光正照在它身上。病房里住了很多病人,不知它是谁的。我观察了很久,觉得它像是件无主之物,把它拿到手里来看;但心中惕惕,随时准备把它还回去。过了很久也没人来要,我就把它据为己有。过了一会儿,我才骤然领悟到:这本书原来是我的。

"王二"作为一个限制性的叙事人(失忆),其功能不仅在于揭示事件的真相和世界的神秘复杂，更在于通过"王二"和"白衣"女人的故事，不断"唤起"王二丢失的记忆（这种失忆也成了一种隐喻），并展现另外一个纸上的世界，"王二"小说中的"湘西凤凰寨"。而作为传奇小说中的历史人物"薛嵩"，在这个"故事"中的"故事"，另外一个身份的"王二"，是真实的"王二"心中的"超我"形象。在湘西凤凰寨的故事中，叙事视角以"薛嵩"的目光展开，并和现实中"王二"形成"交叉"与"互文"：

> 手稿上写道：盛夏时节，在湘西的红土丘陵上，是一片肃杀景象；草木凋零，不是因为秋风的摧残，却是因为酷暑。此时山坡上的野草是一片黄色，就连水边的野芋头的三片叶子，都分向三个方向倒下来；空气好像热水迎面浇来。——除了鸟，还有吃大粪的蜣螂，它们一反常态，嗡嗡地飞了起来，在山坡上寻找臭味。除了蜣螂，还有薛嵩，他手持铁枪，出来挑柴火。其他的生灵都躲在树林里纳凉。远远看去，被烤热的空气在翻腾，好像一锅透明的粥，这片山坡就在粥里煮着——这故事开始时就是这样。

> 读到薛嵩走在红土丘陵上，我似乎看到他站在苍穹之下，蓝天、白云在他四周低垂下来，好似一粒凸起的大眼球。这个景象使我感到亲切，仿佛我也见到过。只可惜由此再想不到别的了。因此，薛嵩就担着柴火很快地走了过去，正如枪尖刺在一块坚硬的石头上，轻飘飘地滑过了……如你所见，这种模糊的记忆和手稿合拍。看来这稿子是我写的。

在第一个时空中，王二找寻记忆的过程，是故事的推动力，在现实的因素，例如白衣女人的来历，领导的课题等等介入恢复记忆的过程中，想象的世界，也在不断被唤起。而在第一时空的限制视角内，"王二"虽然"失去记忆"，但行为和思想依然是一个"特立独行"的"王二"，从而更靠近想象中"薛嵩"思考观察世界的方式。而"得到了记忆"的王二，则面临现实压抑，反而疏远了"薛嵩"。小说最后："薛嵩要到那里和红线会合，我要到万寿寺和白衣女人会合，长安城的一切已经结束，一切都不可挽回地走向庸俗。"

这样，王小波便出现了第一叙述者（王二）、特定人物（李靖、王仙客、薛嵩等）与隐含作者某种程度上趋同。一个集理性的深刻思考、儿童般的热情和巨人般想象于一体的"叙事者"出现了。这种具有强烈主体性的"叙述者"，并不同于中国古典小说中的全知全能的"叙述者"。在古典小说中，那个叙述者是一个话语霸权的拥有者，而王小波的叙述者则是以激情和理性的双重奏取胜，并没有遮蔽故事中人物的声音，而是形成了一种价值对话的游戏。故事人物王二、叙述者和隐含作者不断地强化着趋同倾向，又不断通过不同的叙事层面的穿插互证颠覆作为"唯一真理性主体"的统治地位，王小波就是这样用自由和理性来面对文化语境和个体的主体性的悖论关系。在王小波笔下，这个"叙事人"穿越了时空的限制，既显现了巨人般的价值状态，又显现了"顽童"勇于揭示"皇帝新装下的秘密"的卓尔不群的价值境界。例如，在《红拂夜奔》中，作者、第一人称叙事者（王二）和人物（李靖）也不断出现趋同情况。王二证明了费尔玛数学定理，最终还是困守在一个庸常环境。李靖是个横空出世的英雄，最终也只能以"直翘翘"的装神弄鬼式的死亡告别世界，而作为此部小说中的隐含叙事者，也就是作者，既不是冷冰冰地高高在上，嘲弄着一切，也不是完全认同于第一人称叙事者，而是用一种更为复杂、理性的眼光，展示自身和人物所处的共同的文化悖论关系的相似性，从而揭示权力控制的在中国文化土壤衍生的真相。有时候，王小波的这种强烈要赋予第一人称主体性的欲望，甚至会拒绝复杂的人称和视角的转换，而纯粹以激烈的情感对抗，通过对一个外在于个体的悖论环境内部逻辑的否定而展示出个体的价值追求，使叙述者从后台走向前台，产生强烈的主体性震撼。比如《黄金时代》中轰轰烈烈又惊世骇俗的性爱描写，叙述者和王二以及作者有着强烈的情感认同。同时，这个"叙事人王二"，还体现出超强的生成和增殖性，即我们可以把故事中不同层面的人物和叙事者（第一或第三）看作这个超强叙事人所生成的。比如在《寻找无双》中，作者时常以隐含叙事者在后台，而追随前台王仙客的目光展示故事，但他又以故事的不断颠覆，告诉读者王仙客和隐含叙事者的双重有限性，并以作者的"虚构"身份，直接参与到故事发展和生成中，直到故事最后，无双的故事依然是一团迷雾，只留下"无双进宫"的一个含混线索。在这里，"故事"成了最高统治者，具有最高的叙事和意义生成性。

第二节　自由的游戏——叙事时空构建

一

　　小说叙事时空的建构，既是作家对于身处的文化时空的深刻认识，也是独特的艺术特色形成的标志。每一个伟大作家，笔下都有一个独特的文化时空，比如马尔克斯的"马孔多小镇"，福克纳的"美国南方约克纳帕塔法县"，沈从文的"边城"。在世纪初文化语境，由于中国文化选位与空间选位的错位，导致了时空观念的错位[①]。在西方现代进化论的时空观中，运动的时间是绝对的，永恒的，静止的空间却是相对的，短暂的，因此，"新"胜过"旧"，"未来"胜过"现在"和"往昔"。中国传统时空观中，"天不变，道亦不变"，在一个有着严格的继承意味的"道"的控制下，现在

---

① 王富仁：《中国文化的守夜人——鲁迅》，人民文学出版社，2002年3月版，159页。

和未来不过是过去的历史重演，"一切古已有之"，一切四季变更，治与乱，兴与衰，都被归结到一种封闭的循环观念。而在中国近代，由于西方的侵入，一种进化论时空观念便被强加于一个自给自足的中国传统时空逻辑。然而，悖论正在于，进化论的时空观念外在于"天人合一"的田园时空观，处于此在的知识分子，却首先从空间上认识了西方，然后借这个外来之物改造本身所处的文化时空，必然产生了时空并置、伤感和向往，追忆和前进等多种情绪：

> 中国社会上的状态，简直将几十个世纪缩在了一时，自松油片以至电灯，自独轮车以至飞机，自标枪以至机关炮，自不许妄谈法理以至护法，自"食肉寝皮"的吃人思想以至人道主义……这许多事物挤在一处，正如我辈约了燧人氏以前的古人，拼开饭店一样，即使竭力调和，也只能煮个半熟。[1]

正是在深刻认识中国悖论化的时空语境后，鲁迅的小说建构了一个独特的叙事时空模式，即悖论式的双线对立时空结构，一个显在的、封闭凝滞的时空，和一个潜在的、变革的、不断前进的时空。这是对存在时间的对抗性重构，从而突出了"现在"，并在共时性上突出了改造国人循环封闭的时空观念对于大众人生的意义。同时，这种"一显一隐"的时空对立，又充满着多重反讽关系，即同时关注着两种时空观念的肯定与否定，充满了个体在集体的围困下突围的艰难感，总的时空特点呈现出压抑感和焦灼感。比如小说《祝福》，存在"鲁镇"的凝滞时空和"我"代表的变化时空的对立。在凝滞的时空里，空间封闭，时间凝滞，"鲁镇并没有和十年前有什么大的不同"，所有人和事，即以鲁四老爷为核心的人和事，也只是重复着生老病死的简单循环。祥林嫂的死，不过是一个谬种

---

[1] 《鲁迅全集》，1 卷，344 页。

的死，是很正常的事。潜在时空，却是以隐含叙述者，及第一人称叙述者共同构成。他们在后台关注着前台的鲁镇故事的悲欢离合。这个时空有鲜明时间感，也就是历史性，它从祥林嫂的死中，看到了一个僵死的文化和制度对人性的戕害，它也具有强烈空间感，即看到了一个旧中国的城乡封闭落后的文化现实。然而，这个时空的存在也充满着"自我怀疑"和"自我否定"，正如我无法明确地告诉"祥林嫂""灵魂有无"的问题。《故事新编》中，这种双线时空的对立更强烈，自我否定的色彩也更浓重，比如《铸剑》，一个是"王"为代表的话语统治的庸众世界，一个是以"黑衣人""干将的儿子"为代表的复仇者世界，然而，复仇者并不以复仇而快意，不以复仇而光荣，因为"复仇"也是"别样的权力控制"，一种"中间物"，甚至可以给无辜者的死寻找理由。《补天》中，创世的、生机勃勃的女娲世界，最后不过证明了是给后世的人亵玩、批评和利用的手段。

　　王小波小说中，也存在着双线时空问题。与鲁迅反神话的时空体系相反，王小波却在极力建立一个属于"自由、智慧、性"的游戏时空。这个世界拒绝"乌托邦"道德说教，以"反乌托邦"的形式实现梦想。它有一个基本游戏范型：一个神话化的两极对立的游戏时空。在中国当代文化史上，文化时空的错位现象，并没有得到很好的反思和纠正，反而出现了新的特点，那就是进化论的时空观所衍生的激进主义在和中国传统的封建意识结盟之后，产生了很强的时空倒退感，比如"文化大革命"的出现，王小波甚至屡屡以"中古"命名中国知识分子的特点和中国的时空特色（《中国知识分子与中古遗风》）。另一个方面，随着1990年代，社会体制的转轨，消费主义兴起，带来欲望解放的同时，也迅速成为一个"政治事件"（汪晖语）。正是基于对中国这种时空观念的认识，王小波构建了两极对立的游戏时空。它贯穿着一个关系的思考：群体权力与个体生命意志的关系。它淡化了小说中出对抗而产生的强烈悲剧意识，进而将之转化为悖论之中的自由自在的游戏精神。它以性游戏和权力控制游戏为核心，游戏的参与者在游戏对抗中体现了对自由、智慧人生的追求。其根本原则："愉悦"，即主体性生命内在激情力量张扬。游戏破坏者对游戏的强行介入导致了另一种对抗，而破坏者和游戏者的对抗也变成了游戏，消解了专制性。同时，现实人生因素介入成为最大破坏者，游戏最终遭到破坏或终结，世界由有趣变为无趣，游戏者死亡或离开。

二

这里有必要对"游戏"概念加以梳理。"游戏"是王小波小说存在的一个重要精神元素，它不仅建构了王小波小说的思想内容、叙事方式、时空观念，还体现着他独特的精神价值追求，对中国当代汉语文学的现代性发展起了不可代替的作用。"王式"游戏时空观，不仅在于消解权威意识形态话语或者融入民间视角，更在于一种新精神主体性的确立。"游戏"作为一个所指处于混乱状态的汉语词汇，在中国时常处于一种道德定位的语义场，例如书面语所谓"游戏人生""不负责任的游戏态度"等。认真考察起来，西方对于游戏的认识则有别于中国，起源于人们对艺术发生学的探讨。柏拉图在几千年前就说过："游戏源于一切幼仔（动物或人）要跳跃的需要。"席勒认为只有人充分是人的时候，他才游戏，只有当人游戏的时候，人才充分是人。文明是在游戏中并作为游戏而充分发展起来的，从而将游戏提到了本体论高度。弗洛伊德认为，游戏是人欲望想象力的满足。中国文论中出现"游戏"，来自于王国维对西方游戏定义的引入。他在《文学小言》中说："人之势力，用于生存竞真而有余，于是发而为游戏，而成人后，又不能以小儿之游戏为满足，于是对其自己的情感和观察的事物，而摹写咏叹之，以发泄储蓄之精力。"在维特根斯坦、伽达默尔等后现代大师那里，游戏成了语言的基本特征，成为后现代解构意义逻格斯的有力武器。

荷兰学者胡伊青加对游戏的描述性定义是："游戏是一种自愿的活动或消遣，这种活动或消遣是在某一固定的时空范围内进行的，其规则是游戏者自愿接受的，但又有绝对的约束力，游戏以自身为目的而又伴有一种紧张、愉快的情感以及对它'不同于日常生活'的意识。"他将游戏的原则定义为：1. 自愿原则；2. 游戏是非日常与非真实的生活；3. 无功利性；4. 相对封闭性。① 因此，就本质论角度而言，游戏即是挣脱现实人生羁绊的一种想象的、审美的、象征的人类本质力量。它的艺术实践意义正在于反对苦难和恐惧，通过规则下的"对抗"张扬个体力量和精神愉悦。就具体文化取向而言，游戏又存在着积极性和消极性的异质同构。积极的游戏精神唾弃伤感和阴郁的文化自抑，以"对抗"张扬自愿的、自由的、想象的生命创造力和反抗意志的勃发；消极的游戏精神则以"躲避"为圭旨，推崇纯粹的游戏封闭性和无功利性，拒绝任何实践意义，从而导致虚无主义的盛行。"游戏"这一个概念在现代社会，已经发展为一个美学、哲学、文学、体育、社会学等方面的意义综合体。为了不产生歧义，本文所谈的"游戏"，即可以界定为一种文学上的审美模式和时空意识。在胡伊青加的眼中，"游戏"具有文明起源的作用，人类既在游戏中并发了强烈主体性，又在游戏中形成了文明最古老而最人道的规则，比如公平、自由、尊严、勇敢等等，而现代文明社会的发展，却恰恰是以对"游戏"规则的破坏为代价的，那就是所谓"严肃"精神的引入，人们用"严肃"赋予文明道德的意味，并强行将人们分开等级，制造强权和不公，并以阶级观点加以巩固下来。另一个方面，人类愚蠢的悖论式文明竟然以消极的自私取代了真正的游戏，比如在足球赛上的黑哨，运动场上的种族歧视等等。人们还自作聪明地将消极的妥协和犬儒主

① 胡伊青加：《人：游戏者》，贵州人民出版社，1998年版，78页。

义的混世哲学叫作"游戏",从而使"游戏"这个词蒙上了厚厚的沉淀。

游戏需要两极对立的对抗,也需要非功利的、以智慧和勇气等品质为目标的规则。王小波的游戏时空观和鲁迅反神话的"自我否定"时空观不同,正在于王小波用"游戏"为中国文学找到了一种新的接近文明本源的主体性精神。相对于鲁迅,那种悖论中现代化时空在王小波笔下却成为一个突出无限可能的时空,流动变化的时空,游戏的时空。它不但发展了鲁迅"故事新编"中以古讽今的历史时空观,而且赋予了文本更多美学的气质,突出了游戏化的时空特征。同时,王小波更强化了叙事人的主体意识,使其从弱者、旁观者的地位真正成长为作品的理性主体。它将鲁迅简化的故事和人物无限拉长,任意改写和戏仿,消解其中宏大叙事的强制性的判断和拯救意识,在两极对立的文化时空中确立了以男女的性游戏为核心,游戏的参与者在游戏对抗中体现了对自由、智慧人生的追求。在两个时空里,一个时空是历史的、想象的、未来的时空,在这个时空里,尽管有着无趣而专制的力量,但这些权力拥有者在作者的笔下显然是遭到嘲弄和讽刺,相对于那些高蹈流走的自由自在的生命而言,都是失败的,不完满的。在这个世界里,李靖、红拂这些巨人英雄或顽童虽最后仍逃不出命运和权力的怪圈,但他们的生命事业光彩流溢,令人神往。他们的时空是游戏的、灵动的、神奇的。另一个时空是现实的、沉闷的、压抑的。在这个时空中,时间是停滞的,而空间却是封闭的,现实生活作为最大的游戏破坏者,既体现在权力持有者对自由生命游戏者的遮蔽和控制,也体现为偶然性的,人自身不可抵抗的安排,即衰老和死亡所带来的残酷循环。在《歌仙》中,歌声无比优美、心地善良纯真的刘三姐却因为长着丑陋的面庞而屡遭不幸,一生与幸福无缘。《绿毛水怪》中,不堪人世间专制和愚昧的妖妖,变成了神秘的绿毛水怪,永远和深爱着她的陈辉天各一方。《似水流年》中,生命创造力的衰退是

"线条"和王二心中最大的"酷刑"。在现实时空中不再有英雄，有的只是自暴自弃式的、破坏式的反讽和绝望的怀疑。英雄的萎缩、懦弱，成为沉闷的主题。这是宏大的、集体的、现实的、控制的、反智的世界和想象的、有趣的、飞扬的、粗鄙而充满活力的世界的抗争。王小波小说的时空价值之所在，正在于现实时空对想象时空的压制，正是这种压制才使游戏的颠覆和重构有着神奇瑰丽的色彩，尽管这种胜利总是发生在想象中。

同时，这种两极对立的游戏时空关系又十分复杂。一方面，权力对抗关系直接导致了游戏人物的类型化；另一个方面，这种类型化人物又因为作者的叙事安排，自由自在地穿梭在不同时空，造成两种对立时空的对比和交叉互证的游戏化美学狂欢。一方面，王的小说大多有两个或三个基本的性游戏参与者，可以存在同一文化时空内的纯粹的性游戏，从正面的意义阐发游戏的愉悦精神。比如李靖 VS 红拂《红拂夜奔》；薛嵩 VS 小妓女、红线（《万寿寺》）；小神经 VS 小孙（《我的阴阳两界》）；王二 VS 颜色、×海鹰（《革命时期的爱情》）；小史 VS 阿兰《似水柔情》；王二 VS 陈清扬（《黄金时代》）；王仙客 VS 无双、彩萍、鱼玄机（《寻找无双》）等等。在神话化的语境中，这种性游戏凸现了人性中的智慧、美和激情。另一方面，在小说的文本中，也存在着相对应的游戏破坏者，也是游戏时空的另一种对立，他们代表着现实秩序中的权力话语的持有者，他们和游戏者的对抗也因游戏者的奇情怪想式的消解而变成另外一种游戏。这些人物代表是虬髯客、大唐皇帝、杨素、加州伯克利（《红拂夜奔》）；田承嗣、老妓女（《万寿寺》）；老鲁（《革命时期的爱情》）；生产队长、军代表（《黄金时代》）；宣阳坊王安老爹、陈老板、罗老板（《寻找无双》）等等。

正是在这种两极对立中，王小波实现了人生价值的终极追问。在想象中，借助对古人和未来的神秘幻想，借助对故事人物惊世骇俗行为的想象，王小波获得了一定叙事合法性。这是一个凭空创造的世界，自由狂放、无拘无束、充满了匪夷所思的奇观场景，这个世界的游戏规则，对这个世界的描写成为美学狂欢，成为一种可以令读者与作者迷狂神往的精神自由境界。同时，在现实世界的穿插中，作者又使用了另一种话语谱系，一种写实的、叙述的、压抑的语言，真实地为我们展现了一个权力严密控制之下的无趣世界对人类情感和智慧的伤害。这是一种冷静、内视的视角。这种张扬和内视的视角冲突，形成了强大美学张力，即使"游戏"模式拥有了生命的情感强度，又具有了内视的、理性的认识深度。正是由于这双重"阴阳两界"的交叉存在，才使作者在实现现实反抗的同时，实现了对现实的超越。同时，在对新的审美价值资源——"游戏"的审视过程，惊醒读者的梦，撕开人生不完满的现实，在理性上更高层次地思考这种强烈对比的原因，及这种价值资源的实践意义。

三

"死亡"也是王小波游戏模式的一个重要的关节点。在王小波笔下，死亡是游戏的终结，也是游戏的高潮，死亡的到来往往伴成为最后也是最强大的人生力量。在王小波笔下，常态死亡是卑贱的、恐惧的、丑陋的、肮脏的、平庸的，例如他在《三十而立》中对一个医院垂死挣扎的病人们的描写。非常态的死亡（死于自杀、虐杀），在王小波的笔下却是壮观的，充满着对死亡的蔑视、对自身尊严的维护和强烈的抵抗精神。比如《万寿寺》中的女刺客，《红拂夜奔》中的红拂、李二娘，《似水流年》的贺先生，《寻找无双》中的鱼玄机等等。《红拂夜奔》里，李靖用装傻来逃避无趣的人生，最终以"直翘翘"的死亡实现了超脱，而红拂宁可自杀，也不苟活在那个专制而沉闷的生活中。他还将死亡的恐惧融化在虐杀的仪式中，"我希望他们把我五花大绑，拴在铁战车上游街示众。当他们把我拖上断头台时，那些我选中的刽子手——面目娟秀的女孩，身穿紧绷绷的黑皮衣裙，就一齐向我拥来，献上花环和香吻。她们仔仔细细地把我捆在断头桩上，绕着台子走来走去，用钢刀棍儿把皮带上挂的牛耳尖刀一把把钢得飞快，只等炮声一响，她们走上前来，随着媚眼送上尖刀，我就在万众欢呼声中直升天国。"（《寻找无双》）王小波逐渐学会面对死亡，也就是将生命中最极端的体验，幻化成一种狂欢化的仪式。在这个仪式中，他拉开了与死亡的距离，通过对死亡仪式的狂欢，消解了对死亡的恐怖，将主体性的精神力量推向了极限。在《三十而立》里，王也谈到了他对死亡的感受和他为自己设计的死亡："在这种夜里，人不能不想到死，想到永恒。死的气氛逼人，就如无穷的黑暗要把人吞噬。我很渺小，无论做了什么，都是同样的渺小。但是只要我还在走动，就超越了死亡。现在我是诗人。虽然没发表过一行诗，但是正因为如此，我更伟大。我就像那些行吟诗人，在马上为自己吟诗，度过那些漫漫的寒夜。"同时，集体死亡也是非常态死亡的一个重要部分，也是其奇观场景的重要构成，王小波用各种神奇的战争器械（伞兵、工程兵、投石机等）和匪夷所思的死亡想象，展示了死亡游戏的狂欢气质。这既充满着游戏的想象，又隐喻着文化的寓言，比如《红拂夜奔》中的洛阳城暴乱、《寻找无双》中的大唐官军攻打长安、《革命时期的爱情》中"文革""武斗"场景的描写。

然而，对这几种死亡的游戏化处理，也不是一成不变的，而是在矛盾中不断深化。这也体现了王小波在终结游戏时的矛盾的心态。一方面，死亡作为现实的最强音，最终会导致游戏的终结；另一方面，死亡又让他长久地沉溺于游戏最后的光彩。一方面，常态的死亡是人生不可避免的常态归宿，另一方面，非常态的死亡在神奇的狂欢后，也验证着历史和社会荒谬的影子。这表现在作者在《似水流年》中鄙薄刘先生常态的死亡，却又反思出人生的悲悯和同情。作者赞赏着轰轰烈烈的神奇死亡，又从中看到了权力控制的影子和荒谬的逻辑困境，同时集体的死亡又展示了集体中作为个体的苦难。在《寻找无双》中，大唐军队镇压长安城的叛乱，将叛乱的市民集体车裂，从而将死亡推向了触目惊心的境地：

> 就听到马蹄子一阵乱响，八匹马和人的上半截，连带着一声惨叫就不见了，只留下拉细的肠子像一道红线……那一天空场中间的木桩子上堆满了人的下半截，收尸时顺着肠子找就是了。

以王小波的小说《万寿寺》为例，我来具体分析王小波小说中的这种游戏时空。湘西节度使薛嵩是长安城的一个纨绔子弟，由于听了一个老妓女的恭维，决心去边疆建功立业。可是，由于薛嵩本人的问题，加上恶劣的生存环境，他心目中的庄严的凤凰寨很快成为了一个"儿童游乐场"。这其中，游戏的基本原则得到了进一步的体现。凤凰寨是一个相对外界封闭的空间，而进行游戏的双方本着自愿原则开始着游戏。在这里，游戏也是一种无功利、非日常、非真实的幻想式的"虚拟的历史"，并以之与叙述者——一个患有失忆症的历史研究员王二的现实生活进行着对比和相互穿插。在这个文本中，存在着基本的游戏对抗，即两种价值观念的对抗，薛嵩VS 小妓女、红线——田承嗣、老妓女和王二 VS 白衣女人——研究所领导、表弟。老妓女和田承嗣是权力秩序的维护者，男尊女卑、上下有序、道德训诫的等级专制制度，是他们的理想人生状态。充满的是道德的训诫和严肃的"宏大叙事"（建功业），而薛嵩在红线自由奔放的生命力前，脱离了严肃的诱惑，成了一个热爱智慧和想象的顽童。在这里，一切庄严肃穆的东西，都处于一种荒谬和尴尬之中。行军打仗，本来是很严肃的事情。但是，那些雇佣兵并不想上战场，而且经常闹事。薛嵩这个朝廷的节度使，在他们的眼中，不过是一个嘲弄的对象，完全没有任何的权威力量。当薛嵩骑着老水牛一样的马，穿着生了锈的铁甲，领着一群心怀不轨的雇佣兵，穿行在蛮荒的酷热中，薛嵩就变成了一个中国的堂吉诃德。战争所被赋予的庄严的使命感完全遭到了颠覆。薛嵩抢亲的过程，也被消解了恐怖和血腥的成分，而变成了一场光明正大的性爱游戏。薛嵩的军中大帐，也从一个杀伐决断的庄严之地变成了一个游戏中心。最后，王二在白衣女人的指引下，恢复了记忆，从而从湘西凤凰寨的想象中清醒过来，屈从于无趣的权力压力，写出了《唐代精神文明建设考》，游戏遭到破坏。在《万寿寺》中，王小波宣布："长安城里的一切已经结束，薛嵩要到那里和红线会合，我要到万寿寺和白衣女人会合，长安城里的一切已经结束，一切都无可挽回地走向了庸俗。"[①]这与作者在前面所宣称"对我来说，这个世界在长安城里"的说法失去了意义，同时也无情否定了"诗意世界"现实可能性。但如果我们将"诗意的世界"定义为"死亡"则一切困惑迎刃而解。小说中的"我"在寻回记忆的同时也寻回了绝望，庸俗纷扰的现实世界让他无可忍受，而艺术的世界也逐渐打上了现实的庸俗烙印。要追寻诗意，只有去亲近死亡。困境中的王小波无法继续"游戏"，只有走向"死亡"。

第三节　王小波小说的三重主题形象

一

在上文叙事视角分析中，我们发现，王小波的小说存在着一个独特的叙事人"王二"。"王二"既是一个特定人称指代，也是具有多重性格的一类人的集合。我认为，就王小波小说的主题形象而言，还存在着三重形象，一是巨人形象，二是顽童形象，三是悒郁者。巨人形象是针对王小波小说中的文艺复兴的狂欢意味而言的，

---

① 　王小波：《万寿寺》，选自《青铜时代》，花城出版社，1997 年 2 月版。

而顽童形象则充满了黑色幽默的反讽，悒郁者则是现实时空中的压抑形象，类似卡夫卡笔下的人物。这三重主题形象是中国新自由主义文学个性解放的多重阐释，也共同构成中国文化悖论时空中经典性命运隐喻。

从希腊神话故事《奥德赛》的英雄俄底修斯在海岛上遇到独眼巨人，到《格列佛游记》里的"大人国"，许多故事都描述了这样一种生命——巨人。在古希腊和罗马的传说中，天国降血落至大地女神盖雅的膝上使之怀孕产下泰坦族，也就是传说中的巨人族。巨人族身材高大，力大无比，性情暴躁，令人望而生畏。同时，他们又天真淳朴，热血沸腾，永不言败。在中国的文学和史学记载中，如《山海经》《穆天子传》《楚辞》《夷坚志》《拾遗记》《博物志》《聊斋志异》等等，我们可以在里头找到许多相似的怪诞形象。这些巨人是夸父、盘古、伏羲、防风氏等等。荣格指出："原始意象或者原型是一种形象（无论这形象是魔鬼，是一个人还是一个过程），它在历史进程中不断发生并且显现于创造性幻想得到自由表现的任何地方。"[①]可以说，这些巨人传说就是一些原始的原型意象，它们的形象代表了人类征服世界的雄心和信心。在西方的文艺复兴时期，人类从黑暗的中古时代中解脱出来，热情地歌颂人类的自由精神和创造欲望。罗素曾经说过："文艺复兴通过复活希腊古代的知识，创造出一种精神气氛：在这种气氛里再度有可能媲美希腊人的成就，而且个人天才也能够在自从亚历山大时代以来就绝迹的自由状况下蓬勃生长。"[②]在文艺复兴中，西方文学中出现了另外一种巨人形象，他们不仅体魄强健，欲望强盛，敢恨敢爱，而且有旺盛的创造力和想象力，更为重要的，是他们有着强大的理性精神和征服世界，造福人类的信心和无穷的勇气。从庞大固埃，到哈姆雷特、浮士德、于连，一直到罗曼·罗兰的"约翰·克利斯朵夫"，

---

① 荣格：《心理学与文学》，冯川等编译，三联书店，1987年版，120页。

② 罗素：《西方哲学史》（下册），马元德翻译，商务印书馆，1982年版，17页。

这些文化巨人的形象，彰显着西方强大的理性精神和乐观主义精神。可以说，这些"巨人"形象是无愧于"大写的人"的，而不能等同于我们中国文学中，将启蒙主义形象等同于人道主义形象，并赋予人物强烈的道德感。这些巨人形象，也是巨人的知识分子形象，都是建立在个性主义和自由主义的基础上，他们的力量，不但体现在征服世界的惊人的创造力，更表现在他们突破封建主义的世俗偏见的勇气。

王小波小说中巨人形象的出现，恰填补了这项中国文学史空白。青年作家李大卫《祭王小波》中认为"王小波的小说最大意义在于为中国文学提供了一个诗学意义上的全新谱系，王小波笔下的王二，是一个文艺复兴式的人物，其丰富的感性和发达的判断力之间实现了高度平衡……他是以反英雄的方式企及英雄的境界"[1]。我们看到，在王小波笔下，有着两类巨人形象，一种是男巨人，一种是女巨人。他们体魄强健，充满了创造的智慧和勇气，热爱发明创造，勇敢挑战世俗成见，以充满激情的生命欲望和蓬勃的游戏心态，为中国文学的人物画廊留下浓重一笔。例如，《红拂夜奔》中，李靖的形象是"身材高大，约有一米九五到两米，长了一个鹰钩鼻子，眼睛有点黄；身上毛发很重，有一点体臭"。而《万寿寺》中的"薛嵩"，则是"身材俊美高大，穿着竹笋壳做的凉鞋，披散着头发，把铁枪扛在肩上，用一把新鲜的竹篾条拴在腰上，把龟头吊起来，除此之外，身上一无所有"。而作为王小波笔下的女巨人形象，都是身材性感，青春活力，聪明而美丽，更能表现其反集体主义、反道德主义的倾向。例如《红拂夜奔》中的"红拂"："是很古怪的娼妓，她的身材太苗条，个子太高，远看起来，有点头重脚轻的样子，因为她梳了个极大发髻，简直有大号铁锅那么大。她的皮肤太白，被太阳稍稍一晒，就泛起了红色。"比如，《似水流年》中

---

① 李大卫：《祭王小波》，见《浪漫骑士——回忆王小波》，艾晓明、李银河主编，中国青年出版社，1997 年版。

的"线条"，为了证明自己的特立独行，嫁给人人喊打的"龟头血肿"李先生，并终生不渝。即使人到中年后，依然是我行我素的作风："在学校的草坪上和人聊天，忽然发现上课的时间已到，于是她把绸上衣的下襟系在腰间，把西装裙反卷上来，露出黑色真丝三角裤，还有又细又长肌肉坚实决不似半老徐娘所有的两条腿，开始狂奔。"又比如《三十而立》中的小转铃："这个女人勇悍绝伦，比我还疯狂。我和她初次做爱时，她流了不少血，涂在我们俩的腿上。不过片刻她就跳起来，嬉笑着对我说：王二，不要脸！"而《黄金时代》中的陈清扬，坚持自己的性爱要求，不惜在批斗材料交代自己真实的"性体验"。

微妙之处在于，这类人物，在中国历史传统中，恰恰更为靠近"流氓"，特别是男巨人形象。在《黄金时代》中的"王二"："那时我面色焦黄，嘴唇干裂，上面沾了碎纸和烟丝，头发乱如败棕，身穿一件破军衣，上面好多破洞都是橡皮膏粘上的，跷着二郎腿，坐在木板床上，完全是一副流氓相。"而这类巨人和王朔笔下的怀才不遇、游走在讽刺和油滑之间的"小流氓"不同（这种流氓恰恰是反智主义的，是传统的中国政治秩序的附生物），王小波笔下的巨人，有着高度的智慧，并热爱智慧，"流氓"不过是身份边缘化的一种另类表现。例如，《寻找无双》中的"王仙客"是个制造兵器的天才，也是一个数学爱好者。在《红拂夜奔》中，"李靖"是洛阳城中的流氓，但他又是大科学家、大军事家。他还是个大诗人、大哲学家。李卫公多才多艺，不但会波斯文，而且会写淫秽小说，会作画。同时，李卫公之巧，天下无双，从年轻时开始，就发明过开平方的机器和救火的唧筒。做宰相的时候，又迷恋上了建筑学，先后设计了风力和水力长安的模型。

二

与巨人形象形成了鲜明对比，在王小波笔下，还存在着另外一类形象，就是悒郁者形象。这些悒郁者形象，不同于新生代小说家笔下的"小人物"。他们大多生活在小说的现实时空线索中，虽有成为巨人的才华和能力，却空负壮志，在现实生活中，成为话语的沉默者和生活的服从者，可以说，他们是"巨人"遭受精神阉割的结果，是"巨人"在当代中国的文化现实中的真实际遇。例如，《红拂夜奔》中的"王二"，是一所大学研究数学的教师，穷困潦倒，虽证明了费尔玛定理，却被留学生欺压，和一名女同事挤在一个合居单元，最后弄假成真地成了恋人。《我的阴阳两界》中，工程师王二因为阳痿，被别人看作异类，天天生活在地下室，修理各种废旧医疗器械。《万寿寺》中，"王二"是一个失去记忆的历史研究所研究人员，天天写着无聊的小说，住在粪水横流的古建筑中，研究《唐代精神文明建设考》。《白银时代》中的"王二"，是个公司安排的职业写手，天天在写着一部怎么也写不完的《师生恋》的小说。

在巨人形象和悒郁者形象之间，还有着一类形象，那就是"顽童"形象。这些顽童可以看作巨人和悒郁者的少年时代。或者说，是巨人和悒郁者的另外一种性格侧面。这些顽童喜欢恶作剧，有着天才的能量和稀奇古怪的想法，将人生变成一场无处不在的游戏。在小说《革命时期的爱情》中，少年王二热衷于制造各种战斗器械，并和一个叫颜色的大学生谈恋爱，长大后在豆腐厂工作，经常和厂里革命委员会主任老鲁玩官兵抓贼的游戏。在小说《似水流年》中，少年王二和许由制造炸药，差点把房子炸掉。而成年后的王二，在大学实验室工作，头脑中也充满了稀奇古怪的想法，并喜欢捉弄领导。在历史小说《寻找无双》中，王仙客热衷于射击长安城里兔子，而其表妹无双喜欢玩 S/M。在《万寿寺》中，薛嵩用柚木为红线精心打造了一个牢笼作为定情物。

为什么王小波笔下会出现这三重主题形象呢？这与王小波对自由主义和个性解放的理解有关，也与中国悖论化的文化时空有关。

我们看到，1933 年，胡适在美国芝加哥大学做"中国文化趋势"的演讲，共六讲，后结集为《中国文艺复兴》，由芝加哥大学出版。他将中国的文艺复兴，分为宋的考证、明的王学和小说戏曲、清学的勃兴和新文化运动，称为中国文艺复兴的四个环节。在胡适眼中，文艺复兴中的"学术"意味大于人的欲望解放和自由的意味。而在王小波看来，人的解放，首先就是人的自由和精神的开放。王小波在 1978 年给李银河的信中向自己提出过这样的问题："什么是文学的基本问题"，他的答案是"人可以拥有什么样的生活？"而不是"人们现在过着怎样的生活？"他感到"在人世间有一种庸俗势力的'大合唱'"，说小汽车、洗衣机、电视、大衣柜这一切都和他的人格格格不入。他说："人不仅不可以是寄生虫，不可以是无赖，人真应该是巨人。然而，好多人身上带有爬行动物那种低等、迟钝的特性。"① 自从我们的"五四"文学，启蒙的使命，始终被救亡的使命所困扰，所以，个人主义和自由主义，就始终在群体主义的大前提下进行自我塑造，这也导致了符合群体主义要求的责任感、使命感和道德感的兴盛，自我突破群体束缚的能力，却远远不足。在这种历史征候中，"个人"或无奈地以畸形的方式表现，例如郁达夫的《沉沦》、鲁迅的《狂人日记》，或成为另外一种"新圣人"形象，例如柳青《创业史》中的梁生宝。而 1980 年代新时期文学以来，有关"伤痕"和"反思"的探讨尚未深入，我们的文学便迅速在"国家现代化"的想象中进入了"改革文学""寻根文学"，而1985 年马原《拉萨河女神》的发表，则把"方法"的问题提到了文学本体论的高度，并直接引发了 1980 年代末的先锋小说的兴起。先锋小说，以及其后的新写实小说、新历史小说的一个最重要的理论支持点，就是对文学启蒙主义的颠覆，不仅包括经典现实主义的创作原则，也包括"大写的人"的形象颠覆。我们看到，先锋小说，

---

① 艾晓明、李银河：《浪漫骑士》，中国青年出版社，1997 年版，16 页，163 页。

要颠覆的，其实是中国现代文学中所树立的"人道主义"的道德化的"启蒙英雄"或"启蒙圣人"的形象，先锋小说的不幸就在于，在一个悖论化的文化语境中，他们无法再去树立一个真正的"启蒙巨人"形象。他们强占话语高地的野心和文学进化论式的影响焦虑，迫使他们急切地寻找一个超越现有文学状态的"利器"，恰忽视了启蒙性对于文学，特别是中国文学的重要意义。王小波要在先锋小说之后为自己的作品立论，不可避免地面对着这种悖论情形，即启蒙的人的解放还未完成却被强迫结束。于是，在王小波的笔下，巨人形象代表着他文艺复兴的启蒙和个性解放的愿望，而悒郁者形象则可以看作巨人的现实版，并反衬我们悖论化的现实语境的沉默和庸俗，而"顽童"形象则是王小波在巨人和悒郁者之间平衡的一种心理态势，是王小波试图缝合主观愿望和现实批判的产物。在王小波笔下的形象如薛嵩、李靖、红拂、王二、舅舅、陈清扬，大都具有"顽童化"和"巨人化"的双重倾向。他们欲望强烈、才华横溢，能力超群，又鄙视道德偏见，敢于突破世俗道德约束，用惊世骇俗的行为表达他们对自由、爱情等人类最富创造力高贵品质的追求。王小波的小说世界，"笑声"疗愈着生命痛苦的创伤感，一切外在的权力关系困境都可以成为游戏化的语境，一切对立的质素都在反讽想象中得到超越。在两个世界的对立中，王小波用想象解放了自己。无论专制的压迫，还是庸者的奴役；无论是想象的世界，还是丑陋和衰败的现实，王小波总是既不承认，也不拒绝，在不确定的阐释和随意穿插中，以一种新的主体性为文学带来新秩序，即以"自由、有趣"的价值观重新为文学命名。我们也看到，王小波与鲁迅的小说原质中都缺乏中国文人传统的精神——忍耐。强者所不能忍受的，是命运无形的捉弄，是无处不在的"暧昧"，是庸者哲学对强者无所不在的消解。顽童所不能忍耐的，是无趣者对"快乐"的游戏的破坏，是沉闷的现实对想象的扼杀。正如卡夫卡所说："我能经历死亡，不能忍受痛苦，我能顺从死亡，不能顺从受难。"①与生俱来的对美和自由的向往，对智慧和力量的崇拜，使他们和这个荒谬的世界格格不入。不能忍耐，就只有选择反抗或死亡。反抗绝望并不意味着承认希望，而在于个体自由选择，也就是用个体的反抗赋予生命和世界新的意义。

第四节　王小波小说的三大意象

一

"意象"本是一个中国传统美学的术语，后来主要被用来分析诗歌文本的特征，当"意象"被用作小说中的术语，主要是指作者心中的一个"景象"，可以是"一句话""一个动作""一个表情""一个场景""一种氛围"，但却能够引导甚至统领整个小说的思想境界和主题意蕴，形成一种个体化的独特风格。②汪晖曾经将鲁迅的文学核心意象归纳为"沉默"（生命状态），正如鲁迅对沉默的描述："至于百姓，却就默默地生长，萎黄，枯死了，像压在大石底下的草一样，已经有四千年"，③"中国变成一个有声的中国，人民将大胆地说话，勇敢地进行，忘掉了一切利害，推开了古人，发出真的声音"，④"吃人"（人与他者的关系）和"荒原"（生存状态）。不可否认，这三大意象作为鲁迅文学深度模式（强者突围）的表征，不仅是世纪初悖论下的中国现实的标志性事件，且已成为中国近半个多世纪文坛的核心主题和核心意象。它的延续，标志着中国悖论文化语境的内在延续。王小波却试图挖掘失去话语权的状态下个体独特的反

---

① 卡夫卡：《卡夫卡随笔集》，黎奇、张荣昌等译，海天出版社，1993年9月1版。

② 格非：《小说叙事研究》，清华大学出版社，2002年9月版，121页。

③ 《鲁迅全集》，8卷，27页。

④ 《鲁迅全集》，2卷，15页。

抗精神，即性爱的游戏化（英文 PLAY 也指溢出社会规范外的性关系），将"吃人"的宏大主题演变成人生无处不在的"刑罚"意识，将孤独者的无边无尽的"荒原"装饰为"奇观化"的"游戏场"。

"沉默"是一种话语权受遮蔽的表现。鲁迅曾写作"无声的中国"，揭示了处于中国传统文化之中，特别是过分讲求内在秩序性、和谐性的儒文化，带来的个体生命权受严密权力控制的现状。一方面，作为活生生的生命个体，已经丧失了独立表达自己主观见解的能力和勇气，比如闰土，只能悲哀地叫一声"老爷"；另一方面，作为群体中的个体，也是生存在沉默之中的，丧失了发出反抗统治和压迫的"集体的声音"，比如《药》中观斩的"脖子像被捏住的鸭"一般的群氓。这种控制既来源于权力秩序所支持的国家权力组织的绝对权威性，又来自"道德的合法性"。"无声的中国"，还只是抽象地谈，高度概括地总结出国民性中最悲哀的一面，他所区分的是"人民"与"统治者"，而王小波的"沉默的大多数"的概念，则将鲁迅的思想又推进了一步，"中国"的概念换成了"大多数"，"群体"的色彩更为淡化，而"个体"意识更加强烈。"我认为，可以在话语的世界里分出两极，一极是圣贤的话语，这些话语是自愿的捐献，另一极是沉默者的话语，这些话语是征收来的税金。"①在王小波笔下，"沉默"意象，却成了意图强制令他人沉默的权力者和意图保持个体主体性的被控制者之间无休止的"话语狂欢"。一方面，王小波更为细致地为我们展示了作为群体话语的"阳世界"，对个体话语"阴世界"控制和遮蔽的文化操作细节，即个体在权力控制下，沉默者必须"表态"，不仅自由表达心声不可能，想保持真正沉默亦不可能。因为"沉默"也已被集权控制认为是对秩序的潜在威胁。因此，个体作为"沉默"的无面目者出现在公共空间，却恰恰是以"话语狂欢"的悖论表象出现，比如"文革"中

---

① 王小波：《沉默的大多数》，选自文集《沉默的大多数》，中国青年出版社，1997年10月1版，16页。

的"大字报和大辩论"。另一方面，作为个体主体性丧失的沉默，王小波却揭示了在"阳世界"的控制下，"阴世界"不屈不挠的反抗。这也是一种争夺属于个体主体性话语权的反抗，而表现的文学意象，则恰是"性爱游戏"。"性爱游戏"就是王小波最有力量、最具说服力的反抗者的"话语狂欢"。

性爱意象，是伴随着游戏意象出现的。集中体现在《黄金时代》《红拂夜奔》《寻找无双》等小说中，成为作家发出的反抗"最强音"。在王小波笔下，精神之恋的价值被压缩、抽象，并负载于性爱之上，与之融为一体。王小波笔下的性爱游戏意象，分为两种，一种是传奇化的性爱游戏意象。性爱场景、性爱心理的极度浪漫化、传奇化的张扬，对身体和环境的想象化的、幻想化的处理，使性爱成为一个无比美好的价值载体：

> 陈清扬说，她去找我时，树林里飞舞着金蝇。风从所有的方向吹来，穿过衣襟，爬在身上。我待的那个地方可算是空山无人。炎热的阳光好像细碎的云母片，从天顶落下来。在一件薄薄的白大褂下，她已经脱得精光。[1]

另一种是虐恋游戏意象。施虐和受虐在施加和接受的仪式中，导致了双方根据不同角色的性唤起，即可以称之为虐恋。性虐成为虐恋，并转化为纯粹的游戏，存在着一个过程。在这个过程中，施虐和受虐（S/M）成为现实生活中权力秩序的仿写和缩影，又突破了权力控制的规范，衍生出一种剥离了权力控制的独立的游戏意义。在性虐中，权力的介入使性爱的过程具有了象征意味，代替了想象中的男性性器，使施虐方具有了权力控制的绝对权威，另一个方面，对于受虐方来说，无法克服、无法反抗的性施虐正是现实中

---

① 王小波：《黄金时代》，花城出版社，1997 年 5 月 1 版，35 页。

权力控制的绝望的心理体现，受虐正是建立在无法改变现实之后的绝望之上的心理自我保护机制。不能反抗，便只有自轻自贱式的顺从，并在某种程度上颠覆性虐的专制的控制，使其成为一种虐恋。从这种意义上讲，王小波笔下的施虐和受虐的性仪式正是作者力图展示现实中国权力结构的一个荒诞寓言。《黄金时代》中，"斗破鞋"就是一个典型性虐场景。对于中国类似的题材处理上，作家们往往从朴素的人道主义立场出发，谴责对人性的扼杀，或者从狂欢化的性意识入手，将这种性虐写成一种"感官的盛宴"，从而绕过意识形态的问题，直逼一种美学上的极限，比如莫言的部分文本。然而，在王小波笔下，他更关注权力对性虐仪式的浸入，对施虐和受虐双方的精神控制，力图清楚地展示权力在对人性毁灭过程中的清晰的脉络，从而揭示其运作的秘密和真相。在"革命／反革命"的宏大叙事话语的背后，施虐者和受虐者关注的实际上是"性"的暧昧的暗示，正是通过这种性的暗示，权力更加牢固地控制了施虐者和受虐者的精神，也正是通过对这种控制的有力揭示，以及游戏化、粗鄙化的处理，作者实现对现实权力关系的颠覆。施虐者们在"性"的暗示下，难以自持，从而破坏了严肃的意识形态仪式（革命斗争）的庄重性，（绳子捆在她的身上，好像一件紧身衣。这时她曲线毕露。她看到所有男人的裤裆里都凸出来）。同时，作为受虐者的陈清扬，每次出完斗争差的时候，都"快感如潮"。正是由于这种不自觉的心理转化之中，作为权力意识形态话语的权威性遭到了无情的嘲弄和犀利的解剖。

这种性虐的角色分配也可呈现出变化状态。例如《2015》中，男性成为了受虐者，女性成为了施虐者，身为管教的小舅妈和身为犯人的小舅在寒冷的盐场做爱，权力的执行者和权力的受制者的界线变得模糊，权力介入下的性爱以一种荒谬的表情展露在我们面前。在《革命时期的爱情》中，性虐更多成为一种权力倒置的性游戏。它不同于陈清扬、红拂、鱼玄机等人物在受虐时通过自身苦难形成对权力秩序的挑战，而是通过受虐来幻想和体验另一种权力控制的占有欲。在×海鹰和王二的性虐游戏中，×海鹰是受虐者，现实生活中，她却是权力话语的持有者和施虐者。×海鹰为王二所吸引的，正是王二身上所表现出来的"坏"，即一种离经叛道的精神。然而，×海鹰并没有将之理解为一种自由意志，反而是从一种负面的意义，即"受虐"的角度，找到了性爱的理由。她把相貌丑陋的王二等同于听"革命历史报告"得来的关于"日本鬼子强奸女共产党员"的印象，从而使自己爱上了王二。一方面，×海鹰渴望用"强奸"来体验另类的征服，证明自己的权力和意识形态血统的高贵；另一个方面，她的潜意识中，却服从快感的需要，从受虐中引发身体的性唤起。这种荒诞的情况恰恰说明了，正常的爱情和性爱遭到遮蔽的时候，爱就会从一种愚昧和扭曲中生长。

二

第二种意象，刑罚意象，联系着现代文学的"吃人"意象，又与"游戏"意象扭结着共同出现。"吃人"是鲁迅对旧中国内部权力控制关系最深刻的思考之一。在《狂人日记》中，"我"不但发现"礼教吃人""他人吃人"，而且痛苦地发现"我也是吃人份子中的一个"。"吃人"不仅是肉体的消灭，更是精神的异化和奴化。而在王小波笔下，延伸了鲁迅对于权力控制关系的思索，将之扩展为一种人生无处不在的"刑罚"意象。个体生命，处于一个群体主义的社会中，就是无时无刻不处于一种惩罚和规范之中。"吃人"意象给人更多的是震惊和猛醒，"刑罚"意象却给人带来更多无穷无尽的精神折磨。人生是受刑，人死后刑罚却可能仍然在继续，更可怕的是，在生死之间，"刑罚"更有可能是一个连绵不绝的过程，即生受控制，死亦受控制，人不能自由地生，也不能自由地死，一切都在刑罚的亵玩之中（比如《红拂夜奔》中，红拂申请自杀，却因为皇帝的旨意，永远停留在死与不死之间）。对于刑罚，福柯认为，它是一种权力关系，是体现权威意志的产物，是肉体与精神在权力和知识的合谋下，被控制、被驯服的人类历史。这种权威，无疑是建立在权威者的武装正义之上的，即以强制的物质力量展示权威者对真理—权力关系的确认，实现权威者对冒犯者的肉体和精神上的惩罚仪式。[①] 然而，在王小波笔下，刑罚被赋予了更为深广的文化意义，成为权力干涉、控制个体生命自由游戏意志的铁证，从而象征了我们现实的沉闷的、被阉割的人生过程。王小波通过"一热一冷"两种刑罚意象，将严肃的刑罚仪式断裂了，成为了不折不扣的游戏化狂欢场景展示，从而重构出自由、智慧、勇敢和性爱的主体性力量。

先来谈一下"冷"的刑罚意象。这主要是指通过黑色幽默的反讽冷色调笔法（类似鲁迅的白描手法），刻画了个体自由的生命在刑罚下走向毁灭的过程，使人们在惊心动魄的体验中，不是产生一种审美的快感，而是产生一种苦涩的深思，一种灵魂逼问的震撼。王小波用黑色幽默化解了恐惧，并在痛苦中淋漓尽致地展示了自由的个体生命面对刑罚的无畏精神反抗，尽管这反抗本身也浸泡着血与泪的笑声，从而揭示中国刑罚文化中的专制思想的负面深刻性。"公开酷刑处决"本身是刑罚的一种极限方式。它是一整套痛苦的量化艺术，它将肉体效果的类型、痛苦的性质、强度和时间、罪行的严重程度、犯罪特点以及受害者的地位联系在一起。更是一个权力庆祝胜利的仪式与权威失而复得的仪式，而中国式的公开处决更能理解为一种权力控制达到巅峰状态的"表演"，成为一种国家和群众权力专制和暴力审美相结合的狂欢。在《寻找无双》中鱼玄机的酷刑和死刑仪式，作者反复细腻地再现她被处死的盛况空间的壮观景象，用反讽来揭示权力所造成的荒谬。身处于刑罚之中，何时受罚、怎样罚、何时死、怎样死自己都不能做主，甚至没有临死前遗言的话语权力。一旦身处刑罚，就完全成为国家专制的对象和围

---

① 福柯：《规训与惩罚》，刘北成 杨远婴译，三联书店，2003年1月2版，145页。

观者鉴赏的"万众瞩目"的对象，成为一个"行货"。个人的身体、财产，甚至思想、感情都不再属于自己，而必须符合权力的要求和观赏的需要。红拂要自杀，就必须要为自杀指标而奔走，进而被纳入一套制度繁琐、等级森严的"殉夫"程序之中。自杀本身所蕴含的抵抗意义完全被刑罚化了，权力化了。这种严密入骨的控制和剥夺，这种将刑罚暴力庄严化、审美化的倾向，正是我们民族最愚昧的文化心理之一：

> 鼓声响的时候，站在她身后的刽子手猛地抓起她的肩头……鱼玄机猛然睁开了眼睛，她的眼神凝固了。这样过了好久，鱼玄机额头上的青筋都要都凸出来了，那双灰色的眼睛也凸了出来。……有个文书走上前去，问道："鱼玄机，你有什么遗言？"鱼玄机说："很难受呀，能不能一次解决？"那个文书耸耸肩膀走开了。然后，鼓又响了，又绞了她一次。这一回她咳嗽许久，哑着嗓子说遗言："我操你们的妈！"[1]

再来谈一下所谓"热"的刑罚意象。这主要是指以利用游戏心理正面颠覆刑罚秩序为目的意象特征。在刑罚仪式中，包含着施行、受刑、观众三种角色定位。施刑者和受刑者都是表演者，而观众既是施刑者借以震慑的对象，也是对受刑者和施刑者双方做出价值评判的主体。然而，在王小波"刑罚"意象中，这三者间沉重的权力控制的秩序受到了颠覆和重构。这主要表现为施行者、受刑者和观众之间的关系的改变，主动张扬自由和勇敢等游戏精神的内涵，进而达到一种智性的游戏快感模式。首先，施刑者和受刑者的压迫关系可以变成了自愿、自娱的游戏。囚笼本来是用于监禁犯人、制造痛苦的。犯人失去了人身自由，并成为肉体禁锢和精神监视的权

---

[1] 王小波：《寻找无双》，选自《青铜时代》，花城出版社，1997年5月1版，499页。

力剥夺对象。然而，在《万寿寺》中，薛嵩制造囚车的目的，并不是打算永远地囚禁红线。他只是觉得"有趣"。囚车已经失去了它原始的作用和意义，成了一件新奇的性爱游戏道具，一个薛嵩抢亲时送给红线的炫耀自己的"定情物"，一个智慧和浪漫的结晶：

> 薛嵩决定用它做成一个囚笼，……这座囚笼相当宽敞，有六尺见方，五尺高，截面是四叶的花朵形；上下两面是厚重的木板，抛光、去角……薛嵩给囚笼的框子设计了一种花饰，是用葡萄叶组成的。用笼子的厚重坚固体现他的赤诚，用柚木的质地和光泽体现他的温柔。[1]

其次，施刑者与受刑者还可以建立一种游戏的尊重感。酷刑仪式消解了其中的恐怖和血腥，所要彰显的、展示的，却是人的智慧、勇气和尊严。女刺客失手被擒，要被公开砍头，这本身是一件阴沉的、消极的事情。然而，刺客杀人天经地义，刺客被杀，亦是天经地义，王小波首先用这样一种朴素而浪漫的基调，为我们卸下了道德重担，而把更多注意力转移到刑罚本身。正如王小波在小说中所说："绝望是无限美好的。"女刺客从生命完结的绝望中，产生了对绝望的反弹，找到了生命尊严的力量，决心"什么人也不哀求，像个一流的刺客一样轰轰烈烈地死去"。死亡成了人性尊严、自由和爱情的精彩反证。正是基于对双方勇气和尊严的敬重，施刑者之一的红线才和受刑者——女刺客成为了朋友，她们互相欣赏对方的美丽，并且心意沟通。而这一切都是游戏的一部分，都以不打破"刺客杀人－被杀"的故事游戏规则为基础，却又遵守着"王氏游戏"对人性的智慧和勇敢等品质的弘扬的深层原则。

再次，刑罚的观众和施行者、受刑者的关系发生了改变。在《万寿寺》中，观众主要是指那些围观的士兵。权威者必须通过对

---

① 王小波：《万寿寺》，选自《青铜时代》，花城出版社，1997 年 5 月 1 版，101 页。

受刑者的杀戮，达到对观众的震慑的效果，才能实现以儆效尤的目标。士兵本来应当是权威者——湘西节度使酷刑的忠实执行者和秩序维护者，但却由于缺乏观众（普通老百姓）和薛嵩权威的丧失，而变成了一个旁观者。但是，他们又并非简单受众，薛嵩试图鞭打贪污军盐的士兵，通过刑罚树立威信。由于薛嵩本人的权威无力，士兵们可以公然决绝这种刑罚，并将之变成了一场具有性虐意味的游戏（鞭打小妓女取乐）。他们影响着薛嵩对刺杀案件的深入调查，嘲笑薛嵩杀人时候的张皇失措，从而使展示权威的仪式，变成了展示观众对仪式破坏的游戏，从而颠覆处决仪式的内在权力秩序。

同时，对酷刑场面的奇观想象，也是游戏颠覆刑罚中权威者的权力意志的另一个重要方式。例如，女刺客在被红线杀死之后，人虽然死了，但人头还活着，依然有感觉有思想，它和红线开玩笑、撒娇，和她恋恋不舍，最后被吊在树上，成为凤凰寨的一道风景。正是由于这种匪夷所思的想象，刑罚与死亡成为游戏，王小波对刑罚的游戏化描写获得了文本内部逻辑和价值凸现的双重成功。同样，我们也应该看到，王小波对刑罚的游戏化处理，与莫言《檀香刑》中刑罚的暴力审美有着根本的区别，并非刻意地迷恋，也不是狂欢后的心理认同，其颠覆的意义影响深远。

三

那么，王小波笔下这三大"意象"其内在联系又是什么呢？必须把三个意象联系起来考察。在王小波笔下，"性爱"意象、"刑罚"意象都和"游戏场"意象有着深刻联系。"性爱"是人类生命和创造力源泉，是对"缄默"的个体压抑性状态的否定，"刑罚"象征着权力控制之中的人生过程，是"吃人"意象的延续和深化，又是主体通过受虐的方式，展现精神抵抗的"颠覆形式"，而"游戏场"则是身处刑罚的主人公展示自己的舞台。这三个具有象征意味的意象可以是逐序进行、呈现为循环态势，也可能是互相纽结的。性可以是刑罚的原因（比如斗破鞋），也可以是刑罚导致的结果（比如虐恋），却都是游戏场的语境中的产物，而游戏场同样可以是刑罚的心理感受，也可以是性的高潮。"游戏场"既是创作主体对"性游戏""刑罚"意象的内在的心理体验，也是"性爱""刑罚"中呈现出来的独特的价值境界和精神图谱。它既渗透在"性爱""刑罚"之中，也表现为弥漫于文本中的许多细节、场景和人物之中。在《黄金时代》中，这种心理体验化的"游戏场"，可以是一个温暖而浪漫的性爱场景，也可以是残酷的刑罚场景（挨批斗），而读者和施虐者与受虐者之间的"看与被看"关系，都被放置于一个个"典型情境"中，或是一个斗破鞋的戏台，或是云南充满异域风情的热带丛林，或是荒废的千年前长安郊区的菜园，或是寒风刺骨的劳改盐场。在这些惊世骇俗的场景描写中，"游戏场"具有了多重叙事目光的"聚焦功能"，内化为压抑和焦虑的潜在的氛围和心理，一种说不出的被窥视的紧张和压力，和受挫后绝望的情绪反弹。一方面，性爱由于这种聚焦功能，摆脱了地下的、隐私状态的暧昧和色情暗示，变成了一种光明正大的游戏，另一方面，刑罚仪式中权力者的隐性操作也会因为这种突如其来的曝光和聚焦而陷入困窘，成为批判对象：

> 我和陈清扬侧躺在蓝黏土上，闭上眼睛，好像两只海豚在海里游动。天黑下来，阳光逐渐红下去，天边起了一片云，惨白惨白，翻着无数死鱼肚皮，……天地间充满了悲惨的气息。陈清扬流下了许多眼泪。她说是触景生情。——后来人们把她押了出去，后面有人揪住她的头发，使她不能往两边看，也不能低头，所以她只能微微侧过头去，看汽灯青白色的灯光。有时她正过头来，看见一些陌生的脸，她就朝那人笑笑。这时，她想，这真是一个陌生

的世界！这里发生了什么，她一点都不了解。……但是，她很愉快，人家要她做的事情她都做到了，剩下的事情与她无关。她就是这样扮演了破鞋。①

除了渗透在性爱、刑罚之中的"游戏场"，王小波还设置了众多转喻性的"游戏场"，以庞杂而奇情怪想的丰富细节，刺激着我们无穷的想象。这种旁逸斜出的"游戏场"在王小波的小说中随处可见。比如在《寻找无双》中，长安城上滑翔的兔群；《革命时期的爱情》中，年轻的大学生们武斗的场面；《红拂夜奔》中，李靖踩着高跷飞奔在长安的上空；《万寿寺》中，薛嵩骑着老水牛，领着雇佣军和苗人作战；《绿毛水怪》中，大洋国的绿色居民和妖妖遨游在湛蓝的海面上。这些游戏场中，恐惧和悲观消失了，所有杀戮、痛苦和荒诞，都被消解了阴霾的成分，被凸现了游戏的个性勃发的色彩。这是一个顽童心中最具有价值的文化想象，也是一个有尊严的作者对沉闷的现实（受刑罚）心灵反抗的图景。

第五节　两个不同的"杂文历史小说"版本

一

鲁迅的《故事新编》问世后，理论界和创作界，一直对这种特殊文体历史小说进行探讨、揣摩。许多批评家认为，《故事新编》之后，存在着一个谱系学上的"鲁迅式历史主义"，即从二十世纪三四十年代的郭沫若、茅盾、郑振铎、施蛰存，一直到六十年代的陈翔鹤、黄秋耘，再到八十年代前期的伯阳、赵玫，中后期的苏童、余华、莫言、刘震云等新历史主义小说家，甚至九十年代的李

---

① 王小波：《黄金时代》，花城出版社，1997 年 5 月 1 版，15 页。

洱、李冯、潘军等新生代小说家，这些作家的历史主义创作，都和《故事新编》存在着千丝万缕的联系。[①] 但是，那些所谓"鲁迅后"的"新历史小说"，由于文化场域和个人文化理解力、创新力的差异，对鲁迅《故事新编》的创作意图、文体和思想内涵的认识都存在着一定"误读"。这种"误读"，一方面，丰富了历史小说的生长空间，发展了鲁迅的历史小说文体，开阔了我们的文学视野；另一方面，当我们讨论这些历史小说和《故事新编》的异同，我们又能在多大程度上说，它们真正继承了鲁迅历史小说的精髓，超越了鲁迅历史小说所开创的经典模式？对这个问题用简单的有或无来解答，失之草率，而单纯用二分法来看待，同样失之严肃。

我认为，王小波创作的历史小说，与鲁迅《故事新编》的内在关系，是一条不容忽视的线索。如同鲁迅一样，坚持杂文和历史小说两种创作的"思想型作家""学者作家""自由撰稿人"，王小波的历史小说创作，真正继承并发展了鲁迅悖论式的观察中国历史和现实问题的思维方法，强烈的主体自由精神、科学民主的人文意识和充沛的文化创造力。同时，王小波对鲁迅式历史小说既有内在传承，又有基于个性、思想和文化场域所带来的差异性。这种关系已引起国内研究者的注意。[②] 我从杂文历史小说的内涵，两位作家

---

① 近年来，从中国文学史纵向角度研究《故事新编》的论文涌现出来很多，代表作品有姜振昌的《故事新编与新历史主义》(《中国社会科学》)，吴秀明、尹凡的《"故事新编"模式历史小说在当下的复活与发展》(《文艺研究》2003 年第 6 期) 等。

② 2005 年 4 月，王小波逝世八周年祭奠活动在鲁迅纪念馆举行，著名鲁迅研究专家孙郁撰文指出："他的整体风格和鲁迅大异，不沉郁，不悲慨，精神深处是罗素的那一套。但我要说他和鲁迅也有一些相同的地方。比如说，他们都有超人的想象力。鲁迅的那本《故事新编》是借着古人说今人之事，很有'大话'的意思。王小波的《青铜时代》也是这样的，古今中外的意象都融在了此间，且有超迈的气韵。鲁迅大概受到了现代主义的影响，王小波的身上则有卡尔维诺和尤瑟纳尔的影子。但他们又不是简单地吸收，而是在上下古今的时空里，表现人的智力的可能性。鲁迅和王小波呈现了中国作家想象力的高度，就我现在阅读的中国小说家的作品而言，超过他们的还不多。"(引自 http：// cul.sina.com.cn 2005/04/19 11：36 北京青年周刊)

在创作动机、文化逻辑，以及历史反讽形态的异同几个方面进行分析，并以具体的文本解读进行辅助性论证，从而对二者复杂、多维度的关系进行梳理，探究中国历史题材小说演变中的一种思想逻辑，进而对悖论式的中国文化语境的变异进行探讨。

要认识《故事新编》的传承，必须首先对这种历史小说的形态进行适当判断。我们从文体的特征上，发现在《故事新编》中存在杂文、历史和小说三种文体特点。许多鲁迅研究专家也因此将之称为"杂文历史小说"。[①] 这类历史小说有机地将杂文、历史和小说三种不同文体形态融合加工，创造出一种有着强悍生命力的"混血儿"，从而成为跨文体写作的典范。它不但有杂文强烈的现实批判性、历史文学宏大叙事的雄心，也有小说美学独特的形式创新。为什么会出现这种文体呢？这既是鲁迅独特的思维方式使然，更是中国的文化环境决定的。

首先，鲁迅的历史小说创作，批判现实性，一直是其主要的文化学的追求之一。这种批判性，既是个人体验和思考的痕迹，也是中国近代启蒙主义的一个理论支点，即通过批判现实，进而达到启蒙。我们也要看到，这种批判性，在《故事新编》中，表现为杂文精神的渗透和运用，鲁迅批判腐败的社会，糜烂的传统，批判国民的愚昧，批判权力对个人主体性的压抑，无疑比同时代的茅盾、巴金、郭沫若、老舍，都更为决绝、猛烈，更具文化上决不妥协的气质。同时，这种杂文性在历史文本中，还表现在利用逻辑反讽创造人物、推动故事情节发展和塑造小说氛围。

其次，历史叙事的宏大野心，也是"五四"启蒙知识分子实现现代性想象的一种显在的文化逻辑。作为"五四"文学先锋，鲁迅虽然强调个人的主体性，然而，他同样有着通过文字想象创作历史的热情和努力，不过，他不同于许多作家以宏大叙事描绘历史发展轨迹的幻想式做法，而是用一种悖论式的、充满怀疑和否定的方

---

① 姜振昌：《经典作家与中国新文学》，中国戏剧出版社，2003 年 5 月 1 版。

式，曲折而隐晦地实现这一目标。

再次，民族主义诉求，也是后发国家实现现代性的一种必然历史选择。作为一个半封建半殖民地国家的国民，鲁迅的现实批判性，历史建构的雄心，都以民族主义为前提和目标。所有批判，都成为一种振兴民族的"处方"，所有历史的宏大叙事，都成为民族复兴的一种乐观而执着的信守。晚清以降，由于文化时间的落差与文化空间的被动性，伴随着欧美国家内部自由主义秩序的生长和世界范围内的殖民浪潮，民族主义和启蒙诉求扭结在一起，同时成为摆在中国面前的迫切任务。可以说，救亡与启蒙的双重节奏，并不是谁压倒谁，而是在发轫之初，便决定了民族主义对于半殖民地半封建中国的迫切性，以及启蒙功利性在新文化运动中的决定作用。这种民族主义诉求，对鲁迅而言，主要表现在，鲁迅试图在中国传统和现代性的话语方式之间寻找一条逻辑的结合点。《故事新编》的出现，正好应对了鲁迅的这种文化心态，一定程度上解决了传统和现代、历史和现在、守成与创新、东方与西方等一系列纠缠鲁迅已久的命题。

同时，对于王小波的历史小说而言，也存在着一种历史小说杂文化的倾向。而无论是现实的批判，还是历史叙事的思维方式，以及民族主义的诉求，都变得更加隐蔽和复杂化。1990年代的文化语境中，多元的碎片化，以及这种表象之下的意识形态控制程度的加深，都是不容忽视的特点。新保守主义和新儒家的兴起，似乎暗合了一个民族伟大复兴的宏大叙事，所以格外受到主流意识形态的重视。然而，王小波对于儒家所代表的中国传统，却持一种激烈否定的态度。在这一点上，他类似于鲁迅，而不同于温和的胡适派自由主义，这表现在他的《我看国学》等一系列杂文，以及他的历史小说中对中国以儒家为正统的传统文化的反抗上。同时，王小波的立场，站立在自由主义和个人主义之上，这又有别于汪晖等新左派的立论基点。新左派对儒家的批判，固然十分有力，但他们不能在创作上回应这一问题，同时，他们的立论又太拘泥于鲁迅的思想范畴，而缺乏时代针对性和创新性。也就是说，一方面，王小波警惕任何以"民族主义"为招牌的"借尸还魂"的手段，警惕着我们传统中压制个体、推崇专制思想的再度萌生，另一方面，他又不满于当前创作界，在"个人主义、多元化"称谓下目光短浅、缺乏抱负的虚无主义的泛滥。具体到历史小说而言，我们看到，有的作品从个人主义走向了虚无（如刘震云农民狂想式的故乡系列小说），有的深溺于私语化的话语方式不可自拔（例如木木的历史小说《幻想三国志之王粲笔记》），有的则从宏大叙事走向了媚俗（如二月河宫廷阴谋加谈玄说鬼的清宫秘闻），缺乏鲁迅探索将传统与现代有机结合的眼界、勇气和魄力。正是在这样的心态和背景下，相隔数十年之后，王小波又拾起了鲁迅曾经使用过的利器，将目光放在了中华文明最具有活力、最开放恢宏的唐代，延续了女娲补天的故事，使后羿射日、大禹治水的神话有了真正灿烂的续集，使春秋战国铸剑复仇的传奇得以发扬光大，扫除一切以道德名义下对人性的控制，使大唐朝活泼智慧的生命拥有了光彩流溢的个人主义风范，使李靖、红拂、无双、薛嵩等唐朝英雄拥有了意大利文艺复兴式的巨人身姿，从而将鲁迅关于后发民族国家，如何应对现代性的思考更进了一步，也在当代的文化场域中找到了将民族主义和现代性结合的文本逻辑。

那么，对于鲁迅和王小波而言，这种杂文历史小说，是如何实现杂文、历史和小说的跨文体写作呢？这些因素又是如何在两个作家笔下以不同方式有机融合在一起呢？

首先，《故事新编》中，杂文批判精神贯穿始终，杂文的思维和方法也渗透入鲁迅的艺术思维中。例如，在《起死》中，鲁迅故意让一个愚蛮的死人和庄子纠缠，用愚民的诡辩术对庄子的诡辩术，从而运用杂文"推背"式的逻辑推演法，在逻辑上揭示庄子哲学的虚伪性；鲁迅还运用杂文漫画式勾勒脸谱的方式刻画小说人物，如《补天》中在女娲肚皮上安营扎寨的士兵，《理水》中夸夸其谈的文化山上的学者，《奔月》中厌恶乌鸦炸酱面的嫦娥，《采薇》中大讲礼教的山大王小穷奇，借以反思现代生活中诸种不合理的现象；鲁迅还运用杂文见微知著的文本切入方式描写细节，揣摩人物心理，在《采薇》中，伯夷和叔齐不食周粟的壮举，被叔齐渴望吃鹿肉的细节解构得荡然无存；鲁迅还将杂文荒诞的拼贴想象法编织情节和人物，如现代巡警出现在战国，备战的宋国公子发出抗日时期的口号，剪径的逢蒙则说出三十年代文学家的时髦用语。

再次，就历史的因素而言，历史的宏大想象和细节探求，从来就没有离开鲁迅的思考视野，鲁迅追求的是，将史料和现实批判性、个人主体性的有机结合，从而在历史想象中抒发自我、反思现实。对于这种"又杂浑词，以博笑噱"的历史观念和艺术手法，王瑶曾经考据过绍兴乱弹《游园吊打》《目连救母》以及部分京剧，指出其中丑角和玩笑旦等角色中"杂糅古今"的手法，源于古之俳优，优孟衣冠，目的在于寓庄于谐，讽谏世事。[①] 也就是说，尽管在具体文本中，鲁迅历史小说常常显现含混和反讽的成分，而通过对历史故事和历史人物的思考，进而达到对历史某种规律的真理性认识，借以改造现实社会。这种思路一直贯穿在鲁迅杂文历史小说创作之中。启蒙主义对个性的张扬，对人性的探索，对历史宏大叙事的热情，从未真正离开鲁迅的历史创作。

再次，无论是文学表现的内容，还是表现形式（例如叙事艺术），鲁迅的《故事新编》，都有着鲜明的特点。鲁迅去掉了中国文学软弱伤感的气息和调和静穆的表现形态，而将历史小说的文学性首先表现在想象力的解放上，无论历史人物（墨子、老子），还是历史故事（不食周粟），或神话传说中的人物和事件（女娲造人、大禹治水、后羿射日），文学想象力的重构，都使小说文本充满了魅力。同时，在《故事新编》中，杂文和历史的表现态度，融合在小

---

① 王瑶：《中国现代文学史论集》，北京大学出版社，1998 年 1 月 1 版，321 页。

说鲜活的语言中，形成了一种与众不同的悖论式、反讽的叙事视角。

王小波的"唐人故事"系列历史小说则将鲁迅"杂文历史小说"推向了新高度。在精神内涵上，王小波将鲁迅的这种以"悲剧"精神为底蕴的"悲喜"交织的历史风格，强化为一种游戏的狂欢精神。二人的不同在于，鲁迅有对"历史深度"的追求，而王小波则表现出对"自由"和"性"解放的向往，鲁迅的"重写"带有现代主义绝望的怀疑，而王小波的"重写"，却有着更多历史狂欢的黑色幽默的后现代色彩。王小波不仅将鲁迅短小精悍的历史故事形成了长篇的规模，而且也将其单一的线索改变成了复杂的多线索的交叉复式结构。他不但注重古今杂糅、以古讽今，而且发展了鲁迅笔下纵横驰骋的想象力，将愤世嫉俗化解成超然的想象力游戏，形成一种极度浪漫又极度写实的文学品格。

具体而言，王小波的历史小说中，杂文气质更为明显。这表现在他逻辑实证式的情节设计方式，批判力极强的细节处理。《寻找无双》中，王仙客对于寻找无双的三段论式的假设推理，从荒谬的前提出发，无论哪个角度，王仙客都陷入了逻辑的死胡同。在《红拂夜奔》中，王小波用归谬法证明了红拂自杀殉夫这一事件，在专制主义控制下的荒诞境地。这些历史小说中，更是随处可见漫画式夸张的人物及其言行，文化时空错位式的拼贴和剪辑，如《红拂夜奔》中，人力长安城和泥水中的洛阳城，穿着现代妓女服装的红拂，颇具古希腊数学家气质的文化流氓李靖，隋朝的杨素运用古罗马的战术攻打城池；《万寿寺》中，节度使薛嵩在苗疆的蛮荒之地犹如部落酋长，他将囚车作为定情信物送给了红线，狂欢式的唐朝雇佣军造反运动让小说充满趣味；《寻找无双》反复出现 S/M 式的情节和意象，穿着颇似前卫少女的无双有着暴露狂般的言行。同时，这种杂文化笔法还表现在，王小波新奇古怪的杂学旁收笔法。他广泛涉猎物理学、数学、历史、建筑、地理、天文、兵器、法律与官僚制度等领域的多类知识，并将此融入到故事叙述和思想表达。

就历史意识而言，王小波淡化了启蒙强烈的宏大叙事色彩，而从民主和自由的角度，更加突出人的个体的价值，特别是当个体面对群体压制时的反抗，进而使这种"反抗史"具有了不容辩驳的现实性和历史的合理性。为了强化这种目的，王小波甚至在文本中，将一种两极化的文化空间做了最强烈的对立性处理，从而凸现出这些品质在中国文化现实中的稀缺性和迫切性。例如《红拂夜奔》中，李靖和红拂的飞扬人生，与现实中大学教师王二的灰色人生，形成了文本中互相缠绕的两条线索。在《万寿寺》中，历史研究所的失忆研究员王二找回记忆的故事，同样和薛嵩在湘西的历史故事，成为了两个对立性的文化时空。历史的、想象的时空中，有从未有过的奇观想象，而智慧、勇气和爱情，成为这个虚拟文化空间中最根本的游戏法则和道德准则。而在现实时空中，个人主义却以尴尬而灰色的失败告终。

同时，王小波历史小说中的文学性表现想象功能的强化。他鞭挞无趣人生，褒扬的巨人般人物有文艺复兴式的强烈个性追求。他们浪漫多情而又机智聪慧，拥有着美丽的梦想和潇洒恢宏的精神气度。浪漫而酷爱自由的非洲昆仑奴偷香酬知己，大英雄虬髯客却成了一个伪君子和性变态者。在诙谐夸张的想象中（浪费巨大的砍头机、唐朝的自杀指标、穿摩洛哥皮裙的妓女、长安城中成灾的兔子），他不仅将历史和文学虚构相结合，而且凭空创造了一个个美丽新奇的想象的"新世界"。王小波说："唯一有意义的事，就是寻找神奇。"[①]他的语言华美丰饶，在自然主义细腻风格下，叙事视角不断灵活变化，想象性、描绘性语言挣脱意义束缚，反衬现实丑陋，拥有了"自我指涉"和"自我增殖"式的转喻色彩。在《万寿寺》中作家用很大篇幅虚构了千年前的长安城。飘飘的落雪，伟大的城市，美女如云的运河，热带雨林食人树，无与伦比的巴比伦空

---

① 王小波：《万寿寺》，《青铜时代》，花城出版社，1997年5月1版，101页。

中花园都使我们感到无比神往。王小波的小说中，"想象力就是储藏室，储存着一切潜在的、假设中事物，它们虽然并不存在，也许将不存在，但是可能存在过，全部'现象'与'幻象'在一个表面上再现着多姿多彩的世界，而这个表面是永远不变的，却又变幻无穷的，正如沙漠暴风中不断移动的沙丘一样。"[1]他连绵不绝的想象与星空一样壮观的异域奇观，使我们内心的审美体验得到最大限度唤起，从而让我们更深刻认识到现实世界的无奈和刻板，从而更加热烈地追求人类生存的诗意。

二

那么，为什么鲁迅和王小波要坚持这样一种杂文历史小说的文体形态？这里就要涉及作家的创作动机。这不但是创作主体心理问题，更是复杂的文化问题。对创作动机的考察，绝不是史料的推测或凭空臆想，而是了解作家创作的复杂因素，加深对其作品的理解。

《故事新编》，鲁迅主要存在三个动机：一方面通过对民族神话的重构，在东西方震荡的时代，回溯本民族的历史，寻找民族生机勃勃的原初动力和精神的本源，借以反抗几千年来被"正史"和"儒家文化"对这种民族生命力的遮蔽和扼杀。鲁迅指出，神话对于一个民族精神的基础作用，"夫神话之作，本于古民，睹天物之奇觚，则逞神思而施人以人化，想出古异，诙诡可观，虽信之失当，而嘲之大惑也。太古之民，神思如是，为后人者，当若何惊异瑰大之；矧欧西艺文，多蒙其泽，思想文术，赖是而庄严美妙者，不知几何。倘欲究西国人文，治此则其首事，盖不知神话，即莫由解其艺文，暗艺文者，于内部文明何获焉。"[2]另一个动机，即"以古讽今"，烛照这种原初动力和精神，在当代萎缩、衰落的文化现

---

① 卡尔维诺（意）：《千年文学备忘录》，辽宁教育出版社，1997年3月1版，35页。
② 《鲁迅全集》，10卷，人民文学出版社，1981年1月1版，343页。

状，并引起批判和文化思索。同时，在这个动机之下，还有着第三动机，即以个体的悖论式的感受梳理总结自我"强者突围"的悲剧性命运的历史性，将个体与群体关系的思考，贯穿整个民族的文化发展和文化命运。这一点，对于中国强调集体主义道德、抹杀个性的文化传统，具有很强的个人体验性。

同样，与鲁迅相类似，王小波在一系列历史主义创作中，存在四个动机：一是正如鲁迅对中国神话的再挖掘，王小波通过对"唐传奇"的重新演绎中，发扬了唐人神奇而浪漫的想象力和自信心，积极探索我们民族的文化精神活力。王小波对盛唐气象的追索，是对一种强大丰沛主体性的向往。用杨义的话说"破蔽还真，使诗人在充沛的元气中滋养出旺盛的主体创造欲望，对现实有真见，对人生有透视，对历史有深知，对宇宙有参悟，纵笔所之，自有一种使茫茫风雨为之惊动，冥冥鬼神为之哭泣的力度"①。二是王小波试图通过历史小说的创作，将鲁迅"以古讽今"的传统加以张扬。他运用杂文的逻辑方法论，将历史现实的时空"杂陈并置"，甚至在小说文本中，将双线时空发展为一种对立的"阴阳两界"，以展示想象时空超凡拔俗的价值境界。引发对现实的反思和批判。三是将历史作为思考个体和权力关系的切入点，通过对历史和现实的梳理和批判，加深对个体对抗权力的悲剧性命运的思考，以颠覆传统对历史的伪装书写，寻找历史线索中的真实。正如王小波在《红拂夜奔》的序言中说："这本书和他这个人物一样不可信，但是包含了最大的真实性——假如书中有怪诞的地方，则非作者有意而为之，而是历史的本来面貌。"②红拂自杀的过程，充满了权力的窥视欲和控制欲，显示了个体在权力和传统面前的死亡。四是文学形式创新的尝试，王小波在结构上把鲁迅短小精悍的历史小说发展为长篇巨

---

① 杨义：《李杜诗学》，北京出版社，2001年3月1版，23页。

② 王小波：《红拂夜奔·序言》，选自《青铜时代》，花城出版社，1997年5月1版，321页。

制。王小波试图通过想象的源泉，发扬文学的"轻逸"品质，通过百科全书式的历史罗列、布罗代尔式的对历史细节的"年鉴派"发掘，对历史叙述的奇观展示，显现个体重构文学和探索文学发展可能的努力。

从鲁迅《故事新编》到王小波的历史小说，中国历史小说的发展经历了怎样的文化逻辑？为什么鲁迅同时代的政治历史主义小说，以及后来的新历史主义小说、网络历史主义小说、市民历史小说、新生代历史小说，都与《故事新编》和王小波的历史小说存在巨大差异？

首先，我从《故事新编》的"油滑"说起，以探讨在悖论式的文化语境中，鲁迅式的历史思维方式和创作动机，需要面对复杂而艰巨的创作困境。我们看到，一方面，鲁迅试图通过文本想象寻找一个生机勃勃的文化起源，必须遵守历史的某种内在真实性。另一方面，所谓"历史真实性"，按解释学的观点，本身就是一种文本想象，并不存在永恒的、可以直观把握的历史真实性，在"以古讽今"的用意和"展示个体的主体性感受"的支配下，又有彻底滑入"油滑"的危险。鲁迅否认的"油滑"，和鲁迅历史小说创造的"油滑"有很大区别。鲁迅写了以死抗暴的眉间尺、博大胸怀造人的女娲，也写了迂腐而倒霉的和平主义者墨子，文化山上对统治者歌功颂德的学者、装腔作势消极迂阔的老聃，成功以后落寞尴尬的英雄后羿。抱着戏拟的态度，鲁迅将历史和"此在"的真实事件的思维特征捏合，用讽刺、夸张的杂文手法写出一个个荒诞滑稽的新历史故事。克罗齐说过，任何一种真正的历史都是现代史。鲁迅对历史的重新解读绝不是无聊的破坏。他消解了传统文化赋予这些历史人物的庄严正统色彩，在历史的回忆和想象中解放主体的认知，从而深刻地展示其对历史的深邃洞察，对人类精神创伤和荒谬生存现状的黑暗体验，以及从沉甸甸历史中寻找当下生存困境的深层文化与人性根源的努力。著名学者普实克曾说过："他以冷嘲热讽的笔调剥去了人物的传统名誉，扯掉了浪漫主义历史观加在他们头上的光圈，使他们脚踏实地回到了今天的世界来。他把事实放在与之不相称的时代背景中，使之脱离原来的历史环境，以便从新的角度观察他们。以这种手法写成的历史小说，使鲁迅成为现代世界文学上这种流派的一位大师。"[1] 然而，鲁迅对这种"油滑"的态度既矛盾又有所保留。一方面，他认为"不能将古人写的太死""从这些材料里的古人的生活中，寻出与自己心情能够贴切的触着，因此那些古代的故事经他的改作，都注入了新的生命去，便与现代人生出了许多的关系"[2]；另一方面，他却说："我在《补天》中写了一个古衣冠的小丈夫，是从认真陷入了油滑的开端，油滑是创作的大敌。"[3] 在中国正统文学长期以来"文字救国"的强烈责任感和使命感下，他始终心存疑虑，仅将《故事新编》定义为"历史真实和艺术虚构结合"的"神话、传说和演义"，没有充分肯定并拓展这一文学观念和艺术手法。一方面，它体现了鲁迅在处理历史和现实的两难境地，即当代人写的历史小说天然是一种现代人的再演绎和再阐释，但"不将古人写的太死"和"尊重历史的本来面貌"却构成了一对纽结的矛盾。另一个方面，我认为，油滑对鲁迅来说是一个痛苦的回忆。油滑也是一个解毒剂，有了它，鲁迅才能在沉重现实中得到一点精神解脱。日本评论家木山英雄认为，这种所谓的"油滑"，恰恰不是体现了鲁迅的自谦和惶恐，而是某种程度上"正话反说"的自负[4]。而黄子平则认为，"油滑"更是对新出现的将"喜剧当作正剧"的完全割裂历史的"历史小说"的嘲讽[5]。我的看法是，鲁迅式的"油滑"的历史小说，恰恰体现了他一贯的"悖论"式的思维方式和艺术方式，并在修辞效果上表现为反讽的运用。而

---

① J. 普实克：《鲁迅》，见《鲁迅研究年刊》，1979 年 2 期。
② 鲁迅：《译文序跋集，〈日本现代小说集〉附录》，《鲁迅全集》10 卷，221 页。
③ 鲁迅：《故事新编序言》，《鲁迅全集》2 卷，342 页。
④ 木山英雄：《文学复古与文学革命》，赵京华翻译，北京大学出版社，2004 年 9 月版。
⑤ 黄子平：《灰阑中的叙述》，上海文艺出版社，2001 年 1 月 1 版。

王小波的历史小说的起点，恰恰就在这里开始。鲁迅在"油滑"中看到了虚无主义的危险，王小波却延伸了其所带来的空前的历史叙事的自由和灵活性，并把它发展为想象力的转喻性写作。

其次，鲁迅之后直到"文革"之前，虽然也有许多作品对鲁迅《故事新编》的风格进行模仿，但这些模仿大多政治功利性太强（如郭沫若的政治历史小说集《豕蹄》），或太拘泥于历史事实（如郑振铎的《桂公塘》），或因政治原因太过拘谨晦涩（如陈翔鹤的《陶渊明写挽歌》）。正如茅盾在《玄武门之变》序言中所说："那些所谓相承《故事新编》的作品，终不免进退失据，于'古'既不可信，于'今'也失其攻刺之的。"[①] 新时期文学以来，随着先锋小说的兴起，并受到国外结构主义、后现代主义等思潮的影响，余华、苏童、刘震云、莫言等一大批作家开始了对历史的怀疑和思考，"历史的解构"成为了新一代作家"成人仪式"的一种标志性的"话语弑父"。然而，想象中的"弑父"逃不脱"父亲"庞大的身影。新历史主义小说不过是鲁迅式思维的一种破碎化景观。当我们考察这种"新历史主义"时，却发现他们破坏大于建构的倾向，以及浓重的历史虚无主义危险。正如张清华所说："从当前的情况看，作为思潮和运动，新历史主义已经终结，同西方的新历史主义理论从怀疑历史（文本）、以'反历史'的策略寻找历史（存在）到最终虚化、粉碎和远离了历史的逻辑悖论一样，当代中国文学的新历史主义运动也由于其渐愈加重的虚构倾向，由于其刻意肢解历史主流的努力而走向了偏执的困境。"[②] 刘震云的新历史主义小说，将鲁迅"冷硬与荒寒"的气质发挥到了极致，将历史悖论的想象变成了一场彻底的"绝望虚无"，却失去了鲁迅宏放自由、瑰丽而神奇的创作心态和艺术表现力。在刘震云的《一腔废话》中，历史完全成了不可知、不可信、不可描述的混乱和非理性状态。而新历史主义

---

① 茅盾：《玄武门之变·序》，见宋云彬《玄武门之变》，开明书店，1937 年 1 版。
② 张清华：《新历史主义十年回顾》，《钟山》，1998 年 4 期。

之后的李冯、潘军、李洱等新生代作家，则在历史的个人化道路上越走越远，日益陷入历史的私人化、相对主义的虚无和历史的语言功能化。也就是说，面对中国悖论式文化逻辑，解构主义、福柯的历史编纂学，都会受到巨大逻辑挑战。因为这些观念、方法都无法真正适合中国丰富而复杂的文化现实，无法提供一种既符合中国文化逻辑又具有内在超越性的写作方式，无法提供一种使我们强大到可以抵抗历史虚无的黑暗、支撑起心灵的信念。

再次，我们这个时代流行的大量"戏仿历史"小说（比如薛荣的《沙家浜》），又与鲁迅和王小波历史小说思路存在什么差异呢？这些"戏仿"小说，表面看来，是对巴塞姆等后现代大师的模仿，但其实质却是一种小市民主义解构"经典"的思潮，其价值哲学的市民性、解构的市民伦理性，以及其内在的与主流意识形态的妥协与献媚，都决定了这种戏仿的市民主义性质。[①] 而王小波的历史小说，有着重要的一个思想背景，那就是自由主义思潮和坚定的世俗理性精神的价值支撑。世俗理性精神是建立在资本主义的崛起和对封建主义反叛的基础上的，伏尔泰和拉伯雷、莎士比亚等人的创作，之所以呈现出"众神狂欢"的颠覆精神、对勇敢的推崇、对奇观化和自由意志的追求，是和欧洲十六世纪后以"市场"为标志的自由贸易发展，继而带动社会文化走向人文繁荣有很大关系："交易会意味着嘈杂声、音乐声和欢乐声搅成一片，意味着混乱、无秩序乃至骚动。十七世纪的欧洲，冬天的泰晤士河成为在冰封的河面上的市场狂欢，而市场既成为节日的象征，也成为暴动、阴谋和议论政治的地方。"[②]王朔的小说是世俗价值形态初步体现，可他很快就归结为市民主义，王小波以自由知识分子身份为世俗理性立言，使其内在价值形态更加成熟。同时，这基础之上，"想象"和"趣

---

① 房伟：《经典的改写和游戏的终结》，《评论》2003 年 2 期，江苏文艺出版社，2003 年 9 月 1 版。

② 布罗代尔：《15 至 18 世纪的物质文明、经济和资本主义》（第 2 卷），三联书店，1993 年 1 月 1 版。

味"作为价值形态，王小波又吸收了卡尔维诺、尤瑟纳尔等最新锐的外国小说家的历史创作观念，继承了鲁迅"讽刺"与"想象"结合的写法，在认真考察中国百年文化悖论基础上，内化为小说的反讽式创作技巧，从而使历史呈现出异样风貌。

三

这里，还要谈到"历史反讽"的问题，因为这是鲁迅和王小波历史小说的一个重要的艺术特色，又和前面谈到的历史杂文化、悖论式思维、理性批判有很多联系。反讽是一种艺术修辞手段，是否定的世界观，是展示世界悖论的文学方法论，也是历史小说叙事的一个表征。同时，反讽被认为是现代小说基本要素之一（加塞特），它又粗略地分为言语反讽与情境反讽，是"文学现代性的决定性标志"[1]。它利用不同人物在特定时空的矛盾并置揭示人类基本理念的荒诞性，它利用语言外壳与真实意图的悖谬揭露事实的真相，它甚至可以是主题、情节、叙事上等文体要素上的一种自我冲突的张力，进而在悖论中达到对人生和社会更为深刻的阐释和理解的空间。解构历史和建构历史的勇气和努力，都可以从中窥见端倪。同时，深刻的反讽需要有强大的精神力量的支撑，因为反讽者本身是处于被其批判的文化语境的，如果反讽者本身对自己缺乏清醒的洞见和情感投入，就有可能将被讽者沦为"他者"的亵玩境地，而将自身陷入虚无的陷阱中，也就是鲁迅先生所说的"冷嘲"[2]。正如黄

---

① 厄内斯特·伯勒：《反讽和现代性》，华盛顿大学出版社，1990年版，73页。

② 鲁迅以为讽刺的生命在于真实，而真实之所以成为讽刺，是因为它与大家习以为常的文化虚伪性形成了鲜明对比。在《什么是讽刺》中，鲁迅举了"洋服青年拜佛、道学家发怒"的例子，来说明讽刺的这种力量。但同时，鲁迅指出，"如果貌似讽刺的作品，而毫无善意，也毫无热情，只使读者觉得一切世事，一无足取，也一无可为，那就并非是讽刺了，而是冷嘲。"鲁迅先生的这番话，也可以用来引发我们类比性地思考关于反讽问题。

发有在批判新生代小说家将反讽泛化时所说："他们所坚持的不过是肯定欲望的世俗吁求，他们的自信常常源出于此，但这切切实实是一种错觉，当大梦醒来时，他们很可能惊骇地发现人生的背后竟然是一片欲望疯长的精神废墟。"[1] 历史反讽，是由时空杂糅和多元文化并置造成的修辞效果，也是作者历史和现实观的深刻体现。鲁迅和王小波的历史小说，都很好地解决了"历史反讽"这个问题，但在具体的处理上，又有各自特点。

《故事新编》的反讽，对显文本和潜文本的颠覆是全方位的，同时又是隐蔽曲折的。因而，《故事新编》被某些评论者称为"支离破碎，变幻无常，混乱叙述"（夏志清）和"勉强生硬，枝蔓游离，突如其来的并不存在联想关系的'油滑'"（林非）。然而，这恰是作者有意为之，其目的便是拆解历史文本，由小说的枝蔓游离达到对历史文本和谐、统一、连贯性的拆解。拆解的过程是通过对历史显文本的戏拟模仿和创造性重构进行的，重述的目的在于批判，批判的任务则借助反讽手法完成的，即在重述一个故事的过程中，揭示了故事的虚假性和故事如何被虚构的过程。而反讽不仅直接以语言反讽的面貌出现，而且更多地以情境反讽的形式渗入小说，体现一种广阔的生命悲剧体验和深刻的理性批判。

首先，就言语反讽而言，我们可以比较一下鲁迅和刘震云历史小说中的两段话：

> "唉，"羿坐下，叹了一口气，"那么，你们的太太就一个人快乐了？她竟然忍心撇下我独自飞升？莫非看我老了起来？但她上月还说，并不算老，若以老人自居，是思想的堕落。"[2]

① 黄发有：《准个体时代的写作》，三联出版社，2002年11月1版，351页。
② 鲁迅：《故事新编》之《奔月》，《鲁迅全集》，2卷，367页。

在一次曹府内阁会议上，丞相一边"吭哧"地放屁，一边在讲台上走，一边手里玩着健身球说："活着还是死去，交战还是不交战，妈了个×，成问题哩。"……唉？真为一个小×寡妇去打仗吗？唉？那里是希腊，是罗马，这里是中国，不符合国情哩。①

《奔月》中，鲁迅将高长虹对他的批判语言用于小说，在现代和古代词汇的杂糅中，读者不但领悟了后羿的悲哀，而且在幽默的对比性联想之中，对现实社会乱打棒子的恶习产生深刻反思。这里，我们可以看到，鲁迅的这种言语反讽和王朔、王蒙等人的言语反讽的最大差别在于，鲁迅先生的这种反讽不但包含深刻的洞察，理性的控制，也有自我否定式的悖论情感凝筑。例如在《奔月》中，后羿的悲伤并不是一种虚假的装饰，而对于恶习的批判也有含蓄而沉痛的自我生命体验（被欺骗与伤害），这也就有别于一种真正的"油滑"或者冷嘲。而刘震云的这段话中，我们却看到作者完全将一个自我化的叙事者处于上帝的位置，高高在上地鄙视这些可怜又可鄙的苍生（无论曹操、袁绍，还是普通村民）的行为。这种历史小说，在以缺席展现人性、文学在历史的虚无时，无疑也存在巨大危险。对历史悖论性的深刻体验和破坏性的快感，显然是两种截然不同的情感，这值得我们深思。

其次，情境反讽中，鲁迅将自我的这种悖论式的历史悲剧体验和"强者突围"的文化心态，进一步注入了自己对于叙事、主题和情节的设计上。《非攻》中，大智大勇的墨子在斗败了公输般之后，却被爱国募捐队强募去了包袱皮，并淋了一场雨，鼻塞了好几天。这个出其不意的结局设计，展现了传统产生的英雄人物却在虚伪的文化语境中被抹杀的荒谬而悲剧命运。鲁迅并没有把自己放在旁观者位置，而是真诚地看到自己与荒谬的联系，从自我否定的角度增

---

① 刘震云：《故乡乡土流传》，江苏文艺出版社，1996年5月1版，245页。

加主题的意蕴。同样，在《起死》中，鲁迅采用对话体的形式，将死者复活与庄子辩论。在这个故事中，庄子哲学的虚伪性和空幻性，死者的愚昧与妄执，同时出现在鲁迅的批判视野中，并不断地因碰撞而产生矛盾，使反讽的信息容量扩大，在对传统文化和国民性的双重批判中，实现对文化和人生深刻的反讽性思考。

那么，王小波式的历史反讽又有什么样特点呢？我们看到，鲁迅式的反讽，能够从自我的否定出发，达到对现实、历史的批判和展现自我悖论性体验的不同任务。但是，我们知道，鲁迅的《故事新编》，其主题主要是现代主义的，其浓重的虚无主义倾向，宏大叙事的破碎后的悲剧感，如果没有其"中间物"意识的支撑，很容易就会滑向真正的"油滑"，也就是"狡猾的生存"与"虚无的破坏"，主体性丧失殆尽。反讽所造成的非人格化作者与叙述者之间的距离往往内含喜剧性，不加节制无限膨胀的反讽，常常成为一场无厘头的闹剧。1990年代初期，所谓刘震云、余华式新历史主义的宿命终结，正印证了这种忧虑的必要性。我们要如何面对并改变这种情况呢？我们如何对一个拥有隐在的群体主义文化内核，却拥有一个喧哗而狂欢的华丽外表的悖论文化景观，发出自己的质疑呢？王小波为我们提供了一些新的线索和思路。这里，要提到一个概念，就是生成式反讽（或称悬念式反讽）：这是一种受到自我与世界的交流启发的企图，旨在尝试性和暂时地创造出反对（而非取代）一种无意义的宇宙的反讽价值领域。总之，世界被接受为已知，并且在其本质上是不可变更或理解的[1]。

这种生成性的反讽来自一种随意性、偶然性和多重性的概念，它试图在现实主义和内省的现代主义之间建立一种交流的叙述形式。它是本体论怀疑的，也就是说，对世界存在着一种根本性反省。同时，它又是多重的，反对将世界"他者"化。它试图通过对故事、人物，甚至是叙述者本身的不断颠覆，不断提醒读者叙述和

---

[1] 佛克马等编：《走向后现代主义》，王宁等翻译，北京大学出版社，1991年5月1版，53页。

世界同样有限，从而引发对世界和自我位置的更宽容开放的理解。也就是说，"生成性反讽"的后现代主义概念，其意义就在于在真实性、否定超越性、宽容性之间，通过叙述形式的变化找到一个互相沟通的桥梁。在历史小说中，卡尔维诺、巴塞姆、约翰巴思、纳博科夫等许多后现代主义作家都给了我们许多启发。但是，我们在王小波的小说中讨论这个问题，就不能不面对一个难题：那就是理性批判是我们稀缺的，而形式创新的冲动和文化语境的悖逆，却造成了理性批判的困难。以《寻找无双》为例，我们看到，无论是"王仙客来长安寻找无双"这个核心故事，还是彩萍的故事、鱼玄机的故事、无双的故事、长安兵乱的故事等等衍生出来的故事，都在不同角度印证一个主旨：个体的"美和自由"被群体专制的权力所扼杀时，绝望的境地和不屈的反抗。这个主旨是贯穿始终的。同时，各个故事之间还有互相颠覆的结构功能作用（但并不涉及人物的内在品质改变），比如鱼玄机的出现，颠覆了"无双是存在的"这个"寻找无双"故事的基础。而后彩萍的出现，又颠覆了鱼玄机的存在，证明了宣阳坊居民记忆的虚假。而王仙客记忆中的无双的故事，也在一点点地恢复中，与彩萍的记忆、宣阳坊居民的记忆，以及鱼玄机的故事，发生着错位、颠覆、重合等等功能性的联系。这种结构方式无疑也在告诉我们，一个所谓高高在上、无所不知的反讽者是不存在的。世界是不完整的，但这是世界的真相，无论叙述者还是隐含作者、人物，都是这个不完整世界的一部分，都是否定性存在。只有美和自由，才是不完整世界最后的希望。这样，王小波就在"清醒认识世界"和"反抗世界"中找到了很好支撑点，完成在悖论化文化语境中理性批判和自我内省的双重深刻性。

四

我仅以《补天》《理水》对女娲神话和大禹神话的重构，与王小波《寻找无双》对唐传奇《无双传》的重构作为比较，具体分析鲁迅与王小波的两种历史小说在文化逻辑、创作动机以及文本形态中内在的联系和变异。

《补天》的故事原型出现在女娲的传说中。古代的神话突出先民创造世界的意志，但也带有混沌的色彩，而鲁迅注重的是故事的"续集"，并寻找其背后的意味，小说由故事的线性的、历时型讲述变成复合的、共时型的描述，并突出了历史的细部和偶然性的因素。女娲作为"创造者"，不再是一个高高在上的神，也不再是一个被道德化的文化产物，而是一个有着洋溢的生命力的女性个体形象。她的世界里充满着创造的欢欣，体现着汉民族的自信心和魄力。但是，我们更为关注的，却是这种创造精神和创造个体，被毁灭和扼杀的情况。这里，"小东西"作为一个异在时空的产物，也作为一个创造之后的产物，出现在故事里，其后果是对女娲尸体的亵渎和破坏，不同时空（远古、古代、现代）的语言产生了强烈的并置效果。无疑，鲁迅创作的目的，不但是要追溯文明本源，求得一种创造的伟力，而且是要在历史和现实的隐蔽联系中寻找那种真实的"恶劣的遗传因子"，并以此引发人们的批判。这也就是所谓的"信"与"刺"的一体两面。如黄子平指出："不是故事，而是古代引语与当代引语在同一作品中的并置，揭示了社会文化历史网络中众多的'发声位置'，它们不仅是历时性的，而且是共时性地标志了民族的病苦，人们将在众多的引语冲突面前认出自己所处的那个位置，无所遁逃，而'疗救'的可能性也由此产生。"[①] 但是，这种理性批判意义的"时空杂糅"意识，并不能完全涵盖这种"杂文化历史小说"在艺术形态上的客观修辞效果。在《理水》中，这种"油滑"，很快发展为一种新的文学质素。文化山上的学者们吃饱睡足之后压倒涛声的学说，向下民收取榆叶和水苔的精密考据，以及水利局的官员欣赏采集来的民食的情况，都贯穿着强烈的杂文

---

① 黄子平：《灰阑中的叙述》，上海文艺出版社，2001年1月1版，117页。

批判意识。而从另一种角度而言，那满嘴英文的文化山学者，关于树皮和水草吃法的滑稽讨论，已经超出了"理性批判"的范畴，这些荒诞不经的想象场景和人物，不但带有强烈的讽喻性，而且还为我们带来了"想象"的快乐，成为大量的转喻性细节，存在于我们的阅读经验中。它们有时是功能性的，有时却不起推动故事发展和人物塑造的作用，而是作为丰富的文化信息体现着作者的理性思考和艺术想象。这种历史小说杂文化带来的艺术创新，用姜振昌教授的话说："这样，历史小说就不再仅仅是与形式逻辑相一致的一种历史再现和运演，不再仅是按常识经验推理展开的一种合理想象。鲁迅以近乎'游戏'式的姿态，按照'自我'心理结构的轨迹，让最纯粹的历史生活与最不可思议现实幻境在直叙与反讽、写实与夸张、认真与调侃、严肃与诙谐中融为一体，使作品散发着强烈的社会讽刺锋芒，其艺术内涵因'杂交'优势而显得丰富、深邃，并迥异于一切文学体裁类型。"①

王小波的小说《寻找无双》取材自唐人薛调的传奇《无双传》。《无双传》中，王仙客和表妹无双订立终身。兵破长安，无双家破人亡，被卖入宫。王仙客在志士帮助下，用"假死"的方法救出无双。最终有情人终成眷属。这部短短几千字的作品，王仙客的痴情，志士的慷慨豪侠，都在情节奇异跌宕的故事、文采飞扬的描写中得到了最大程度的张扬。它符合传奇对"故事性"和"人物浪漫性"的双重塑造。鲁迅《中国小说史略》言："传奇者流，源盖出于志怪，然施之藻绘，扩其波澜，故所成就乃特异。其间虽亦或托讽喻以纾牢愁，谈祸福以寓惩劝，而大归则究在文采与意想，与昔之传鬼神明因果而外无他意者，甚异其趣矣。"②鲁迅看中的，正是唐传奇与其他以道德劝诫为目的的小说的不同之处，就是"文采与

---

① 姜振昌：《经典作家与中国新文学》，中国戏剧出版社，2003年5月1版，280页。
② 鲁迅：《中国小说史略·序言》，《鲁迅全集》，卷3，人民文学出版社，1981版，231页。

意想"，也就是潇洒自信的气度与恢宏瑰丽的想象。"想象"上升为如同"真实"一般的小说价值学和形态学的重要质素，从而从"历史"独有的"虚构空间"展现作家的文学追求和人生理想。想象不再是简单的政治的含沙射影，虚无主义绝望反讽，也不再是现代主义的庞大隐喻的意象森林，想象是"自我生成"力量，是对庸俗现实的否定，是智慧的快乐和创造的喜悦。

《寻找无双》中，王小波保留了故事的核心叙事情节，也就是小说的开头："建元年间，王仙客去长安找无双"，并以此为原点，组织了自己的网状"叙事迷宫"，即除了这个核心情节之外，所有的故事情节，都是由此"生成"的，而且还存在着"生成"之后的"再生成"的"增殖"现象，从而使故事的功能性增强，故事的意义负载脱离了原有的"爱情与侠义"的范畴，而凸现出了"寻找"的过程和意义，并进而展现出一种对历史和现实的中国文化深刻的哲学思考。"寻找"这个叙事动作也很快迷失了，因为"宣阳坊的君子"根本就不认识"无双"。宣阳坊的群体记忆中，"无双"的存在是一片空白，而王仙客的"寻找"，很快就在封闭、愚昧而健忘的宣阳坊中，变成了一种"自我迷失"。王仙客成了一潭死水的宣阳坊的闯入者，从而造成了坊吏"王安"对他的纠缠。很快，"寻找无双"的故事又生成了"鱼玄机"的故事。鱼玄机的妖艳传奇，被虐待与杀戮的经历，成了王仙客探询的兴奋点，而"无双"在"寻找"中渐渐地被隐去。这期间，想象不仅作为故事情节，而且作为大量转喻性细节出现在小说中，并在杂学旁收笔法的吸纳下，展现出丰富的神奇的信息，比如王仙客的望远镜和数学才能、会飞的兔子、滑稽的攻城仪式等等，既补充了故事，也造成了故事的新的生机。王仙客三去宣阳坊，使"王仙客造成长安城兔子成灾"的故事，由"寻找无双"所衍生想象出来的。而"鱼玄机"的故事，又生成了"彩萍"的故事，并与"王仙客回忆中无双的故事"发生了某种关联（鱼玄机的侍女和无双的侍女都叫"彩萍"）。于是，鱼玄机、无双、彩萍等人不同故事，不断在小说中发生扭缠，又生成了"长安兵乱""无双被卖"等故事，形成了一个开放性的、不断自我生成的故事结构。

但是，我们是否因此可以把这篇小说看作是先锋派的一种叙事策略？或者一篇卡尔维诺式的后现代作品？王小波的这种"叙事迷宫"，和格非《敌人》中的那种"叙事迷宫"，有很大区别。在格非的《敌人》中，叙事空间封闭，虽然具有很强的隐喻和抽象性，却很少和现实发生直接联系。格非肢解了故事，砍掉了故事的结尾，造成了故事人为的不完整，完全消解了"复仇"的意义，表现出强烈的神秘倾向和虚无主义色彩。王小波虽然将故事变得更为开放，但他并没有消解故事，而是在继承了鲁迅杂文式的历史思维基础上，通过故事的不断生成和再造，用开放的想象，在"万花筒"般不断自我生成的"故事丛"中，展现理性的批判和精神思考。同时，比起卡尔维诺，王小波的这部作品，却似乎有太多异质因子，比如理性的精神，现实批判锋芒，强烈的主体性追求，这些都和后现代主义理念中的"自我的无自我意识""悬而未决的态度""无中心无主体""世界的随意和多样性"存在悖离。我们应该怎样来看待这个问题呢？

首先，正是我们悖论而多元并置的文化语境，使鲁迅的"古今杂糅"的错位时空的艺术手段，在王小波又得到了新的发展。古今杂糅，是一种杂文小说化的艺术手法，如果要很好地运用，必须对悖论的环境有很深洞察，并具有一种黑色幽默的勇气和力度。当然，也要在保持理性的洞彻时，拥有一份感性的情感投入，即主体性的切实感受。这种古今杂糅的荒谬感，仍然是我们这个时代的特点之一。它不仅让时空并置凸现出历史的某种连续性（如中国儒文化历来的虚伪性），而且让小说叙事，在取得高度灵活性和自由度的同时，不必完全依赖功能性的随意生成，而体现出强大的、贯穿始终的否定性的理性批判精神。

其次，王小波延续了鲁迅关于个体与群体关系的悖论思考，将个体的精神自由与独立，推到了一个很高的位置。《寻找无双》的宣阳坊可以看作中国历史公共空间的一个隐喻性的缩影。无论是基层统治者坊吏王安，还是侯老板、罗老板等居民，安于权力控制的现状，道德虚伪，庸俗苟且，并且善于自我遗忘。遗忘痛苦，遗忘与自己的利益无关的人和事，进而遗忘历史，生活在井然有序的控制之下而自得其乐。时间消失了，空间的凝滞感异常沉重，而创作主体的旁观叙事，使现实生活也和宣阳坊的唐朝故事在某种程度上相互印证，进一步说明了我们身处的文化空间的精神事实。另一方面，在故事中，群体对个体的压抑，不但被隐喻地表现出来，而且通过逻辑的证伪，用悖论的黑色幽默呈现出来，进而延续了鲁迅的批判，并表现出更为睿智、宽容的理性心态。比如，王仙客用一个复杂的逻辑悖论公式，进行了正反两种问题的证伪推理，"我是王仙客，我来寻找无双"和"我不是王仙客，也不是寻找无双"的个体存在正反两题，分别推出与之相关的群体存在正反两题。"自我"的存在，放置在群体对个体生命"瞒和骗"的文化语境中，展示出了巨大的荒谬悖论性，即自我的目的（寻找）和存在意义（我是谁），在群体否定性（瞒和骗）中，失去了自身的合法性与合理性，只能以"疯狂"作为命名："假如第一种理论成立，那就是别人要骗他，假如第二种理论成立，那就是他自己骗自己，而且不管哪一种理论成立，一正一反，都会形成合题，每个合题都是'你是个疯子'。"① 因而，《寻找无双》从故事细部来说是"生成性"、转喻的，就整体而言，它依然是"隐喻"的，"批判"的。这也是王小波试图整合鲁迅和西方后现代历史主义所做的"创造性否定"。

---

① 王小波：《寻找无双》，选自《青铜时代》，花城出版社，1997年5月1版，256页。

第七章　神话的诞生：
王小波形象接受境遇考察

第一节　"文坛受难者"的神话

一

　　1997年4月11日，王小波因心脏病突发死于京郊寓所。王小波的"非正常死亡"，就像一个导火索，一下引爆了所有关于"王小波"的各种"叙事"。海内外数百家媒体纷纷报道了王小波的死亡，而围绕着王小波的所谓"自由知识分子""文坛外高手""中国最有希望获诺贝尔奖的作家""天才顽童""浪漫骑士""行吟诗人"等来自主流意识形态、主流文坛、媒体、学术界、民间、李银河的多种信息源的"多重定义"，迅速将"作家死亡"事件由一个生理事件变成了文学事件、文化事件，最终被"集中"并"放大"为1990年代最为重要的"媒体事件"之一，充分满足了大众传媒对名人之死的需求和饥渴，也让中国传媒在一种"对抗性信息的想象"中进一步完成了"媒体话语权"的建构。"王小波死亡事件"，实际上涉及对知识分子的精神人格结构，知识分子在社会文化空间中的身份定位以及文学当代文化中的功能意义等问题的反思。然而，毫无疑问，如果说，王小波生前还是一个有关文学和文化的话题，那么，"只是"在王小波死后，他才真正成为一个知识界、媒体、民间、主流意识形态的"话语符号",成为一个文化产业的不断增值的"知识产品"。正如戴锦华所说:"九十年代文化英雄书写的重要特征之一是,一位文化英雄的产生,最初间或有着他的历史或学科建制内部的依据和诉求,但一经大众传媒与文化市场的介入,便开始蜕变为某种公众偶像与流行时尚,而这类怪诞性的流行,却远未成功地负载着远离其初衷的、新主流仪式的表达与新主流文化的建构意义。"① 所有的"王小波叙事"都成了一种话语资源"冲撞"的"表演",所有的"王小波叙事"都成了不同社会阶层和文化身份的人员"言说"的欲望被划分和规范的"话语生产"与"话语消费"——也包括我对王小波的言说。布尔迪厄曾就"文学场域"做出重要阐释,他认为:"如果文学场像其他场一样,是权力关系的所在地,那么,加到进入这个场地所有的行动者身上的权力关系,就会呈现出一种独特的形式:它们事实上是以资本的一种非常特别的形式作为基础的,这一资本同时是场内竞争性斗争的手段和对象,即作为认同或供奉资本的一种象征资本,不管是否制度化,不同的行动者或体制都以特别的活动和特别的策略作为代价,在以往的斗争过程中积累起这一象征资本。"② 可以说,这些有关王小波的"象征符号"在如此繁复的层面上被接受,以至于其中"文化资本"的求索和炒作、信仰和争夺、传承和利用,极为复杂地编织在一起,构成了1990年代"中国文学场域"对"知识精英"的一种新的"想象性图景"。

毋庸置疑,王小波在生前已经成为1990年代的一个颇有知名度的作家,但真正让王小波成为"话语神话",还是开始于"作家非正常死亡"。正如1990年代的顾城、海子等作家,王小波的英年早逝,让许多社会阶层迅速在媒体的号召下,找到了话语的着

---

① 戴锦华主编:《书写文化英雄》,江苏人民出版社,13 页。
② 布尔迪厄访谈录:《文化资本与社会炼金术》,包亚明翻译,上海人民出版社,1997 年 1 月 1 版,80—81 页。

力点，并马上成为了一个"事件"。我们看到，如果我们回顾整个"事件"的表述方式，就会发现，"王小波之死"首先在"描述过程"中就被赋予了"孤独"和"悲壮"的文学意味，整个死亡过程便被描绘成一个神圣的、受难的象征符号："王小波遗容安详，只是额头有一块褐色的伤痕。据说，他是独自于郊外的写作间去世的。被人发现的时候，他头抵着墙壁，墙上有牙齿刮过的痕迹，地上有墙灰，他是挣扎了一段时间，才孤独地离去的。"[①] 而"非正常死亡"的原因就很自然地在文化上被归于"文坛排斥"："八宝山一号大厅外，大约来了三百多人。除了少部分是王小波的亲友，大部分是自发的吊唁者。他们是首都传媒界的年轻人，哲学界、历史学界、社会学界和经济学界的学者，还有相当一部分是与王小波从未谋面的读者，有的甚至自千里之外赶来。奇怪的是，当中没有作家协会人员，没有一个小说家。要知道，王小波是首先将自己看成是小说家，但是，到他死的时候，他的作品还没有进入主流文学的视野之内，今天仍然没有。"[②] 其"智慧""天才""幽默"等因素也被凸现出来，并和"文坛外高手""中国最有潜力的诺贝尔文学奖获得者""文坛边缘者"等形象结合在了一起，使媒体充分调动了大众的"情绪"和"好奇心"。于是，在众多的悼念文章中，"文坛"和"王小波"就形成了一种鲜明对立，一方面，是对王小波文学才华的高度评价，例如，周国平的《自由的灵魂》中说："正值创作盛年的王小波突然撒手人寰，人们为他的早逝而悲哀，更为文坛的损失惋惜。更令我难过的却是世上智慧的人本不多，现在又少了一个，这是比文坛的损失更使我感到惋惜的。"而这一过程，是由一些批评家和学者追认完成的，例如白烨、艾晓明、李静等；另一个方面，除了文学家的悼念文章，明显要少于其他类型的知识分子，

---

① 钟洁玲：三见王小波，选自艾晓明、李银河主编《浪漫骑士——回忆王小波》，中国青年出版社，1998 年版。

② 同上。

以此为文学丧失思想性的证据，而且，就是文学家的表述，也在一种"生疏""敬重"和"客气"之中，强化着"文坛"和"王小波"的一种"疏离状态"①。于是，在众多描述中，王小波的死，成了反证文坛"衰落"与"麻木"的一个证据，并成为了一个沉默的"示威"事件。"文坛外高手"，这个几年前在《人民日报》上褒扬王小波的赞美之辞，在此时已经成了"文坛排斥"的证据②，而在某些批评家浪漫化的表述中，王小波的小说拥有了一种庄严肃穆，又有些神秘的意味，例如艾晓明在《世纪之交的文学心灵》中写道："我无法预料未来的情形。我不能肯定，在下一个世纪的倒数第三年，会有文学系的新生，走在图书馆书架高耸的长廊；他在二十世纪的中国文学一片黑压压的书架前逡巡，他说：我要找一本书，他的作者是王小波。"③这种特征，在青年批评家李静的文章《王小波留给我们的：智慧与有趣》中表述得也非常充分："1997年4月2日，我坐在王小波君的家里，翻看他刚办来不久的货车驾驶执照。'实在混不下去了，我就干这个。'他对我说。我看了看他黑铁塔似的身躯，又想了想他那些到处招惹麻烦的小说和杂文，觉得他这样安排自己的后半生很有道理。于是我对这位未来的货车司机表示了祝贺，然后，拿了他送我的《小说界》第二期（那上面有他的小说《红拂夜奔》），告辞出来。他提起一只旧塑料暖瓶，送我走到院门口。他说：'再见，我去打水。'然后，我向前走，他向回走。当我转身回望时，我看见他走路的脚步很慢，衣服很旧，暖瓶很破。那

① 刘心武：《寄往仙界》，选自《一个特立独行的人——王小波画传》，大众文艺出版社，2005年4月版，122页。
② 金健于《人民日报》（1993-10-5）海外版第四版报道《黄金时代》获奖消息，说王小波乃"文坛外高手"，而王顺发在《文学自由谈》1998年2期上发表《啥是文坛外高手？》，对此表示异议："听说王小波同当今文坛上走红的作家没有任何来往，没有你吹我捧的文章发表，所以默默不为人知。"
③ 艾晓明：《世纪之交的文学心灵》，选自艾晓明、李银河编《浪漫骑士——回忆王小波》，中国青年出版社，1998年版。

是王小波君留给一个热爱智慧和有趣的年轻人的最后的背影，一个寥落、孤独而伤感的背影。"① 其中，"货车司机王小波""走路很慢""衣服很旧""暖瓶很破""孤独而伤感的背影"等等感性描述，与我们心目中"才华横溢却穷困潦倒的文人"原型形象（如曹雪芹）契合起来了，并与艾晓明对王小波的文学才华的激情推崇，形成了鲜明对立，再一次将矛头对准了"文坛"。

二

这种将"王小波"和"文坛"对立的倾向，也遭到了一些人的质疑。例如，张慧敏在 2001 年 3 期的《当代作家评论》，就对李银河所谓"谢冕没有发现王小波"一事做了澄清②。即使是张的这篇文章，也是温和的，并没有抹杀王小波的文学才华，而是将"谢冕"和"王小波"的疏离，归结为一种"道不同"的心态："其实王小波的文字没能得到谢冕先生的特别赏荐，究其作品本身亦可寻得理由。这也是后来能得到人文学科各专业欣赏的原因。王小波作品的价值在于他的自由主义立场和自由主义的叙述姿态；他的知青一代的经验，及革命加性的前卫写作方式等，是作品成功的关键。但同时也是他不同于谢冕先生乃至八十年代及九十年代初文艺批评主流的审美趣味之要点。笔者认为八十年代的写作与批评同九十年代的写作与批评及九十年代中期以后的写作与批评，几乎是每一段都不一样。"这种质疑的力量是十分微弱的，同时，即便是一种微弱的质疑，也会被马上纳入"文坛对王小波排斥"的范围，强化这个排斥的情绪效果。但是，我们看到，这种将"王小波"变成"文

---

① 李静：《王小波留给我们：智慧与有趣》，艾晓明、李银河编《浪漫骑士——回忆王小波》，中国青年出版社，1998 年版。

② 张慧敏：《一个特殊的文化现象——王小波死后的追念与活着的作品》，《当代作家评论》，2001 年 3 期。

坛受难者"的努力，并不能推进对王小波文学作品的研究，特别是对王小波小说艺术的研究，反而使王小波在巨大的资本市场成为一种情绪化"象征资本"。

但是，吊诡的是，所谓"文坛"到底又指什么呢？到底是谁扼杀了或者说导致了一个文学天才的早亡？这同样是一种暧昧的表述。因褒扬王小波而产生的对"文坛"的指责，是对中国文学体制的指责，还是对文学体制背后的国家体制的指责？是对某些文坛领袖的指责，还是对目前文学"利益分配"的指责？或者说，是对中国文化的一种指责？可以说，王小波的非正常死亡，不但让大家对其创作成绩重新认识，而且更为重要的是，让许多对文坛"心怀不满"的人，得到了一个想象性的发泄途径。很快，这种把文坛和王小波对立起来的情绪，经由批评家和学者们发动，迅速在读者之间产生了共鸣，并使传媒看到了这个暧昧叙事空间里巨大的资本操作的可能，进而对其产生"推波助澜"的作用。较典型的，是《南方周末》在 2002 年王小波逝世五周年纪念专号的策划：

> 王小波先生五周年忌辰的时候，我应约采访文坛大腕对他和他的作品的看法。因为这一直是王小波评论中缺少的能"填补空白"的工作，我欣然答应，直到打了一圈电话以后才知道自己在自找麻烦。总结起来作家们的意见有如下两种：1. 王小波的东西我没怎么看过，就别在他的忌辰胡说了吧。刘庆邦、梁晓声、刘震云、格非、毕飞宇等表示了这个意思。2. "出于对逝者的敬意，像'我不喜欢他的东西'这种话，现在也是不宜说的。"其中的一位谨慎地说道；"现在他已经这么热闹了，我就不说了吧！"这是王朔的原话。[①]

---

① 李静等：《沉默与狂欢》，《南方周末》，2002 年 4 月 11 日，王小波纪念专版。

作家们"不宜说""没怎么看过""热闹就不说了"，一方面，的确表现了中国作家对王小波的文学资源的陌生化。因为，王小波作为一种新出现的、正在被经典化的文学叙事，其西方自由主义思想资源、其学理性和文学性，对于不注重"学养"和思想型作家，而注重"才气型"的文人作家的培养方式而言，的确具有很强的异质性。另外一个方面，我认为，这种"不熟悉"的"疏远"，也包含着一种敬畏。而耐人寻味的是媒体的态度。《南方周末》以"沉默与狂欢"为标题，并在编者按中写道："我们留意到这种奇怪的现象：一方面是'文学青年们'基于王小波文体的纸上狂欢，一方面是文学批评界持续的谨慎沉默。我们甚至找不到一个合适的人对王小波的文体与文学成就进行适当的评价。我们唯有忠实记录这一现象，并期待有心人对王小波进行恰如其分的评价。"无疑这种做法在强化这种"对立"。

　　当然，这并非是抹杀媒体对于王小波文学流传的功绩，也并非为中国文坛辩护。相反，我却认为，往往是媒体，而不是我们大学文学教授或专业的批评家，更能敏锐地摆脱专业的偏见，准确地捕捉到新兴的文学家所具有的最大的价值和禀赋，而王小波的遭遇也是为我们麻木的文坛敲响了警钟。但我更倾向于认为，媒体的这种做法，一方面，对作家的传播具有良好的推广作用，但另外一个方面，却使作家的价值和文学品格，被简单化、抽象化和二元对立化。而这一点，对于真正的文学研究和文学创作来说，无疑是非常有害的。我们看到，王小波的文学价值和思想价值，在于其坚定的自由主义和个性主义，在于其高超的文学领悟力，而并不是简单地"受中国文坛排斥"。真正的文学大师都是寂寞的。王小波的脱颖而出，不仅是其个人的才华，也是当代文坛的许多有识之士坚持不懈地推崇和鼓励的结果。而将王小波和当代文坛的关系归纳为一种单纯的对抗性关系，也是缺乏学理性的。因为，任何一种异质性的文化价值，都是文化语境本身的压抑化的产物，更是一个"文学场域"内部复杂的"话语交锋"的产物，而其间千丝万缕的联系，又怎是一个"对抗"可以概括的？王小波对鲁迅、胡适等中国知识分子的精神继承，即便是无意的，却也是一种文化悖论语境的必然宿命。同时，这种"对抗性"的强调，其实并没有让文坛真正地变得宽容而反省，并没有为真正有价值的小说的出现提供多大的话语空间，也并没有改变目前"文学场域"的利益游戏规则，反而使主流意识形态的"甄别器官"更加敏锐，在增加媒体的"话语能量"的同时，增强了文学体制本身的警惕性。而更令人担忧的是，无论是作者或者读者，往往容易在媒体的引导下，陷入这种"对抗性的话语陷阱"中，从而走向对"自我的误读"和"对他者的误读"。我们需要"超越对抗情绪"，更需要许许多多能改变目前中国文学现状的更多的"王小波"的出现。这种"误读"的危害，从"先锋小说"到"新生代小说""80后小说"，都屡见不鲜。对王小波的"误读"，则再次由网络版的"王小波的走狗们"叛逆青春式的宣言所证明。郑宾就曾撰文指出，媒体对于王小波这样"能指"含混复杂的文化现象的策略调整和暧昧态度，他也指出"王小波身后受到了思想界极大的重视，他们反复凸现王小波的'自由撰稿人''知识分子''自由主义思想家''启蒙者'等等形象和身份，他作为小说家的身份被有意无意地遮蔽掉了"[①]。这里的微妙之处在于，对一个"逝者"的推举，既不会让政府当局产生强烈反感，又能讨好读者和大众的隐秘的不满情绪，同时，对一个死去文学家的"悬置"，也有利于遮蔽那些真正的思想和文学的价值，利用这种阐释空间的暧昧性，从而使王小波成为一个媒体可以年年炒作的"象征资本"。传媒需要这样一个"受难者"，不时在适当机会出现，在文坛与王小波的对立性想象中，再次产生"衍生资本"，例如所谓"王小波门下走狗""北大的王小波——余杰"等等策划。于是，一个"文坛

---

① 郑宾：《90年代文化语境中媒体对王小波身份的塑造》，《当代作家评论》，2004年4期。

受难者"的王小波，其情绪化的影响和力量，甚至超过了作为"文学家"的王小波形象。而王小波式思想型作家在王小波死后成为一片"绝响"，不能不说多少拜媒体所赐。

第二节　知识分子"特立独行"的神话

一

"自由知识分子"是王小波去世后第二个神话的符码。而这个代号是由"自由撰稿人""自由独立精神"等范畴界定的。然而，我们发现，王小波的文学作品，一开始出现在公众的视野内，并得到认可，却并非是因为这些因素，而是其文学中的一个重要主题：性。王小波的第一本小说集《唐人秘传故事》（山东文艺出版社），其编辑加上的"秘传"二字，无疑符合1990年代初期伴随着市民主义而兴起的"欲望叙事"。不但地摊上充斥着各种描写"性欲"的小册子，而且贾平凹的《废都》、林白的《一个人的战争》，甚至到了1990年代中期的卫慧的《上海宝贝》等小说都是从"性"上寻找到了文学和市场结合的卖点——且是在一种官方所"半允许"的状态下。无疑，当王小波在文坛上刚刚崭露头角的时候，文学市场和读者，大致也是把王小波归类为"性暴露文学"的范畴的。但是，王小波笔下的"性"和贾平凹《废都》中的"性"的一个最大的区别是，王小波写的"性"，是一种思想的力量，其中包含着人在政治道德主义的状态下的一种尊严和反抗，而贾平凹写的"性"，大致是可以归为"文人趣味"，其思想框架总体并没有超过《金瓶梅》"讽喻世情""欲望窥视"的范畴。我们可以看到王小波早期的一些电视访谈节目（例如《三味书屋》节目，主持人刘为），也大多将注意力集中在此。但是，正是在王小波逝世以后，在不断经由知识分子，特别是人文学科中非文学类知识分子的不断命名之后，"自由知识分子"的定位，开始超越"性暴露"的定位，成了王小波文学作品的首要质素。有意思的是"性描写"作为关注点的转移和重构，它已成为"知识分子叙事"的一部分了。可以说，王小波的小说不但满足了文学界和学术界寻找自由主义者的冲动，也满足了传媒、市场和读者寻找一种不同于"性叙事"的叙事形态的渴望。作为符号资本而言，"稀缺"便是"增值"的潜力。于是，所有有关"独立"或"自由"的特质定义，与其说是在褒扬一种美好的知识分子品格，不如说是在暗示或者隐喻着这种品质的现实匮乏性，并抒发着评论者和读者之间一种共鸣式欲望。

这个符号再想象的过程，首先来自学术界和文学界的一种谱系的寻找，其次是传媒紧跟其后的定义和传播。因为，只有将王小波安置于一个"抵抗的谱系"，才能在学理上为"符号资本"的再生产寻找一个"知识的原型"，从而为其增加"附加值"，正如第一个发明汽车的人固然可以因为资源的稀缺而发财，但是，后人同样可以利用这种"历史传承"为新的"汽车型号"的出现做宣传，例如一些老牌汽车公司的"品牌效应"。于是，王小波、顾准和陈寅恪便成了1990年代的自由主义文化英雄想象的三个不同的"环节"，这个"自由主义的抵抗系列"的想象（《从英雄时代走向凡人时代——中国人文精神的蜕变》，王鹏令，1999年3期，《明报月刊》），王小波的价值，第一次被赋予了时代的标高，并被放置在一个被1980年代"悬置"的"文革"，其现实隐喻性则使这种"抵抗系列"成为"文化象征资本"的不同型号的"增值生产"，更加丰富了一个被1990年代所"消费"的"文革"的符号形象。可以说，在学术界和文学界之后，媒体不仅"篡夺"了它们对"王小波"的"定义权"，并"接过"了一个从陈寅恪、顾准到王小波的"抵抗系列"的"暗语式"的"意识形态权"，将之命名为一次中国媒体的

"有关自由主义的权力性发言"。

　　其次，就"自由主义知识分子"的加冕过程而言，王小波的一篇杂文《一只特立独行的猪》是这种命名的开始。"自由主义"成了王小波死后追封的第一个"头衔"，而"自由撰稿人"的身份无疑在强化着这种认同。同时，我们看到，就知识分子而言，王小波的"追封"，一开始来自两类知识分子的推崇，一类是1990年代开始兴起的保守自由主义者，而另一类却是1980年代已经成名的知识分子。同是对一个"自由"，他们的认同又是不一样的。对于1990年代的一些学者而言，王小波首先是一个保守自由主义的信徒，是1990年代新自由主义兴起的一个确证。朱学勤的表述耐人寻味："因此，1998年言说王小波，不在于他作品的含金量到底有多少（我看不出他已经到了能获得'诺贝尔文学奖的地步'），而在于他第一次以文学作品呈现了自由主义的韧性风格。"[①] 而1980年代文人对王小波的想象，还是一个"反文革"的自由斗士的形象，比如王蒙的态度。王蒙在《难得明白》一文中写道："这里的坏并不是说他写的内容多么堕落下流，而是他写得那样天真本色率性顽皮，还动不动撒点野，搞点恶作剧，不无一种'痞味'。"[②] 无疑，王蒙将王小波定位在"躲避崇高"的"反文革"话语的位置，将王小波和王朔联系在一起，而忽视了王小波反犬儒的一面。虽然王小波在批判1980年代知识分子的道德情结、权力依附情结和学理的粗疏性，但毫无疑问，王小波是将1980年代的启蒙主题深化了。而将鲁迅和王小波做比较分析，在某些论者看来，并不是一个"异中见同，同中见异"的复杂过程，不是从这两个点思考中国百年文学内部逻辑和悖论化生存语境的努力，而是停留在1980年代以来的启蒙知识分子

_____

① 朱学勤：《书斋里的革命》，长春出版社，1999年12月1版，387页。

② 王蒙：《难得明白》，选自《不再沉默——人文学者论王小波》，光明日报出版社，1998年8月版，15页。

的形象想象上，即知识分子的批判性上①。自由／独立成为王小波文化想象的重要内涵，自由／独立既指逃离／反抗专制、自然本能、青春叙述的自恋，又指一种学术上的价值无涉／独立的态度。而无疑，这包含着1980年代人文知识分子想象的一种延续，而这恰恰是王小波反对，"王小波"这个话语符号，再次被赋予了"反体制"的政治意义和文化意义的"宏大叙事"意义，而吊诡的情况在于，王小波以反"文学精英"的"人文精神"宏大叙事为己任，却在死后被想象为一个抵抗的文化英雄。王小波的所谓"独立"与"自由"，从来都是一个西方化的公共空间的秩序产物，而在中国的文化想象中，它却恰恰以一个抽象的、类似1980年代的、不去考虑生存基础的，道德化的政治"异见分子"的权力话语形象出现了，这无疑是非常耐人寻味的，特别是对知识分子话语圈。是中国的人文精神知识分子选错了对象？还是王小波的所谓"独立／自由"的言说本身就是1980年代的精神产儿？或者说，是人文知识分子看到了作为知识分子精神复活的一种别样话语资源的"中国有效性"？或进一步说，是中国的文化市场经济的一种有意的整合文化话语资源的"象征资本的联姻"？

二

再次，在这个"自由主义"的加冕仪式中，传媒无疑扮演着重要角色。应该说，正是由于媒体的命名，"自由主义作家王小波"才真正成为一个公众话题。而同时，传媒借"自由主义作家"的塑造，也在不断完成"自我定位"。正是在对王小波的定义过程中，有关"自由"代言人的身份，被媒体在不知不觉中"偷梁换柱"到了自己的身上，从而在1990年代主流意识形态、传媒、知识分子

---

① 丁琪：《鲁迅的文化批判及为当代提供的文化参照意义——鲁迅与王小波及王朔》，《社科纵横》，2000年5期。

多元并立的话语空间中，进一步定义并凸现自己的价值和力量。当然，这个代言人的身份，仅仅局限于"死者"而言——一个有文化分量又不会惹麻烦的死者，正如"死去"的王小波。对于王小波之于"自由"的言说，《三联生活周刊》无疑具有代表意义。在2002年，王小波逝世五周年纪念日，《三联生活周刊》纪念的标题是"王小波和自由分子们"，共登载八篇文章①，而以"自由"为命名的，就有《一个自由分子》《熵增时代的自由分子》《自由一代的阴阳两界》《一个自由主义分子的成长史》《王小波作为知识分子》，又附录了一篇《自由和自由主义》的文章，分别从学者、自由撰稿人、网络知识青年等多重受众角度和文化身份，详细阐释了王小波的自由主义的来源、内涵、意义和影响。在《一个自由分子》中，论述者从自由撰稿人的角度定位和评价王小波的自由品质："作为一个独立的、自由职业的知识分子，他避免与既有制度发生关系，即便他对这个世界有所妥协。"而在《自由一代的阴阳两界》《熵增时代的自由分子》《一个自由主义分子的成长史》这三篇文章中，宋光辉、刘品良、张华、贾布、连岳、李红旗五个人，作为王小波自由主义的受众和继承者出现了。但是，除了"走狗"的"命名"和自由撰稿人的身份外，我实在很少能看出，王小波和这些网络青年之间的艺术上、思想上的关联。在我看来，与其说这是对王小波的"追认"，不如说，这是新一代"网络作家"的一种"自我命名"的企图。尽管，在这些继承者的言辞中，不乏叛逆的色彩和大胆的言辞："只要足够胆大，足够'没心没肺'，作为对传统体制故意反叛的'特立独行'完全可以转向张扬与任性的'随心所欲'。"（引自《自由一代的阴阳两界》）"连岳极喜欢自己目前的状态，他几乎感觉是自由的：'所谓的自由就是没有任何东西可以要挟你了。这是我认为的自由。"（引自《熵增时代的自由分子》）"尽管这几年干

---

① 宋光辉等：《王小波和自由知识分子们》，《三联生活周刊》，2002 年 4 月 11 日，王小波纪念专版。

了许多蠢事，但我仍然很高兴能经历这些。只是再也不打算受什么东西迷惑或者控制了，尽管这样会感到很快活。我会按自己想法搞点什么，但是既不想再听到别人的道理，也不想让别人知道我的道理，更不会像王小波一样跟自己的妻子调查同性恋或者其他什么东西。我想使自己的生活在百分之九十的程度上与任何人无关。"（引自《一个自由主义分子的成长史》）

然而，这期策划中，我所关注的，却不仅仅是《三联生活周刊》对"自由主义作家王小波"的命名，更是这个"加冕"所引发的学者和媒体之间的"不和谐"的杂音。《王小波作为知识分子》作为该策划论述王小波的最后一篇，由四个人的评述组成，除朱正琳（中央电视台《读书时间》的策划人）外，陈嘉映、邓正来、盛洪都是相应领域的知名学者。相对于一浪高过一浪的王小波热，他们的声音是冷静的，甚至有点泼冷水："不要把王小波评价得过高"（邓正来）；"王小波的杂文在常识层面上谈得很好，在更深的问题层面上就没有讨论"（陈嘉映）；"他表达的很多思想内容其实是已成套路的，并无创意"（盛洪）。而这种谨慎和持重的做法，一方面是学者们的学养使然，另外一个方面，无疑是学者们对王小波成为一个"自由主义神话"的忧虑所致。这也与1998年由国林风书店策划的《不再沉默——人文学者论王小波》中学者的姿态有所差异。在这本书中，朱正琳、许纪霖、汪丁丁、秦晖等学者都给了王小波高调的评价："我们很难想象在中国文化内部，会有王小波这样的人出现，王小波，是一个对评论家智慧的挑战，一个罗素的信徒、热爱理性和思考的主义者、独立不羁的民间撰稿人——作为思想家的王小波，留给后人的，就是这样的形象"（《他思故他在》——许纪霖）；"所以，蹈海是可以唤醒民众的"（《王小波的说与思》——汪丁丁）；"但无论如何，在反乌托邦文学和批判现实主义文学这两个方向上，小波仍然走在文坛诸公的前头，他作为当代中国自由主义文学的代表人物应当载入史册"（《流水前波唤后波》——秦晖）。

我们看到，正是在传媒不断将王小波塑造为"神话"的过程中，学者们对其做法的不满，恰可以看作传媒力量强大的一个反证。于是，"自由"便成了传媒和市场的"自由"，而"自由"恰是从"自由主义者"的死亡开始的。

第三节　文化悖论时代的自由神话

一

在"王小波神话"的塑造中，媒体的目的并非是做学术性的探讨和文学性的研究，而是在人为地塑造一种"象征资本"的"增值过程"。可以说，这里的"传媒想象"，非常耐人寻味，是一个与资本、符号和意识形态密切相关的动态增值过程。王小波死后，不仅《新华文摘》《人民日报》等官方媒体予以郑重报道，而且《北京文学》《小说界》《花城》等纯文学刊物也都刊登了纪念专号。但是更令人注意的，是出版界和先锋性纸面媒体的反应。王小波死后，不仅花城出版社、中国青年出版社、文化艺术出版社、时代文艺出版社，而且台湾的风云时代出版公司等出版机构，也加入了以"纪念王小波"为由头的出版界盛会之中。王小波的第一本小说集名为《唐人秘传故事》（山东文艺出版社，1989年出版）。所谓《唐人秘传故事》，"秘传"两字为编辑所加。王小波从美国匹兹堡寄到山东烟台的是《唐人故事》，这部书稿后来变成了一本民间故事模样的小册子。这本错字连篇的小册子定价两元，印数四千册，没有一分钱的稿费，算是自费出版物。而1996年秋，花城出版社与王小波签约出版"时代三部曲"时（稿费千字五十元），还为这套书的销售前景堪忧。与之相比，王小波死后，花城版的"时代三部曲"到2002年为止最少销售了十五万套（五十八元一套），中国青年版的

《王小波文集》，四卷本，1999 年版印行一万五千套，其中精装两千套。2002 年"文集"改为"王小波作品系列"，单本定价，各印了一万册[①]。而随着时间的推移，王小波并没有淡出出版商的视野，而是继续以各种版本在重复出版，而由光明日报出版社出版的《不再沉默——人文学者论王小波》、大众文艺出版社的《一个特立独行的人——王小波画传》，和北京朝华出版社的《爱你就像爱生命》，则从不同学术价值、个人历史、个人爱情等角度丰富着对王小波的阐释。而就报纸而言，《三联生活周刊》《南方周末》《北京青年报》等纸面媒体，对于王小波持续的宣传，也起了至关重要的作用。

那么，中国传媒成功地塑造"文坛受难的王小波""自由知识分子的王小波"，其秘密何在呢？在以上两个章节的分析中，我们看到，如果说，一件商品的"增值"是依靠其技术含量和资源稀缺性，而"象征资本"的"增值"则是依靠其"话语"资源稀缺性和"公众聚焦度"。有了"话语稀缺性"，才具有升值的潜力；而具有了"公众聚集度"，才具有了"眼球知识经济"的不同社会阶层"意识形态消费"的"欲望驱动力"。所谓"话语"的资源稀缺性，是指该话语对于其所处的文化语境的稀少程度，例如媒体所赋予的王小波的"自由知识分子""最有潜力获诺贝尔奖的作家""浪漫骑士"等等西方化的、中国作家所少有的称号。而另外一个方面来讲，这种称号本身就增加了王小波的"公众聚焦度"。同时，为了达到"公众聚集度"，除了话语资源稀缺性策略外，"话语对抗性"，则是媒体的另一个通常做法，即想象出一个"高度对抗"的"话语谱系"，诸如对有关陈寅恪、顾准、王小波、王小波门下走狗的谱系联接；又比如说，《三联生活周刊》是通过所谓"自由／专制"的话语对立来实现这种"想象的对抗性"的，那么《南方周末》则是通过"王小波／中国文坛"的话语对立来实现"对抗性想象"的。

---

① 夏辰：《王小波出版史：生前的冷落与死后的哀荣》，《南方周末》，2002 年 4 月 11 日。

王小波被媒体塑造成为一个被主流文坛排斥的、孤独而寂寞的早逝的文学天才，从而通过针砭当代文坛，引发争论或者共鸣，进而达到一种增值性的话语资源的占有和生产。而与纸面媒体相关的出版业和网络媒体，也在纸媒的这种操作思路下，迅速加入"共谋"合唱，让王小波成为一个持续火热的关注点。

同时，王小波作为一个话语神话的出现，与大众文化消费的心理模式也很有关系。在今天的消费文化中，消费不仅具有物质形态意义上的使用价值，而且越来越成为人们"自我表达"的主要形式和"身份认同"的主要来源。消费对象不能从任何具体的需求之类的概念出发予以理解，而只能从不断变动的符号象征关系体系中做出解释，这种变换不定的符号象征体系具有一种永无止境的激发人们欲望的能量。也就是说，"消费社会的商品所体现的沟通交流结构与传统上对符号的理解已分道扬镳，在商品中，信息、形象、意义与所指的关系业已破裂并被重构，所以它的力量不是指向商品的使用价值或它的实用性，而是直接指向欲望，从而使消费社会不幸陷入商品世界自我参照、自组织的符码体系的迷宫之中。"① 隐藏在消费背后的是欲望，所谓开拓无限的消费需求，实际上就是去开拓人们对消费的无限欲望。学者心中的王小波，网络中的王小波，文学中的王小波，纠缠在自由主义、知识分子、浪漫骑士种种欲望化的能指之间，已经不具有统一的可能，而日益成为一个传媒利益和多重话语争夺的"芭比娃娃"。

二

那么，媒体和知识界、网络青年又是如何完成共谋的呢？那就是将其改造为适合自己的能指——在有限的反抗想象之中。例如，

① 陈昕：《消费文化：鲍德里亚如是说》，《读书》，1999 年 8 期。

去其反道德主义的深刻思想，而保留其"反道德"的个性姿态，为网络消费的颓废主义遮丑。例如，去其反对极权的坚定，而保留其智力因素和强调公共秩序的"精英意识"，以适应中产阶级"有智慧""有教养"的形象需要，去其高超的小说才华，而将之抽象为政治变革的思想符号。而更有害者，如媒体去其复杂性，而将之抽象为一个"对抗者"。去其强者的强悍人生的悲剧感，而保留其悒郁的心理体验和对弱者的同情，为自我的软弱辩护。

在这种多重话语的"众声喧哗"之中，网络青年对王小波的阐释和解读，无疑是理解这种共谋和反抗关系的重要注脚。王小波死后，许多网站建立了专门的论坛来纪念王小波其文和其人，还有一些海内和文友的戏仿之作。人民文学出版社，《网络王小波》（葛涛主编，2002年12月版）选编了小波文学论坛、王小波世界网站、王小波在线、清韵书院等大批网站、BBS上的网友评论，再次证明了王小波的民间立场和传奇性的个性魅力。可以说，网络对于王小波而言，一方面，成为纸面媒体一种"民间王小波"想象的代表，一个合谋的伙伴，另外一个方面，则在扩大王小波影响的同时，使王小波形象迅速消费化了。所谓的"民间想象"，其实就是"网络想象"，不过是为了给王小波之后寻找下一个"抵抗谱系"的必要的程序，而且通过"门下走狗"的符号定义，通过"王小波的崇拜者"的符号定义，一方面强化了王小波影响力的深度和广度，并利用网络"强化"了想象中的"读者群"——知识青年们的意义定位。无疑，媒体要告诉大家，如何做一个现代青年，一个有思想、有深度、有个性的现代青年——请阅读王小波。另外一个方面，更有利于媒体收编、改造和话语的再生产。

《王小波门下走狗》的出现，已预示着关于王小波的讨论走向了邪路。"门下走狗"的说法，具有很强的传统意味，出自郑板桥，又有很强的话语符号的刺激增殖性，所以，它得以在一个人民大学中文系研究生"欢乐宋"和书商共同操作下，连续得以面世，并获得了一定成功①。李银河在这本书的序言中声称："总之，看到有一群人如此喜欢王小波，既在我的意料之中，又令我感到欣慰。我早知道，小波没有死，他仍然活在一些同周围的人群相比生命力最旺盛、最有创造力、最富于幽默感的人们心中。"而对于"门下走狗"的称呼，胡笳则在《为了告别的纪念》中（325 页）说："一直以来，总有些朋友，特别年纪稍长的存有异议，对此，我的理解似，自称'走狗'似向自己内心崇敬的人表达敬意的一种方式，我们愿意似他精神的追随者，但这并不表示要成为一个盲目的崇拜者、模仿者。——与其我们继续以一种最虔诚的方式实施着对他的背叛，不如我们以'背叛'的方式来表达对小波最大的崇敬。所以，在纪念之后，我们选择告别，告别小波，离他远远的，让我们在各自的作品中拥有自己独立的品格。"这些作品，除了一些很粗疏的之外，大都写了一些年轻人的生活经历，特别是对消费时代和网络时代的感受，主人公和王小波类似，都是一些有着旺盛生命力，但不为人重视的小人物。他们生活在单调的机关（《玷污》），或待业在家写作（《作家刘二》），或为考研拼搏（《范小进考研》），或是一些游戏化的历史人物（《欢乐宋定伯》《杨家将》《孔子丑寅卯》）他们的生活中有着好莱坞和港台电影，有着网络，但同样有着无处不在的青春压抑，特别是有关性的狂想。也许，这些作品还很肤浅，但二十来岁青年人和王小波在小说主题、意象和趣味上的重合，不能不说是中国文化语境延续性的一个暗喻。

令人担忧的，并不是这些网络青年学养的缺乏，和文学才华的浅薄，而是这种"走狗"的心态，无疑又是在预示着一个悖论时代中新的消费泡沫的诞生。门下走狗们虽然有着继承和超越的愿望，却总是在"狗"的命名的特立独行的自傲中透着一份自卑，在"门下"的光荣中却透出一种旧文人的圈子化的心态。对此，有的论者精辟地指出："可以说，他们从王小波那里获得了一种自立／自主

---

① 宋广辉、淮南主编：《王小波门下走狗》，文化艺术出版社，2002 年 6 月 1 版。

的意识，开始能够指认出'那就是我应该成为的状态'或'那就是我'，也就是说他们的主体意识开始确立，在这个意义上，王小波无疑充当了他们成长／长大的'镜像'，于是，经过'镜像阶段'的他们就成为自由一代／自由分子／自由主义分子，而'镜像'在拉康的意义上，意味着主体与他者的多种误读，同样，把王小波的'特立独行'的话语转化成或内化成这种青春成长的叙述，也必将是一个误认的过程。与其说他们选择了'特立独行'的自由之路，不如说他们为自己的青春的反叛／玩世不恭／对未来的恐惧找到了华丽而时尚的借口，不管这里的文章是他们有意在自己的青春成长史中建立一种与王小波的关联，还是他们对王小波的阅读建构了他们自身的青春叙述，这里'特立独行'成为充当'自由'的托辞，不仅是一种混淆了自我与他者、真实与虚构的误读，还是一种忽略和消平了叙述的历史背景与深度的简约，这恰恰是王小波能够嵌入他们个人生命成长史的原因所在。"①

更有意思的是，李银河的王小波话语权问题。李银河不但把她和王小波的同性恋研究继续下去，而且在一系列的悼念文章中，将"浪漫骑士""行吟诗人""中国最有希望获得诺贝尔奖的作家"，等一系列称号给了王小波，而且李银河也参与了《王小波门下走狗》《爱你就像爱生命》等一系列图书的策划和编写，但是，李银河的这种姿态，也引起了人们的非议，许多人认为，让王小波永远处于媒体热点的做法，实际上是违背王小波的遗愿的，以高调的宣传和炒作，对低调的宽容的理性主义，这是否是一种反讽？或是歪打正着了中国文坛的某些内在征候？我们看到，客观地说，李银河所说的一些品质，正是中国文坛上所缺乏的，而且是一些西方化的代称。正如李银河所说："我觉得我的评价恐怕不会太客观，反正他是我偏爱的一个作家，比如他在中国文学史或者是世界文学史中有什么地位，我觉得恐怕得由历史最后来确定。这个东西我说

---

① 张彗瑜：《关于王小波的文化想象》，《犀锐》2003 年第二辑。

什么都不是至关重要，因为我也是一个文学的业余爱好者，只不过我是他的一些书的第一读者，如果说给他一个客观的评价，我觉得我不够格。"① 在这里，李银河一再声称自己是个"业余""不够客观"的评论者，却在同时用"第一读者""王小波遗孀身份"在强调着一种亲历者的无可辩驳的"在场性"和"真实性"。这样，"偏爱""不够客观"，在此都成了一些意义微妙的语词。李银河无疑在持续地表达着一种非常情绪化、却又十分坚定的意见——那就是她拥有着别人无法具备的王小波的话语阐释权。同时，她对于"历史"来决定王小波文学地位的预言，无疑也有着一个重要的潜台词，那就是王小波的经典作家地位，目前仍然面临着巨大的质疑。对此，批评家李美皆提出了尖锐的指责：

> 我们现在所看到的王小波，是李银河时代的王小波，是李银河的王小波；我们现在所看到的王小波，是市场经济时代的王小波，是商业化的王小波。王小波在自己的时代很寂寞，在李银河的时代却又有点过于繁荣，他的身后繁荣几乎和生前寂寞同样不正常。王小波是一个拙于面对媒体的人，而李银河恰恰在媒体面前风云叱咤、大放异彩……王小波无意于当教父，李银河却堂而皇之地当起教母来了。情书集把王小波由神话变成了童话，所以连带着让人对王小波都有点起腻了。通过情书集，李银河正在打造一个爱情童话，童话的女主角就是李银河本人。②

然而，如果进一步思考，却发现问题也并非像李美皆说得这么简单。李银河对王小波死后持续的宣传炒作，背后既有媒体的企图、李银河本人的虚荣心，但是，如果我们将之放置在悖论化的文

---

① 李银河做客新浪谈王小波作品聊天实录 http：//book.sina.com.cn/nzt/f_liyinhe/
② 李美皆：《李银河时代的王小波》，《文学自由谈》，2005 年 3 期。

化语境中去考虑，却会发现其实在这些因素背后，还有一层潜在的意思，那就是拒绝遗忘的焦虑。这是一种不厌其烦的提醒，又是一种不厌其烦的暗示，不但是传媒和李银河，而且是许许多多怀念王小波的人们，都希望将王小波的纪念变成一种仪式，一种内心升华的渠道。这是在"共谋"之中的一种"反抗"，无疑也是在"反抗"之中的一种"共谋"。在李银河的背后，虽然站着许多媒体，但毫无疑问，也有着许多读者大众的支持。否则，这种持续的炒作，是不会有市场升值潜力的。在这种拒绝遗忘的背后，是一种持续无法发现大师的文坛心理恐慌，是对麻木现状延续的愤恨，是对压抑的灰色现实人生的绝望，更是文化悖论导致中国文化错位的无法启蒙的怆痛、无地自容的感慨。

第八章　王小波的思想价值及其局限

第一节　社会转型与知识分子品格重塑

一

知识分子的文化人格，是百年中国文学主潮所关注的一个兴奋点。从康梁开始，我们都将知识分子作为"文化英雄"的形象加以塑造和定位。无论是启蒙还是救亡，知识分子都冲在社会舆论的浪峰之上，博格斯曾经将这种知识分子称之为"现代知识分子"。可以说，鲁迅是"盗火者"，而胡适则更接近"启蒙圣人"。他们不畏强权的自由精神，坚持个体性自由的独立意识，都成为中国知识分子的楷模。而从"反右"和"文革"之后，知识分子，特别是人文知识分子的精神禁锢和死亡过程就大面积发生了，这个情况一直延续到新时期。

1989 年之后，现代化的问题，才暂时摆脱了政治激进的文化想象，而在经济领域大幅度展开。经济发展，已成为衡量"现代化"的一个最重要的指标，在激发中国人创造力的同时，也掩盖了许多深层次的政治和文化问题。于是，由于权力秩序和市场经济的双向遗弃，失去了向上突破可能的知识分子，一部分迅速与主流和市场意识合流，而另一部分则走向了韦伯的"学术至上"的人生定位。

李泽厚在《世纪新梦》中不无伤感地说："本来，继革命化巨大创伤之后，商品化又漫天盖地在污染中国，这些作品谈龙说虎，抚今追昔，低回流连，婉嘲微讽；真是往事如烟，今日何似，正好适应了'太平盛世'中需要略抒感伤，追求品位，既增知识，还可以消闲的高雅心境。"① 也就是在思想界，坚持人文救国的精英派和坚持犬儒主义的迎合派的分化，也形成了新的对立，其中又混杂着保守自由主义、新儒家、宗教救国派、新左派等许多思想流派的"嘈杂"的多声部格局。但是，无疑，进一步地远离政治，正在改变中国知识分子的生存方式和生存心态。于是，"盗火者"和"恶魔们"黯然地远去了，一个世纪以来曾经在广场上振臂一呼、应者云集的知识者们又一次马放南山、刀枪入库，成了一个个温文尔雅的"专家"。其实，不管是叫新保守主义，还是叫温和自由主义，如果我们翻开一个世纪的知识分子的心路历史，应该对这种情况丝毫也不会感到陌生。胡适派知识分子在意图伦理和责任伦理之间彷徨挣扎的困窘，在学术与政治之间的顾此失彼，又宿命地回到了知识分子的头脑之中，只不过这一次后退的步伐更大，从胡适派的"参与政治"到"放弃政治"，真正走向了书斋和人声喧哗的市场。

然而，如蔡翔所说："一个粗鄙化的时代业已到来——私利造成了私人与公共空间的矛盾和分离，为了保护这种在当下仍显脆弱的私人性，一种粗鄙化的保护方式正在盛行，有关'公共'的各种道德规范被无情拆解，道德沦丧，今天的市场成为一个没有规则的游戏场所。"② 在和犬儒主义、市场经济、自由主义的论争中，左派的激进或人文的激进，都无法再用一种经典的话语模式来解释一切，并找到一种实践的有效性所在。这也就是"二王之争"（王蒙、王彬彬）和"二张旗帜"（张炜、张承志）的结点之所在。而许多自由主义话语持有者在批判权力话语的专制时，又走向了新的与专制

---

① 李泽厚：《世纪新梦》，安徽文艺出版社，1998年10月1版，531页。
② 蔡翔：《日常生活的诗情消解》，学林出版社，1994年1月1版，215页。

的妥协。"在整个后毛泽东时代，自由主义知识分子已经和改革的官僚体制的意识形态结盟，并享有同样的经济和意识形态特权。"①在和新左派、新民粹主义、新儒家的论争中，自由主义轻而易举地可以指出这些思想流派在激进背后浓重的"宏大叙事"的影子。然而，这些自由主义信徒也无法找到一种有效的方法论表述，来证明自己观点的正义性和合理性，以至于"腐败是改革的最小成本和最有效途径"这类犬儒主义思想，也借自由主义的名义，践踏社会本来已经很薄弱的人文关怀体系。同时，主流意识形态和市场文化也着意引导和规训这一过程，为知识分子提供更为优渥的待遇和科研条件，并利用媒体和政府的力量进一步"定义"这个过程。

正是在这样的学术和社会背景下，鲁迅，这个集中了过去近一个世纪中国知识分子理想的人文象征，才会于1990年代遭遇了韩东们的断裂行动，及冯骥才、葛红兵、王朔、张闳、王蒙等人的批判和颠覆。冯骥才、朱大可等人借后殖民话语，以本土性否定鲁迅的西化色彩。冯骥才称，鲁迅从"源自1840年以来西方传教士"中受到了启发和点拨，却没有看到里面所埋伏着的西方霸权话语②，而朱大可将鲁迅的哲学称为"仇恨的政治学"③，张闳等人则指出鲁迅对于意识形态控制，特别是"文革"中被利用的潜在价值。虽然这些攻击各有目的，但也都道出了鲁迅研究目前的尴尬境地：单纯用鲁迅的哲学和思维模式，我们已无法应对二十世纪末纷繁复杂的文化语境。在一个消费、专家与权力合谋的时代，知识分子的人格需要重新思考和定位。同时，我们也看到，和鲁迅在1990年代的尴尬相比，胡适研究和自由主义研究却呈现出升温趋势。不但经济界，

---

① 王晓明主编：《在新意识形态的笼罩下》，江苏人民出版社，2000年10月1版，46页。

② 冯骥才：《鲁迅的"功"与"过"》，选自谷红梅、葛涛：《鲁迅事件》，福建教育出版社，2001年9月1版。

③ 朱大可：《殖民地鲁迅和仇恨政治学的崛起》，选自谷红梅、葛涛：《鲁迅事件》，福建教育出版社，2001年9月1版。

而且政治界、思想界也开始展开讨论。不但二十世纪上半叶的自由主义派如胡适、蒋廷黻、傅斯年、丁文江、罗隆基、储安平等人的思想和评论，不断被学界研究，而且西方的哈耶克、波谱尔、托克维尔、洛克等保守自由主义大师的作品开始得到翻译和更多正面的关注。而《公共论丛》等自由主义刊物的发行，也有利于大家认识自由主义，也有利于王小波的出现。

社会公共空间的转移和社会阶层的现代性重构也是知识分子无所适从的重要原因之一。随着经济发展，政府、大学、福利机构、工会等社会机构的功能在不断健全，社会阶层的对抗性在不断减弱，或者说被"遮蔽"和"减压"，社会人员不是按阶级出身（工农／地主、资本家或者贵族／平民）划定社会资产再分配，而是按照财富与知识的标准进行流动性的分配，这大大削弱了知识分子的启蒙作用。而就社会公共空间而言，与改革开放以前社会空间主要由政治权力话语实现不同，新的社会空间，是由政府、传媒、经济实体、知识分子共同构建的，原有的由知识分子充当精神导师，引领大众前进的方式改变了。在消费时代，消费、传媒、权力的合作，使群众的公共空间看起来似乎是更加的丰富而自由，你可以看到名人的丑闻、明星的趣事、琳琅满目的商品。知识分子掀起大的社会革命的力量大大减弱，进而在技术官僚的"现代化"概念下被整合，成为了企业、媒体、政府一样的"专业人士"，从而更在强化了的专业细分中丧失了社会再改造的能力，成为具有强烈的中产阶级专家型的教授、学者。在中国 1990 年代之后，《学人》等中性的学术刊物出现，十大作家富豪的评选，文稿拍卖会的火爆，"布老虎"丛书的策划，影视和文学结合，都在说明着专家知识分子与体制的合作关系。这种合作一方面推动了文化的发展，另一个方面却对知识分子有很大的腐蚀作用。正如卡尔·博格斯所说："大学体制的职称评定与专业细分，一方面，使雅各宾式的知识分子阶层让位给扩大了的、战略上处于中心地位的知识分子。他们的职位、地位与利益与技术理性化的过程紧密相连。另一个方面，随着知识分子被吸收入大公司正当、利益团体、教育体系，当然还有国家的机构网络之中，他们的作用变得更加工具化，换句话说——知名人士、自由漂浮的知识分子和监护人式的雅各宾们或多或少地退出了历史舞台。"[1]

二

然而，在这个专家知识分子逐渐掌握知识话语权的时代，知识分子本身的人格形象却在迅速下滑。一个道德、正义、知识集于一身的完美的知识分子神话（鲁迅）被无情地打破了，我们却无法找一个新的价值目标来代替这个被弑的"精神之父"。而胡适作为中国历史上自由主义的一个失败的例子，一时间也很难让知识分子产生现实的集体共鸣。而胡适等自由派不注重中国国情研究，只看重上层建筑变革的做法，也不啻于给受着奴役的身体安上一颗自由的头颅（托克维尔语），很难在广大小知识分子心中广泛认同。人们心目中悲壮而高大的知识分子形象不见了，反之则是以卑微的、猥琐的、自私的，或穷酸迂腐，或者性变态、趣味与人品低下的形象出现在公众空间的表述之中。张者的《桃李》、徐坤的《白涡》、李洱的《花腔》《导师死了》、阎真的《沧浪之水》等文学作品生动地描述出了公众对知识分子的失望。我认为，这种失望原因是多方面的，一方面，对于有传统文化心理期待的人来说，为民请命的光彩消失了，先天下之忧而忧的东西成了自我陶醉，所以不满，同时，对于有个性期待的人来说，当代的文学又不能满足他们在个性追求与人性解放，进行意识形态和形而上探索的追求。恰在这时，消费文学市场的涌现，更将知识分子沦为了一个文字匠的尴尬地位。但

---

[1] 卡尔·博格斯：《知识分子与现代性危机》，李俊、蔡海榕翻译，江苏人民出版社，2002年1月1版，80页。

是，如果我们深入思考，却发现这个问题似乎并没有这么简单。为什么许多知识分子真诚的努力最后却成了一种虚妄呢？

虽然知识分子的批判角色在退化，然而，中国现实问题的复杂性和尖锐性，却远远没有因为他们的退出而变得缓和。于是，一些逝去的知识分子被我们重新发现，例如陈寅恪、顾准、穆旦，而在现实生活中，一部分官员、基层干部（如三农问题的首倡者李昌平），记者（如《中国青年报》的记者谢海龙），电影人（如张元、贾樟柯），纪实文学家（如陈桂隶），反腐文学家（如张平），社会活动家（比如经济学家何青涟、对日索赔的英雄王选），自由撰稿人（如王小波、余杰），甚至是一部分个体商人、企业家（比如孙大午），这些在"知识分子身份"边缘"游走"的人，反而迅速占领了知识分子，特别是文科知识分子退却后留下的精神空白，成了新的批判意识的代言人。而1990年代以后的文学，则一方面走向了精神的形式主义，或是走向了取悦大众的路数。在这一点上，大学里的学院派文学，是和出版社与媒体制造出来的文学，没有什么根本的区别。当我们沉溺在《一地鸡毛》式对未来社会和人生的无限恐惧之中，当我们在《活着》和《许三观卖血记》中为民间卑微的自尊感动时，知识分子的主体性在哪里？是无限向社会的现实的一极认同？还是无限向混沌的民间的认同？当失落了知识分子文化精神的文学界和文化界，试图将刘震云、余华等人（甚至包括金庸、赵本山），命名为二十世纪末的文化大师的时候，当我们四处为文学繁荣寻找证据的文学界和文化界，试图利用韩寒、春树、卫慧、安妮宝贝等人证明文学的多元化和经济升值潜力的时候，当我们的批评家和媒体纠缠于一个类似薛荣《沙家浜》式无聊的市民主义改写时，我们怎么能去理解王小波？理解王小波在中国当代文学史上举足轻重的地位？

可以说，在文学日趋多样化的今天，我们依然无法回避悖论性的生存语境。放眼百年的文化变迁，中国传统文化与外来文化的冲撞、同化、变异，始终是先于我们的文化选择而出现的。文学新时期以来，我们"巧合"地重复了世纪初的文化先驱所做的事情：引进－消化。我们的文学和我们的国家一样，试图在短短的二十年走过西方近百年的形式演变。但是，"形似"并非"神似"，更不是一种"创造性的否定"。我们始终处于一种理论超前于创作的焦虑之中。我们急于在"现代化"与"全球化"的道路上甩掉落后贫穷的帽子。但是，我们也不能回避，半个世纪的激进主义主潮，在和本土的封建专制主义结合并发酵之后，强行地阻断了中国民主、自由的人文启蒙的历史进程，这种新的雅各宾专政在"文化大革命"达到了顶峰。其后，我们才有了新时期文学的"新启蒙"，才有了对"人道主义"的新呐喊。然而，还未等到这种启蒙精神和启蒙理性发育到应该为我们所深刻批判的"身材"，又遭遇了消费主义和主流秩序的双向压制，自然就经受了大批知识分子的精神溃败，一个启蒙的神话也彻底沦为了碎片化的新的悖论生存景观。王小波曾经在《中国知识分子与中古遗风》中，谈到了我们中国知识分子身上保留的十分顽固的封建社会"文人士子"的思想方式和思维定式，以及中国知识分子目前还停留在"前现代"知识分子身份的文化现状。知识分子对权力的软弱，知识分子对伦理道德的过分关心，知识分子对社会中心地位的迷恋，都是一种"过去的幽灵"。在鲁迅时代，它表现的十分强烈，在1990年代以后的中国语境，它依然可以改头换面，以更有迷惑力的方式（如道德精神变成了人文精神），以更令人眼花缭乱的生存方式，存在于我们的生活中。鲁迅时代的悖论问题没有得到很好解答，时代又毫不留情地将我们推向了新的、更复杂的悖论。如果我们不能对这样的悖论式文化语境有冷静而清醒的认识，不能抛弃情感脆弱的面纱，我们就不能避免张承志、张炜式悲壮而无力的道德反抗，不能避免犬儒主义的盛行，不能避免回到"儒家传统"和回到"革命传统"的"新瓶装旧酒"，不能避免两耳不闻窗外事的"象牙塔文学"和"象牙塔学术"，也不能避免知识分子的继续溃败，更不可能在中国重建一种新的、具有实践性和超越性的知识分子品格。

三

于是，一个以自由撰稿人的文化身份出现的王小波，便具备了成为新时代精神偶像的基本条件。王小波被人们怀念，不仅是因为他惊世骇俗的性爱描写，不仅是因为他独特的想象力，也不仅仅是因为他具有自由主义锋芒的杂文，更在于他揭示了一种新的知识分子品格的形成。王小波原本是技术知识分子出身，却对文学怀有巨大的热情和才华。他没有一般技术知识分子对人文学科和思想追问的鄙视，却有着严谨的科学和民主意识；他没有人文知识分子偏执的"目的狂"和"批判盲"，却有着人文知识分子的社会责任感和超越性追求。他为我们解决新的悖论语境问题打下了基础。知识分子在退却，而因为社会转型的空前复杂性而凸现的迫切的现实批判性却作为一种稀缺性文化品格，赢得了大众的喝彩。应该说，王小波也是从反思"五四"以来的激进主义风潮为自己的思想出发点的，然而，他却得出了和王蒙、余英时、王彬彬等人不同的结论，而接近于朱学勤、徐有渔等有着英美知识背景的知识分子的判断。然而，王小波又没有朱学勤这些学院派知识分子严密的思维逻辑体系、知识体系和曲高和寡的贵族气。他是知识分子，但却行走在边缘，为大众的常识做科普式的立论，他拥有着二十世纪初知识分子那种思考现实的勇气和思想上突破制囿的穿透力，他的那种在专家看来类似"野狐禅"的文化杂文，他的那些在文学家们看来不够精致的粗鄙之作，却毫不犹豫地击中了一个时代的软肋。

也许，王小波是中国仅有的几个"公共知识分子"。这里说公共知识分子，也许许多人会想到1980年代的那种叱咤风云式的知识分子，又比如鲁迅式的（或如博格斯所言的"雅各宾式知识分子"）。

他们强调知识分子写作的公共性，即面对大众发言，密切而批判性地关注社会问题。他们的文学艺术，他们的社会学研究，他们的学术，都含有很高的政治浓度。朱学勤曾经把知识分子比为刺猬型和狐狸型。在雅各宾等西方知识分子眼中，公共知识分子的退场，是因为专家型知识分子、大学体制的制囿以及城市资本主义的发展。然而，这个问题在中国的复杂性在于，无论刺猬型，还是狐狸型，无论是新保守主义、新左派，还是新自由主义、新儒家，中国的知识分子似乎同时有愧于"专家"和"公共"两种称谓。半个多世纪以前，周作人说过，专门家多悖，博识家多妄。而现在的知识分子大都在小心翼翼地进行着一种隐喻或转喻式写作，并以这种隔靴搔痒式的方式与权力调情而感到沾沾自喜。他们缺乏专家知识分子对于专业的痴迷和最基本的专业操守。他们中的很多人靠着微妙的人际关系获得了知识分子身份。即便不是这样，他们也很快在僵硬而官场化了的学术环境中，很快地适应了游戏规则。只谈技术，不谈思想。同时，他们又以嘲弄公共知识分子困窘的理想而欣喜，为自己衣食无忧的生活深感优越。当然，他们也可以公共知识分子自我命名，但同样缺乏公共知识分子一针见血的勇气和直奔事实的简洁。他们以半黑话的隐语方式言说，并在利益点转移的时候伺机而动，投奔另外一个光明而有前途的旗帜。于是，我们看到，无论是对于哲学、社会学，还是对于文学，对当下复杂的中国现状的研究是缺席的。然而，一切"缺席"却悖论式地以"在场"的方式显现，一切"在场"也悖论式地以"缺席"的命名和断代的方法论为代价，成为现实秩序正面或者负面的维持因素。于是，禁忌变成了意识形态的权力樊篱和消费主义的隐性利益增长点。"文革"便成了我们告别阴霾，跨入历史新起点的分界线，而1990年代也被中国知识分子们"想象"成为告别激进主义的多元的对话年代。这无疑是中国知识分子的悲哀，也是王小波的悲哀。王小波的悲哀还在于，他成为中国1990年代后为数不多的聪明人干笨事的几个知识分子之一。这也就是王小波自己说的"反堵"。他完全可以和其他1980 年代的海归派一样，过上一份悠然自得的中产阶级生活。或者说，一个大学体制内的专家知识分子，研究统计学、计算机或文学。然而，他选择了在体制外生存，选择了一种被大部分知识分子羡慕又鄙夷的生活方式——依靠稿费，与鲁迅一样，以一种自由撰稿人的身份从事知识分子自由写作。这便是"文坛外高手"的文化秘密所在。

悖论的特征在于，悖论的语境先于个体而存在，并伴随着个体不断的发展和变化。而人却很难正视悖论文化语境的存在，人一定要给自己找一个光明而温暖的理由活下去，并且是幸福地活下去，至少自己认为是幸福地活下去。承认悖论就等于是承认了自身逻辑合法性的丧失，也就是承认了自己的尴尬处境。可是，除了虚无之外，我们又能如何让我们敏感的心灵在面对强大的黑暗的悖论时，不走向彻底的悲观呢？鲁迅用历史中间物意识，在绝望突围的时候，使自己的生命有了深刻的底色。他承认悖论，承认个人的失败，并将这失败作为再度奋进的理由，从而将知识分子英雄悲壮的情怀、沉重的使命感、飞扬而叛逆的个性主义发挥到了极致。王小波更倾向用哲学上的"反乌托邦"和文学上的"想象力"两个角度进行价值的颠覆和再创造的工作。一方面，他利用理性的逻辑试图证明这个世俗、黑暗的世界本身的沉闷和无趣，试图证明庸俗和丑陋是如此的让人不堪忍受，证明一个"地上天国"的理性虚妄和专制本质，从而反证美好人性的追求，即不去正面证明美好事物的存在，而是从反面证明不美好事物的可恶，从而间接指出美好事物的存在希望。另一方面，王小波运用了文学的想象力，用无所不在的智慧、美丽和自由的想象，为我们描绘了一个非凡的价值世界，同时也是一个属于每个人自己的想象的世界。这样，王小波就从破坏和建构两个方面为知识分子品格重塑提出了新思路。那么，王小波对知识分子品格的具体启示是什么呢？

四

首先，坚定的自由主义品格。不可否认，坚持自由主义品格，在中国是一件困难的事情。虽然，一切建造人间天国的实践总是不可避免地导致人间地狱。而通往地狱的路上总是开满了理想主义的小花。但是，在激进主义逻辑合理性虽已溃散，但仍成为社会的立论基础的时候；在经济大潮和政治冷落的双重境遇中，自由主义，特别是消极自由主义，要求自由主义者具有高贵而坚定的信仰和无私的奉献精神，更要忍耐住高调话语的诱惑和压制。而这种艰难而狼狈的姿态，是我们文学化的知识分子，习惯于慷慨激昂，登高一呼应者云集的"英雄"所不屑、不愿的。秦晖曾分析过："问题恐怕不在于什么文化基因的不同，也不在于学理资源的匮乏，而在于自由主义，尤其是消极自由主义有个要命的悖论：它一旦实现，是可以成功运转的，而且其生命力比人们预期的更强，然而它本身却难以使自己得到实现，在这方面，它又比人们预期的更不成器：自由主义本是个低调的主义，它承认人人都有自私的权利，以防止专制者像黄宗羲所讲的那样'以我之私为天下之大公'。然而，自由本身却是个最具有公共物品性质的东西，一旦实现便是高度公共化的，某人付出牺牲争到了自由的制度，则所有的人都在这个制度中免费享受自由；如果这人对此不快并要求自己比别人更多地享有自由，那这要求本身便破坏了他所争到的东西。如果这人开始便看到了这一点并要求所有人都像他那样为争取自由而付出代价，那么他更是一开始便破坏了自由主义。"[①]正如秦晖所说，无论是以自由的名义剥夺他人的选择自由，还是以自由的名义要求私利，都是不符合自由主义立场的。而自由主义这种弱点，在我们这个以私德盛行，缺乏公共空间的国度，更是难以实现。因为，赞赏"消极自

---

① 王毅主编：《不再沉默——人文学者谈王小波》，光明日报出版社，1998 年 8 月 1
版，124 页。

由"，可以使自己得到一个理论"高调"，做一个消极的自由主义者，却要付出巨大牺牲，而这种牺牲的结果，却有可能是"人血馒头"一般的结局。鲁迅的小说主题之一，个体为群体谋利益，却成为群体的牺牲者的悲剧，还在继续上演着，并成为考验自由主义信仰者品格的一个最好试金石。《花剌子模的信使问题》《知识分子的不幸》都是谈论知识分子品格的杂文。《花剌子模的信使问题》告诉我们的，实际上是真理、知识分子和权力话语三者之间的关系问题①。他尖锐地指出："在中国历史上，每一位学者都力求证明自己的学说有巨大经济效益、社会效益。"这种学术对权力的依附性，造成了对学术的功利性看法，即学术只有两种，一种是为帝王之术，有利于统治，另一种，是有现实的、直接的物质效益。而知识分子的价值，在于他是为真理立论的，而真理是人类智慧的结晶，如果说，有功利效果，也是间接的。而正是中国知识分子的这种对权力话语的依附性，导致了独立自由的知识品格的缺乏。而如何确立知识分子的这种品格呢？王小波热情地呼唤着："假设有真的学术和艺术存在的话，在人变得滑头时它会离人世远去，等到过了那阵子，人们又可以把它召唤回来——此种事件叫文艺复兴。"王小波以自己的生命选择，为中国新的文艺复兴树立了标尺，即一个坚定的自由主义者，坚持一种悖论式的观察方法和个人主义的民主和自由的立场，反对一切以道德和简单价值判断为由的理论，反对宏大叙事为理由的压迫，并通过韧性的自由主义哲学，在"个体与群体"关系的"责任伦理"和"意图伦理"中找到了一个最佳的平衡点。这是一种更为彻底而独立的个人主义话语的成立。"他提醒你直面不自由的现实，首先面对权力体制，包括那个有软性包装的能与国际接轨的学术体制或作协体制。它不要求你反抗，也没有理由要你辞职，但能提醒你拒绝，一个人一个人一点一点地拒绝，而且拒绝的程度可以量化；一个人有多大程度上的拒绝，就有多大程度

---

① 王小波：《花剌子模的信使问题》，《读书》，1995 年 3 期。

上的自由，有多少人拒绝体制，就有多少人获得自由。"[①]

其次，边缘文化身份的选择。可以说，王小波的一个鲜明的知识分子标志，就是自由撰稿人的身份。王小波的态度，也为我们提出了一种知识分子的生存状态。他是一个真正"业余"的"专业作家"，他选择体制外的生存方式，作为同鲁迅一样的独立撰稿人，坚持自己的知识分子独立性，这意味着王小波是不同于那些在文化机构、大学等体制内知识分子。自由撰稿人的出现，是1990年代文学市场化的一个产物。虽然，它使知识分子从体制内走到了市场的怀抱，但是，它又使知识分子获得了一定的精神和物质的自由地位。鲁迅曾说过，人的自由首先来自物质的自由。王小波的这种体制外生存态度，与传统中国知识分子的"儒"与"道"的生存状态迥异，而更接近西方现代知识分子。对于中国体制内知识分子的窘态，格里德对胡适派知识分子的评论是一个非常好的注脚："他们始终是些认真、仁慈、忧患、负责的，真正儒家意义上的好人。他们只说如果他们认为正确的话，甚至在面临巨大的危险的时候也义无反顾。他们留意公众的疾苦，为人民说话而不是教训他们。他们无意建立一个替换的忠诚中心或提出他们自己的政治计划，他们总是希望仅仅用进谏就能改变统治者的思想和心灵，并且以此方法造福人民的生活。"[②]但是，同样是这种选择，王小波也不得不面对寂寞和冷落，我们不得不看到这个过程的尴尬、难堪和灰色。此时，低调的王小波不得不采取和主流知识分子的不合作的态度。王小波是边缘的。于是，有了王小波的反专家知识分子的"粗鄙"和反愚智主义的"双重导向"。他的保守，既是对激进主义风潮的警惕和反思，也是对"保守"本身的"保守"。

再次，为中国的文学知识分子找到了一条新的价值认同途径。

---

① 朱学勤:《书斋里的革命》，长春出版社，1999年12月1版，382页。

② 格里德，鲁奇翻译:《胡适与中国文艺复兴》，江苏人民出版社，1989年6月版，367页。

文学，曾经被我们认为是"经国之大业"，或是"改造思想的利器"，而 1990 年代以后，当文学日益回归本体之时，王小波又在价值上为文学提供了新的支撑点，王小波说过，文学艺术和科学知识，在我看来都是同等重要的，而它们的重要作用，就一致在于它们都是人类智慧和快乐的源泉[①]。从集体道德主义的激情中跌落云端的知识分子，失去了魔力的光环和法杖，面对政治权力话语和商业话语的挤压，迷失了自己。但是，终于有人用优秀的文学作品告诉我们，我们除了表示无力的愤怒和廉价的绝望外，还有一种更积极强悍的价值姿态。这是自由知识分子品格对"文人"型文学知识分子品格的颠覆。王小波的存在为"现代知识分子"，特别是"现代性的作家"在中国的确立打下了基础。

最后，他为中国社会"公共空间"的建立提供了启示。我们看到，1990 年代之后，社会空间构成发生了很大转移，而主流意识形态、媒体、知识分子、经济实体所组成的社会空间，已很大程度上挤压了知识分子的舆论空间和社会影响力。同时，知识分子的专家化，也在加速这个过程。知识分子如何在这种艰难复杂的情况下，继续发扬自己的"社会良知"的力量呢？王小波无疑给我们提供了很好的例子。那就是发挥"公共理性"精神，建筑良好的"公共空间"。所谓"公共理性"精神，既有别于传统的普遍理性的知识分子，也有别于犬儒主义，而是在坚持自由主义"精神底线"的基础上，以"宽容低调"的经验主义态度立论，提倡真正的多元共生和自由言论。在顾准看来，专制主义在学理层面上关涉到三个道德与认识的前设，即终极目的论、唯理主义与理想主义，而它们都与激进主义有着不解之缘[②]。而这里的"唯理主义"，也就是普遍理性，是哈耶克批判的"建构的理性主义"，或者说，是波普尔所说的"天真的理性主义"。毫无疑问，古典伦理学的"先验理性"形态是

---

① 1995 年 10 月 7 日，黄集伟主持，北京电台《孤岛访谈录》。

② 陶东风：《社会转型与知识分子》，上海三联书店，1999 年 9 月版，122 页。

传统社会条件下人类对生活世界的道德人质集合，而"普遍理性"则是现代人以现代科学知识论方式透视其道德生活界的产物。而"公共理性"的界说，则是经过当代哲学家诸如罗尔斯、哈贝马斯、麦金太尔、查尔斯·泰勒等人所不断丰富和建构的概念。我认为，哈贝马斯由"公共理性"而推出的"交流理性"和"公共空间"理论，正是目前我们的文化语境所最需要的。哈贝马斯主张公共空间作为我们社会生活的主导，在这个空间，理性辩论（rational public debate）形成公众意见（public opinions），交流理性（communicative rationality）正是解放人类的途径。通过理性的、批判性的话语，"更好的争论的力量"（force of better argument）能够推动讨论并且达到一个加深理解和达成共识的层次[1]。在这个共识性的理解中，顺畅的社会舆论监督，良好的法治保障，个体与整体的同位和双向还原，都是"公共空间"实现的必要条件。而"共同空间"的缺乏，也是中国知识分子软弱性的一个重大因素。鲁迅曾经看到了中国知识分子选择的两难的境地。那就是话语权力和知识分子身份和价值的悖论关系（沉默和开口说话）。胡适也认识到了这一点，曾一再声称"不问政治"。但由于没有一个良好公共空间，知识分子必须靠有效话语权才能实现理想，取得话语权，却必须牺牲个性和自由，成为党派或思想的附着物。失去了这种话语权，知识分子的精神启迪的作用又无从施展。这便是中国知识分子的悲哀之一。作为一个稳健的自由主义者，胡适和王小波同样看重良好的公共空间秩序，对自由主义生成的作用。所以，晚年胡适才会对"五四"运动持反对意见，称之为"一场不幸的政治干扰"[2]。但胡适无法摆脱的悖论恰在于，他期待的"良好公共空间秩序"不存在，"好人政府"也不存在，存在的只是民族主义色彩浓重的"三民主义"基础上蒋介石专制的"秩序"。胡适试图通过"参政"来实行自由主义

---

① 哈贝马斯：《公共领域的结构转型》，学林出版社，2004年版，67页。

② 胡适著，唐德刚注译：《胡适口述自传》，华东师范大学出版社，1993年版，145页。

主张，更有意无意之间，成为维持现有秩序"帮闲"保守力量，难以发挥真正知识分子文化监督力量。1990 年代，在中国社会日益宽松环境中，王小波边缘身份，底线宽容姿态，有利于在清算激进主义同时，防止知识分子精神溃败，为真正树立一个自由主义榜样提供了标准。

第二节 "游戏顽童"的价值与局限性

一

文化的悖论，导致了王小波的作品和思想，充满了现代性的建构冲动以及后现代的解构冲动，二者却以一种浪漫而张扬的个性化创新面孔，拒绝对体制的妥协，拒绝虚无，也拒绝向欲望化投降，内在地统一在了王小波游戏化的艺术世界里。中国传统社会崇尚儒家，以集体的道德性为统治者立法。黄仁宇曾指出："中国传统之三法则为：男人优于女人，年长优于年幼，读书人优于白丁。"[①] 它不鼓励条理地各自发挥其所长，却人为地制造平衡，外以抽象道德目标之道以愚人，内以实用伦理之术以惠己。这种牺牲个性、求稳怕乱的农业社会传统，和现代社会自由、科学的独立精神在根本上相抵牾。在 1990 年暧昧的"准个体时代"，王小波的独立人格精神，始终是在强大的传统夹缝中生长出来的一个"伟大的偶然"。在持续几千年的文化传统氛围内，中国最优秀的文人往往自然地去选择一条表达痛苦、认同苦难的道路，以实现自我超越和道德认同。这里既有以此表达对正史湮没苦难真相的愤怒和内心深刻的虚无，也有道德化封建统治对人的思想的无形束缚。屈原投水而死，徐渭、李贽发疯而终，龚定庵呕血而亡，曹雪芹的反抗止于"空色之辩"

---

① 黄仁宇：《中国大历史》，三联书店，2002 年版，145 页。

的寂灭，苏曼殊、李叔同灿烂至极归于佛门，张爱玲看尽人世沧海终归去，无限创伤的生命不过是一件长满虱子的华美的袍，而曾经在沉沦的地狱中拼死反抗的郁达夫也成为圆融和谐的"迟桂花"，连伟大的鲁迅也只能将全部生命意志投身于呐喊之后彷徨、绝望之后反抗。直至当代，中国文坛的先锋们还在重复鲜血和耻辱的记忆，刘震云还在"一地鸡毛"中温习生活对尊严的毁灭，余华还在"活着"的喃喃自语中讲述着"卖血之后"生命的极度体验。这是中国文化的伟大成就还是内在精神缺陷？那"一字化一泪，一泪化一血珠，能解者方有心酸之泪哭成此书"的评语[1]，难道就是中国文学最高的褒奖？那种玉石俱焚的偏激，抑或那种接近死亡的无欲望的透明状态，难道就是中国文学深刻化的唯一出路？梁漱溟曾指出："中国文化的五大病乃是：幼稚、老衰、不落实、落于消极而再无前途、暧昧而不明爽"[2]，将消极列为文化病之一，可谓一针见血。真正的喜剧精神源于沉闷时代寻找笑声的努力。生命的痛苦带给王小波的记忆并非不深刻，只不过鲁迅将这痛苦推向了哲学上悲观阴郁的宿命感，王小波却因这"痛苦"而产生强烈情感"反弹"，加倍热爱并珍视"想象"给人类带来的飞翔般自由享受。王小波笔下，"想象"无罪，"快乐无罪"，快乐是人生生存的目的和意义。他在《红拂夜奔〈序〉》里曾这样宣布："这本书里将要谈到的是有趣，其实每一本书都应该有趣。对于一些书来说，有趣是它存在的理由；对于另一些书来说，有趣是它应达到的标准。"王小波的"有趣"不是贵族节制的幽默，不是农民的狡猾，而是智者快乐的思维想象。正如福柯所言："快乐没有身份证，没有护照，它打破身份界限，使主体变成身体感觉的谱系，成为心灵无意识的梦境。"[3]正是通过对快乐的想象，王小波完成了对传统文化的反思，

---

① 周汝昌：《曹雪芹评传》，外文出版社，1992 年版，23 页。

② 梁漱溟：《中国文化要义》，学林出版社，1987 年版，134 页。

③ 李银河：《虐恋亚文化》，今日中国出版社，1998 年版，231 页。

并开拓性地将当代最先锋的西方小说家的想象实验运用到文本自觉之中。谢冕说过："二十世纪中国文学的主流是既拒绝游戏又放逐抒情的文学……它尊群体而斥个性，重功利而轻审美，扬理念而抑性情。"[1] 然而，王小波敏锐地把握住了时代变化对文艺的要求，凸现个人自由立场化的写作，宣扬智慧和幽默的个性化力量，在新的文学"解码口"上树立了新的文学思想和审美的坐标系。他既呼应了新时期文学以来不断壮大的思想和欲望双重解放的潮流，又继承了世纪初中国优秀知识分子的怀疑和理性精神；既以新文学内涵照亮文坛信仰沦丧的现状，又拒绝虚假温情和感伤，找到了类似古希腊和文艺复兴时期的"快乐"的文学表达方式。

毫无疑问，通过这种表达方式，王小波开拓了中国文学迥异于鲁迅的文学深度模式，用"想象"的"快乐"的游戏精神，为中国的文学理想国增添了新的魅力。姚新勇曾将鲁迅时代的基本文学模式归结为压抑性的情感结构，而将王小波的小说视为对这种模式的超越。他对《黄金时代》分析道："这样一来，王二们就占据了现代文学史上从没有占领的双重制高点：既可以摆脱社会意识形态的牢笼，给自由欢娱的生活敞开想象的天地，又可以反思、颠覆传统意识形态，求得一种嬉戏的生活和智性反思的平衡。"[2] 他用"敞开"和"重建"梳理了"王二式"经验哲学在文本中的确立。我认为，如果说鲁迅时代的压抑性情感被改变了的话，那么"游戏"精神无疑应该是一个更抽象而有力的概括。鲁迅的深刻在于将经验哲学中的怀疑主义放置于宏大话语的悖论之中，王小波恰发展了这种经验哲学，将一场绝望的突围演变成了顽童想象游戏。游戏，不仅是语言形式，更重要的是思想内容。游戏精神还是一种文化行为，

---

[1] 谢冕：《辉煌而悲壮的历程——百年中国文学总系总序一》，山东教育出版社，2002 年版，1 页。

[2] 姚新勇：《"黄金时代"的敞开和重写——王小波的写作和现代新理性重建》，《郑州大学学报》，2002 年 2 期。

它诉诸一些特定的语言形式，如讽刺、戏拟、幽默等等，这些形式具有一种特殊的力量和能力，可以把事物从密不透风的语言的虚假外壳中解放出来。"游戏"在王小波笔下已经成为快乐而自由的想象，成为活泼奔放的生命个体消解苦难，解脱自己在现代社会的两难处境，拒绝绝望、反抗绝望的一种方式。游戏在王小波这里具有了本体论的价值，使人在忍受无趣和苦难时，有了一种精神力量，使他在拒绝虚伪和专制的时候，有了无畏的精神支持。如巴赫金所称赞拉伯雷："恐惧被消灭在萌芽状态，一切都转化为欢乐。这是世界文学中最大无畏的作品。"① 这种大无畏的自由游戏精神，体现在王小波的思想线索中，更多的是一种自戕、自嘲、自虐的游戏精神。它从某种程度上，既是现存的现实文化语境的精神产物，又体现着王小波独特的游戏的思维方式。它在保持精神追求的超越性的同时，保持了理性的内省精神，即鲁迅先生所说的"虽然责人，但更严厉的是责己"。它一方面来源于个体面对强大的主流权力话语内心充满绝望的反抗，另一方面，却是理性的胜利、个体的胜利和文学的胜利，即它不能改变权力话语的存在，又不愿意用空头的乌托邦支票诉诸非理性的暴力，但是它可以让苦心孤诣维持秩序稳定的对手在敌人的自虐中倍感狼狈，从而失去神圣、庄严、严肃的合法性外衣。这也是王小波游戏精神的精髓之所在。

二

同时，中国所谓传统的游戏观念和王小波式的游戏观有很大差别。道家虽然也有相对主义的游戏论，但整体的人生姿态是向后撤退，将万物归为无差别的"一"。这种由"一生二，二生三，三生万物"到"大道唯一"的观点，是和现代社会的游戏精神有很大差别的。游戏规则下的、想象的、象征的对抗导致生命个体创造力的

---

① 王建刚：《狂欢诗学》，学林出版社，2001年版，145页。

迸发，而庄子的游戏却变成一种玄学，一种形而上思想和情绪的飞翔，现实矛盾不是被超越，而是在"庄周梦蝶"式的主客体无差别论指引下，被逐步融合、规避、淡化，从而作为儒家体系内的有益补充而存在于封闭的文化时空内，发酵、畸变为一种精神麻醉剂。而西方之游戏乃是对人的主体性的鼓吹，比如希腊文化是一首高亢的欢乐颂歌，其欢乐的本质就是一种强烈而坦率的肉欲，处于各种知识层次的人们，无论其文化水平的高低，都承认性欲是人类最基本的要求。东方的游戏偏重智性的解构价值，游戏极易成为逃走的借口，容易滑向虚无的颓废。中国式游戏精神不会导致一种自由、竞争、平等、智慧的主体价值，反而会成为一种嘻怒笑骂、愤世嫉俗的"游戏—美刺"模式。这种模式和正统文化的象征——深度模式相对立。它对价值追求已经疲惫，这个叙述人主体不满一切，视角单一，自负而褊狭，缺乏主体的反省和文本内部的对话。实际上，这只是鲁迅说的"发牢骚"，目的无非是"帮忙不得"的苦恼，再深刻真诚一点的，又很容易滑入虚无主义、形式主义的泥沼。

从另一个方面讲，中国人的思维传统、文学传统，却是排斥游戏精神的。周作人曾说过："今言小说者，莫不多立名色，然，手治文章而心仪功利，矛盾奈何？"周作人说出了中国文人普遍的文章救世的道德心态。文学的道德化、功利化、严肃化，其影响不可谓不远！在中国，"严肃"一直是道德崇高、水平一流的标志，所以，人人谈责任，人人讲严肃，岂不知多少荒唐之事正是以严肃的名义施行的，而真正的"严肃"本身也蕴涵着游戏的精神。正是在严肃道德化的社会文化氛围中，严肃本身被空洞化，成为一种沉闷、乏味的权力仪式。王国维在《人间词话》中说："诗人视一切外物，皆为游戏之材料也。然其游戏，则以热心为之。故诙谐与严重二性质，亦不可缺一也。"[①]巴赫金却从"严肃"的施动—受动的模式分析中，犀利地看到了"严肃"中权力控制的影子：严肃并

---

① 王国维著，腾咸惠校注：《人间词话》（修订本），齐鲁书社，1994年版，56页。

不是一种从容不迫的力量，而是情急之下的自卫。它来源自慑于外界威胁时，自信心的不足，从而消极地拉开与对象之间的距离；同时，它又将自己所受到的威胁转嫁给比自己更弱小的对象[1]。正是从这一点出发，王小波"作小说就是为了有趣"的宣言，是如此的常识，又是如此难得。王小波恪守内心的艺术感觉，不是用文学为世人开救世良方。

王小波游戏精神对于中国当代文学史的实践意义也非常重大。这种自由大胆的想象力，在对主流权力话语禁忌构成威胁的同时，激活了批评家、文学史家、作家们的写作欲望。尽管，王小波作品的这种功能还没有得到普遍认可。另一发面，这种游戏精神对知识者而言，即广大的知识分子受众群体，是目前可以抵御市民消费主义狂潮和主流意识形态双向夹击的精神资源之一。自1980年代末一直延续到二十一世纪的文学悲观主义论调，与其说是对文学本身失望，毋宁说是对文学曾经拥有的权力光环的失落而感到不平衡。那种洛阳纸贵、一夜成名的诱惑，对于一个文明而理性的现代社会来说，本身就是一种不正常的表现。那种所谓的"尊宠"，也并不是一种真正主体性精神的产物，而不过是一种文人们天真的想象和对自身利用价值的妄执。中国当代文学史告诉我们，无论是十七年时期，还是"文革"后的新时期，文学只要与主流意识形态保持一种亲密合作的态度，就会成为权力利益的分享者和尊贵的座上客；而一旦文学本身要冲破思想和艺术的藩篱，就会和主流意识形态作为规范和禁忌功能的潜性规则发生对抗。而主流权力话语对文学的这种控制、遮蔽和矫形，也正是导致文学在1990年代迅速转向形式主义的语言陷阱和市民消费主义游戏的重要原因之一。1995年人文精神讨论是文人们试图逼迫文学获得一种政治理想的想象，而文学实践中，回到民间＋回到自我，则成为1990年代以后文学的两大流向。先锋小说从对主流意识形态的消解出发，走向了虚无的精神不

---

[1] 巴赫金：《巴赫金文集》6卷，河北教育出版社，1998年版，45页。

抵抗主义，而另一支却日益地迷失在暴力、性、语言的迷宫中，出现了新的历史二元论。叙事的能指游戏只是大批量生产单调的快感泡沫，并不能真正让我们走出精神困境。这正如陈晓明所言："从美学上肯定游戏的态度，肯定意识边界无拘无束的探索，便容易忽视了这种游戏和这种探索必然从中发生的严重规定的界线：形式主义的词汇是承认作家和社会相疏离的，如果疏离不必这样称呼的话。脱离社会，而又丧失使这种脱离得以理解的远景，便不再只是艺术在某种社会上形而下的不幸遭遇，而是变成了艺术意义的一部分了。"[①] 如何摆脱二元对立的严肃与崇高的重负获得自由感，又不因此陷入虚无主义的泥沼而溃败，王小波给我们提供了一种可能性。这也正是尤瑟纳尔、杜拉斯、卡尔维诺等当代大师们拨开荆棘、艰难前进时给我们留下的身影所在。

当然，王小波以底线性的理性取得了新的道德立足点，但也显示了自己的理论窘态和局限，即如何超越这种底线，比如为了一种理想而奋斗，而这种奋斗又是在底线性的理想实现之后，这的确是个难题。底线性理性在中国同样也是双刃剑，容易为广大的知识分子和普通群众接受，但是，升华却有困难。同时，王小波的这种姿态也是自由主义在当代中国文化语境中的卑微处境的一种表现。从这一点说，王小波是非常中国的。而并非一种先锋性概念的引进。作为一个有良知有追求的中国知识分子，王小波深深地知道，个体生命的伟大和渺小。个体生命的伟大在于，我们可以此为据点，建构一个内在化价值境界，以抗衡庸俗世界的侵蚀和侮辱，进而影响同时代的人们；个体生命的渺小在于，不仅作为肉体上的个体，还是精神上的个体，在这样一个全民价值理想崩溃的年代，在这样一个外松内紧的意识形态之中，其力量是多么渺小，呼声是多么微弱。人生如朝露，亦幻亦如梦，人生短短几十年经历，如果放在汪

---

① 陈晓明：《移动的边界——多元文化与欲望表达》，湖北教育出版社，2000年版，130页。

洋大海般的庸众之中，如果放在庞大严密的体制力量之中，如果放在历史长河之中，却又如此短暂和无力。王小波说过："我的一生都是在抑郁中度过的。"对于一个没落时期的文化英雄而言，鲁迅式"横着站"战斗的文化姿态，也只是一种可慕而不可企及的标准。在对虚妄的宏大叙事的批判和对庸俗的意识形态的双重批判中，王小波自觉地，但同时也被迫地放弃了启蒙式的文化英雄姿态，而以"反英雄"的文化姿态实现其英雄的目的。

为此，王小波选择了属于自己的处世和为人的方式、这也是一种悖论式的生存法则，即用有趣和美，装点一个游戏世界，在内在的完美体验中追求内心的支持，而用外表的性描写和游戏性，以及低调的"做人方式"，将外在世界对内在心灵的伤害降到最低限度，将外在的庸俗势力对伟大的文化英雄事业的阻碍放到了最低，将个体的生命力量所能绽放的能量放到了最大。所以，虽然王小波避免了权力的、意识形态二分法的束缚，用游戏的本体论的价值为中国人的精神资源提供了新的可能。但是，为了达到一种艺术表达上的效果，或者为了突出这种价值资源的重要性，王小波刻意选择了另一种美丑对立的想象世界与现实世界的价值二分法，并不断将之强化为一种"游戏"模式。然而，一旦这种逼近美学极限的努力，已经膨胀到了文本所能表达和容纳的限度，下一步又该怎样去写？这种极度张扬的文本模式，一旦成为一种固定的选择后，也会对作家形成强大惯性束缚，并可能使作者和我们都逐渐地忽视了丰富的人性的多种可能，忽视了自我存在的悖论性的反省，演变成新的语言专制。

三

游戏与现实的复杂关系，也是导致王小波内在困境原因之一。游戏是对沉闷现实的否定，正是在对游戏的追求中，生命的美和爱的意志得到了释放；另一方面，游戏又与现实紧密相联，现实作为游戏的对立面而存在，是游戏意义得以确立的负面基础。正是出于对现实的不满，人们才有强烈的游戏渴求。而积极的游戏精神也有着强烈的实践冲动，它引发快乐的情感和创造力的喷发，部分地改变了现实生活中功利的逻辑。游戏，并非是遗忘现实，而恰恰是改变现实的沉闷。王小波的游戏精神，所具有的现实锋芒在于，它一方面对现实的沉闷的文化语境的批判，另一方面，它又忠实地记录了自由的游戏精神在中国的历史和现实中的尴尬遭遇以及被破坏、扭曲的真实情形，并以此激发我们追求和谐美好人生的勇气和决心。现实在王小波的笔下是一种被迫的提升，而不是与精神审美的追求在双轨并行中，由裂痕而导致分离与悖逆。因为越是写作进入成熟阶段，现实经验的细腻真实就越容易为作者获取，并成为成功的拐杖，而写作惯性的出现也会阻止其停止内在的精神向度的思考和上升。王小波拒绝像先锋小说家一般对现实的逃亡，拒绝像庄子一样齐万物而不论生死。那么，他凭什么力量支撑起自己的小说世界的精神超越呢？王小波一开始就没有把现实逻辑的认同作为他创作的精神纬度。王小波小说中出现更多的是现实中的潜在秩序（民间的、暧昧的）。无论是想象中的长安城，下乡知青的云南农场，还是未来世界的管制所，王小波无穷的想象总在激发人们智力愉悦的同时，引发人们对现实的隐喻性联想。这也是王小波和卡尔维诺等后现代作家最重要的区别之一。游戏被其赋予了自由永恒的乌托邦意义，他把对现实的不满和愤怒转化为恶意的渎神与极度浪漫的自由心性的言说。要让这种游戏具有美感和说服力，又不失油滑与肤浅，绝非易事。而对现实的绝望和愤怒，使王小波逐渐地更加依赖游戏的精神价值超越，缺少鲁迅悖论性的自我反省，而这无疑也强化作品的抽象性和封闭性，增加了理解的难度和误读的可能。这也是王小波后期作品，如《黑铁时代》显现出僵化特点的原因之一。

对小说形式极限化的迷恋与思想的理性主义批判导致游戏的内在紧张，是王小波面临的第二个问题。理性精神之所以表现为游戏精神，正因为理性本身已经在自我的束缚中走向了"反理性"，而游戏却在文明的压抑下，突如其来地迸发——即使在反理性的过程中。比如说，人类的理性导致了规范和惩罚的出现，而惩罚却最终发展成为酷刑仪式嘲弄了人类的理性。这也是王小波在文学中整合游戏／理性的悖论价值的哲学立足点。但是，虽然游戏张扬的人的勇气和智慧，但游戏排斥道德主义，而理性的批判，无论如何的保守和低调进入，都是策略性的，都不可避免地有着反对／赞成的价值判断。拒绝给出任何明确答案的低调的保守理性主义态度，虽然避免了任何的乌托邦的诱惑和制约，但和游戏的、审美的狂欢所负载的精神价值无法达成和谐，无法找到任何实践性的出路，就会成为一种"绝望的火中舞蹈"，其追求欲望与个性解放的负面意义，也就有成为消费主义整合元素的危险，王小波后期某些作品的艺术性下降和创造力衰退，王小波作品不正常的商业炒作，也恰恰说明了这几点。王小波对西方卡尔维诺、尤瑟纳尔等作家的模仿，使得王小波在小说的形式探索上，比中国的其他作家迈出了一大步，甚至有些后现代主义的味道，然而，这种对形式异常的迷恋，很快便成为一种焦虑，一种不断的自我强迫，也是一种很难在现实语境中被理解的悲哀。而一旦游戏的形式构造，在"自我的生成性"成为一种功能性和智力性的自我繁殖（比如《寻找无双》），游戏的封闭性就会凸现出来，从而对稳定的理性批判形成阻断和误读。同样，一旦理性的批判以隐喻的方式出场，也会造成对游戏的干预。因为，只有隐喻的方式，才能让作家释放批判现实、改造现实的冲动，这是由一个前现代的悖论语境对人戕害的事实决定的，也是一个中国作家在写作时候，应该有的良知和责任。只有隐喻，才能寄托作家理性思考的深度，同时也是现代主义的表现思维。然而，正如鲁迅式的反讽在王小波成为了一种"游戏式"的"生成性反讽"，它追求的是消解一切中心的努力，是一种想象的力量。这种理性的批判必然会与王小波的形式探索发生某种冲突。"底线式理性"很有可能变成一种新的"见事太明而失做事其勇"的自我逃避。于是，不但王小波后期杂文有些心不在焉，而且《白银时代》是对《1984》等反乌托邦主义小说的勉强模仿，《黑铁时代》虽然没有最后完成，却显然是个败笔。王小波批判的愤怒压倒了开放而自由的想象，已经成为了一个僵化的模式：在一个专制而封闭的环境下，性的反抗＋游戏精神＝自由主义。"黑铁公寓"中年轻的大学生们，成了"王二"走向绝望和疲惫的最后一个精神影像。在这部作品中，王小波将中国复杂的文化语境缩略了，黑色幽默的理性批判被简化为批判专制，而不是现实专制的泛化和隐蔽化，游戏想象也被固定为西方化意识形态，缺少更理性的心态。

附录　王小波年谱

1952 年

5 月 13 日，出生于北京成方街，是家中的第四个孩子，上有大姐王小芹、二姐王征、大哥王小平。王小波在兄弟中行二。父亲王方名，四川渠县人，高等教育部政治教育专员；母亲宋华，山东牟平人，就职于高等教育部计划司。同年，王方名因家乡土地纠葛，被高教部定为"阶级异己分子"，发配至中国人民大学附属工农兵速成中学任教。故其母为其取名"小波"，意思为顺利度过劫难。

1955 年　三岁

全家搬至铁狮子胡同一号人民大学家属院内，王方名被调至人大逻辑学教研室工作。

1956 年　四岁

小弟王晨光出生。

1957 年　五岁

全家搬至人民大学家属区园林楼。4 月 11 日，王方名、周谷城等受到毛泽东的接见，讨论逻辑学问题。

1958 年　六岁

"大跃进"运动开始，经历了大炼钢铁的荒诞。

1959 年　七岁

全家搬至教育部宿舍、大木仓胡同北一号家属院内。

1960 年　八岁

入人大附属幼儿园。同年秋季，转入人大附小。

1962 年　十岁

转至附属于二龙路中学的大木仓小学，认识艾建平。

1965 年　十三岁

升入二龙路中学，并结识终生挚友胡贝等人。

1966 年　十四岁

上初一。"文化大革命"开始后，参与教育部红卫兵组织，并亲眼目睹教育部副部长柳湜的跳楼身亡。该生活成为《革命时期的爱情》和《似水流年》等小说的背景。

1969 年　十七岁

5 月 15 日，离开北京，前去云南德宏州弄巴农场十四队。一同去的同学好友有赵红旗、赵和平、艾建平、那佳等数人。

1970 年　十八岁

离开云南，回到北京。其间，试图在母亲宋华下放的安徽干校安置落户，未成功；后又试图在四川渠县插队，亦未成功。嗣后至去山东再次插队前，一直闲居家中，并业余学习英语。

1972年　二十岁

冬季，姥姥宋氏去世。姥姥曾照顾小波多年，和他有很深的感情。

1973年　二十一岁

春季，来到山东牟平青虎山村插队落户，不久，在水道镇水道联中担任代课教师。小说《绿毛水怪》《我在荒岛上迎接黎明》《我这一辈子》等都以此为背景。

1974年　二十二岁

年底，病退回京，于西城区无线电元件厂做工人，业余自修。曾短暂谈过一次恋爱，但没有成功。开始创作小说《马但丁》《绿毛水怪》等，《马但丁》为王小波现在所知的最早作品。而《绿毛水怪》等作品，都反映了王小波早期的情感体验。

1978年　二十六岁

9月，考入中国人民大学贸易经济系商品学专业，之前，曾投考中央戏剧学院，未录取。

1980年　二十八岁

王小波与李银河结婚，李银河时为光明日报社编辑。

1981年　二十九岁

发表评论《海明威的〈老人与海〉》于《读书》杂志1期，署名"晓波"。发表时题为《我喜欢这个向"限度"挑战的强者》。

1982年　三十岁

大学毕业，于中国人民大学一分校教书。《三十而立》等小说即以此为写作背景。开始写作《黄金时代》。

同年，发表《地久天长》于《丑小鸭》7 期，这是王小波第一篇被发表的小说。

1983 年　三十一岁

妻李银河赴美国匹兹堡大学攻读社会学博士学位。

1984 年　三十二岁

8 月中旬，赴美国，嗣后就读于匹兹堡大学东亚系，后师从著名西周史专家许倬云教授，并在许指点下，重新细读传统经典与中国古代小说。

1985 年　三十三岁

9 月 3 日，父亲逻辑学家王方名去世。

1986 年　三十四岁

获文学硕士学位。开始写作以唐传奇为蓝本的仿古小说（又称唐人小说），修改《黄金时代》。其间得到老师许倬云的指点。暑假，与李银河游历了欧洲各地。

1987 年　三十五岁

暑假，夫妇租车，与兄长王小平一起游历波士顿等地。

1988 年　三十六岁

春季，与李银河回国。李银河先在北京大学社会学所，跟随著名学者费孝通攻读博士后，后任职于中国社会科学院社会学所，被聘为副教授。王小波先后任北大社会学所助教、讲师，负责数据统计和计算机维护。

1989 年　三十七岁

9 月，出版第一本小说集《唐人秘传故事》（山东文艺出版社）。

1991 年　三十九岁

3 月，调中国人民大学任会计系讲师，讲授电算化课程与专业英语。同年，与同事合作，为北京煤气工程公司开发管理软件，获北京市科技进步三等奖，也曾开发新汉字编辑软件，并试图销售该软件，因不易操作作罢。

同年，小说《黄金时代》获第十三届《联合报》文学奖中篇小说大奖，并在《联合报》副刊连载，后在台湾出版发行。

10 月 5 日，《人民日报》海外版第四版报道了《黄金时代》获奖的消息。

1992 年　四十岁

1 月，与李银河合著图书《他们的世界——中国男同性恋群落透视》由香港天地图书公司出版。春季，邓小平到南方视察，第二次大规模改革开放开始。

3 月，出版《王二风流史》（香港繁荣出版社）。

8 月，出版《黄金时代》（台湾联经出版事业公司）。

9 月，正式辞去教职，做自由撰稿人。

10 月，父亲的逻辑学著作《逻辑探索——王方名学术论文选》由中国人民大学出版社出版。

11 月，《他们的世界——中国男同性恋群落透视》大陆版由山西人民出版社出版。

12 月，应导演张元之约，开始写作同性恋题材电影剧本《东宫·西宫》。

1993 年　四十一岁

写作完成《红拂夜奔》《寻找无双》和《革命时期的爱情》三篇小说并将其合编成《怀疑三部曲》，试图在成都出版社出版，未果。

5 月，《立新街甲一号与昆仑奴》发表于《收获》第 3 期。

同年，应《四川文学》杂志之邀撰写杂文"域外杂谈"系列。杂文《摆脱童稚状态》发表于《读书》第 6 期。

1994 年　四十二岁

春季，写作完成《未来世界里的日记》，因不满这部作品中奥威尔的影子，又写了一部《未来世界》。同年，中篇小说《革命时期的爱情》发表于《花城》杂志第 3 期，中篇小说《我的阴阳两界》发表于《青年作家》杂志第 3 期。7 月，《黄金时代》由华夏出版社出版。

9 月，《黄金时代》研讨会在华夏出版社召开，著名文学评论家及记者，二十余人与会。

同年，受《东方》杂志之邀开设"社会伦理漫谈"栏目，所谈大多为知识分子的处境。撰写杂文《中国知识分子与中古遗风》（《东方》第 3 期，《中国知识分子该不该放弃中古遗风?》）等。另发表杂文《域外杂谈·行》（《山西青年》第 1 期，发表时题为《走进现代空间》）、《思维的乐趣》（《读书》第 9 期）、《关于同性恋问题》（《中国青年研究》第 1 期，与李银河合作，发表时题为《关于中国男同性恋问题的初步研究》）等。

1995 年　四十三岁

5 月，中篇小说《未来世界》获第十六届《联合报》文学奖中篇小说大奖。

7 月，《未来世界》由台湾联经出版事业公司出版。

同年，《未来世界》发表于《花城》杂志第 3 期，短篇小说《南瓜豆腐》发表于《人民文学》杂志第 3 期。发表杂文《花剌子模信使问题》(《读书》第 3 期)、《智慧与国学》(《读书》第 11 期)、《我是哪一种女权主义者》(《健康世界》第 12 期)、《我看国学》(《中国青年研究》第 2 期)、《关于格调》(《中国青年研究》第 4 期)、《我对国产片的看法》(《演艺圈》第 10 期)、《明星与癫狂》(《演艺圈》第 10 期)、《为什么要老片新拍》(《演艺圈》第 12 期)、《个人尊严》(《三联生活周刊》第 5 期)等。

同年，编订第一本杂文集——《思维的乐趣》。

1996 年　四十四岁

中篇小说《2015》发表于《花城》杂志第 1 期。11 月，杂文集《思维的乐趣》由北岳文艺出版社出版。

夏季，将曾写过的小说《红线盗盒》重写，叙事繁复，取名《万寿寺》，这是他篇幅最长、也是"迄今为止被小说编辑们认为不可超越的一部小说"[①]。他在书中写道："一个人只拥有此生此世是不够的，他还应该拥有诗意的世界。"

秋季，完成《白银时代》，遂将其"时代三部曲"编订完成。

冬季，与花城出版社签约出版"时代三部曲"。《白银时代》与王小波的另两部小说《未来世界》《2015》构成了其"反乌托邦未来叙事系列"。同时，他的新长篇《黑铁时代》正在写作中。

同年，在《三联生活周刊》上开设专栏"晚生闲谈"，发表杂文《关于"媚雅"》等。

同年，在《南方周末》《博览群书》《演艺圈》《华人文化世界》《戏剧电影报》《中华读书报》《辽宁青年》《中国青年》《中国青年研究》《东方》等刊物上发表《有关"伟大一族"》等杂文随感二十余篇。

---

① 邓炜茵:《〈万寿寺〉——特立独行的叙事特色》,《安徽文学(下半月)》, 2009 年 10 期。

1997 年　四十五岁

短篇小说《夜里两点钟》发表于《北京文学》杂志第 1 期，短篇小说《茫茫黑夜漫游》发表于《三联生活周刊》杂志第 3 期，中篇小说《白银时代》发表于《花城》杂志第 2 期。在《光明日报》《金秋科苑》《南方周末》等报刊发表杂文《写给新的一年（1997年）》等十余篇。

4 月 11 日夜，因心脏病突发，逝世于北京顺义。

4 月，妻子李银河发表悼文《浪漫骑士·行吟诗人·自由思想者——悼小波》。与张元合著电影剧本《东宫·西宫》在阿根廷马塔布拉塔国际电影节上获最佳编剧奖。

同年，电影《东宫·西宫》入围戛纳电影节。

4 月 26 日，王小波遗体告别仪式在北京八宝山公墓举行。

5 月，"时代三部曲"由花城出版社出版。5 月 13 日，于北京中国现代文学馆举行首发式。同月出版杂文集《我的精神家园》（文化艺术出版社）。

10 月，出版《沉默的大多数——王小波杂文随笔全编》（中国青年出版社）。同月，《沉默的大多数》由香港明镜出版社出版。由艾晓明、李银河合编的纪念文集《浪漫骑士——记忆王小波》也于该月由中国青年出版社出版。

1998 年

2 月，《地久天长——王小波小说剧本集》《黑铁时代——王小波早期作品及未竟稿集》由时代文艺出版社出版。

1999 年

2 月，《黄金时代》（上、下）、《白银时代》、《青铜时代》（上、中、下）由台湾风云时代出版公司出版。4 月，《王小波文存》由中国青年出版社出版。

2001 年

小说集《黄金时代》（中国小说 50 强：1978 年—2000 年·王小波卷）由时代文艺出版社出版。

2002 年

1 月，《王小波作品系列》（包括小说集《黄金时代·白银时代》《青铜时代》《黑铁时代》，杂文集《理想国与哲人王》《个人尊严》，书信集《假如你愿意，你就恋爱吧》，剧本《东宫·西宫》等）由中国青年出版社出版。小说集《怀疑三部曲》及杂文集《我的精神家园：王小波杂文自选集》（纪念版）由文化艺术出版社出版。

6 月，由"欢乐宋"等王小波的崇拜者模仿王小波的风格创作的作品合集《王小波门下走狗》由文化艺术出版社出版，此后数年，他们连续出版了五本类似书籍。

12 月，葛涛编选的《网络王小波》由人民文学出版社出版。

2004 年

王小波与李银河合著的书信集《爱你就像爱生命》由朝华出版社及台北华漾出版社出版。

2005 年

1 月，纪录片《寻找黄金时代——纪念王小波逝世 8 周年》由中国科学文化音像出版社出版。4 月，李银河与郑宏霞合编的《一个特立独行的人：王小波画传》由大众文艺出版社出版。

同年，杂文集《思维的乐趣》由中国人民出版社出版；小说集《红拂夜奔》（二十世纪作家文库）由江苏文艺出版社出版；《王小波作品精选》（跨世纪文丛）由长江文艺出版社出版；散文随笔集《思想者说：王小波李银河双人集》由文化艺术出版社出版；《王小波经典作品（杂文卷及小说卷）》（当代作家作品精华文库）由当代世界出版社出版。

2006 年

短篇小说集《唐人秘传故事》由中国档案出版社出版；《王小波全集》（彩绘插图本）由北方文艺出版社出版；《王小波作品系列（最新典藏插图本）》（包括《假如你愿意，你就恋爱吧：王小波书信精品集》《东宫·西宫：调查报告与未竟稿精品集》等）由陕西师范大学出版社出版；《王小波小说全集》（包括《黄金时代》《青铜时代》《早期作品·唐人秘传故事·似水柔情》《白银时代·2010·黑铁时代》等）由长江文艺出版社出版；《我的精神家园》（朗朗书房）由中国人民大学出版社出版；《王小波全集》由云南人民出版社出版。

2007 年

4 月，李银河与一群王小波的崇拜者，发起"重走小波路"活动。4 月 11 日，活动在中国人民大学举行启动仪式，4 月 13 日"发起人团"踏上从昆明到陇川的行程，途经大理、苍山、洱海，跨过怒江、澜沧江，到达陇川的弄巴农场，参观王小波插队的地方。

4 月，王小波作品的首个英文译本《*Wang in Love and Bondage：Three Novellas by Wang Xiaobo*》（《王二的爱欲枷锁》），在美国纽约州立大学出版社正式出版，它由美籍华人作家张洪凌和美国诗人杰森·索摩（Jason Sommer）历时五年合作翻译完成，该选集中包括了：《2015》《黄金时代》《东宫·西宫》三篇作品。

5 月，李银河编著的《王小波十年祭》由江苏美术出版社出版。

同年，《王小波全集》（十卷本）由云南人民出版社出版；《人为什么活着》（中外名家经典随笔·王小波卷）由长江文艺出版社出版；《王小波作品精编》（中国当代作家作品精编）由漓江出版社出版。

2008 年

1 月，《王小波全集（珍藏版）》由上海三联书店出版。

同年，《王小波散文（插图珍藏版）》由人民文学出版社出版；《黄金时代》《革命时期的爱情》《寻找无双》《红拂夜奔》《爱你就像爱生命》《白银时代》由上海锦绣文章出版社出版。

2009 年

《王小波全集》由重庆出版社和北京理工大学出版社分别出版，均为十卷。

2012 年

1 月，《王小波全集》由译林出版社出版。

5 月，王小平著《我的兄弟王小波》由江苏文艺出版社出版。

8 月，《王小波全集（典藏插图版）》由译林出版社出版。

2013 年

1 月，《王小波三部曲》，由台湾自由之丘出版社出版。

2014 年

4 月，房伟著《革命星空下的坏孩子——王小波传》，由三联书店出版。

2015 年

5 月，江志全著《比较文学视域中的王小波》，由人民日报出版社出版。

2017 年

4 月，王小波去世二十周年，众多媒体进行了纪念活动。

图书在版编目（CIP）数据

王小波论／房伟著 . -- 北京：作家出版社，2018.6
（中国当代作家论）

ISBN 978 - 7 - 5063 - 9955 - 5

Ⅰ.①王… Ⅱ.①房… Ⅲ.①王小波（1952 - 1997）-
作家评论 Ⅳ.①I206.7

中国版本图书馆 CIP 数据核字（2018）第 050348 号

王小波论

总 策 划：	吴义勤
主 编：	谢有顺
作 者：	房 伟
出版统筹：	李宏伟
责任编辑：	田小爽
装帧设计：	合和工作室
出版发行：	作家出版社

社 址：北京农展馆南里 10 号 邮 编：100125
电话传真：86 - 10 - 65930756（出版发行部）
　　　　　86 - 10 - 65004079（总编室）
　　　　　86 - 10 - 65015116（邮购部）
E - mail: zuojia@zuojia. net. cn
http: // www. haozuojia. com（作家在线）
印 刷：中煤（北京）印务有限公司
成品尺寸：152 × 230
字 数：240 千
印 张：19.5
版 次：2018 年 6 月第 1 版
印 次：2018 年 6 月第 1 次印刷
ISBN 978 - 7 - 5063 - 9955 - 5
定 价：45.00 元

中国当代作家论

第一辑

阿城论	杨 肖 著	定价：39.00 元
昌耀论	张光昕 著	定价：46.00 元
格非论	陈斯拉 著	定价：45.00 元
贾平凹论	苏沙丽 著	定价：45.00 元
路遥论	杨晓帆 著	定价：45.00 元
王蒙论	王春林 著	定价：48.00 元
王小波论	房 伟 著	定价：45.00 元
严歌苓论	刘 艳 著	定价：45.00 元
余华论	刘 旭 著	定价：46.00 元